Sophie Bérard

Vom Himmel ins Paradies

Provence-Roman

BASTEI LÜBBE

BASTEI LÜBBE TASCHENBUCH
Band 14698

Erste Auflage: April 2002

Vollständige Taschenbuchausgabe

Bastei Lübbe Taschenbücher ist ein Imprint der Verlagsgruppe Lübbe

Originalausgabe

Umschlaggestaltung: Wustmann & Ziegenfeuter
Satz: hanseatenSatz-bremen, Bremen
Druck und Verarbeitung: AIT Trondheim
Printed in Norway
ISBN 3-404-14698-0

Für Rita, ohne die ich nicht mehr leben könnte;
für Renate, mit herzlichem Dank für die inspirierenden »Sommergäste« (wenn wir schon kein eigenes Landgut besitzen, können wir wenigstens eins erfinden);
und für Biggi, weil sie den berühmten Knoten zum Platzen gebracht hat!

Herr, bewahre mich vor dem naiven Glauben,
es müsse im Leben alles glatt gehen.
Schenke mir die nüchterne Erkenntnis,
dass Schwierigkeiten, Niederlagen,
Misserfolge und Rückschläge eine
selbstverständliche Zugabe zum
Leben sind, durch die wir wachsen.

Antoine de Saint-Exupéry

PROLOG

Teil 1

Die Nacht vom neunzehnten auf den zwanzigsten Dezember war eine ganz besondere, ja eine beinahe mystische Nacht, in der viele Menschen rund um den Erdball aus den unterschiedlichsten Gründen keinen Schlaf fanden. Es war eine Nacht seltsamer Erscheinungen, tiefschürfender Gedanken und weit reichender Beschlüsse, von denen einige für diese Geschichte relevant werden sollten:

Über der Provence tobte in jener Nacht ein heftiges Unwetter, von dem es später hieß, es habe Schäden in Millionenhöhe angerichtet.

Auf RINQUINQUIN, einem Landgut am Fuße des Verdon, ließ der Sturm aber lediglich die Zweige der alten Platane gegen die Fensterscheiben peitschen und brachte die Fensterläden zum Klappern. Der achtjährige Laurent fürchtete sich nicht vor dem Wind, aber einmal wach geworden, begann er wieder, sich mit der Frage zu beschäftigen, warum alle Kinder bei ihren Müttern lebten, nur er nicht. Es gab keine Antwort auf diese Frage, das wusste er aus Erfahrung, und so grübelte er nicht lange, sondern machte sich auf den Weg nach nebenan, um bei seiner Großmutter ins Bett zu schlüpfen.

»Was ist los?«, fragte Madame Cécile.

»Schlecht geträumt«, antwortete Laurent, kuschelte sich an sie und schlief beinahe sofort wieder ein, heilfroh, nicht mehr alleine zu sein.

Madame Cécile bemühte sich, die eisigen Füße ihres Enkels zu wärmen – und war ebenfalls froh, nicht mehr allein zu sein. Es war seltsam, aber des Nachts fühlte sie sich viel einsamer als tagsüber, nachts war sie außerdem älter als ihre zweiundsechzig Jahre, und wenn sie darüber ins Grübeln geriet, konnte es passieren, dass das Leben in der Dunkelheit jeglichen Glanz und Sinn verlor.

Laurent und seine kalten Füße hatten sie vor diesen finsteren Gedanken gerettet, denen Madame Cécile künftig keine Beachtung mehr schenken wollte – das nahm sie sich in dieser Nacht fest vor.

In Manosque fiel kurzzeitig der Strom aus, und Lilette Ambrois, Inhaberin nobler Innenausstattungsgeschäfte, saß aufrecht im Bett und fürchtete sich. Lilette hasste es, in der Nacht wach zu werden, sie hasste die Gedanken, die sich ihr dann unaufhaltsam aufdrängten. Tagsüber hatte Lilette ihr Leben fest im Griff, eine taffe Geschäftsfrau von siebenunddreißig Jahren, gut aussehend, gepflegt, beliebt bei ihren Freunden, gefürchtet bei ihren Feinden. Tagsüber kannte Lilette Ambrois keine schwachen Momente. Nur des Nachts, wenn sie trotz aller Vorkehrungen nicht schlafen konnte, fürchtete sie sich vor dem Alleinsein – und vor dem Altwerden. Sie sehnte sich nach einem Mann, der ihrem Einzelkämpferdasein und ihrer Angst vor dem Alter endlich ein Ende bereiten würde, ein Mann, der ebenso klug, erfolgreich und gut aussehend war wie sie selber. Ein Mann, um den sie die ganze Welt beneiden würde. Die Spezies der gut aussehenden, sehr erfolgreichen und klugen Männer war aber nicht nur sehr rar, sondern auch äußerst schwer greifbar, so ähnlich wie ein Louis-Seize-Sekretär oder ein Gemälde von Lautrec. Lilette Ambrois überkam die Erkenntnis, dass sie wohl in der Lage war, ihren Kunden einen Louis-Seize-Sekretär und einen Lautrec zu beschaffen, aber es bisher nicht geschafft hatte, sich selbst einen Mann zu angeln, der ihrer wert war. In dieser Nacht vom neunzehnten auf den zwanzigsten Dezember, in der absoluten und unheimlichen Dunkelheit ihrer Wohnung, beschloss sie, den nächsten erfolgreichen, gut aussehenden und klugen Mann, der ihr über den Weg lief, wie einen gut erhaltenen Louis-Seize-Sekretär zu betrachten – sie musste ihn einfach haben!

In Paris stolperte Robert de Sabran-Pontevès in dem Buch, das er gerade las, über ein Zitat von Paracelsus, das ihn zu seinem eigenen Erstaunen betroffen machte. Er stand auf, um aus dem Fenster seiner todschicken Wohnung am Montmartre auf die Lichter der Stadt zu blicken. Robert de Sabran-Pontevès stand auf einer inoffiziellen Liste mit den hundert vermögendsten Männern Frankreichs, er war fünfundvierzig Jahre alt, eine blendende Erscheinung, auf jeder Party gern gesehen. Seine zahlreichen Firmen schrieben ausschließlich schwarze Zahlen, sein Golfhandicap war beachtlich, und die schönsten Frauen von Paris rissen sich darum, mit ihm ins Bett zu gehen.

»*Wer nichts weiß, liebt nichts. Wer nichts tun kann, versteht nichts. Wer nichts versteht, ist nichts wert*«, wiederholte er laut das eben Gelesene und fühlte sich entsetzlich wertlos.

»Midlifecrisis«, hatte der Kommentar seiner Freunde gelautet, als sie erfuhren, dass Robert ein Restaurant in der Provence erworben hatte und sich dort als Geschäftsführer versuchen wollte. Er wusste, dass man Wetten darüber abgeschlossen hatte, wie lange er es dort aushalten würde, und er zweifelte selber daran, ob diese Idee ihn vor der »großen Leere«, wie er es nannte, würde retten können.

Auf der anderen Seite der Erdkugel, auf den Bahamas, fühlte Joséphine Kennedy, geborene Le Ber, zur selben Zeit etwas ganz Ähnliches. Ein leeres, nagendes Gefühl hatte sich ihrer bemächtigt, mitten auf ihrer Hochzeitsreise, zu einem Zeitpunkt, an dem sie sich eigentlich am Ziel all ihrer Träume hätte wähnen müssen. Voller Furcht betrachtete sie ihr Gesicht im Spiegel, untersuchte die zarten, fast unsichtbaren Fältchen in ihren Augenwinkeln und warf dann die kleine, rosarote Pille, die sie gerade hatte schlucken wollen, kurzerhand ins Waschbecken. Mit Befriedigung lauschte sie dem leisen Klickern, mit dem die Pille im Abflussrohr verschwand. Joséphine würde schwanger werden, ob John D. nun damit einverstanden war oder nicht: Es war der einzige Weg, die Leere in ihrem Dasein auszufüllen. Und diesmal würde sie es besser machen, diesmal würde sie als Mutter nicht versagen wie bei Laurent, der ihr sicher nicht den Preis der Mutter des Jahres würde zukommen lassen.

Womit wir zurück auf RINQUINQUIN wären: Ein Stockwerk tiefer als Laurent erwachte auch Großtante Germaine in ihrem Gesundheitsbett und fragte sich wieder einmal, welches Jahr man wohl schriebe. Die meiste Zeit des Tages besaß sie die magische Fähigkeit, in ihrem Leben herumzuspazieren wie eine Zeitreisende aus einem utopischen Roman; sie konnte mühelos ein halbes Jahrhundert in einer Sekunde überspringen, konnte Kind, junges Mädchen oder Mutter sein – ganz nach Belieben. Nur nachts, wenn sie, wie jetzt, aus dem Schlaf hochschreckte, versuchte sie vergeblich, sich im Hier und Jetzt wiederzufinden. Sie hätte am liebsten um Hilfe gerufen, wusste aber nicht, welchen Namen sie rufen sollte. Das Einzige, was ihr blieb, war, wieder einzuschlafen.

Zwei Türen weiter legte Corin Le Ber die Hand auf Isabells Bauch und spürte ganz deutlich, dass das Baby einen Schluckauf hatte. Er war gerührt. Das Baby war noch nicht geboren, und doch waren sie bereits in jedem Augenblick zu dritt.

Isabell war weniger gerührt als genervt.

»Ich finde, es sollte jetzt damit aufhören und mich noch ein bisschen schlafen lassen«, sagte sie. »Wenn es erst auf der Welt ist, wird es uns noch oft genug wach halten.«

»Ich freu mich darauf«, sagte Corin. In diesem Augenblick meinte er es wirklich ernst.

Im fernen New York studierte Madeleine Clérisseau zur gleichen Zeit voller Interesse einen Artikel in der Zeitschrift *She*, welcher die schier unüberwindbaren Schwierigkeiten von Paaren beschrieb, die gerade zum ersten Mal Eltern geworden waren und über der Verantwortung für das Baby ganz vergaßen, ein Liebespaar zu sein. Der Prozentsatz der Partnerschaften, die noch im ersten Jahr mit Baby zerbrächen, sei erschreckend hoch, schrieb die Autorin und führte, nicht ohne eine gewisse Schadenfreude, ein halbes Dutzend prominenter Beispiele an.

»Warum sollte es dir anders gehen, Corin?«, fragte Madeleine laut, obwohl ihr alter Freund Zehntausende von Kilometern weit entfernt war und sie unmöglich hören konnte. Seufzend schaute sie aus dem Fenster ihres

Apartments im 30. Stock. Die Wolkenkratzer von Manhattan waren auch bei ungemütlichem Schneeregen wie heute ein erhabener Anblick. Aber vor Madeleines inneren Augen erschienen, ohne dass sie es wollte, Abhänge bewachsen mit Rosmarin, Thymian und wildem Fenchel, dazwischen Zystrosen, Stechginster, Baumheide, Myrten und Steineichen, eine duftende Wildnis, die sich von den Mauern Clerisseaus bis hinab zum Flüsschen Volonne erstreckte.

Madeleine hatte Sehnsucht nach zu Hause. In dieser Nacht vom neunzehnten auf den zwanzigsten Dezember beschloss sie, ihrem Exildasein ein Ende zu bereiten und nach Europa zurückzukehren.

In Kiel in Deutschland schreckte Isabells Onkel Ludwig aus einem Traum hoch. Er war im Traum mit seiner Frau Paulette am Osteseestrand spazieren gegangen, eben jenen vertrauten Weg von der Uferpromenade zum Yachthafen, den er täglich bei Wind und Wetter zu gehen pflegte. Die Möwen hatten gekreischt, die Sonne geschienen, der Wind hatte Paulettes Haare zerzaust. Dann aber hatte sich eine Wolke vor die Sonne geschoben, und Paulette war abrupt stehen geblieben.

»Jetzt bin ich schon sechs Monate tot«, hatte sie gesagt. »Und du bist immer noch in Kiel und träumst von mir und unserer Vergangenheit.«

»Du bist doch nicht tot«, hatte er im Traum erwidert, aber als er die Arme um Paulette hatte schlingen wollen, war sie zurückgewichen.

»Es wird allmählich Zeit, andere Träume zu träumen«, hatte sie noch gesagt. »Und ein anderes Leben zu leben.«

Sein Herz klopfte wie wild, als er sich aufsetzte und die Nachttischlampe anknipste. Von der Kommode lächelte ihn Paulettes Bild an, das Gesicht so schön und lebendig wie immer. Ludwig studierte es lange und ausgiebig, bevor er sich klar machte: Es war Zeit, der Vergangenheit den Rücken zu kehren.

»Also gut«, sagte er laut. »Ab heute werde ich andere Träume träumen. Mehr noch: Ich werde sie verwirklichen!«

Einzig Matilde Le Ber traf in jener Nacht keine weit reichende Entscheidung. Sie hatte dafür eine Erscheinung mit weit reichenden Folgen.

Teil 2

Normalerweise setzte sich Matilde nicht hinters Steuer, wenn sie mehr als ein Glas Wein getrunken hatte, aber heute war eine Ausnahme. Das Unwetter, das am frühen Abend mit heftigen Sturmböen und ungeheuren Regenmengen über dem Luberon und dem Verdon hereingebrochen war, hatte die Telefonleitungen lahm gelegt, und es war beim besten Willen kein Taxi zu erreichen gewesen, das Matilde von Manosque nach Hause hätte bringen können.

»Das macht gar nichts«, hatte ihr Kollege François etwas undeutlich gesäuselt. »Du kannst bei mir schlafen, Tilly. Meine Wohnung ist doch gleich hier um die Ecke.«

François hatte immer schon eine Schwäche für sie gehabt, obwohl er diese Tatsache zu Matildes Erleichterung den überwiegenden Teil des Jahres zu verbergen wusste. Im Grunde war er nämlich ein schüchterner, zurückhaltender Mensch. Nur an den Weihnachtsfeiern im Restaurant, wenn Monsieur Feraud seiner Belegschaft Champagner und eine feierliche Ansprache spendierte, wurde François zutraulich. Er pflegte Matilde dann mit Komplimenten und eindeutigen Angeboten zu überschütten, die ihm im nüchternen Zustand niemals über die Lippen gingen, ebenso wenig wie die alberne Verunglimpfung ihres Namens, »Tilly«. Nun war François zwar ein exzellenter Koch und ein wirklich netter Kollege, aber er hatte unleugbare Ähnlichkeiten mit einer Kröte, und die Vorstellung, bei ihm übernachten zu müssen und die ganze Nacht seine flossenähnlichen Hände und Schlimmeres abwehren zu müssen, hatte Matilde zu ihrem Wagen getrieben, trotz der fünf Gläser Champagner, die sie getrunken hatte. Sonst pflegte sie allerhöchstens zwei Gläser zu trinken, eines zur Begrüßung und eines, um die langatmige, stets gleiche Rede ihres Chefs zu ertragen. Diesmal allerdings war Monsieur Ferauds Rede gänzlich anders ausgefallen, so anders, dass nicht nur Matilde automatisch zu mehr Champagner gegriffen hatte.

Es war Nacht, und auf den Straßen war nach dem Unwetter nicht mehr viel los. Vereinzelt hörte sie noch die Sirenen der Einsatzfahrzeuge, vermutlich gab es immer noch eine Menge Keller auszupumpen und umgestürzte Bäume von der Fahrbahn zu ziehen. Ganz sicher und zu ihrem Glück hatte die Polizei Besseres zu tun, als Autofahrer auf Trunkenheit hin zu kontrollieren. Der gewissenhaften Matilde war trotzdem alles andere als wohl bei dem Gedanken, angetrunken hinter dem Steuer zu sitzen.

Die Autobahn war frei, aber sie kam nur langsam voran. Das lag an dem eigenartigen Nebel, der dicht über der Fahrbahn lag und Matilde das Gefühl gab, durch Zuckerwatte zu fahren. Es war Mitte Dezember, und noch vor ein paar Tagen hatte beinahe sommerliche Wärme geherrscht, wie so oft in dieser Jahreszeit in der Provence. Der Regen, die Kälte und der Sturm waren unverhofft gekommen und hatten das Land mit einem Mal in tiefsten Winter getaucht. Am Boden klebte der dichte Nebel, am Himmel herrschte wildes Chaos. Es war Vollmond, und der Sturm riss die Wolken in lang gezogene Fetzen und trieb sie vor sich her. Es sah aus, als würden sie am Himmel Nachlaufen spielen. Die dichten Nebelschwaden am Boden hingegen schienen zäh, beinahe unbeweglich zu sein, nur hier und da lösten sich einzelne Fetzen und türmten sich zu eigenartigen Gebilden auf.

Mit einem leisen Schaudern erinnerte sich Matilde daran, wie Ermeline diese Art Bodennebel zu nennen pflegte: »Das Leichentuch der Erde«. Ermeline liebte Gruselgeschichten über alles, und Matilde kannte inzwischen mehr davon als ihr lieb war. Einige davon begannen mit den Worten: »Es war ein kühler Winterabend, und der Nebel legte sich über die Erde wie ein Leichentuch ...« Matilde sah Ermelines Gesicht förmlich vor sich, die buschigen Augenbrauen zusammengezogen, die Stimme noch tiefer als sonst: »In Nächten wie diesen verließ der Kopflose Graf seine Gruft, um in den Dörfern sein Unwesen zu treiben, und kein junges Mädchen war sicher vor ihm ...«

Matilde trat auf die Bremse, weil sie eine Gestalt auf der Fahrbahn zu erkennen glaubte, aber beim Näherkommen sah sie, dass es sich lediglich um einen Nebelfetzen handelte, der aus der Zuckerwatte hervorragte. Sie schimpfte laut mit sich, weil sie so viel Champagner getrunken hatte, aber die Neuigkeiten, die Monsieur Feraud ihnen in seiner Ansprache unterbreitet hatte, waren so gravierend gewesen, dass der Champagner sozusagen erste Hilfe leisten musste.

Matilde war als Köchin in Monsieur Ferauds Restaurant »ROYAUME« beschäftigt, einem Feinschmeckerrestaurant, dessen guter Ruf weit über die Stadtgrenzen von Manosque bekannt war. Sie besaßen einen Stern im *Michelin* sowie eine Reihe von Kochmützen, Sternchen, Punkten, Gabeln und lobenden Erwähnungen in diversen Restaurantführern. Die Gäste kamen aus der gesamten Provence, um bei ihnen zu speisen. Das war in erster Linie Matildes und François' Verdienst, Monsieur Feraud verstand vom Kochen rein gar nichts, er war lediglich ein guter Geschäftsmann und – zugegeben – ein wunderbarer Gastgeber. Ihm hatte das Restaurant sein elegantes und gemütliches Ambiente zu verdanken, und die Gäste liebten es, wenn er abends im Frack zwischen den Tischen hin und her eilte und sich nach ihrem Wohlbefinden erkundigte. Dass Monsieur Feraud in den Ruhestand gehen und das Lokal verkaufen wollte, war für alle achtzehn Angestellten eine große Überraschung, ja, ein Schock gewesen.

»Für Sie wird sich nichts ändern«, hatte Monsieur Feraud in seiner Ansprache beteuert. »Der neue Besitzer wird Sie alle weiterhin beschäftigen. Das war eine meiner Bedingungen.«

Seine geschockten Mitarbeiter hatten immerhin ein erleichtertes Nicken zustande gebracht.

»Natürlich gilt das nur für eine Frist von sechs Monaten«, war Monsieur Feraud fortgefahren. »Wenn er danach personelle Veränderungen vornehmen will, kann er das natürlich tun.«

Die alamierten Blicke, die sich seine Mitarbeiter hierauf untereinander zugeworfen hatten, waren ihm nicht entgangen, und so hatte er hinzugefügt: »Aber warum sollte er jemanden entlassen, wo Sie doch alle miteinander so hervorragende Arbeit leisten?«

»Vielleicht, weil er einen Cousin hat, der Koch ist, und vier Neffen, die dringend einen Nebenjob als Kellner brauchen«, hatte François nur halb im Scherz gemurmelt. Das ROYAUME war schließlich nur ein kleines Unternehmen. Viel hatte Monsieur Feraud nicht über den neuen Besitzer verraten, nur so viel, dass er aus Paris kam und bis jetzt noch nie ein Restaurant geführt hatte.

Nun, das konnte ja heiter werden! Matilde seufzte. Sie war keine Freundin von Veränderungen, und die Tatsache, dass Monsieur Feraud nicht mehr in der Küche auftauchen, ihre Soßen probieren und Hektik verbreiten würde, stimmte sie melancholisch. Wer konnte schon wissen, wie der neue Chef sein würde? Vielleicht war es einer von diesen herrischen Typen, die ständig darüber bestimmen wollten, was sie in ihren Kochtopf zu werfen hatte und was nicht.

Himmel, was war das da vorne? Ein riesengroßer Hund, der am Fahrbahnrand sein Maul aufsperrte! Nein, wieder nur der seltsame Nebel. Wie unheimlich. Bis über die Scheinwerfer steckte das Auto in diesen Bodenwolken fest, darüber herrschte klare Sicht.

Erleichtert passierte Matilde das Ausfahrtschild mit der Aufschrift *Volonne* und setzte den Blinker. Obwohl sie die Strecke eigentlich im Schlaf kannte, kam es ihr heute so vor, als führe sie sie das erste Mal.

Zwischen den Häusern von Volonne herrschte einigermaßen klare Sicht, als habe der kleine Ort einen Bannkreis um sich gezogen, in den der Nebel nicht eindringen konnte. Friedlich, vom Unwetter scheinbar unberührt, schlummerten die Dorfbewohner in ihren Betten. Nicht mal die Feuerwehr schien ausgerückt zu sein.

Gleich am Ortsende musste Matilde wieder scharf bremsen, weil ein Reh auf der Fahrbahn stand.

»Du dummes Ding«, schimpfte Matilde, aber direkt vor ihren Scheinwerfern löste das dumme Ding sich in Nebel auf.

Sie fluchte leise, während sie langsam die Straße nach RINQUINQUIN hinauffuhr, die zu beiden Seiten von Pfirsichbäumen gesäumt wurde. Wie immer schaute sie nach rechts die Hügel hinauf, genau dort, wo man durch die Bäume hindurch einen Blick auf das Haus werfen konnte. Der Vollmond war zwischen den sich jagenden Wolken am Himmel aufgetaucht, in einem Fenster im ersten Stock schien Licht, und der Nebel lag auf den Terrassen mit den Pfirsichbäumen, die sich beinahe bis zum Haus hinaufzogen. Ein schöner Anblick, so schön und – vom Nebel mal abgesehen – vertraut, dass Matilde vom Gas ging und den Wagen zum Stehen brachte. Das war ihr Zuhause, ihres und das der Menschen, die sie liebte. Sie dankte Gott dafür, dass sie es bis hierhin geschafft hatte und bald wohlbehalten in ihrem Bett liegen würde, anstatt – welche Vorstellung! – neben François zu erwachen.

Matilde Le Ber war neununddreißig Jahre alt, und jedes einzelne Jahr davon hatte sie auf diesem Gut verbracht. Ihr Zimmer im ersten Stock war seit ihrer Kindheit nicht größer geworden, und auch der Blick war immer noch der gleiche: über die Baumwipfel bis hinab zum Fluss und weit in die Berge dahinter. Es war dieser Blick, den Matilde jeden Morgen brauchte, um sich sicher und geborgen zu fühlen. Mit zwanzig, als sie wie die meisten jungen Mädchen noch davon geträumt hatte, eines Tages zu heiraten und selber eine Familie zu gründen, hatte ihr die Vorstellung, von RINQUINQUIN wegziehen zu müssen, nie so recht gefallen. Aber so war nun mal der Gang der Dinge.

»Eine Frau mit einer eigenen Familie braucht auch ihren eigenen Haushalt«, pflegte ihre Mutter immer zu sagen. »Es wird schrecklich sein, wenn du mal heiratest, Schatz. Wir werden kulinarisch völlig verkommen.«

Jetzt, mit neununddreißig, war Matilde insgeheim davon überzeugt, dass sie RINQUINQUIN für immer erhalten bliebe. Bis an ihr Lebensende würde sie in ihrem Zimmerchen mit Blick auf den Fluss wohnen bleiben und jeden Tag köstliche Mahlzeiten für die Familie bereiten. Der Gedanke war seltsam tröstlich und zugleich furchterregend endgültig. Denn irgendwo tief in ihr gab es immer noch das junge Mädchen, das von einem Mann und eigenen Kindern träumte ...

Matilde betrachtete ihr im Mondlicht schlummerndes Zuhause liebevoll. Das Licht im Eckzimmer – dem Schlafzimmer ihres Bruders Corin und seiner Frau Isabell – erlosch. Isabell war im neunten Monat schwanger, wahrscheinlich hatte sie gerade wieder einen ihrer zahllosen nächtlichen Toilettengänge hinter sich gebracht. Matilde stellte sich vor, wie sie erleichtert zurück unter ihre warme Decke kroch, sich an Corin kuschelte und wieder einschlief. Die Sehnsucht nach dem eigenen Bett verstärkte sich.

In diesem Augenblick sah sie es.

Eine helle, schlanke Gestalt, die aus dem Schatten eines Pfirsichbaumes hervor ins Mondlicht trat. Eine Frau in einem langen, weißen Kleid.

Etwas griff nach Matilde und schnürte ihr die Kehle zu. Ihre Arme überzogen sich mit einer Gänsehaut.

Diesmal war es nicht der Nebel, der ihr einen Streich spielte. Obwohl sie sie zum ersten Mal sah, wusste sie genau, wen sie vor sich hatte.

»Die Weiße Dame von Volonne«, flüsterte sie. Das letzte Mal war sie in dem Jahr aufgetaucht, in dem ihr Vater und Catherine gestorben waren. Damals war sie Ermeline erschienen. Die Weiße Dame tauchte immer dann auf, wenn der Familie Le Ber ein Todesfall bevorstand.

Nichts als dummer Aberglaube, hatte ihr Vater immer gesagt, und Matilde war geneigt gewesen, ihm zu glauben.

Bis heute. Bis zu diesem Augenblick, wo sie die Weiße Dame mit eigenen Augen vor sich sah, keine hundert Meter entfernt.

Vor lauter Schreck nahm Matilde den Fuß von der Kupplung, das Auto machte einen kleinen Hopser nach vorne, und der Motor ging aus.

»Oh bitte nicht«, murmelte sie. Die Weiße Dame machte ein paar Schritte auf sie zu, nein, sie schwebte über die Pfirsichterrasse, das weiße Kleid hinter sich herschleifend wie eine Schleppe. Dann blieb sie stehen und schien genau zu Matilde hinüberzuschauen.

Matilde hatte längst der Atem gestockt. Ängstlich und neugierig zugleich kniff sie die Augen zusammen, um die Erscheinung besser sehen zu können. Öffnete sie nicht den Mund, als wolle sie ihr etwas sagen? Dann wendete sie sich um und streckte ihren langen, weißen Arm aus. Ihre Hand wies genau auf das Haus. Es war eine unheilvolle Geste, wie eine Drohung.

»Oh nein«, flüsterte Matilde.

Eine dunkle Wolke schob sich vor den Vollmond und tauchte alles außerhalb der Scheinwerferkegel in vollkommene Dunkelheit.

»Heilige Mutter Maria«, murmelte Matilde und merkte, dass sie mit den Zähnen klapperte. Mit zitternden Händen startete sie den Wagen erneut und ließ den Motor aufheulen. Die Wolken gaben den Vollmond wieder frei, und Matilde warf einen hastigen Blick zur Seite, während sie den Fuß auf das Gaspedal presste.

Aber die Weiße Dame war verschwunden.

1. KAPITEL

Isabell stellte mit einer gewissen Resignation fest, dass sie nicht mehr in der Lage war, sich alleine die Schuhe zuzubinden. Der dicke Bauch war einfach überall im Weg. Irgendwann in den letzten Wochen war er auf die Größe eines Heißluftballons herangewachsen, auf ein Volumen, das sie selber niemals für möglich gehalten hatte. Und nicht nur der Bauch war gewachsen, nein, plötzlich schien sie auch einen enormen Hintern bekommen zu haben.

Isabell seufzte. Bis vor kurzem noch war sie eine geradezu bilderbuchmäßige Schwangere gewesen, mit Rosenteint, glänzendem Haar, einem rührenden Trommelbäuchlein und so schlanken Fesseln wie eh und je.

»Du bist wunderschön«, hatte Corin ihr jeden Tag gesagt, und Isabell hatte selbstbewusst dazu gelächelt. Ja, sie war schön. Und sie fühlte sich wunderbar, so gesund und voller freudiger Erwartung. Sie war die glücklichste Frau der Welt, weil sie auf RINQUINQUIN leben durfte, dem schönsten Ort der Provence, nein, der ganzen Welt, mit dem Mann ihrer Träume an ihrer Seite und dem gemeinsamen Baby im Bauch. Das Leben, daran hatte sie keinen Zweifel gehabt, war herrlich.

Jetzt aber war das Leben einfach nur noch beschwerlich. Es war schwer, morgens aus dem Bett zu steigen, es war schwer, etwas zu essen zu finden, das kein Sodbrennen verursachte, ja, es war sogar schwer, einfach nur auf dem Sofa zu sitzen.

»Das ist kein Baby, das sind Wackersteine«, hatte sie erst gestern zu Corin gesagt.

Er hatte sie lachend betrachtet und erwidert: »Ich finde eher, es sieht aus, als würdest du ein Nilpferdbaby austragen.«

Isabell hatte ihn tief gekränkt angesehen. Kein »Du siehst wunderschön aus, Liebling« mehr – nun ja, das war auch kein Wunder: Sie sah aus wie ein Fesselballon auf Beinen. Auf dicken Beinen, um genau zu sein, denn Wasserablagerungen hatten sie auf den doppelten Umfang anschwellen lassen. Als ob ihre Haut den plötzlichen Volumenzuwachs nicht mitmachen wollte, entdeckte Isabell zu allem Überfluss überall tiefe rote Striemen, an Brust, Beinen, Hüften und natürlich am Bauch. Wie Laufmaschen zogen sich die Dehnungsstreifen über ihren Körper.

»Die verschwinden später zum überwiegenden Teil wieder«, hatte Madame Lemmonier, die Hebamme, gesagt und Isabell eine Arnikatinktur zum Einreiben dagelassen. »Zumindest werden sie farblos und damit fast unsichtbar.«

»Ich bin ein Streifenhörnchen«, hatte Isabell gejammert, und Corin hatte gesagt: »Das dickste Streifenhörnchen der Welt«, woraufhin Isabell ihm ein Kissen an den Kopf geworfen und zu weinen angefangen hatte.

»Das ist doch gar nicht schlimm«, hatte Madame Cécile, Corins Mutter, versucht zu trösten. »Jedes Mal, wenn ich schwanger war, passte ich nicht mehr durch die Türen, so dick war ich. Und Streifen hatte ich mehr als ich zählen konnte. Das ist alles ganz schnell wieder vergessen.«

Isabell hatte mit der Hand ihren Bauch abgetastet und geseufzt: »Das fühlt sich an wie mit Breitkord überzogen. Ich glaube nicht, dass diese Streifen jemals wieder weggehen!«

»Aber das macht doch nichts, wenn man dir ansieht, dass du ein Kind geboren hast«, hatte Madame Cécile gesagt. »Da kannst du doch stolz drauf sein. Du wirst sehen, wenn das Kind erst da ist, spielt das alles keine Rolle mehr.«

»Na klar«, hatte Isabell gemurmelt und dabei zu Corin hinaufgeschielt. Ob es ihm auch egal sein würde, wenn er anstatt über Seidenhaut über Breitkord streichelte?

»Krieg du nur erst mal unser Nilpferd«, hatte er nur gesagt. Reizend.

Bis zum errechneten Geburtstermin waren es noch elf Tage. Elf Tage, in denen sie vermutlich platzen würde! Endlich hatte Isabell es geschafft, sich die Schuhe zuzubinden und wuchtete sich vom Sofa hoch. Was für eine Tortur! Bald würde sie einen Kran dafür benötigen.

»Wären Sie so nett und würden mich bitte mal ans Fenster schieben, Schwester Caroline?«, fragte Großtante Germaine, die bislang in ihrem Rollstuhl vor dem Kamin vor sich hingedöst hatte, so reglos, dass Isabell fast vergessen hatte, dass sie überhaupt da war. Großtante Germaine war ungefähr so alt wie die knorrige Platane vor dem Haus, was bedeutete, das sie nicht weit von ihrem hundertsten Geburtstag entfernt war. Die meiste Zeit war ihr Geist verwirrt und irrte in allen möglichen Zeitabschnitten ihres ereignisreichen Lebens herum. Aus irgendeinem Grund hielt sie Isabell für eine gewisse

Schwester Caroline, die sie vermutlich im Ersten Weltkrieg einmal gekannt hatte.

Isabell mochte die alte Dame, sowohl in ihren verwirrten wie auch in ihren wenigen klaren Momenten, wobei man das manchmal nicht unterscheiden konnte, denn auch in ihren verwirrtesten Momenten gab Großtante Germaine verblüffende Weisheiten von sich.

Isabell schob den Rollstuhl vor das Fenster, zog die Decke auf Großtante Germaines Knien glatt und streichelte liebevoll über die runzelige Wange. »Ist es so gut?«

»Ja, vielen Dank, Schwester Caroline«, sagte Großtante Germaine und musterte sie erheitert. »Junge, Junge, Sie sehen ja mittlerweile aus, als würden Sie Drillinge erwarten!«

»Ich weiß«, seufzte Isabell.

»Hallo Großtante Germaine, hallo Liebes.« Corins Schwester Matilde hatte den Raum betreten, wie immer, ohne ein Geräusch zu machen. Sie bewegte sich stets so leise und anmutig wie eine Katze.

Isabell, die sich zur Zeit so leise und anmutig bewegte wie ein asthmatisches Nashorn, seufzte neidisch. »Gehst du mit mir spazieren, Matilde?«

»Bei *dem* Wetter?« Matilde sah sie kopfschüttelnd an. »Hast du mal aus dem Fenster gesehen, mein Mädchen?«

»Ja, aber ich soll mich bewegen, hat Madame Lemmonier gesagt. Seit heute Morgen habe ich immer wieder mal so ein Ziehen im Bauch. Das sind Senkwehen, nehme ich an, und Bewegung wäre jetzt genau das Richtige.«

»Wehen?«, rief Matilde alarmiert aus.

»*Senkwehen*«, verbesserte Isabell und lächelte überlegen. Sie hatte in den letzten Monaten ungefähr ein Dutzend Bücher über Geburtsvorbereitung, Geburten und

Säuglingspflege gelesen. Auf diesem Gebiet konnte man ihr so schnell kein X für ein U vormachen, davon war sie überzeugt. »Dadurch senkt sich das Köpfchen tiefer ins Becken, und das Kind gelangt so in die richtige Geburtsposition. Aua!«

Senkwehen waren aber verdammt unangenehm. Diese hier besonders. Isabell ließ sich instinktiv wieder auf das Sofa zurückfallen.

»Was, und das geht jetzt die nächsten elf Tage so weiter?«, fragte Matilde mit einem entsetzten Blick auf Isabells angespannten Gesichtsausdruck.

»Äh, also ... keine Ahnung«, ächzte Isabell. Der Krampf war vorbei, und sie streckte ihre Beine von sich. »Hoffentlich nicht! Es tut ganz schön weh! Oh Mist, jetzt muss ich mich schon wieder hoch hieven! Warum bin ich denn nicht einfach stehen geblieben?«

»Woher bitte weiß man, ob es sich um Senkwehen oder um richtige Wehen handelt?«, wollte Matilde wissen.

»Das äh ... das spürt man eben«, sagte Isabell verunsichert. »Ich meine, die richtigen Wehen sind schmerzhafter und dauern länger an ... oder – oh, hoffentlich nicht! Das überlebe ich nämlich nicht! Ich bin im Grunde ein äußerst schmerzempfindlicher Mensch.«

»Vergiss nicht, dass das Mädchen Krankenschwester ist«, ließ sich Großtante Germaine vernehmen. »Sie kennt sich damit aus.«

»Schön wär eine schnelle Geburt ja«, murmelte Isabell, die von Beruf Steuerfachgehilfin war. Regen klatschte gegen das dreiflügelige Fenster, das zum Garten hinausging, und sie sah ein, dass es vernünftiger war, auf dem Sofa sitzen zu bleiben. Ah, und dafür die ganze Mühe mit den Schuhen!

Matilde stellte sich hinter Großtante Germaine, massierte ihr sanft die mageren Schultern und blickte dabei in den durchweichten Garten hinaus. Großtante Germaine nickte unter der Massage wieder ein, und Matilde seufzte.

Sie sah mit ihrem schmalen, ernsten Gesicht eigentlich immer so aus, als ob sie sich um etwas Sorgen machte, aber heute sah sie besonders besorgt aus, fand Isabell.

»Wie war es auf deiner Weihnachtsfeier gestern Abend?«, erkundigte sie sich. »Corin ist heute Nacht noch mal aufgestanden, um zu sehen, ob dein Wagen auch da ist. Ich habe mir Sorgen gemacht. Bei dem Wetter hättest du in Manosque bleiben sollen. Der Nebel war ja so dick wie Pudding.«

»Wie Zuckerwatte, ja, sehr seltsam. Ein wirklich unheimlicher Nebel.«

»Das Leichentuch der Erde«, sagte Isabell.

»Wie bitte?« Matilde lief auf der Stelle ein Schauder über den Rücken. Sie hatte in der Nacht kaum geschlafen, die Weiße Dame war noch stundenlang in ihrem Kopf herumgespukt. Auch wenn sie die Erscheinung gerne als Hirngespinst abgetan hätte, konnte sie nicht anders, als sich immer wieder die eine Frage zu stellen: Wer sollte auf RINQUINQUIN diesmal sterben? Ob sie wollte oder nicht, sie musste die ganze Zeit an Isabells Baby denken.

»In Nächten wie diesen öffnen sich die Gräber, und die Toten besuchen ihre alten Wirkungsstätten ...«, sagte Isabell arglos.

»Wie bitte?«

»Hat Ermeline gesagt. Und dabei die Augen gerollt«, erläuterte Isabell. Die brummige, etwas übergewichtige Ermeline war auf RINQUINQUIN für den Haushalt und die Hühner sowie für Klatsch und Tratsch und haarsträubende Geschichten aller Art zuständig.

»Ach so, ja.« Matilde zwang sich zu einem Lächeln. »Hat sie euch auch die Mär vom Kopflosen Grafen erzählt?«

»Sie wollte es«, sagte Isabell lachend. »Aber alle außer mir kannten die Geschichte wohl schon und wollten lieber ins Bett gehen. Ermeline hat versprochen, sie mir mal ganz in Ruhe zu erzählen. Und wie war es bei dir?«

»Ähnlich gruselig«, sagte Matilde. »Mein Chef hat uns mitgeteilt, dass er das Restaurant verkauft hat. Ab Januar hat das ROYAUME einen neuen Besitzer.«

»Heißt das, ihr müsst euch einen neuen Job suchen?«

»Nein, der Neue übernimmt die Belegschaft – jedenfalls vorläufig.«

»Oh – nun ja, sagtest du nicht, Monsieur Feraud sei ein Leuteschinder? Vielleicht ist der Neue ja viel netter.«

»Vielleicht«, sagte Matilde. »Vielleicht aber auch nicht.«

»Dich wird er auf jeden Fall lieben«, versicherte ihr Isabell. »Sobald er das erste Mal von deinem Essen gekostet hat!«

»Geschmäcker sind ja bekanntlich verschieden«, sagte Matilde.

»Nicht, was dein Essen angeht«, sagte Isabell überzeugt. »Oh nein, schon wieder. Uuuuuuh!«

»Eine Senkwehe?«

»Uuuuuuuh«, machte Isabell nur.

Matilde blickte in ihr schmerzverzerrtes Gesicht und lief kurz entschlossen zur Tür.

»Maman? Maman! Komm mal runter in den Salon, bitte!«

»Uuuuuuh«, ächzte Isabell auf dem Sofa.

»Maman!«

»Was ist denn los?«

»Isabell bekommt ihr Baby!«

Madame Cécile und der achtjährige Laurent stürmten hintereinander in den Salon, und aus der Küche schlurfte Ermeline herbei, sich die Hände an ihrer Schürze abwischend.

»Was, jetzt schon?«

»Warten Sie wenigstens noch, bis wir den Schokoladenkuchen fertig gebacken haben.«

»Blödsinn«, schnaufte Isabell. »Es ist schon wieder vorbei!«

»*Was* ist vorbei?«, fragte Madame Cécile und ließ sich neben ihr auf dem Sofa nieder.

»Sie hatte eine Wehe, die zweite innerhalb von zehn Minuten«, sagte Matilde. »Wir sollten einen Krankenwagen rufen.«

»Das war nur eine Senkwehe«, sagte Isabell und setzte unsicher hinzu: »Glaube ich.« Plötzlich war sie sich doch nicht mehr so sicher, ob man ihr hier nicht doch ein X für ein U, besser, eine Senkwehe für eine richtige Wehe vormachen wollte.

»Sie hat vor Schmerzen geschrien«, sagte Matilde.

»Jetzt übertreibst du aber! Wenn hier einer geschrien hat, dann du. *Maman! Maman!* Ich habe lediglich ein bisschen schwer geatmet.«

»Du hast ausgesehen, als würde dir jemand mit glühenden Zangen ...«

»Vielleicht sollten wir Madame Lemmonier anrufen«, schlug Madame Cécile vor. Als niemand widersprach, ging sie in den Flur hinaus zum Telefon.

»Madame Lemmonier wollte heute sowieso vorbeikommen«, sagte Isabell. »Schadet ja nicht, wenn sie sich den Stand der Dinge mal anguckt.«

»Tante Isabell?« Laurent ließ sich zu ihren Füßen nieder. Er war das Kind von Corins und Matildes Schwester Joséphine, die in Amerika lebte. Seine Gedanken waren zurzeit ähnlich kraus wie seine kurz geschnittenen braunen Haare, die Isabell immer ein bisschen an ein frisch geschorenes Schaf erinnerten: »Wo kommt das Baby noch mal rausgekrabbelt?«

»Nirgendwo«, sagte Isabell. »Es bleibt schön da, wo es ist. Es kommt erst in elf Tagen.«

»Und wo kommt es dann raus?«

»Aus meinem Bauch.«

»Und wo *genau* kommt es raus?«

»Das hat Bertrand dir doch alles ganz genau erklärt, Laurent«, mischte sich Ermeline ein. »Das Baby kommt genau so aus Mademoiselle Isabell heraus wie das Kälbchen aus Monsieur Richauds Kuh.«

»Ganz genau so«, sagte Isabell grinsend. »Bertrand hat wirklich ganz hervorragende Aufklärungsarbeit geleistet.«

»Alles klar!« Madame Cécile kam wieder durch die Tür. »Madame Lemmonier ist in einer halben Stunde hier. Wo ist Corin? War dieser Banktermin nicht heute?«

»Doch. Er ist heute Morgen mit Bertrand nach Sisteron gefahren«, sagte Isabell. »Aber mittags sind sie ja wieder hier.«

»Hoffentlich hat er sein Handy dabei!«

»Warum? Wegen ein paar harmlosen Senkwehen rufe *ich* ihn bestimmt nicht an! Oh – aua! Uuuuuuh!«

»Schon wieder!«, rief Matilde und sah auf die Uhr.

»Von solchen Senkwehen habe ich noch nie etwas gehört«, brummte Ermeline. »Und ich habe immerhin auch drei Kinder bekommen. Sogar vier, wenn man den nichtsnutzigen Rainier mitzählt!«

»Wer ist der nichtsnutzige Rainier?«, wollte Laurent wissen.

»Das ist mein zweiter Sohn«, sagte Ermeline. »Taugt nichts, der Junge. Na ja, dafür sind die anderen drei gelungen. Einer ist immer dabei, aus dem nichts wird!«

Isabell keuchte etwas Unverständliches.

»Wir sollten sie schleunigst in die Klinik fahren!«, rief Matilde.

»Madame Lemmonier wird doch gleich hier sein«, sagte Madame Cécile. »Sieht aber wirklich so aus, als ob es jetzt losginge, Isabell, Schätzchen.«

»Zu früh«, ächzte Isabell.

»Besser als zu spät«, sagte Madame Cécile gelassen.

»Uuuuuuh«, jammerte Isabell. »Das sind also keine Senkwehen?«

»Nein«, sagte Madame Cécile bestimmt. »Dabei muss man nicht uuuuuuh schreien.«

»Ich schreie nicht«, sagte Isabell und atmete tief durch. Der Schmerz war wieder vorbei.

»Wir sollten ins Krankenhaus fahren«, sagte Matilde erneut.

»Du weißt genau, dass wir das Kind zu Hause bekommen werden«, sagte Isabell.

»*Wir* ist gut!«, murmelte Ermeline, aber Isabell fuhr ungerührt fort, aus einem ihrer Bücher über die natürliche Geburt zu zitieren: »Es wird im Kreis der Familie geboren, in sanftem Licht, vielleicht untermalt von leiser Musik. Die Hektik und das grelle Licht eines sterilen Kreißsaals werden diesem Baby erspart werden!«

»Ja, das hört sich alles wunderbar an«, sagte Matilde. »Aber in der Praxis ist es vielleicht besser, das Ganze mithilfe eines Arztes hinter sich zu bringen. Und einer Rückenmarksspritze. Alle meine Freundinnen sagen, ohne diese Spritze hätten sie die Geburt nicht überlebt.«

»Blödsinn«, widersprach Isabell. »Das haben schon viele Millionen von Frauen vor mir ohne Betäubung geschafft. Was ist plötzlich los mit dir? Wir sind doch auf alles bestens vorbereitet. Es ist nur ein bisschen früh!« Sie sah seufzend zum Fenster hinüber. »Und das Wetter ist natürlich Mist. Während der Eröffnungsphase wollte ich mit Corin im Garten spazieren gehen. Im Schein der Wintersonne. Die Wehen wollte ich an starken Bäumen hängend veratmen ...«

»Diese neumodischen Sitten«, sagte Ermeline missbilligend. »Während der Geburt an Bäumen herumhängen! Sind wir Affen oder Menschen?«

»Bei Monsieur Richaud haben sie das Kälbchen zu zwei Mann aus der Kuh herausgezogen«, wusste Laurent beizusteuern. »An den Beinen!«

»Ich meinte doch nur, in einer Klinik ist es einfach sicherer«, sagte Matilde. »Wenn etwas passiert ...«

»Es wird nichts passieren«, sagte Madame Cécile fest. »Madame Lemmonier hat bereits fünftausend Kinder zur Welt gebracht, sie ist erfahrener als jeder Arzt, den ich kenne.«

»Ich meinte doch nur ...«, begann Matilde, aber Madame Cécile warf ihr einen warnenden Blick zu und ließ sie verstummen.

»Bevor die nächste Wehe kommt, würde ich gerne nach oben gehen«, sagte Isabell. »Da ist der Gymnastikball, auf dem ich herumhopsen soll, vielleicht ist der besser als das Sofa.«

»Das ist eine gute Idee«, befand Madame Cécile. »Laurent und Ermeline, ihr stützt Isabell die Treppe hinauf, einer links und einer rechts!«

»Das ist nicht nötig«, protestierte Isabell, aber sowohl Ermeline als auch Laurent packten sie mit eisernem Griff.

Madame Cécile hielt Matilde am Ärmel zurück.

»Kein Wort von deiner Weißen Dame«, zischte sie. »Zu niemandem, verstanden? Damit jagst du hier allen nur eine Höllenangst ein.«

»Es ist nicht *meine* Weiße Dame. Hast du vergessen, was beim letzten Mal passiert ist, als sie aufgetaucht ist?«

»Es war neblig«, sagte Madame Cécile, die keineswegs vergessen hatte, was beim letzten Mal passiert war. Damals hatte Ermeline steif und fest behauptet, die Weiße Dame zu sehen, immer und immer wieder, bis schließlich ... – Madame Cécile schüttelte die Gedanken an den Todestag ihres Mannes ab. »Du hast selber gesagt, dass du zu viel getrunken hattest!«

»Ich weiß aber, was ich gesehen habe«, sagte Matilde. »Und ich habe Angst davor, was passieren wird. Ich finde, dass Isabell in eine Klinik gehört. Sicher ist sicher.«

»Du warst angetrunken und müde, und der Nebel bringt die seltsamsten Erscheinungen hervor ...«

»Maman! So war es nicht, und das weißt du genau! Die Weiße Dame war kein Nebelbild. Ich habe einfach gespürt, dass sie nicht von dieser Welt ist.«

Großtante Germaine, die den ganzen Trubel um Isabell vorhin am Fenster sitzend verschlafen hatte, hob mit einem Mal hellwach den Kopf.

»Die Weiße Dame ist also wieder da?«, fragte sie laut.

»Ach, Matilde«, sagte Madame Cécile ärgerlich. »Jetzt hast du auch noch Großtante Germaine Angst eingejagt!«

Die uralte Frau im Rollstuhl schüttelte den Kopf. »Ich habe keine Angst vor der Weißen Dame.«

»Und ich auch nicht«, sagte Madame Cécile fest. »Das ist nichts als dummer Aberglaube, und wir sollten uns alle schämen! Das Letzte, was Isabell jetzt gebrauchen kann, sind Vorankündigungen über drohendes Unheil.«

»Sie ist also wieder da«, wiederholte Großtante Germaine unbeirrt. Sie sagte es mit einer Stimme, die Matilde das Blut in den Adern gefrieren ließ und dafür sorgte, dass sich die feinen Härchen auf Madame Céciles Armen aufrichteten. »Ich habe sie das letzte Mal 1944 gesehen. Damals kam sie in den Vollmondnächten, viele Monate lang.«

»Tantchen ...«, versuchte Madame Cécile sie zu unterbrechen, aber Großtante Germaine ließ sich nicht stören: »Sie wanderte zuerst nur draußen auf den Feldern herum, dann sah ich sie im Garten, und eines Nachts sah ich sie direkt im Korridor stehen und mir winken. Ich war vor Angst wie gelähmt, am liebsten wäre ich weggelaufen, aber die Neugier trieb mich hinter ihr her. Sie führte mich in das Kinderzimmer vor ein leeres Bettchen, und dort löste sie sich vor meinen Augen in Luft auf. Am nächsten Morgen kam die Nachricht, dass René gefallen war. Mein kleiner René. Als Kind hatte er in eben jenem Bettchen geschlafen ...«

Matilde, die vor Spannung die Luft angehalten hatte, atmete geräuschvoll aus. »Wie furchtbar, oh, wie furchtbar.«

Madame Cécile schüttelte den Kopf. »Ihr habt alle viel zu viel Fantasie! Diese Geschichte höre ich heute jedenfalls zum ersten Mal! Ich möchte nicht, dass Isabell gegenüber auch nur ein einziges Wort über die Weiße Dame fällt, ist das klar?«

»Ja«, sagte Matilde.

»Wer ist Isabell?«, wollte Großtante Germaine wissen.

Madame Cécile seufzte. Es war so schade, dass ihre Tante nun schon seit anderthalb Jahren zu verwirrt war, um wirklich an den Geschehnissen der Gegenwart teilzunehmen – die Liebesgeschichte von Isabell und Corin hätte ihr sehr gefallen. Es hatte so romantisch begonnen: Im letzten Frühjahr hatte Corin die junge Frau schlafend in einem seiner Pfirsichhaine gefunden, auf einem Bett liegend, das silberblonde Haar auf den Kissen ausgebreitet – fast wie in einem Märchen. Natürlich war es nicht ganz wie in einem Märchen zugegangen: Die junge Deutsche, die dank eines französischen Elternteils perfekt französisch sprach, hatte nämlich gerade ihren Ehemann verlassen und war auf der Suche nach einem Ferienquartier gewesen. Dabei war sie auf den kleinen Laurent getroffen, welcher die verrückte Idee hatte, der Touristin ein Bett unter blühenden Pfirsichbäumen zu vermieten. Und als Corin das Mädchen bei seinem Ausritt entdeckte, war er zunächst alles andere als erfreut gewesen. Aber immerhin hatte er Isabell ein Zimmer im Gästeflügel des Hauses angeboten, und die beiden hatten sich ineinander verliebt. Madame Cécile war sich nicht ganz sicher, aber sie vermutete, dass das Baby gleich in ihrer ersten gemeinsamen Nacht gezeugt worden war. Corin war alles andere als erfreut gewesen, als er schließlich erfuhr, dass Isabell verheiratet war, und es hatte ein paar dramatische Verwicklungen gegeben. Aber jetzt war alles gut: Isabell war hier auf RINQUINQUIN, wo sie hingehörte und wo alle sie in ihr Herz geschlossen hatten. In ein paar Monaten würde sie offiziell geschieden werden, und dann stünde einer richtig großen Hochzeitsfeier nichts mehr im Weg.

»Am besten, wenn die Rosen blühen«, sagte Madame Cécile laut und steckte der neuen Schwiegertochter in

Gedanken bereits einen Zweig ihrer Lieblingsrose *Felicité de Parmentier* ins Haar.

»Wie bitte?«, fragte Großtante Germaine.

Madame Cécile fuhr der alten Frau über die steifen, weißen Locken und lächelte: »Du bekommst auch ein paar Blüten für dein Haar, Tantchen«, sagte sie gut gelaunt. »Und ein schönes neues Kleid.«

Matilde schüttelte nur den Kopf.

»Du bist sehr tapfer«, sagte Corin und streichelte Isabell über die schweißnasse Stirn.

»Ja, allerdings«, sagte Isabell aggressiv und schob seine Hand beiseite. »Auch wenn du's gar nicht so meinst! Ich habe mir das auch anders vorgestellt, das kannst du mir glauben! Aber ich habe nicht gewusst, dass es so wehtut!« Sie richtete ihren Oberkörper halb auf und versuchte über ihren riesigen Bauch zu spähen. »Wie lange dauert das denn noch?«

»Der Muttermund ist jetzt sieben Zentimeter weit geöffnet«, sagte Madame Lemmonier, den Kopf irgendwo zwischen ihren Beinen.

»Ist das viel oder wenig?«

»Das ist völlig im Zeitplan«, sagte Madame Lemmonier.

»Was heißt das im Klartext? Wie lange geht diese Quälerei noch? Uuuuuuuuuuh, es fängt schon wieder an. Uuuuuuuh! Das ist ja nicht zum Aushalten!« Sie nahm Corins Hand und versuchte sie zu zerquetschen.

»Nicht uuuuuh, Isabell! Versuchen Sie's mit aaaaah! Dabei können Sie Ihren Schmerz besser herauslassen!«

»Uuuuuuuuh!«

»Aaaaaaaah! Versuchen Sie's!«

»Uuuuuuh!«, rief Isabell wütend. »Ich schreie uuuuh

und nicht aaaaah, verstanden? Uuuuuhaaaaaaah!« Sie hatte ja gewusst, dass es schmerzhaft war, ein Kind zu bekommen, aber das hier überstieg ihre allerschrecklichsten Vorstellungen. Die ersten drei Stunden hatte sie noch tapfer durchgehalten. Die Wehen waren da auch noch in erträglichen Abständen gekommen, genug Zeit, um sich dazwischen einigermaßen zu erholen. Aber nun rollten sie unentwegt heran, wie Wellen brachen sie eine nach der anderen über sie herein, und dazwischen blieb kaum Zeit, um Luft zu holen.

Längst hatte sie sich von all ihren romantischen Vorstellungen, genährt durch Bücher mit Kapitelüberschriften wie »Feiern Sie das Fest der Geburt«, verabschiedet: Spaziergänge im Garten im Schatten alter Bäume, eine lächelnde, wunderschöne Kreißende in der Mitte ihrer bewundernden Familie, der Kindsvater, der ihr eine kundige Fußreflexzonenmassage verpasste, das ganze Szenario begleitet von sanfter Musik und dem beruhigenden Geruch von Lavendel aus einer Duftlampe.

Ha! Fest der Geburt! Das war ja wohl der reinste Witz! Wer konnte seine Kinder schon in Partylaune gebären, wenn er dabei solche Schmerzen ertragen musste? Von Feierstimmung war sie jedenfalls Lichtjahre entfernt. Und ein schöner Anblick war sie ganz bestimmt auch nicht: Sie hatte alle ihre Sachen von sich geworfen, war nackt bis auf ein ausgeleiertes T-Shirt, und sie hatte ihre Haare in zwei alberne Kinderzöpfe geflochten, damit sie nicht in der Stirn klebten. Und obwohl sie sonst der sanftmütigste, wohlerzogenste Mensch von der Welt war, warf sie mit unflätigen und unhöflichen Ausdrücken nur so um sich.

Als Madame Lemmonier ihr das zweite Mal homöopathische Kügelchen verabreichen wollte, die sie unter der Zunge zergehen lassen sollte, hatte sie gekeift: »Die helfen doch sowieso nichts, Sie verlogene Kuh«, und als Corin ihr eine Fußmassage verpassen wollte, hatte sie ihn getreten. Immerhin schienen weder die Hebamme noch ihr zukünftiger Ehemann ihre schlechte Laune übel zu nehmen. Madame Lemmonier behauptete stoisch, sie sei Schlimmeres gewöhnt, und Corin sah immer noch so geduldig und freundlich aus wie am Anfang. In seinen grünen Augen konnte Isabell nichts weiter als eine Mischung aus Mitleid und freudiger Erwartung lesen. Merkwürdigerweise machte sie das wütend.

»Musik?«, fragte er, als die Wehe nachließ.

Musik? Jetzt? War das zu fassen? Isabell würdigte Corin keiner Antwort.

»Ich fragte, wie lange es noch dauert«, schnauzte sie stattdessen Madame Lemmonier an.

»Das kann man nicht so genau sagen«, meinte Madame Lemmonier gelassen. »Aber meiner Erfahrung nach haben Sie Ihr Kind in spätestens zwei Stunden im Arm liegen.«

»*Was?* Unmöglich! So lange halte ich das nicht mehr aus!«

»Natürlich werden Sie das!«

»Nein, werde ich nicht!«

»Doch, das wirst du. Du machst das alles ganz wunderbar«, sagte Corin.

»Lügner!«, fauchte Isabell. »Ich stelle mich ganz erbärmlich an! Und du bist mir dabei überhaupt keine Hilfe.«

Corin seufzte nur. Er war ungefähr zur gleichen Zeit wie Madame Lemmonier auf RINQUINQUIN eingetroffen und hatte der Hebamme geholfen, ihr Schlafzimmer in einen Kreißsaal zu verwandeln. Die Matratzen des breiten Bettes waren mit Großtante Germaines gummibeschichteten Bezügen gegen was auch immer gewappnet worden, und die zarte Leinenbettwäsche war auf Madame Lemmoniers Befehl hin gegen robuste, kochfeste Biberbezüge ausgetauscht worden. Ans Fußende hatte die Hebamme schließlich ein unbequem aussehendes Möbel gestellt, das sie als Gebärhocker bezeichnete und auf das niemals zu steigen Isabell sofort beschlossen hatte, geschehe was da wolle.

»Dann kann es ja jetzt losgehen«, hatte Corin gesagt und ein bisschen so ausgesehen wie ein kleiner Junge an Weihnachten. Er hatte – auf Isabells Geheiß – dieselben Bücher über natürliche Geburt gelesen wie Isabell und war im Gegensatz zu ihr auch jetzt noch voller Enthusiasmus. Kein Wunder, er hatte schließlich auch nicht diese barbarischen Schmerzen.

Isabell hingegen waren die vielen Ratgeber mittlerweile vollkommen schnuppe. Kaum war das Bett bezogen, hatte sie sich daraufplumpsen lassen und sich seither nicht mehr wegbewegt.

Madame Lemmoniers Ratschlägen gegenüber – »Bleiben Sie in Bewegung, laufen Sie herum, turnen Sie auf dem Ball, verändern Sie Ihre Position« – hatte sie sich einfach taub gestellt. Hatte die Frau überhaupt eine Ahnung, was sie da von ihr verlangte? Es war schon ohne diese Schmerzen schwierig genug, sich zu bewegen, aber wenn eine Wehe ihren Körper zerriss, war es geradezu unmöglich.

Wie zum Beispiel gerade jetzt! Sie hatte kaum Zeit zum Luftholen gehabt, und schon ging es wieder los. Und das sollten nun Millionen von Frauen vor ihr durchgestanden haben? Ausgeschlossen.

»Nein! Ich kann nicht mehr! Ich will so eine Peridu ...

Peridunal ... Rückenmarksspritze! *Sofort!* Uuuuuuuuuuuuh! Schon wieder. Bitte, bitte nicht!«

»Isabell! Es geht doch alles nach Plan. Du brauchst keine Spritze, du schaffst das ganz allein.«

»Nein, schaffe ich nicht! Du hast ja keine Ahnung! Uuuuuuh! Uuuuuuuuuh!«

»Musik?«, fragte Corin noch einmal hartnäckig. »Mozart? Eric Clapton?«

Isabell richtete sich schwer atmend auf. »Wozu um Himmels willen?«, schrie sie ihn an. »Damit ihr mich nicht mehr schreien hört? Du verdammter Mistkerl, duuuuuuuuuh!«

Als die Wehe endlich vorüber war, sah sie Corin grinsen. »Junge, Junge, kannst du fluchen! Wer hätte das von meiner sanften, distinguierten Frau gedacht?«

»Erstens bin ich noch nicht deine Frau, und zweitens weiß ich gar nicht, ob ich das überhaupt werden will«, schnauzte Isabell. Sie war immer noch stinkewütend auf Corin, ohne zu wissen, warum. Vielleicht lag es daran, dass er ausgerechnet heute so einen krassen Gegensatz zu ihr selber bildete, ja gänzlich unpassend aussah, wie aus einem Katalog für exclusive Country-Moden entstiegen. Das lag daran, dass er einen Termin bei seiner Bank in Sisteron gehabt hatte und es seit seiner Rückkehr gerade mal geschafft hatte, sein Sakko auszuziehen. Hemd und Sakko hatte sie ihm selber geschenkt, und zwar mit den Worten: »Wenn man mit einer Bank über Geld verhandelt, sollte man so aussehen, als habe man genug davon.« Seine dunklen Locken waren kein bisschen zerzaust, sein weiches Hemd saß tadellos, kein einziger Schweißtropfen verunzierte sein regelmäßig geschnittenes Gesicht. Er war der attraktivste Mann auf Gottes Erdboden, daran gab es keinerlei Zweifel. Sie hingegen fühlte sich so attraktiv wie Ermelines Putzlappen ...

»Du könntest dir wenigstens was anderes anziehen«, murrte sie. »Ich komme mir vor, als wäre ich im Nachthemd auf einer piekfeinen Party aufgekreuzt.«

»Liebling, ich kann nicht. Immer wenn ich aufstehe, klammerst du dich an meinem Arm fest. Siehst du, wie jetzt!«

»Wessen blödsinnige Idee war das eigentlich mit der Hausgeburt?«

»Deine«, sagte Corin.

»Weil man mich mit Fehlinformationen manipuliert hat«, fauchte Isabell und warf Madame Lemmonier einen giftigen Blick zu. »Das nächste Mal lasse ich mir eine Vollnarkose verpassen. Hach, was rede ich da! Als ob es ein nächstes Mal geben würde! Was guckst du mich so komisch an? Ich weiß selber, dass ich beschissen aussehe! Und hör endlich auf, so blöde zu grinsen!«

»Vielleicht gehen Sie mal für ein Weilchen hinaus, trinken einen Kaffee und essen ein bisschen was, Monsieur Le Ber«, schlug Madame Lemmonier vor. »Ich rufe Sie dann, wenn wir Sie wieder brauchen.«

»Oh nein, er wird den Raum nicht ohne mich verlassen!«, rief Isabell, als Corin Anstalten machte, sich zu erheben. »Ich will das hier nicht alleine machen! Wenn ich mich nicht erholen darf, dann darf er es auch nicht!«

»Ist ja gut, Liebling, ich bleibe hier bei dir.«

»Egoistischer Schweinehund«, murmelte Isabell, was ziemlich unfair war. Aber immerhin sagte sie es auf Deutsch, sodass Corin es nicht verstehen konnte.

»Das schlage ich im Wörterbuch nach«, sagte er.

Madame Lemmonier tastete wieder zwischen Isabells Beinen herum. »Es geht doch auch sehr gut vorwärts.

Ganz hervorragend. Lange wird es nicht mehr dauern, und Sie sind komplett eröffnet.«

»Eröffnet?«, wiederholte Isabell. »Das heißt, das Schlimmste kommt erst noch?«

»Nein«, sagte Madame Lemmonier fest. »Das meiste haben Sie bereits hinter sich.«

Die nächste Wehe rollte heran, und Isabell packte Corins Hand. Diese hier war noch heftiger als die vorherige. Der Schmerz hüllte sie ein wie eine Wolke.

»Uuuuuuuuuuuh«, schrie jemand gellend, und Isabell brauchte eine Weile, um zu begreifen, dass sie es selber war, die schrie.

»Das ist ja schrecklich«, sagte Matilde ein Stockwerk tiefer im Salon. »Ich hätte nicht gedacht, dass es so wehtut!«

»Doch, das tut es!« Ihre Mutter sah sie lächelnd an. »Aber hinterher hat man es schnell wieder vergessen. Ich weiß noch, wie es war, als ich dich zum ersten Mal in den Armen hielt!«

»Das ist lange her«, sagte Matilde und suchte mit den Augen die Pfirsichfelder ab.

»Ja, aber ich weiß es noch, als ob es gestern gewesen wäre. Wie gut du gerochen hast ...«

»Aber die Flecken gehen nie mehr raus«, ließ sich Großtante Germaine, die im Rollstuhl vor dem Kamin saß, vernehmen.

»Welche Flecken meinst du, Tantchen?«

»Wenn die Windel nicht dicht hält«, erklärte Großtante Germaine bereitwillig. »Und der Inhalt auf mein gutes Sonntagskleid tropft. Ich für meinen Teil finde auch nicht, dass es gut riecht! Genauso gut könnte man sagen, dass ein Misthaufen duftet!«

»Ich meine ja auch das Baby als solches, nicht die

Windeln«, sagte Madame Cécile. »Ach, Babys riechen einfach wunderbar.«

»Babys riechen aber nun mal nach Windeln«, beharrte Großtante Germaine. »Sie riechen wie kleine Misthaufen.« Übergangslos entschloss sie sich zu einem kleinen Nickerchen, was ihr mehrmals am Tag und oft mitten in einem Gespräch passierte. Dabei pflegte ihr der Kopf leicht nach vorne zu sinken und die Augen einfach zuzuklappen. Wenn sie nicht ab und an ein leises Schnarchen von sich gegeben hätte, hätte man völlig vergessen, dass sie überhaupt noch anwesend war.

»Aaaaaaaaaaaah«, schrie Isabell aus dem oberen Stockwerk.

»Na also«, sagte Madame Cécile zufrieden. »Jetzt kann sie das ›Aaaah‹ doch!«

»Das kann man wirklich kaum mit anhören.« Bertrand, Ermelines Mann und RINQUINQUINS Mädchen für alles, betrat den Salon mit einem voll beladenen Tablett. »Hier, Pfefferminztee und Schokoladenkuchen. Ermeline wollte, dass Isabell und Corin sich ein wenig stärken, aber ich glaube, Isabell ist nicht nach Essen zumute.«

»Mir auch nicht«, sagte Matilde.

»Mir aber«, sagte Madame Cécile. »Hast du den Kuchen gebacken, Bertrand?«

»Ja, nach einem Rezept von Mademoiselle Matilde. Aber Ermeline hat mir die ganze Zeit reingeredet. Ich weiß nicht, ob er wirklich so gut geworden ist.«

»Es! Soll! Aufhören!«, schrie Isabell deutlich verständlich von oben.

»Oh Gott, die Arme.« Matilde wurde ganz blass um die Nase. »Das hat sie jetzt von ihren romantischen Vorstellungen von einer Hausgeburt. Im Krankenhaus hätten sie ihr längst so eine Periduralanästhesie verpasst ...

Möglicherweise stimmt etwas nicht! Wenn es Komplikationen gibt, dann ist das Krankenhaus zu weit weg!«

»Das ist wahr. Und bis hier der Notarzt eintrudelt, vergehen Tage«, stimmte Bertrand zu. »Wisst ihr noch, wie der alte Monsieur Jaure sich das halbe Bein abgehackt hatte? Ausgerechnet an einem Sonntag, als Doktor Montasser zum Golfen war ...«

»Es gibt keine Komplikationen«, fiel ihm Madame Cécile bestimmt ins Wort. »Ein Kind zu bekommen tut eben weh! Ich habe jedes Mal das halbe Departement zusammengebrüllt! Vor allem bei Corin. Sein Kopf war dicker als ein Medizinball! Ich frage mich heute noch, wie ich das geschafft habe.«

Matilde unterdrückte ein Schaudern. »Das ist ja schrecklich. Vielleicht sollte ich froh sein, dass mir diese Kinderkriegerei erspart geblieben ist!«

Weder Bertrand noch Madame Cécile antworteten, sie lauschten beide hingebungsvoll Isabells Gebrüll im Obergeschoss.

Früher hätten sie widersprochen, dachte Matilde traurig. Früher hätten sie gesagt: *»Aber Kind, es ist doch noch nicht zu spät für Kinder. Du wirst schon irgendwann einen Mann treffen, mit dem du Kinder haben wirst.«*

»Ah, Mademoiselle Matilde. Eine so schöne Frau wie Sie ist nicht dazu bestimmt, allein durchs Leben zu gehen. Also hören Sie schon auf, nach Komplimenten zu fischen.«

Daran, dass sie diesmal nichts dergleichen sagten, glaubte Matilde zu erkennen, dass selbst ihre Mutter und der gute alte Bertrand die Hoffnung aufgegeben hatten.

Ich bin eben alt, dachte Matilde. *Selbst in den Augen meiner Mutter bin ich alt.* Im nächsten Sommer wurde sie vierzig. Und damit wäre ihr Schicksal als alte Jungfer endgültig besiegelt. Sie seufzte.

»Denkst du immer noch an die Weiße Dame?«, fragte Madame Cécile.

»Ja«, log Matilde. Ausnahmsweise hatte sie gerade mal nicht an die Weiße Dame gedacht.

»Die Weiße Dame – pah!« Bertrand stellte den Schokoladenkuchen auf einem Beistelltisch ab. »Die ist doch eine Erfindung von Ermeline, als sie irgendwann mal zu viel von ihren Migränetabletten genommen hatte. Zufällig ist in dem Jahr dann auch jemand gestorben – aber seien wir doch mal ehrlich: Todesfälle gibt es doch in jedem Jahr.«

»Aber doch nicht hier auf RINQUINQUIN.« Matilde schüttelte den Kopf. »Nein, nein, die Weiße Dame ist der ganz persönliche Todesengel der Le Bers. Sie gab es schon lange, bevor Ermeline geboren war! Du hast doch Großtante Germaines Geschichte eben gehört, Maman! Ihr solltet das wirklich nicht auf die leichte Schulter nehmen.«

»Ich löse Ihnen mal ein Aspirin auf, Mademoiselle Matilde«, schlug Bertrand vor. »Das hilft gegen den Kater!«

»Ach Bertrand!«

»Schätzchen, wirklich. Wir müssen uns keine Sorgen machen.« Madame Cécile lächelte sie aufmunternd an. »Uns hier geht es so gut wie lange nicht mehr. Dank Isabells Erbschaft ist RINQUINQUIN vor dem Ruin gerettet, wir sind alle gesund und munter, und bald haben wir auch noch ein Familienmitglied mehr. Wenn der Ärger mit Joséphine nicht wäre, dann wäre unser Glück vollkommen!«

»Wie lange dauert das denn noch?« Laurent kam mit

seiner Schildkröte unter dem Arm in den Salon geschlendert. »Bei Monsieur Richauds Kuh ging alles viel schneller. Sie haben ein Seil um die Füße des Kälbchens gebunden, damit sie es besser rausziehen konnten.«

»Ja, das hast du uns schon mal erzählt.«

»Das Kälbchen kam in einem glitschigen, durchsichtigen Sack heraus, und überall war Wasser und Blut und Glibber«, fuhr Laurent fort, obwohl oder gerade weil er von allen mit angewiderten Blicken bedacht wurde.

»Auch das hast du uns schon erzählt«, sagte Matilde streng.

»Es roch ganz komisch«, sagte Laurent.

»Laurent! Jetzt hör schon auf. Das ist nicht besonders appetitlich!«

»Die Kuh hat auch geschrien, genau wie Tante Isabell. Muuuuuuuuuh!«

»Laurent!«

»Kann ich mal gucken gehen, wie weit sie da oben sind?«

»Ja, aber wenn sie dich rausschicken, dann kommst du sofort wieder, hörst du? Und kein Wort von der Kuh und von Glibber und Blut!«

»Schon gut.« Laurent tapste bereits die Treppe hinauf. Vorsichtig drückte er die Klinke zu Onkel Corins Schlafzimmer hinunter und spähte hinein. Tante Isabell lag auf dem Bett und muhte. Ihr Bauch war immer noch kugelrund. Onkel Corin hielt ihre Hand und sah aus, als würde er gleich anfangen zu heulen. Möglicherweise lag das daran, dass Tante Isabell so fest zudrückte.

»Dauert das noch lange?«, fragte Laurent, als Isabell aufgehört hatte zu schreien. Seine Schildkröte machte sich zu einem Erkundungsspaziergang im Zimmer auf.

»Nein«, sagte Madame Lemmonier. »Es ist gleich soweit. Verschwinde, Kleiner! Kommen Sie, Isabell, versuchen Sie, sich auf den Gebärhocker zu hieven, hier geht das Pressen leichter.«

»Kann ich nicht«, flüsterte Isabell. Vom vielen Schreien war sie ganz heiser.

»Natürlich können Sie. Helfen Sie ihr hoch, Monsieur Le Ber. So ist es gut. Bequem hinsetzen, jawohl. Und jetzt setzen Sie sich hinter sie und geben ihr Halt. Ja, wunderbar, genau so. Bei der nächsten Wehe pressen Sie, Isabell, wie wir es geübt haben. Ganz tief in den Bauch hinein.«

»Wenn Sie die Beine mit einem Seil umwickeln, können Sie besser ziehen«, sagte Laurent.

»Bist du immer noch da?« Madame Lemmonier bedachte ihn mit einem strengen Blick. »Wenn du nicht in einer Sekunde verschwunden bist, junger Mann, werde ich deine Beine mit einem Seil umwickeln.«

»Ja, geh wieder, Laurent«, sagte Corin. »Tante Isabell benutzt so viele unanständige Ausdrücke! Und überhaupt, das ist nichts für Kinder.«

»Schlimmer als bei Monsieur Richauds Kuh wird es wohl nicht werden«, stieß Isabell hervor und lehnte ihren Rücken fest an Corins Bauch.

Madame Lemmonier schubste Laurent zur Seite. »Ich zähle bis drei, dann bist du aus meinen Augen verschwunden«, sagte sie streng. »Eins ...«

»Mein Schildkröterich«, rief Laurent. »*Er* ist verschwunden. Da, er ist hinter die Kommode gelaufen.«

»Zwei ...« Madame Lemmoniers Hände griffen schon nach ihm. Laurent brachte sich mit einem gewaltigen Satz außer Reichweite.

»Ooooooooh, es geht wieder los«, sagte Isabell, und Madame Lemmonier wandte Laurent den Rücken zu.

Er nutzte ihre vorübergehende Unaufmerksamkeit, schnappte sich seine Schildkröte und kletterte auf eine Kommode im hintersten Winkel des Raumes. Hier lagen Stapel winzig kleiner Strampelhöschen und Hemdchen, so klein, dass sie sogar einer Schildkröte passen könnten ...

»Jetzt pressen, Isabell, jawohl, feste pressen, in den Bauch hinein«, rief Madame Lemmonier, und dann setzte sie zu Laurents Verblüffung hinzu: »Drei, junger Mann! Ich hoffe für dich, dass du verschwunden bist!«

»Bin schon weg«, sagte Laurent, aber er rührte sich nicht von der Stelle. Hatte Madame Lemmonier etwa hinten auch Augen?

Tante Isabell stöhnte.

»Weiter, weiter, weiter. Nicht nachlassen, jawohl, das ist gut so, weiter, weiter, weiter ...«, rief Madame Lemmonier. »Schieb, schieb, schieb.«

Keiner achtete mehr auf Laurent. Tante Isabell machte ein Gesicht, als würde sie Luftballons aufpusten. Und Onkel Corin auch.

Laurent wartete begierig auf die angekündigten unanständigen Ausdrücke.

»Hmmmmpfh«, machte Isabell aber nur.

Genau diesen Augenblick wählte Frère Jacques, um – angetan mit einem hellblauen Strampelanzug – von der Kommode zu springen.

Draußen dämmerte es allmählich, und Matilde hatte bereits die Lampen angeknipst und war dabei, die Vorhänge zuzuziehen. Im Kamin flackerte ein kleines Feuer, und Großtante Germaine schlief schon wieder, die Hände auf dem Schoß gefaltet. Alle, außer Bertrand, der seine alte Kamera aufgespürt hatte und in der Küche damit beschäftigt war, sie betriebsbereit zu machen, hatten sich hier versammelt und warteten. Es war so friedlich und idyllisch wie an jedem anderen x-beliebigen Dezemberabend auf RINQUINQUIN.

Etwas wird passieren, dachte Matilde dennoch mehrmals schaudernd. Draußen hatte es aufgehört zu regnen, stattdessen war wieder der unheimliche Nebel aufgezogen, weshalb sie sich auch beeilt hatte, die Vorhänge vorzuziehen. Es sah aus, als würde dort draußen nicht nur *eine* Weiße Dame, sondern eine ganze Armee davon herumspuken. Am liebsten hätte sie auch die Schlagläden geschlossen, aber das tat man auf RINQUINQUIN nur im Sommer zum Schutz vor der Hitze.

Laurent kam die Treppe herab und in den Salon gehopst.

»Na, kleiner Spion, was gibt's Neues?«, fragte Madame Cécile.

»Frère Jacques ist von der Kommode gefallen, Großmutter«, sagte Laurent und hielt die zappelnde Schildkröte hoch. »Meinst du, er hat sich wehgetan?«

»Zeig mal her. Du Frechdachs, warum hast du dem armen Vieh einen Strampler angezogen?«

»Ihm war kalt«, sagte Laurent.

»Haben Sie dich da oben rausgeschickt?« Matilde streichelte ihm über den Kopf. »Das war richtig, das ist nichts für ein Kind, ganz gleich, was alle sagen.« Seit ein paar Minuten war es dort oben verdächtig still, kein gutes Zeichen, wie Matilde fand.

»Brauchen die denn nichts?«, fragte die sensationslüsterne Ermeline. »Ich meine, es hat noch nicht mal jemand nach kochendem Wasser oder so gefragt ...«

»Nö, die brauchen nichts, die sind fertig«, meinte Laurent lapidar. »Ich soll sagen, dass wir ein Mädchen haben. Allerdings weiß ich nicht, wie sie sich da so sicher sein konnten. Hat Frère Jacques sich was getan, Oma?«

»Was sagst du? Das Baby ist da?«

»Wann denn? Eben hat sie doch noch das Haus zusammengebrüllt!«

»Ist es gesund?«

»Bertrand! Komm schnell! Das Baby ist da!«

»Warum schreit es denn nicht?«

»Ist es wirklich ein Mädchen?«

Laurent fühlte sich herrlich wichtig. »Ja, ein ganz kleines, zerknautschtes. Tante Isabell hat es aus sich herausgepresst, es war ganz glitschig und hat eine blaue Kordel am Bauch hängen. Könnt ihr es denn nicht hören?«

Tatsächlich war genau in diesem Augenblick von oben ein jämmerliches Wimmern zu hören, das sich allmählich in wütendes Gebrüll steigerte. Jemand hatte die Schlafzimmertür aufgemacht.

»Jetzt wird sie sauber gemacht«, sagte Laurent zufrieden. »Der ganze Glibber kommt ab!«

»Hallo, ihr da unten«, rief Corin vom Treppenabsatz. »Hier beschwert sich jemand, dass niemand gucken kommt!«

Auf allen Gesichtern breitete sich ein erleichtertes Lächeln aus. Beim ersten Mal klang Babygeschrei immer wie die allerschönste Musik.

»Bertrand«, rief Ermeline noch einmal. »Wo steckt der denn? Er wollte doch Fotos machen! Wozu hat er denn nun diese vorsintflutliche Kamera vom Dachboden geholt?«

»Ich gehe ihn suchen«, erbot sich Matilde. »Es ist sowieso besser, wenn wir nicht alle auf einmal nach oben stürzen. Vielleicht versuchst du es mal als Erste, Maman.

Frag Isabell, was sie sich zum Essen wünscht. Ich koche ihr, was immer sie haben will!«

»Essen?« Großtante Germaine am Kamin hob abrupt den Kopf. »Ich kann nichts dafür, dass ich immer einschlafe«, sagte sie mit hoher Kleinmädchenstimme. »Ihr Unterricht ist einfach zu langweilig, Mademoiselle Didier.«

»Wir haben ein Baby bekommen, Tantchen«, sagte Madame Cécile, ungeachtet der Tatsache, dass Großtante Germaine sich augenblicklich in Gedanken irgendwo Anfang des letzten Jahrhunderts befand. »Ein kleines Mädchen.«

»Die kleinen Mädchen machen den meisten Ärger«, sagte Großtante Germaine. Dann aber trat ein interessierter Ausdruck in ihr Gesicht. »Wer hat ein Baby bekommen? Etwa unsere Schwester Caroline? Hat sie euch eigentlich verraten, wer der Vater ist? Ich habe ja den General in Verdacht, er ist ein Schwerenöter.«

»Nein, nein, Großtante Germaine. Corin ist der Vater.«

»Der *kleine* Corin?«, fragte Großtante Germaine entsetzt.

»Der kleine Corin ist achtunddreißig, Tantchen. Ich denke doch, er ist alt genug zum Kinderkriegen.«

»Achtunddreißig?« Großtante Germaine konnte es nicht fassen. »Kann mir hier mal jemand sagen, welches Jahr wir schreiben?«

»Jetzt fängt das schon wieder an«, stöhnte Ermeline. »Ich erkläre ihr aber diesmal nicht, was der TGV und die Concorde sind.«

Matilde lächelte, während sie in die Küche ging. Es war doch alles gut gegangen, Gott sei Dank! Sie war gerade zum zweiten Mal Tante geworden, hatte eine gesunde Nichte bekommen – wenn das kein Grund zum

Feiern war. Und ein Grund, etwas Besonderes zu kochen. Sie würde Isabell ein Kartoffelgratin machen, wie sie es am meisten liebte: mit fein geschnittenen Zwiebeln, magerem Speck und blanchiertem Blattspinat, nur mit gesalzener und gepfefferter Milch übergossen, das war fettarm und köstlich zugleich. Und zum Nachtisch würde sie dann vielleicht den leicht angebräunten Milchreis zaubern, den Isabell so gerne mochte. Matilde pflegte ihn im Backofen zu garen, es war ein sehr schlichtes Gericht, aber unübertroffen gut. Hoffentlich war noch genug von dem runden Camargue-Reis vorrätig, den man dafür unbedingt benötigte.

Voller Tatendrang stieß sie die Küchentür auf – und wäre beinahe über ein Kleiderbündel gestolpert, das jemand mitten in den Weg gelegt hatte.

»Was zum Teufel ...?«, murmelte sie und starrte das Hindernis verständnislos an. Es dauerte mehrere Sekunden, bis sie begriff, dass es sich nicht um ein Kleiderbündel handelte, sondern um Bertrand, der in merkwürdig gekrümmter Haltung auf den Fliesen lag. Seine Augen waren geschlossen, und sein Gesicht war weiß wie eins von Ermelines frisch gestärkten Laken.

»Heilige Mutter Gottes«, flüsterte Matilde. Sie kniete neben dem alten Mann nieder und tastete nach seinem Puls. »Bertrand! Bertrand! Wach auf!«

Aber Bertrand rührte sich nicht.

Während Matilde begann, um Hilfe zu schreien, wanderte ihr Blick automatisch zum Fenster hinüber. Der Nebel schien direkt auf der Fensterbank zu beginnen, von der Küchenlampe schwach beleuchtet. Für den Bruchteil einer Sekunde glaubte sie ein weißes Gesicht zu erkennen, das ihr aus dem Nebel triumphierend zulächelte.

2. KAPITEL

Das Baby lag neben Isabell und schlief, die Händchen zu Fäusten geballt. Isabell konnte sich gar nicht satt sehen an dem Gesichtchen. Augen, Nase, Mund, Ohren, es war alles da, und zwar genau da, wo es hingehörte. Sie war der Überzeugung gewesen, dass Babys nach der Geburt schrecklich aussähen und außerdem alle gleich. Aber dieses Baby hier würde sie unter einer Million anderer Babys wiederfinden, davon war sie überzeugt.

Und wie es duftete!

»Du bist so wunderschön, Kleine«, sagte sie und seufzte. Vor lauter Aufregung um Bertrand hatte ihre Tochter noch immer keinen Namen. Vorher hatten Corin und sie sich nicht einigen können, und aus irgendeinem Grund war sie ohnehin die ganze Zeit der Meinung gewesen, dass sie einen Jungen bekäme. Jules. Oder Jerôme. Und auf jeden Fall Louis als zweiten Namen, nach ihrem Onkel und Ziehvater Ludwig in Deutschland, mit dem sie vorhin telefoniert hatte.

»Onkel Ludwig, ich bin's, Isabell.«

»Oh, Engelchen, wie schön. Ich habe gerade eben auch an dich gedacht. Wie geht es denn meinem schwangeren Mädchen?«

»Es gibt kein schwangeres Mädchen mehr, Onkel Ludwig.« Isabell hatte sich ein schadenfrohes Kichern nicht verkneifen können.

»Was? Soll das heißen ...? Aber es sind doch noch fast zwei Wochen hin ...«

»Ja, das habe ich heute Morgen auch gedacht, als es losging. Aber leider ließ es sich nicht mehr aufschieben. Es ist ein Mädchen, dreitausendfünfhundertsechzig Gramm schwer, dreiundfünfzig Zentimeter groß. Und kerngesund.«

»Oh«, hatte Onkel Ludwig nur gesagt, und an seiner Stimme hatte Isabell erkannt, dass er mit den Tränen kämpfte. Guter, alter, sentimentaler Onkel Ludwig. »Wie wunderbar. Wie großartig, mein Engelchen. Wie geht es dir denn?«

»Ich fühle mich sehr seltsam. Unendlich glücklich, tieftraurig, alles auf einmal.« *Gute, alte, sentimentale Isabell,* hatte sie gedacht und etwas heiterer hinzugefügt: »Heute Nachmittag war ich mehrmals davon überzeugt, mein letztes Stündlein hätte geschlagen.«

»Tapferes Mädchen.«

»Nein, leider nicht. Ich habe gebrüllt wie am Spieß und geflucht wie ein Dachdecker. Ich war alles andere als tapfer. Aber komischerweise ist das jetzt schon beinahe wieder vergessen. Ich lache und weine immer abwechselnd. Das müssen die Hormone sein.«

»Dann gib mir doch mal deinen Corin«, hatte Onkel Ludwig verlangt und damit Isabell sofort wieder zum Weinen gebracht. »Ich werde mein Französisch zusammenkratzen, um ihm zu gratulieren. Und um ihm zu sagen, dass er dir jeden Wunsch von den Augen ablesen soll, bis ich bei euch bin.«

»Das geht leider nicht, Onkel Ludwig. Corin ist nicht

da.« Isabell hatte tief Luft geholt. »Während ich in den Wehen lag, hatte Bertrand einen Schlaganfall. Matilde hat ihn auf dem Küchenfußboden liegend gefunden, wie tot. Er ist mit Blaulicht in die Klinik gefahren worden. Ermeline, Corin und Matilde sind auch hingefahren. Wir haben noch nichts von ihnen gehört.« An dieser Stelle hatte Isabell vor lauter Schluchzen nicht weitersprechen können.

»Ich weiß nicht mal, ob Bertrand überhaupt noch lebt«, hatte sie schließlich herausgebracht.

Onkel Ludwig wusste, wie sehr sie den alten Mann in ihr Herz geschlossen hatte. »Ich packe jetzt meine Sachen und komme«, hatte er nur gesagt und aufgelegt.

Es war beruhigend zu wissen, dass er spätestens übermorgen hier sein würde. Rechtzeitig zu Weihnachten. Das musste man dem Baby lassen: Durch seine verfrühte Ankunft sorgte es wenigstens dafür, dass Onkel Ludwig an Weihnachten nicht allein in seinem Reihenhäuschen sitzen würde, wie er es ursprünglich geplant hatte. Isabell war darüber sehr erleichtert. Die Vorstellung, ihren Onkel und Ziehvater an Weihnachten ganz allein zu wissen, hatte sie traurig gemacht.

Ein heftiger Windstoß ließ die Fensterläden klappern. Draußen war es immer noch ausgesprochen ungemütlich. Isabell kuschelte sich tiefer in die Kissen. Während sie unter der Dusche gewesen war – unter Aufsicht der Hebamme – hatte Madame Cécile das Bett frisch überzogen, und zwar mit der handbestickten Leinenbettwäsche, die Isabell stets so bewunderte. Die zarten Blütenranken in Lavendeltönen hatte Madame Cécile vor langer, langer Zeit höchstselbst auf das feine, blütenweiße Leinen gestickt, aber trotz der Mühe, die sie das gekostet haben musste, hing ihr Herz nicht unbedingt daran. »Was du nur immer an dem alten Zeug findest, Isabell«, sagte sie oft augenzwinkernd.

Isabell musste lächeln, als sie jetzt daran dachte. RINQUINQUIN war voll mit diesem »alten Zeug«, wie Madame Cécile es nannte, voller wunderbarer Fundstücke, herrlicher Antiquitäten und kleiner handgemachter Schätzchen, die Isabell jedes Mal wieder von neuem in Begeisterung versetzten. Das war nur einer von vielen Gründen, warum die alte Pfirsichplantage ihr wie das Paradies vorkam.

Sie lauschte dem Regen, der gegen die Fensterscheiben prasselte, und streichelte vorsichtig über das flaumige Köpfchen ihrer Tochter. Obwohl sie sie um nichts in der Welt aufwecken wollte, konnte sie doch nicht die Finger von ihr lassen.

»Keine Angst, das ist hier nicht immer so regnerisch«, flüsterte sie. »Wir sind hier in der Provence, und das heißt, dass schon bald die Sonne wieder scheinen wird. Es dauert auch gar nicht mehr lange, und dann kommt der Frühling, und im Sommer kannst du vielleicht schon durch den Garten krabbeln. Er ist wunderschön, voller Rosen und Lavendel, Aprikosen und Pfirsichen – wie ein Paradiesgarten ...«

Auf dem bestickten Kopfkissen lag auch ein alter, ziemlich mitgenommen aussehender Teddybär in einer gepunkteten Latzhose.

»Das ist Froufrou«, flüsterte Isabell dem Baby zu. »Er wird auf dich aufpassen, wie er immer auf mich aufgepasst hat. Er sieht zwar nicht so aus, aber er ist stärker als du denkst. Er kann zaubern, weißt du ...«

Laurents geschorener Kopf schob sich in den Türspalt. »Schläfst du?«

Isabell setzte sich hastig auf. Sie fühlte sich irgendwie

ertappt. Eine erwachsene Frau von neunundzwanzig Jahren sollte wohl besser nicht vor Zeugen mit Teddybären und schlafenden Babys sprechen. Laurent vor allem hatte für heute schon genug erlebt. Sie verspürte einen Anflug von einem schlechten Gewissen, weil sie versäumt hatte, ihn während der Geburt aus dem Zimmer zu schicken. Wer wusste schon, was so ein Erlebnis bei einem Achtjährigen bewirkte? Madame Lemmonier behauptete zwar, das sei das Natürlichste von der Welt, aber nach dem heutigen Tag war Isabell anderer Meinung.

»Ich bin wach, nur das Baby schläft«, sagte sie freundlich. »Komm ruhig herein und sag mir, was es Neues von Bertrand gibt!«

»Da darf ich mit dir nicht drüber reden«, sagte Laurent. »Weil du sonst einen Milchstau kriegst, haben sie gesagt. Aber außerdem gibt es gar nichts Neues. Was ist ein Milchstau, Tante Isabell?«

Isabell murmelte etwas Ungenaues von Monsieur Richauds Kuh und ihrem Euter. »Aber ich bekomme keinen Milchstau! Du kannst wieder runtergehen und denen sagen, wenn man mich nicht sofort haarklein über alle Neuigkeiten informiert, werde ich stinkewütend! Was ist eigentlich mit dir, gehörst du nicht schon längst ins Bett?«

»Heute?« Es war für Laurent offensichtlich, dass an einem Tag wie heute an Schlaf nicht zu denken war.

Das Baby bewegte sich. Es räkelte sich, gähnte und öffnete die Augen. Isabell war sofort abgelenkt. Sie beugte sich entzückt über ihr Kind.

»Bist du wieder wach geworden, meine Süße?«, gurrte sie. »Hast du denn was Schönes geträumt?« Es war schon seltsam: Das Kind war noch keine drei Stunden alt, und schon hatte sie einen ihrer vielen guten Vorsätze bedenkenlos über Bord geworfen: Niemals in Babysprache sprechen oder die Stimme unnatürlich heben – sie tat alles beide, dagegen war sie einfach machtlos.

»Die ist aber klein«, sagte Laurent und sah skeptisch auf Isabells Bauch. »Vielleicht kommt ja noch eins hinterher.«

Isabell lachte etwas kläglich. »Nein, vertrau mir, Laurent. Es bleibt bei dem einen.«

»Bist du sicher? Der Bauch sieht noch ganz schön dick aus. Henris Katze hatte nicht so einen dicken, und sie hat sechs Junge bekommen.«

»Der Bauch wird schon wieder kleiner«, sagte Isabell und schaute zweifelnd an sich hinab. »Hoffe ich.« Sie wusste, dass sie einen bedeutend besseren Anblick bot als noch vor zwei Stunden. Sie hatte ja immerhin geduscht und sich die Haare gewaschen, und sie trug das neue Nachthemd, das Madame Cécile ihr gebügelt und gefaltet auf das Bett gelegt hatte.

Aber Laurent hatte leider Recht: Der Bauch war annähernd genauso dick wie vorher. Er fühlte sich an wie eine überdimensionale, nur halb gefüllte Wärmflasche. Was vorher prall und kugelig gewesen war, war nun schlaff und weich. Es hatte Isabell richtiggehend Überwindung gekostet, den Bauch zu berühren. Einen Blick in den Spiegel hatte sie gar nicht erst gewagt: Wie der schlaffe, dicke Bauch mit den vielen Dehnungsstreifen aussah, wollte sie gar nicht wissen.

Sie seufzte. Eigentlich sollte ihr Aussehen nun wirklich keine Rolle spielen, nachdem sie ein so wunderbares, gesundes Kind zur Welt gebracht hatte. Und nachdem diese schreckliche Sache mit Bertrand passiert war.

Der liebe, lustige Bertrand! Sofort kämpfte Isabell

wieder mit den Tränen. Wahrscheinlich hatte Bertrand den Schlaganfall zur selben Zeit erlitten, in der das Baby geboren worden war, ja, vielleicht war es sogar in ein und derselben Sekunde passiert.

Wenn einer geboren wird, muss ein anderer gehen, dieser abergläubische Satz war Isabell sofort durch den Kopf gegangen. Aber Bertrand war ja nicht tot, hatte sie sich schon zigmal gesagt, er war nur ohne Bewusstsein und mit Blaulicht ins Krankenhaus gefahren worden, wo sie alles für ihn tun würden. Die Medizin, sagte sie sich ständig, konnte heutzutage Wunder vollbringen. Möglicherweise war es ein gutes Zeichen, dass sie seit Stunden nichts von Corin und Matilde gehört hatten. Vielleicht war Bertrand ja inzwischen längst wieder auf den Beinen und beschwerte sich über das Theater, das sie alle veranstalteten. Er hasste es nämlich, im Mittelpunkt zu stehen. Er war der Mann, der im Hintergrund dafür sorgte, dass immer alles glatt lief, dass es allen gut ging ...

Das Baby unterbrach ihre Gedanken, indem es zu schreien begann. Es war nicht mal besonders laut, aber es ging Isabell durch Mark und Bein. Glücklicherweise kam in diesem Augenblick Madame Lemmonier wieder ins Zimmer.

»Die junge Dame hat Hunger«, sagte sie und nahm das Baby so lässig auf wie ein junges Kätzchen. »Und da wollen wir sie auch nicht allzu lange warten lassen.«

Isabell knöpfte bereits das Nachthemd auf, wohl wissend, dass Laurent nun unausweichlich Vergleiche mit den Eutern von Monsieur Richauds Kuh ziehen würde. Hoffentlich behielt er seine Gedanken wenigstens für sich.

Madame Lemmonier reichte ihr das Kind und half ihr,

es richtig anzulegen. Die Hebamme, Isabell und Laurent beobachteten gleichermaßen fasziniert, wie das Baby mit geschlossenen Augen die Brustwarze fand, sie fest mit den Lippen umschloss und gierig zu saugen begann.

»Das klappt ja immer besser«, freute sich Madame Lemmonier. »Legen Sie sie am Anfang so oft wie möglich an, damit die Milch richtig in Fluss kommt, und hören Sie nicht auf alle, die Ihnen etwas vom 4-Stunden-Rhythmus erzählen wollen und davon, wie gut Schreien für die Säuglingslunge ist. Wie wird sie denn nun heißen, die Kleine?«

»Oh, ich weiß nicht. Ich habe eine ellenlange Liste mit Mädchennamen, die mir gefallen. Aber Corin hatte an allen etwas auszusetzen. Und irgendwie dachten wir wohl beide, wir bekämen einen Jungen.« Isabell lachte verlegen. »Madame Lemmonier, ich weiß, dass ich mich während der Geburt unmöglich benommen habe, und ich möchte mich wirklich dafür entschuldigen. Sie haben das alles so wunderbar gemacht.«

»*Sie* haben das alles wunderbar gemacht«, widersprach Madame Lemmonier. »Und dass Sie dabei ein wenig die Contenance verloren haben, ist völlig normal. Glauben Sie mir, die wenigsten Frauen bleiben die ganze Zeit höflich. Manche werden sogar gewalttätig. Eine werdende Mutter hat sich mal in meinem Arm verbissen. Wie eine Bulldogge. Ich konnte mich nur mit einem Kinnhaken wieder befreien.«

»Aber ich habe Sie eine verlogene Kuh genannt«, sagte Isabell. »Das ist wirklich unverzeihlich.«

Madame Lemmonier lachte. »Nun ja, beim nächsten Mal wissen Sie ja, was auf Sie zukommt. Dann wird es aller Erfahrung nach noch einfacher sein.«

»*Noch* einfacher?« Isabell verzog das Gesicht.

»Aber ja, meine Liebe. Im Grunde war das eine Geburt wie aus dem Lehrbuch. Siebeneinhalb Stunden Wehen, keinen Dammschnitt, keinen Riss, keinerlei Komplikationen, alles hat wunderbar geklappt.«

»Hm, hm«, machte Isabell zweifelnd, aber doch ein wenig getröstet.

»Da ist Onkel Corins Auto«, sagte Laurent, der jedes Auto in Volonne an seinen Motorengeräuschen zu erkennen pflegte. »Vielleicht bringen sie Bertrand ja wieder mit.«

»Das glaube ich kaum«, murmelte Madame Lemmonier. Sie hatte bei Bertrand erste Hilfe geleistet, bis der Krankenwagen eingetroffen war. Ihrer Ansicht nach grenzte es an ein Wunder, wenn der alte Mann jemals wieder auf die Beine käme. Aber sie behielt ihre Gedanken für sich. Sie verabschiedete sich, versprach aber, am nächsten Tag vorbeizuschauen. »Und übermorgen und überübermorgen auch«, sagte sie. »Für eine Hebamme gibt es nämlich keine Feiertage.«

Corin trug immer noch sein elegantes Bankoutfit, aber mittlerweile sah man den Sachen und auch seinem Gesicht den langen, ereignisreichen Tag deutlich an. Erst der Termin bei der Bank, wo man nach zähem Ringen einen Umschuldungsplan entworfen hatte, der allen Beteiligten zusagte, dann die Geburt seiner Tochter, bei der sich seine sonst so ausgeglichene, sonnige Isabell in eine wahre Furie verwandelt hatte, und schließlich der Schock um Bertrand. Sein lebloses, schneeweißes Gesicht würde Corin für immer im Gedächtnis bleiben.

»Hallo, Liebling. Tut mir so Leid, dass ich dich, dass ich euch so lange allein gelassen habe«, sagte er zur Begrüßung.

»Du kannst doch nichts dafür, Corin. Manchmal passieren eben die schrecklichsten Dinge zugleich mit den schönsten«, sagte Isabell und bekam sogleich wieder feuchte Augen. »Wie geht es Bertrand denn?«

»Tja. Nicht so gut.« Corin ließ sich auf die Bettkante nieder. »Es sieht so aus, als ob wir Weihnachten diesmal ohne ihn feiern müssen. Sie haben ihn an alle möglichen Geräte angeschlossen, und der Arzt sagt, solange er nicht selbstständig atmet, ist sein Zustand nicht stabil, und wir sollten mit dem Schlimmsten rechnen. Matilde und ich haben seine Kinder verständigt, sie sind alle auf dem Weg ins Krankenhaus, sogar der nichtsnutzige Rainier ...«

»Dann ist es wohl wirklich ernst«, sagte Isabell. Der nichtsnutzige Rainier war das schwarze Schaf in Ermelines und Bertrands Familie. Man munkelte, dass er in Marseille illegalen Geschäften nachging.

»Niemand weiß, wie viel von Bertrands Gehirn in Mitleidenschaft gezogen worden ist. Selbst wenn er wieder aufwacht, heißt das nicht, dass er dann auch gesund ist.«

»Das wird wirklich ein trauriges Weihnachtsfest«, seufzte Isabell, während sie das Baby von der Brust nahm und es vorsichtig in die Senkrechte brachte.

»Gib sie mir mal«, sagte Corin. Er platzierte seine Tochter nicht ungeschickt mit dem Köpfchen auf seiner Schulter und klopfte sanft auf ihren Rücken, so als habe er das schon hundertmal gemacht. In seinen Händen sah sie winzig aus, ein rührender Anblick.

»Das erste Weihnachten ohne Tante Paulette«, fuhr Isabell fort, »und ohne einen Weihnachtsbaum« – hier in der Provence gab es diesen Brauch nicht – »und dann noch die Sorge um Bertrand – wir werden kein Weihnachtslied hören können, ohne in Tränen auszubrechen. Von singen ganz zu schweigen.«

»Weihnachten ist sowieso blöd«, sagte Laurent, der blass und still auf der Kommode gesessen und zugehört hatte. »Wir könnten es dieses Jahr einfach ausfallen lassen.«

Isabell warf Corin einen bedeutungsvollen Blick zu. Für den armen Laurent war das alles sicher noch viel schlimmer als für die Erwachsenen, schließlich war Bertrand nach Madame Cécile seine wichtigste Bezugsperson. Laurent war ohnehin in einer »kritischen Phase«, wie Madame Cécile es nannte. Seit in diesem Haus immer öfter von dem Baby die Rede gewesen war, hatte er nämlich angefangen, über Eltern im Allgemeinen und seine im Besonderen nachzudenken. Er wusste natürlich, dass eine Menge Eltern geschieden waren, oder dass Väter und Mütter sterben und ihre Kinder alleine lassen konnten. In seiner Klasse gab es einige, die bei nur einem Elternteil groß wurden, und das konnte in Laurents Augen durchaus auch von Vorteil sein: Die eingebildete Marie-Claire zum Beispiel sah ihren Papa nur jedes zweite Wochenende, aber dann wurde sie mit Taschengeld und Geschenken geradezu überschüttet, genau wie der fürchterliche Fabien. Ihm schenkte der Vater vermutlich Horrorvideos und Bonbons. Jocelyn, der am Tisch vor ihm saß, war nicht ganz so gut dran: Seine Mutter war im letzten Schuljahr gestorben. Aber eben diese traurige Tatsache war der Grund dafür, dass Jocelyn sich bei der Lehrerin viel mehr herausnehmen durfte als andere Kinder. Weil so ein armes, mutterloses Kind eben Mitleid erregte. Laurent aber bekam keine Sonderbehandlung, und dabei war er eigentlich noch viel schlimmer dran: Seinen Vater kannte er gar nicht, er hatte seine Mutter noch vor seiner Geburt verlassen und seitdem keinerlei Anstalten gemacht, ihn kennen zu lernen, von Geschenken und Taschengeld ganz zu schweigen. Und seine Mutter hatte ihn eigentlich von Anfang an seiner Großmutter überlassen. Sicher, ein paar Jahre hatte Joséphine mit ihm zusammen hier auf RINQUINQUIN gelebt, aber auch da hatte sie ihn die meiste Zeit in die Obhut von Madame Cécile und Bertrand gegeben. Sie war oft wochen-, manchmal monatelang in Paris oder auf Reisen gewesen, und seit sie diesen »reichen Pseudocowboy« kannte, wie Bertrand Laurents neuen Stiefvater zu nennen pflegte, war sie beinahe überhaupt nicht mehr zu Hause. Der reiche Pseudocowboy hieß mit richtigem Namen John D. Kennedy und hatte ein riesiges Haus in Florida. Dort lebte Joséphine jetzt mit ihm, und dort hatte sie ihn im vergangenen Oktober auch geheiratet. Laurent war mit Madame Cécile und Tante Matilde nach Florida geflogen, um dabei zu sein, und während der bombastischen Hochzeitsfeierlichkeiten hatte er die ganze Zeit gefürchtet, aber insgeheim auch gehofft, seine Mutter würde ihn nun bei sich behalten wollen. Als sie ihn am Flughafen zum Abschied geküsst hatte, war er zugleich unendlich erleichtert und tief enttäuscht gewesen. Er liebte sein Leben auf RINQUINQUIN, und er liebte seine Großmutter, Tante Matilde, Onkel Corin, seine neue Tante Isabell und natürlich auch Bertrand, Ermeline und Großtante Germaine heiß und innig. Trotzdem war niemand davon seine Mutter oder sein Vater. Was stimmte mit ihm denn nicht, dass seine eigene Mutter ihn nicht bei sich haben wollte?

»Laurent, komm mal her zu mir«, sagte Isabell und klopfte einladend auf das Kissen neben sich. Sie wusste, dass Laurent seit Tagen dem Postboten auflauerte, weil er auf ein Päckchen aus Amerika wartete, auf Joséphines Weihnachtsgeschenke. Isabell fürchtete, dass er sogar auf einen Besuch von seiner Mutter spekulierte, obwohl Joséphine ausdrücklich gesagt hatte, dass sie und John D. Weihnachten auf den Bahamas verbrächten, eine Art verspäteter Honeymoon.

»Weißt du, Weihnachten kann man nicht ausfallen lassen«, sagte Isabell, als Laurent von der Kommode auf das Bett gekrabbelt war. »Es findet immer statt, ganz egal, was auch passiert ist. Das ist ja auch eigentlich das Besondere an Weihnachten.«

»Hm«, machte Laurent unbeeindruckt.

»Und natürlich die Geschenke«, fuhr Isabell fort. »Ich weiß zufällig, dass du etwas ganz Besonderes bekommst.«

»Hm«, sagte Laurent wieder. »Ich weiß aber zufällig, dass überhaupt noch kein Paket gekommen ist.«

»Ts, ts, ts«, machte Isabell und verfluchte Joséphine insgeheim für ihre Nachlässigkeit. »Die Pakete kommen ja auch nicht mit der Post, sondern werden vom Christkind gebracht.«

»Vielleicht bei euch in Deutschland«, sagte Laurent und kuschelte sich unauffällig an sie. Er mochte ihr Parfüm. Es roch nach Zitrusfrüchten und Vanille und machte beinahe Lust, in sie hineinzubeißen. »Hier muss man die Geschenke selber kaufen und selber einpacken. Und dann mit der Post verschicken, wenn man sie schon nicht selber bringen kann. Und wenn man's vergisst, steht man blöd da.«

Isabell und Corin tauschten wieder einen bedeutungsvollen Blick. Es war ganz klar, dass Laurent sich vor Weihnachten fürchtete, weil er Angst hatte, »blöd dazustehen«. Isabell legte ihren Arm um den kleinen

Jungen. »Weißt du, Laurent, das ist das Schöne am Christkind: Auf das ist immer Verlass.«

»Wie auf die Weiße Dame«, sagte Matilde von der Tür her. Wie immer war sie leise wie eine Katze ins Zimmer getreten. Sie sah müde und verweint aus.

Isabell, die sie seit dem Vormittag, als die Wehen eingesetzt hatten, nicht mehr gesehen hatte, hatte sofort das Bedürfnis, sie ebenfalls in den Arm zu nehmen. Vermutlich waren das die Hormone, die sie solch mütterliche Gefühle nicht nur für ihr Baby empfinden ließen. Alle hier waren so traurig und durcheinander, und das an dem Tag, der eigentlich einer der glücklichsten in ihrem Leben hätte werden können. Am liebsten hätte sie die ganze Familie in dem großen Bett um sich versammelt und getröstet.

Matilde ließ sich aber nur etwas steif neben Corin auf der Bettkante nieder und bewunderte das Baby, das wieder eingeschlummert war.

»Wie winzig sie ist, wie zerbrechlich«, sagte sie und schniefte dabei ein bisschen. »Sie ist wunderschön, Isabell. Wie wird sie denn heißen?«

»Keine Ahnung.« Isabell tätschelte mit der freien Hand Matildes Rücken, mit der anderen drückte sie Laurent fest an sich. Es war merkwürdig, aber in diesem Augenblick fühlte sie sich so sicher und geborgen wie niemals zuvor in ihrem Leben. Alle diese Menschen, den gut aussehenden Mann, der ihr schlafendes Baby im Arm hielt, den kleinen Jungen, der sich an ihre Schulter schmiegte, und die ernste Frau, die so steif und unglücklich auf der Bettkante hockte, kannte sie erst ein paar Monate lang. Und dennoch liebte sie alle so innig, dass es beinahe wehtat. Plötzlich war sie mit einer nie gekannten Zuversicht erfüllt. Solange sie einander so liebten, konnte ihnen nichts und niemand etwas anhaben.

»Wer ist die Weiße Dame?«, fragte sie. »Ein französischer Weihnachtsbrauch, den ich noch nicht kenne?«

Der Ort Volonne lag nur etwa einen Kilometer abseits der Route Nationale Napoléon, dort, wo sich die Ausläufer der bis zu vierzehnhundert Meter hohen Berge bis zum Fluss Durance hinabneigten. Die Durance wurde hier besonders breit, hinter Volonne begann der Stausee *Lac de l'Escale,* der sich einige Kilometer flussabwärts erstreckte. Es gab zwei alte Ruinen, die oberhalb der Dächer und des Kirchturmes in den Felsen klebten und dem Ort einen romantischen, ja fast mystischen Anstrich gaben. Die blassroten Dächer der eng aneinander stehenden Häuser, die schmalen Gassen, die Obstgärten, die das kleine Städtchen umgaben – es war alles genau so, wie Isabell es ihm wohl ein Dutzend Mal beschrieben hatte. Nur der Sonnenschein fehlte. Nun ja, es war ja auch Dezember, und in Kiel, wo er tags zuvor losgefahren war, hatte es Eisregen gegeben.

Hier war es immerhin trocken. Der Himmel war bedeckt, und es wehte ein schneidender, kalter Wind, der den Rauch aus den Schornsteinen verwirbelte und in alle Richtungen trieb. Ihm fiel ein, dass er versäumt hatte, Isabell zu fragen, ob man auf RINQUINQUIN eine Zentralheizung besaß. Nun, wenn nicht, würde er die ganze Nacht vor dem Kaminfeuer kauern, das stand mal fest.

Es war das erste Mal seit fünfundreißig Jahren, dass er allein unterwegs war, das erste Mal ohne seine geliebte Paulette. In den vielen Jahren ihrer Ehe waren sie niemals auf die Idee gekommen, getrennt voneinander zu verreisen, nie hatte der eine auch nur eine Nacht ohne den anderen sein wollen.

»Wir sind gleich da«, sagte er. Seit Paulette vor einem halben Jahr an Krebs gestorben war, pflegte er mit ihr zu sprechen. Natürlich nur, wenn niemand anders dabei war, schließlich wollte er nicht für verrückt erklärt werden. Es war nur so, dass er einfach spürte, dass seine Frau immer noch bei ihm war. Überall, wo er war, fühlte er ihren guten Geist. In Gedanken sah er Paulette auch jetzt auf dem Beifahrersitz sitzen. Sie sah aus, wie sie bis zum Ausbruch der Krankheit ausgesehen hatte: wie ein junges Mädchen.

»Ach, Louis, nun 'ör schon auf mit diese Komplimente«, hatte sie immer gesagt, wenn er ihre unvergängliche Schönheit und Jugend zu rühmen pflegte. »Isch bin eine Frau im Großmütteralter, du musst mal deine Brille putzen! Wie 'eißt es so schön? Von 'inten Lyzeum, von vorne Museum.«

Aber sie hatte sagen können, was sie wollte, für ihn war sie immer gleich jung geblieben. Mit den leuchtend blauen Augen, die auch Isabell von der Familie geerbt hatte, und der hoch gewachsenen, langbeinigen Figur einer Leichtathletin war und blieb sie für ihn die schönste Frau der Welt.

»Ich bin sehr gespannt auf unser Enkelkind«, fuhr er fort. »Ich weiß natürlich, dass ich eigentlich nur der Großonkel bin, aber schließlich habe ich das Mädchen großgezogen, und einen anderen Großvater gibt es ja auch nicht mehr. Da ist es doch nur recht und billig, wenn ich diesen Part übernehme, oder?«

Paulette antwortete nicht, das tat sie nie, und das war auch gut so, weil er sonst möglicherweise an seinem Verstand gezweifelt hätte. Auch wenn seine Methoden der Trauerbewältigung zugegeben etwas eigenartig waren, so wusste er immer noch zwischen der Wirklichkeit und dem, was er sich einbildete, zu unterscheiden.

Er ließ das Ortsschild hinter sich und folgte mit seinem Wagen der schmalen Straße, die in Kurven zwischen terrassenförmig angelegten Pfirsich- und Aprikosenfeldern hinauf in die Berge führte. Den Blick hielt er angestrengt nach links gerichtet, wo nach Isabells Beschreibung irgendwann eine Toreinfahrt abgehen würde, von zwei gewaltigen Steinpfosten eingerahmt, auf denen jeweils ein verwitterter Steinlöwe saß.

»Wenn du zu weit fährst, landest du bei den Sumeires oder bei den Jaures«, hatte Isabell gesagt. »Ihre Einfahrt ist mit zwei selbstgetöpferten Endivienköpfen geschmückt.«

Er hoffte inständig, dass seine kurzsichtigen Augen die Steinlöwen von den Salatköpfen würden unterscheiden können. Er wollte sich ungern blamieren. Ah, da war es! Eine kiesbestreute Einfahrt zwischen zwei Steinlöwen, die sich über hundert Meter hinzog, bis sie schließlich vor dem Haus mündete, das ihm ebenfalls aus Isabells Beschreibungen so vertraut war, als wäre er schon einmal hier gewesen. Es war ein dreistöckiges, wohl proportioniertes Gebäude aus grauem Naturstein, an das sich links und rechts zwei zweistöckige Flügel anschlossen, die zusammen mit dem Haupthaus einen U-förmigen Hof bildeten. Das rote Dach, die distelblau gestrichenen Fensterläden und die gewaltige Platane, die ihre Äste über den gesamten Hof erstreckte, waren so typisch provenzalisch, dass er lächeln musste. Kein Wunder, dass Isabell sofort ihr Herz an dieses Anwesen verloren hatte. Es war wie eine Wirklichkeit gewordene Postkarte, nein: ein Gemälde.

»Ist es nicht wunderschön?«, sagte er begeistert zu Paulettes Geist auf dem Beifahrersitz.

Die doppelflügelige Haustüre schwang auf. Isabell kam herausgelaufen und hatte sich in seine Arme geworfen, noch bevor er ganz aus dem Auto gestiegen war.

»Onkel Ludwig! Da bist du ja endlich! Ich hab ja so gehofft, dass du noch im Hellen ankommen würdest, um dir alles zeigen zu können!«

»Mein Mädchen! Was läufst du denn hier herum? Du gehörst doch ins Bett, oder etwa nicht?« Er versuchte vergeblich die Tränen der Rührung und der Freude zu unterdrücken, die in ihm hochstiegen. »Ach, was habe ich dich vermisst, meine Kleine.« Er und Paulette hatten keine eigenen Kinder bekommen können. Sie hatten es bereits jahrelang vergeblich versucht, als Paulettes Schwester und ihr Mann bei einem Autounfall ums Leben kamen und die damals knapp zweijährige Isabell zu ihnen ins Haus kam. Das kleine Mädchen war wie eine Antwort auf ihre Gebete gewesen, und Onkel Ludwig glaubte nicht, dass irgendein Vater auf dieser Welt seine Tochter mehr lieben konnte als er seine Nichte.

Umgekehrt war es genauso. Obwohl Isabell immer gewusst hatte, dass Tante Paulette und Onkel Ludwig nicht ihre richtigen Eltern waren, hatte das nichts an ihren Gefühlen ihnen gegenüber ändern können. »Ich habe dich auch vermisst, Onkel Ludwig«, sagte sie. »Die Vorstellung, dass du ganz allein zu Hause bist, hat mich so traurig gemacht. Aber du wolltest es ja nicht anders.«

»Nein, das wollte ich nicht. Lass dich ansehen!« Er hielt sie auf Armlänge von sich und betrachtete sie aufmerksam.

Isabell sah peinlich berührt auf den Boden. »Lass das,

ich sehe schrecklich aus! Laurent fragt schon die ganze Zeit, wann denn das nächste Kind aus dem dicken Bauch rauskommt, nach seinen Erfahrungen mit trächtigen Kühen und Katzen müssten nämlich mindestens noch fünf Junge darin sein ...«

»So ein Blödsinn.« Sie sah so schön aus wie immer, mit dem hellblonden, fast weißen Haar, dem schmalen, fein geschnittenen Gesicht und den riesengroßen, klaren Augen, die ihn so an Paulette erinnerten. Natürlich wirkte sie etwas müde und war auch deutlich fülliger als sonst, ja, aber schließlich hatte sie erst vor zwei Tagen ein Kind bekommen. Die zarte sommersprossige Haut des vertrauten Gesichtes war mit zusätzlichen Pigmentflecken verunziert, aber auch das sah man häufig bei Schwangeren. Soviel er wusste, verschwanden sie nach einer gewissen Zeit wieder.

»Ich finde, dass du gut und gesund aussiehst«, sagte er erleichtert.

»Da bist du aber der Einzige von uns beiden«, sagte Isabell. »Komm, wir gehen hinein. Die anderen sind schrecklich gespannt auf dich, sie waren nur so taktvoll und wollten uns die ersten Minuten allein lassen. Wahrscheinlich fürchten sie sich auch vor meinen Tränenausbrüchen. Es ist wirklich schrecklich. Ich kam mir in den letzten zwei Tagen vor wie ein Springbrunnen.«

»Das sind die ...«

»... die Hormone, ich weiß.« Isabell lachte. »Ja, die mache ich auch für alles verantwortlich.«

»Wie geht es eurem Bertrand?«

»Unverändert.« Isabell seufzte. »Er liegt ohne Bewusstsein auf der Intensivstation, an alle möglichen Apparate angeschlossen. Immerhin atmet er jetzt selbstständig. Ermeline ist bei ihm und ruft sofort an, wenn sich etwas ändert. Der Arzt hat aber gesagt, es kann Monate dauern, bis er aufwacht, wenn er denn überhaupt jemals wieder aufwacht. Und niemand weiß, was dann mit ihm sein wird.«

»Das klingt furchtbar. Ausgerechnet jetzt, wo ihr alle so glücklich sein könntet. Werdet ihr hier einziehen?« Er zeigte auf den zweistöckigen Hausteil zu seiner Rechten, den so genannten Gästeflügel von RINQUINQUIN. Hier waren früher die Gästequartiere für die Erntehelfer eingerichtet gewesen, und hier hatte Isabell im vergangenen Frühjahr als Touristin ein Zimmer mit Blick auf das Flüsschen Volonne und das Durancetal gemietet. »Man sieht ja gar nicht, dass hier gebaut wird. Oder seid ihr etwa schon fertig?«

»Von wegen«, sagte Isabell. »Innen sieht es schrecklich aus. Corin und Bertrand haben fast alle Wände eingerissen, sämtliche Leitungen herausgestemmt und die Fußböden komplett entfernt. Als Corin die Idee hatte, den Gästeflügel zu unserer Wohnung zu machen, dachte ich mehr an neue Tapeten und einen gründlichen Hausputz – aber da hatte ich nicht bedacht, dass Corin ja eigentlich Architekt ist und offensichtlich den Ehrgeiz hat, etwas ganz Besonderes daraus zu machen. Der Umbau dauert jedenfalls viel länger, als ich dachte. Ursprünglich hatte ich ja mal gehofft, mit der Geburt des Babys einziehen zu können – aber das war wohl allzu naiv. Und jetzt, wo Bertrand als Helfer ausfällt, wird es wohl noch viel länger dauern. Aber es lässt sich eigentlich noch ganz gut in Corins altem Schlafzimmer aushalten, zumal wir ein eigenes Bad besitzen und ich mir ohnehin noch nicht vorstellen kann, das Baby weiter als einen Meter von mir entfernt schlafen zu lassen. Ich muss einfach jederzeit ihren Atem hören können.«

Eine zierliche Frau mit kurz geschnittenen schwarzen Haaren erschien in der Tür. Onkel Ludwig schätzte sie auf knapp um die sechzig, eine sehr attraktive Frau, deren Lebendigkeit und Temperament man förmlich als Funken um ihren Körper sprühen zu sehen glaubte.

»Es ist so kalt da draußen, wollt ihr nicht hereinkommen?«, rief sie auf Französisch.

»Wir kommen schon.« Isabell legte einen Arm um ihren Onkel und zog ihn in den Eingang. »Ich zeig dir unseren Flügel später, am besten zusammen mit Corin. Er liebt es, jeden Mauerstein einzeln vorzustellen, er ist besessen von dieser Baustelle. Madame Cécile, das ist Ludwig Reinhard, mein Ziehvater. Onkel Ludwig, das ist Madame Cécile, die Herrin dieser wunderschönen Pfirsichplantage und meine zukünftige Schwiegermutter.«

»Ich bin gar nicht die Herrin der Plantage – wir sind doch eine Gesellschaft mit eingeschränkter Haftung, oder, Isabell?«

»Gesellschaft mit beschränkter Haftung«, verbesserte Isabell.

»Wie dem auch sei: herzlich willkommen«, sagte Madame Cécile und schüttelte Onkel Ludwig beide Hände, bevor sie ihm die obligatorischen Küsse auf die Wangen drückte, rechts, links, rechts und noch einmal links. »Wir freuen uns wirklich, dass Sie uns endlich einmal besuchen kommen. Und wir hoffen, dass Sie lange bleiben können.«

»Ich freue mich auch sehr, hier zu sein«, sagte Onkel Ludwig auf Deutsch. Isabell registrierte amüsiert, dass er errötet war. »Was ich bisher gesehen habe, ist wirklich wunderschön.«

»Ja, nicht wahr«, sagte Isabell. »Aber Vorsicht, es

spukt! Zur Zeit lebt man hier auf RINQUINQUIN gefährlich.« Letzteres sagte sie in spöttischem Tonfall. Bei all ihrer Vorliebe für Romantik und schicksalhafte Verstrickungen hatte sie sich doch immer noch eine gewisse deutsche Nüchternheit bewahrt, eine Art hanseatisches Misstrauen gegenüber allem Übersinnlichen. Matilde, Großtante Germaine und Madame Cécile hatten ihr nach und nach alles über die geheimnisvolle Weiße Dame erzählt, die RINQUINQUIN heimzusuchen pflegte, bevor jemand starb. Es war offensichtlich gewesen, dass zumindest Matilde tatsächlich an diese Räuberpistole glaubte.

»Die Weiße Dame ist seit Generationen der Todesengel der Le Bers«, hatte sie gesagt, mit einer Stimme, die keinerlei Widerspruch duldete. Weder Madame Cécile noch Großtante Germaine, noch Corin hatten ihr wirklich widersprochen. Wenn sie es auch nicht zugaben, schienen doch auch sie der haarsträubenden Geschichte einen gewissen Glauben zu schenken. Isabell fand das unglaublich.

»Ich bitte euch, Bertrand ist doch überhaupt kein Le Ber«, hatte sie argumentiert, denn letztendlich waren Bertrand und Ermeline hier immer noch »nur« angestellt.

Aber Matilde hatte nur abgewunken. »Er ist seit vielen Jahren mit diesem Gut verwachsen, er lebt hier, und er ist ein Teil von RINQUINQUIN. Das genügt der Weißen Dame.«

»Was für ein ungerechtes Gespenst.« Isabell hatte halb amüsiert, halb ärgerlich den Kopf geschüttelt. »Warum mag sie euch, ähm, uns denn so wenig? Wer war die Weiße Dame denn, als sie noch lebte?«

»Das weiß man nicht so genau. Großtante Germaine

meint, sie ist eine Vorfahrin der Le Bers, die eines gewaltsamen Todes gestorben ist«, hatte Matilde geantwortet. »Aber es gibt nirgendwo Aufzeichnungen über so einen Fall. Daher kennen wir ihren Namen nicht.«

»Und was genau tut sie? Herumlaufen, bevor einer ihrer Verwandten stirbt, und höhnisch grinsen? Ein recht armseliger Spuk, wie ich finde«, hatte Isabell gesagt. »Wenn sie wenigstens mit Ketten rasseln oder Blut saugen würde ...«

Aber das tat die Weiße Dame, wie man ihr versicherte, nicht. Allerdings behauptete Großtante Germaine, die der Weißen Dame ja einmal auf dem Korridor begegnet war, dass sie nach einem Parfüm aus Maiglöckchen und Bergamotte roch. Nun, das war immerhin ein Anhaltspunkt.

»Wenn du also nachts einmal Maiglöckchen und Bergamotte riechen solltest, musst du schleunigst abhauen«, sagte Isabell deshalb jetzt zu Onkel Ludwig.

Madame Cécile hob ein wenig hilflos die Hände. »Dummerweise verstehe ich kein Wort Deutsch. Wir werden uns wohl in Zeichensprache verständigen müssen. Oder verstehen Sie vielleicht Englisch, Monsieur?«

»Yes«, sagte Onkel Ludwig erleichtert. »And I am not afraid of ghosts. Ich habe sogar meinen eigenen dabei.«

»Oh nein, mein Lieber, so nicht«, sagte Isabell empört und wandte sich an Madame Cécile. »Onkel Ludwig war über dreißig Jahre mit einer Französin verheiratet, er versteht sogar vorzüglich Französisch. Er spricht es nur nicht gern.«

»Weil es bei mir so ... dilettantisch klingt«, sagte Onkel Ludwig, wieder auf Deutsch. »Ich habe immer das Gefühl, ein Verbrechen an dieser schönen Sprache zu begehen, wenn ich auf Französisch radebreche. My English is much better.«

»Nun, hier wird dir aber gar nichts anderes übrig bleiben, als Französisch zu sprechen«, sagte Isabell. »Es wäre doch irgendwie albern, mitten in der Provence unter lauter Franzosen Englisch zu sprechen, oder? Und ich werde nicht immer als Dolmetscher zur Verfügung stehen. »

Wie aufs Stichwort ertönte Babygeschrei aus dem Haus. Sie griff sich seufzend an die Brust. »Sie hat schon wieder Hunger, die Kleine. Entschuldigt mich für eine Weile, ja?«

»Es war wirklich höchste Zeit, dass Sie gekommen sind«, sagte Madame Cécile, als Isabell die breite Treppe hinaufgelaufen und verschwunden war. »Das arme Baby hat immer noch keinen Namen, weil diese schreckliche Sache mit unserem Freund Bertrand passiert ist. Mein Sohn und Isabell finden, der Name habe unter diesen Umständen keine Eile. Aber wenn das so weiter geht, wird das Kind noch unter dem Namen *Kleine* eingeschult! Ach, hier herrscht eben zurzeit das absolute Chaos. Eigentlich wollten wir uns jetzt kopfüber in die Bauarbeiten und die Hochzeitsvorbereitungen stürzen, aber es kommt wohl immer anders, als man es plant. Aber da rede und rede ich, und Sie Ärmster sind gerade mal angekommen und sicher schrecklich müde und hungrig! Möchten Sie einen Apéritif, Monsieur? Wir fangen in diesen aufregenden Tagen zu unserer eigenen Schande schon am frühen Nachmittag mit den alkoholischen Getränken an. Das ist gut für unsere Nerven und sorgt für einen ruhigen Schlaf.«

»Sehr sympathisch«, sagte Onkel Ludwig. Er sagte es zögerlich auf Französisch.

In Madame Céciles grüne Augen stahl sich ein Lächeln. »Ja, das finde ich auch«, sagte sie, aber mehr zu sich selber als zu ihrem Gast.

»Morgen ist Heiligabend, und das Kind hat immer noch keinen Namen«, sagte Isabell schläfrig. »So geht das wirklich nicht weiter.« Es war spät am Abend, und sie lagen nebeneinander im Bett, das wache Baby zwischen sich. Im ganzen Haus herrschte Ruhe, sogar der Wind, der in den letzten Tagen die Fensterläden zum Klappern gebracht hatte, hatte sich gelegt. Onkel Ludwig war in Joséphines altem Kinderzimmer untergebracht, und Isabell hoffte, dass er dort nach dem leckeren Abendessen und dem reichlich genossenen Wein wunderbar schlafen würde, unbehelligt von Matildes Weißer Dame und jeglichen anderen Gespenstern.

»Also gut, dann suchen wir jetzt einen Namen aus«, erwiderte Corin. »Mach einen Vorschlag.«

Isabell beschloss, ihm zunächst die Namen zu präsentieren, von denen sie sicher war, dass er sie ablehnen würde.

»Delphine«, sagte sie lauernd.

»Nein.« Corin streichelte dem Baby über das Köpfchen. »Ich nenne mein Kind doch nicht wie einen Fisch!«

»Delfine sind keine Fische! Aber gut, wie ist es dann mit *Séverine?*«

»Nie gehört. Kommt nicht infrage.«

»Francine?«

»Klingt irgendwie wie aus einer amerikanischen Fernsehserie. Nein, nein.«

»Du sollst Gegenvorschläge machen, Corin, nicht immer nur Nein sagen. *Marie.*«

»Nein. Sie sieht nicht wie eine Marie aus. Nicht wahr, Kleine, du siehst überhaupt nicht wie eine Marie aus.«

Die Kleine gähnte.

»Gegenvorschläge, Corin! Wie sieht sie denn aus? Wie eine *Sophie?* Eine *Charlotte?* Eine *Luise?*«

»Nein, überhaupt nicht. Eher wie *Stéphanie.*«

»*Stéphanie?* Stefanies gibt es in Deutschland wie Sand am Meer. In meiner Klasse waren vier. Mir gefällt *Fleur.*«

»Fleur. Willst du Fleur heißen, Kleine?« Das Baby spitzte seinen Mund zu einer niedlichen Schnute. Corin lächelte entzückt. »Ich finde, das sieht aus wie ein eindeutiges Nein.«

»Ich finde, das sieht aus, als habe sie schon wieder Hunger«, sagte Isabell und setzte sich auf. »Wird auch Zeit. Vier Stunden sind schon wieder um, und ich möchte die nächsten vier zur Abwechslung gerne mal schlafen.« Sie versuchte sich zu erinnern, ob sie das Kind zuletzt an der linken oder der rechten Seite angelegt hatte. Das Stillen war eine überaus komplizierte Angelegenheit, beinahe eine Wissenschaft, ganz gleich, was die Hebamme auch von natürlichen Instinkten erzählen mochte. Es war ohnehin ein Widerspruch, von natürlichen Instinkten zu sprechen und gleichzeitig zwei Dutzend Regeln aufzustellen, die man unbedingt befolgen musste.

»Stéphanie ist doch schön«, sagte Corin und streichelte die Babywange mit seinem Zeigefinger.

»Ich habe drei Dutzend Namen vorgeschlagen, und du nur diesen einen«, sagte Isabell. »Gib dir mal ein bisschen Mühe.«

Corin runzelte angestrengt die Stirn. Das Baby runzelte ebenfalls die Stirn. »Sieh nur, sie macht mich nach!«

»Sie kann dich noch nicht mal genau sehen, Corin. Nur einen hellen ovalen Fleck.«

»Das glaube ich nicht. Eben hat sie mir zugezwinkert.«

Isabell grinste. »Einen Namen, Corin. Nur einen einzigen. Und guck nicht so entgeistert auf meinen Busen.«

»Tu ich gar nicht. Ich gucke entgeistert auf deinen BH!«

»Das ist ein Still-BH. Die sind praktisch und nicht sexy.«

»Das würde ich so nicht sagen ...«

»Finger weg! Du sollst dir einen Namen überlegen.« Isabell platzierte das Baby vor ihrer entblößten Brust. Das klappte mit jedem Mal routinierter. Es war gar kein langes Hin- und Hergerücke mehr notwendig, das Baby begann sofort zu saugen. Hoffentlich war es die »richtige« Seite. Isabell dachte an das, was Madame Lemmonier ihr zu Angebot und Nachfrage bei der Milchproduktion erklärt hatte, und wie schnell man sich – Instinkte hin, Instinkte her – eine Brustentzündung einfangen konnte. Das waren nun keine gewöhnlichen Brüste mehr, sondern ein höchst kompliziertes Milchwerk, das es sorgfältig zu warten galt.

Corin betrachtete ebenfalls nachdenklich Brust und Baby. Isabell versuchte automatisch, einen Nachthemdzipfel über die blaugeäderte Haut ihres Milchwerkes zu ziehen.

»Also?«, fragte sie ablenkend.

»Florence«, sagte Corin überraschend. »Florence gefällt mir noch. Das ist klangvoller als Fleur, aber auch ein bisschen blumig.«

»Florence. Gar nicht so schlecht.« Isabell bedachte Corin mit einem anerkennenden Blick. Florence stand ebenfalls auf ihrer geheimen Liste. Aber es war natürlich viel besser, wenn er von ganz alleine darauf kam.

»Danke«, sagte er geschmeichelt. »Also, einverstanden? Wir nennen sie Florence. Florence Le Ber.«

»Hm, hm, nicht so eilig. So etwas muss gut überlegt werden. Florence klingt so ähnlich wie Laurent. Laurent und Florence ... das reimt sich ja fast. Aber es ist ein schöner Name.«

»Es wird Laurent schon nicht stören, dass er und das Baby ein paar Buchstaben gemeinsam haben. Also nehmen wir Florence – abgemacht?«

»Nicht so schnell! Hattest du mal eine Freundin, die so hieß?«, erkundigte sich Isabell voller Misstrauen.

»Florence? Warum fragst du?«

»Weil ich meine Tochter auf keinen Fall nach einer Exflamme von dir nennen will«, sagte sie.

Corin tat so, als würde er nachdenken. »Florence, Florence ... nein, ich kann mich an keine Florence erinnern.«

»Hm, hm«, machte Isabell. »Also gut, nehmen wir Florence.« Sie lachte so laut, dass das Baby, pardon, Florence, aufhörte zu trinken. Isabell legte sie an der anderen Seite an. »Diese Entscheidung hat uns mehr Zeit gekostet als eine Papstwahl im Vatikan.«

»Ja, wir sollten unbedingt weißen Rauch aufsteigen lassen. Meine Mutter sagt, das halbe Dorf war schon da, um zu fragen. Wir schenken ihnen allen den Namen sozusagen zu Weihnachten.«

»Darüber werden sich alle freuen – alle außer Laurent. Dem wird der Name ziemlich egal sein. Der arme kleine Kerl. Ich glaube nicht, dass Joséphines Päckchen rechtzeitig ankommen wird – wenn sie denn überhaupt eins geschickt hat.«

»Das glaube ich leider auch nicht.« Corin hatte bereits mehrfach versucht, seine jüngere Schwester telefonisch zu erreichen, zum einen, um ihr von der Geburt des Babys zu berichten, zum anderen, um sie an ihre mütterlichen Pflichten zu Weihnachten zu erinnern. Aber Joséphine und John D. waren weder in ihrem Haus in Florida noch in dem Divine-Hotel auf den Bahamas zu erreichen gewesen, das John D's Familie gehörte. Und auf die Idee, von sich aus einmal anzurufen, kam sie leider höchst selten.

Niemand auf RINQUINQUIN, von Madame Cécile als ihrer Mutter einmal abgesehen, hatte besonders viel für Joséphine übrig, dazu hatte sie zu oft versucht, der Familie und dem Gut zu schaden. Sie war, darüber bestand kein Zweifel, eine intrigante und rücksichtslose Person, die immer nur an ihren eigenen Vorteil dachte. Und als Mutter hatte sie komplett versagt. Aber gerade Laurents wegen bemühten sich alle auf RINQUINQUIN um ein einigermaßen entspanntes Verhältnis zu Joséphine. Denn nichts fürchteten sie mehr, als dass Joséphine ihnen den Jungen eines Tages wieder wegnehmen könnte.

»Ich weiß, was wir machen«, sagte Corin. »Wir werden einfach ein paar unserer Geschenke als Joséphines Geschenke ausgeben, dann wird Laurent glücklich sein.«

»Einverstanden«, sagte Isabell sofort. Sie hatten ohnehin mehr Geschenke für den Jungen gekauft als gut für ihn war. Das Kickboard samt Helm und Knieschützern konnten sie gern als Joséphines Geschenk ausgeben, ebenso einen Teil der Bücher und Anziehsachen. Am meisten würde er sich ohnehin über das Aquarium und die dazugehörigen Fische und Pflanzen freuen, die er sich so heiß und innig gewünscht hatte. Und wenn er das getigerte Kätzchen sah, das Corin morgen früh bei den Jaures abholen würde, würde er vermutlich vor Freude ohnmächtig werden. Der Junge war so tierlieb, dass er am liebsten einen ganzen Zoo um sich herum versammelt hätte. RINQUINQUIN mit seinen Ställen und dem weitläufigen Gelände war dafür aber auch wie geschaffen, fand Isabell. Sie hatten bereits zwei Pferde, eine riesige Schar Hühner unterschiedlicher Rassen, um die sich Ermeline kümmerte, und eine weiße Katze, die auf den Namen Pastis hörte und bereits einige Jahre auf dem Buckel hatte.

Pastis konnte gut Unterstützung bei der Mäusejagd gebrauchen, und so hatte man recht früh beschlossen, einen kleinen Kater vom Katzennachwuchs der Jaures nach RINQUINQUIN zu holen, aber der Überraschung wegen Laurent nichts davon erzählt. Wenn er von den kleinen Katzen geschwärmt und sie als empfehlenswerte Haustiere angepriesen hatte, hatten sich alle ausgesprochen gleichgültig und desinteressiert verhalten, und Isabell war daher überzeugt, dass die Überraschung gelingen würde.

Das Baby hatte aufgehört zu trinken und war an ihrer Brust eingeschlafen. Isabell merkte, dass auch ihr die Augen zufielen. An Schlaf hatte es ihr in den letzten achtundvierzig Stunden eindeutig gemangelt. Sie lehnte ihren Kopf an Corins Schulter.

»Ich bin gespannt auf Laurents Gesicht, wenn er seine Geschenke entdeckt«, murmelte sie. »Und ein bisschen freue ich mich doch auf morgen. Es ist immerhin unser erstes gemeinsames Weihnachtsfest.« Schläfrig, aber sehr ernsthaft setzte sie hinzu: »Ich liebe dich, Corin.«

»Ich liebe dich auch.« Corin legte seinen Arm um sie und das schlafende Kind und drückte sie noch fester an sich. Es war einer dieser Augenblicke, in denen er am liebsten die Zeit angehalten hätte. Die Sorge um Bertrand konnte in dieser Minute nicht die Dankbarkeit darüber trüben, dass er die Frau, die er liebte, in seinen Armen hielt, und mit ihr das Kind, das sie ihm geboren hatte. Aber gerade dieses Gefühl, vom Leben reich beschenkt worden zu sein, machte ihm auch Angst. Wer viel besaß, so wie er, konnte eben auch viel verlieren.

»Ich habe eigentlich schon schlimmere Weihnachten erlebt«, sagte er leise. Er dachte an Cathérine, seine erste Frau, die vor knapp vier Jahren an Krebs gestorben war. Damals hatte er nicht daran geglaubt, dass das Schicksal ihm noch einmal eine zweite Chance geben würde. Eine zweite Chance, eine zweite große Liebe, eine eigene Familie.

Isabell antwortete nicht, sie war eingeschlafen. Corin küsste sie auf die hellen, duftenden Haare und schob ihr statt seiner Schulter ein Kissen unter den Kopf. Dann nahm er ihr vorsichtig Florence aus dem Arm, um sie in die Wiege neben dem Bett zu legen. Er widerstand der Versuchung, auch das Baby zu küssen, aus Furcht, es könne aufwachen und damit die Hoffnung auf ein paar Stunden ungestörten Schlaf zunichte machen.

Als er sich wieder im Bett ausstreckte, merkte er erst richtig, wie müde er war. Ein paar Minuten noch lauschte er den regelmäßigen Atemzügen von Frau und Kind, dann schlief auch er ein.

3. KAPITEL

Matilde wurde vom Lärm eines Schlagbohrers geweckt. Im ersten Moment vermutete sie ein Erdbeben, zumal ihr Bett, ja, das ganze Zimmer zu vibrieren schien. Aber nur eine Zehntelsekunde später dämmerte ihr die Wahrheit, und sie setzte sich seufzend auf. Direkt hinter ihrer Schlafzimmerwand entstand Corins und Isabells neues Badezimmer, im Augenblick noch ein graues, dunkles Loch, das sich aber laut Corin bald in einen Traum von Jugendstilbad verwandeln würde. Und heute war, wie es schien, der erste Tag der Verwandlung angebrochen, was bedeutete, dass an Ausschlafen nicht zu denken war. Dabei war sie erst nach zwei Uhr zu Hause gewesen und hatte ein wenig Schlaf wirklich nötig. Im Restaurant war die Hölle los gewesen, die letzten Gäste waren erst um kurz vor ein Uhr gegangen. Es hatte eine Art inoffizielle Abschiedsfeier für Monsieur Feraud gegeben. Eine Menge Stammgäste waren da gewesen, um seinen letzten Tag im ROYAUME zu feiern. Auch der neue Besitzer war unter den Gästen gewesen, aber er hatte es nicht für nötig befunden, in der Küche vorbeizuschauen und sich seinen neuen Mitarbeitern vorzustellen.

»Arrogant«, hatte das einhellige Urteil in der Küche gelautet. »Typisch Pariser!«

Matilde hatte als Einzige keine Zeit gehabt, sich den neuen Chef wenigstens einmal heimlich anschauen zu gehen, sie war in Arbeit förmlich erstickt. Allein vierundzwanzig Mal hatte sie *crème au pain dépice,* eine köstliche Honigkuchencreme ihrer eigenen Schöpfung, angerichtet. Jetzt im Winter war die Honigkuchencreme mit Zimt, einem Hauch Anis und Vanille der mit Abstand gefragteste Nachtisch. Matilde hatte vor, noch ein paar aufregende Variationen dazu zu erfinden.

Sie streckte und reckte sich und fuhr sich mit allen zehn Fingern durch die Haare. Autsch, das tat immer noch weh. Sie hatte sich gestern in all der Hektik wie ein Anfänger die Finger an der Kaninchenterrine verbrannt, nicht wirklich schlimm, aber sehr ärgerlich, vor allem unter den Augen der Auszubildenden. Da hatte es wenig genützt, dass Clarisse, die Oberkellnerin, behauptet hatte, es brächte Glück, sich die Finger zu verbrennen. Das war wie mit den Scherben, die angeblich auch Glück brachten. Diese Mär hatte sich ganz bestimmt jemand ausgedacht, damit man über den Schaden nicht ganz so traurig war. Apropos Scherben: Gestern Nacht hatte sie eine Teetasse umgestoßen, die neben dem Bett auf dem Fußboden gestanden hatte. Das gute Stück war gegen den Bettpfosten geschossen und dort in mehrere Teile zersprungen. Sie durfte nicht vergessen, nachher Staub zu saugen, um etwaige Splitter zu entfernen.

Jemand klopfte an ihre Schlafzimmertüre, gerade, als der Schlagbohrer nebenan eine kurze Pause einlegte.

»Entre«, sagte sie müde.

Herein trat nicht ihre Mutter oder Isabell, wie sie vermutet hatte, sondern Isabells Onkel Ludwig, beladen mit einem Tablett voller Frühstücksutensilien. Während sie ihn noch verwundert anschaute, stellte er das Tablett auf der Kommode ab und lächelte sie breit an.

»Voilà, da haben wir einen kräftigen Milchkaffee, ein Croissant, Pfirsichmarmelade und eine Orange«, sagte er in seinem stockenden, mit starkem deutschen Akzent versetzten, aber grammatikalisch einwandfreien Französisch. »Ihre Mutter meinte, dass Sie das Frühstück so am liebsten mögen.«

»Das stimmt«, sagte sie verlegen und entzückt zugleich. Wann hatte ihr das letzte Mal jemand Frühstück ans Bett gebracht? Sie konnte sich nicht erinnern.

»Ich dachte, wo Sie wegen des Lärmes schon nicht ausschlafen können, ist so ein Frühstück im Bett genau das Richtige nach so einem langen Arbeitstag«, fuhr Onkel Ludwig fort. Im gleichen Augenblick setzte der Lärm des Bohrhammers wieder ein.

»Das ist ja fürchterlich«, sagte Onkel Ludwig fast schreiend. »Dabei kann man ja nicht mal frühstücken.«

»Doch, es geht schon«, schrie Matilde zurück. »Ich muss ja froh sein, dass Corin überhaupt weitermacht. Irgendwann ist es dann fertig, und alle sind zufrieden.«

Der Bohrhammer verstummte, dafür setzten kurze Zeit später Klopfgeräusche ein, die aber weit angenehmer zu ertragen waren.

»Vielen Dank für das Frühstück«, sagte Matilde mit normaler Lautstärke. »Es ist ewig her, dass ich so verwöhnt worden bin.«

»Das dachte ich mir«, sagte Onkel Ludwig. »Ach, übrigens, der Schornsteinfeger ist im Haus. Es gibt hier ja mehr Kamine als im Buckingham-Palast. Erschrecken Sie also nicht, wenn Sie nachher einem schwarzen

Mann im Korridor begegnen!« Zufrieden lächelnd zog er die Tür wieder hinter sich zu. Matilde lauschte seinen sich entfernenden Schritten im Korridor und lächelte auch. Isabells Onkel war ein Schatz – daran gab es keinen Zweifel. Er war ein eher kleiner, untersetzter Mann mit Glatze und einem fein geschnittenen Gesicht, dessen Freundlichkeit durch die runde Brille noch betont wurde. Offensichtlich hatte er das dringende Bedürfnis, sich nützlich zu machen. Bevor er in Rente gegangen war, hatte er laut Isabell fünfunddreißig Jahre lang als Zahntechniker gearbeitet, aber gleich am Tag nach seiner Ankunft hatte er sie alle mit der Ankündigung verblüfft, dass er für die Dauer seines Besuches Bertrands Aufgaben im Stall übernehmen wolle.

Er sei, hatte er auf die zweifelnden Blicke, vor allem auf die seiner Pflegetochter, erwidert, auf einem Bauernhof aufgewachsen und wisse sehr wohl noch, wie man einen Stall ausmiste und ein Pferd säubere. Und um zu beweisen, dass er die Wahrheit sagte, hatte er sogleich mit der Arbeit begonnen. Es gab drei Pferde auf RINQUINQUIN, den alten Céleri, ein Shire-Horse von riesigen Ausmaßen und ausgesprochen sanftem Charakter, dann Sombre, Corins temperamentvollen braunen Hengst, und schließlich Camelote, die Andalusierstute ihrer Freundin Madeleine Clérisseau, die zur Zeit in New York lebte und das Tier bei ihnen eingestellt hatte. Um die Stute zu reiten, kam dreimal in der Woche ein junges Mädchen aus dem Dorf nach RINQUINQUIN heraus, Corin ritt mit seinem Hengst beinahe täglich ins Gelände, und der alte Céleri wurde ab und an von Matilde oder Bertrand geritten. Sombre ließ sich nur von Corin putzen, aber um die anderen beiden hatte sich stets Bertrand gekümmert. Die Boxen mussten täglich gemistet werden, was ebenfalls zu Bertrands Aufgaben gehörte. Dass Onkel Ludwig sie nun übernahm, war eine ungeheure Erleichterung, denn er erledigte diese Arbeit einwandfrei.

Bertrands und Ermelines Abwesenheit fiel mit jedem Tag, den Bertrand bewusstlos in der Klinik verbrachte, stärker ins Gewicht. Ermeline kam zwar manchmal zum Schlafen nach RINQUINQUIN, wo sie dann mit gutem Essen und tröstenden Worten aufgepäppelt wurde, saß aber den überwiegenden Teil des Tages an Bertrands Krankenbett und wartete auf eine Änderung seines Zustandes. Sie übernachtete meistens bei ihrer Tochter, die eine Wohnung unweit vom Krankenhaus entfernt hatte. Niemand kam auf die Idee, sie vom Krankenbett ihres Mannes zurück zu ihren Aufgaben auf RINQUINQUIN zu lotsen, ganz gleich, wie schmerzlich ihre Hilfe auch fehlen mochte.

Auf einem so großen Gut wie RINQUINQUIN fiel selbst jetzt im Winter im Haus, im Garten, in den Ställen und auch auf den Feldern eine Menge Arbeit an, und vier zupackende, erfahrene Hände weniger fielen da schwer ins Gewicht. Zu den alltäglichen Arbeiten kamen die anstehenden Bauarbeiten im ehemaligen Gästeflügel, die Corin ja zum größten Teil selber übernehmen wollte. Überdies war es höchste Zeit, mit den Vorbereitungen zu Isabells und Corins Hochzeit im Sommer zu beginnen, aber davon wollte Isabell im Augenblick nichts hören.

»Solange es Bertrand nicht besser geht, wird hier überhaupt keine Hochzeit geplant«, hatte sie gesagt, und da sie selten so energisch wurde, hatte niemand ihr zu widersprechen gewagt. Schließlich konnten sie keine Entscheidungen hinter dem Rücken der Braut treffen, und im Grunde hatte Isabell schon Recht: Niemandem hier war unter diesen Umständen nach Planungen für eine Feier zumute. Hochzeiten sollten, wie Madame Cécile bemerkte, mit fröhlichem Herzen vorbereitet werden, und ein fröhliches Herz hatte hier derzeit niemand vorzuweisen. Dafür gab es aber umso mehr Arbeit, die getan werden musste.

Mit Isabells Hilfe bei der täglichen Arbeit konnte man die nächste Zeit auch noch nicht rechnen, da die Ärmste, wie es Matilde schien, ununterbrochen stillte und in der verbleibenden Zeit das Baby herumschleppte.

»So ist das eben die erste Zeit«, hatte Madame Cécile gesagt, als Isabell sich darüber beklagt hatte, dass sie rein gar nichts mehr geschafft bekäme und sich ausgesprochen unnütz vorkäme. Und dann hatte sie – obwohl sie sonst nicht zu lügen pflegte – hinzugefügt: »Wir kommen sehr gut ohne deine Hilfe klar, mein Schatz.«

Da Florence in diesem Moment wieder zu weinen begonnen hatte, war Isabell davongeeilt, ohne die Behauptung widerlegen zu können.

Matilde selber konnte durch ihre Arbeitszeiten kaum mehr tun, als sie nicht schon vorher getan hatte: Sie war auf RINQUINQUIN für die Zubereitung der Mahlzeiten zuständig; dank ihr aß man hier täglich 2-Sterne-Menüs. Matilde war, da sie wegen ihrer häufigen Abwesenheit mehrmals vorkochen musste, eine wahre Meisterin im Erfinden von Gerichten, die aufgewärmt beinahe noch besser schmeckten als frisch gekocht. Die Einkäufe für diese kulinarischen Freuden hatte allerdings immer Bertrand übernommen, der mehrmals in der Woche, ausgerüstet mit langen Listen von Matilde, Ermeline, Isabell und Madame Cécile, die Märkte und Supermärkte aufzusuchen pflegte, eine zeitraubende Angelegenheit, die jetzt Corin übernommen hatte, weil Madame Cécile zu ihrer Schande keinen Führerschein besaß, und Matildes Arbeitszeiten es selten erlaubten, die Einkäufe zu erledigen. Dabei wollte Corin so viel wie möglich auf der Baustelle schaffen, bevor es Ende Januar, Anfang Februar – je nach Witterung – an den Obstbaumschnitt ging. Beim Schneiden der gut achthundert Pfirsich- und über zweihundert anderen Obstbäume waren Corin und Bertrand ein seit Jahren bestens eingespieltes Team; es war eine Arbeit, die ebenso viel Fachkenntnis wie Erfahrung benötigte und die Corin niemals von einer Hilfskraft würde erledigen lassen. In diesem Jahr würde er sie daher ganz allein erledigen müssen.

Ermeline hatte den Anbau diverser Gemüsesorten unter ihren Fittichen, ebenso die Aufzucht und Pflege der vielen verschiedenen Hühner. Die Hühner zu füttern und zu misten sowie die Eier einzusammeln, diese Aufgabe hatte jetzt Laurent übernommen, und zwar mit einem Feuereifer, der niemanden überraschte, schließlich war der Junge das tierliebste Kind in ganz Frankreich. Madame Cécile tat ihr Bestes, um RINQUINQUIN so reinlich zu halten wie Ermeline, die ein wahrer Putzteufel war, aber die Pflege von Großtante Germaine, die Mengen von Schmutzwäsche, die auf RINQUINQUIN anfielen, und das Sauberhalten der zahlreichen Räume war einfach zu viel für eine einzige Person. Daher waren alle heilfroh, dass Isabells Onkel Ludwig sich erbot zu helfen, wo immer er konnte. Ausgerüstet mit einer von Ermelines geblümten Schürzen, sah man ihn die vielen guten Teppiche staubsaugen, die Küchenfliesen wischen oder die Wäsche aufhängen. Er fuhr Großtante Germaine warm eingepackt in ihrem Rollstuhl im Garten spazieren und wachte über Florences Schlaf, während Isabell unter der Dusche war. Außerdem hielt er in der Küche stets Kaffee und Kekse (aus dem Supermarkt) für alle bereit und half Laurent bei den Mathehausaufgaben. Der Mann war ein echtes Multitalent. Matilde hoffte, er würde noch recht lange bleiben.

Genüsslich machte sie sich über ihr Frühstück her. Es war alles genau so, wie sie es liebte, der Milchkaffee wies exakt das richtige Verhältnis von Kaffee, Milch und braunem Zucker auf, und das Croissant war schön knusprig. Sie hatte gerade den letzten Bissen verzehrt, als es erneut klopfte und Isabell den Kopf zur Tür hereinstreckte.

Auch Isabell war sehr froh über die Anwesenheit ihres Onkels. Durch seine tatkräftige Mithilfe fühlte sie sich selber nicht ganz so unnütz in diesen chaotischen Zeiten, wo Bertrand im Krankenhaus lag, Ermeline als Arbeitskraft ausfiel und sie selber nur mit dem Baby beschäftigt war. Es war so, als wäre der patente Onkel *ihr* Beitrag zum Wohle von RINQUINQUIN – zumindest ein Stück weit.

»Guten Morgen«, sagte sie und trat vor Matildes Bett. Sie hatte Florence auf dem Arm, genauer gesagt in jenem eigenartigen Griff, bei dem das Baby bäuchlings auf ihrem Unterarm lag und die Arme und Beine frei in der Luft herumbaumelten. Matilde fand, dass das nicht besonders bequem aussah, aber sowohl Isabell als auch Madame Lemmonier hatten ihr versichert, dass Babys diesen so genannten Fliegergriff liebten. Es mochte wohl stimmen, denn Florence weinte nicht, sondern machte einen ganz entspannten Eindruck.

»Wie gut, dass du schon wach bist«, sagte Isabell.

»Ja, denn ich bin ja nicht taub«, erwiderte Matilde und zeigte mit der Hand auf die Wand hinter sich, von der es laut hämmerte.

»Tut mir wirklich Leid«, sagte Isabell zerknirscht. Sie wusste, wie lange ihre Schwägerin mittwochabends im Restaurant in der Küche stehen musste und wie gut sie den Schlaf danach gebrauchen konnte. Aber Corin konnte es sich im Augenblick einfach nicht leisten, seine ohnehin knapp bemessene Zeit zu verschenken, sonst würde diese Wohnung niemals fertig werden.

»Nein, das macht nichts, ehrlich«, versicherte Matilde. »Dein wunderbarer Onkel hat mir zum Trost das Frühstück ans Bett gebracht, siehst du?« Sie schlug die Bettdecke zurück und stand auf. »Er ist gerade mal zehn Tage hier, aber ich wünschte, er würde für immer bleiben.«

»Ja, er ist wirklich ein Schatz«, sagte Isabell. »Sag mal, jetzt, wo du sowieso schon auf bist – würde es dir etwas ausmachen, wenn wir etwas früher in die Klinik führen?« Für Isabell war heute ein besonderer Tag: Sie wollte zum ersten Mal Bertrand besuchen, und da es gleichzeitig das erste Mal seit der Geburt ihrer Tochter war, dass sie das Gut verließ, war sie ein wenig nervös. Das Stillen klappte mittlerweile ganz problemlos, allerdings hatte sie die Kleine noch niemals woanders als zu Hause gestillt. Und wie das Kind sich im Krankenhaus verhalten würde, konnte man auch nicht wissen. Jetzt war es gerade gefüttert und gewickelt worden und satt und zufrieden, aber in zwei Stunden konnte das schon wieder ganz anders aussehen.

»Von mir aus können wir in einer halben Stunde fahren«, sagte Matilde. Sie musste erst am späten Nachmittag wieder im ROYAUME sein, und je früher sie aus dem Krankenhaus wieder daheim waren, desto mehr Zeit hatte sie, um das Abendessen für die Familie vorzubereiten und die bereits ellenlange Liste für Corins Wochenendeinkauf zu ergänzen. Außerdem hatte sie Laurent versprochen, heute mit ihm und dem neuen Kätzchen zum Tierarzt zu fahren, wo der kleine Tiger seine Impfungen erhalten würde. Den Kater hatte Laurent wegen eines lustigen Fellbüschels zwischen den Ohren auf den Namen *Riquet mit dem Schopf* getauft, nach einer Märchenfigur von Charles Perrault, aber alle anderen nannten ihn nur »das kleine Mistviech«. Das kleine Mistviech hatte wirklich eine Reihe äußerst enervierender Eigenschaften, das musste schließlich sogar Laurent zugeben, der sein Weihnachtsgeschenk natürlich wie alles, was auf vier Pfoten herumlief, heiß und innigst liebte. Riquet mit dem Schopf traktierte die guten Perserteppiche im Salon mit seinen Krallen, fegte alles von den Fensterbänken, was nicht niet- und nagelfest war, und pflegte beim Essen ungeniert auf dem Tisch herumzuspazieren. Besonders gern verkrallte er sich in menschliche Beine, ohne Rücksicht auf das jeweilige Beinkleid. Auf diese Weise hatte er Matilde bereits zwei Paar Seidenstrumpfhosen ruiniert. Das alles hatte Laurent natürlich nicht wirklich vom ungestümen Charakter seines neuen Freundes überzeugen können. Erst als Riquet mit dem Schopf einen von seinen Fischen aus dem neuen Aquarium geangelt hatte, war er nachdenklich geworden.

»Sehr gut«, sagte Isabell. »In einer halben Stunde werden Florence und ich wohl angezogen sein. Und dieses kleine Mistviech von Kater vom Wickeltisch geschmissen haben, den er sich als neuesten Schlafplatz auserkoren hat.«

»Was denn – gestern hat er doch noch in meiner Unterwäscheschublade geschlafen«, sagte Matilde.

»Und vorgestern in Großtante Germaines Stützstrümpfen, ehrlich wahr. Es ist überhaupt ein Wunder, dass er noch lebt. Gestern hatte er sich nämlich in der Waschmaschine versteckt und wäre um ein Haar zu Buntwäsche geworden. Ich glaube, wir haben das wildeste Tier aus dem ganzen Wurf bekommen.«

»Aus allen Würfen in ganz Frankreich würde ich sagen«, verbesserte Matilde und schrie laut auf, weil das kleine Mistviech genau diesen Augenblick wählte, um auf ihr Bett zu springen. Quer im Maul trug er eine Maus, die so groß und dick war, dass der kleine Kater sie kaum zu schleppen vermochte.

»Oh nein«, stöhnte Matilde. »Nicht auf mein Bett, du Mistviech!«

»Und vor zwanzig Minuten hat er noch auf dem Wickeltisch geschlafen! Wie mag er die Maus wohl erlegt haben? Die ist doch fast genauso groß wie er!« Isabell, durch das Baby auf ihrem Arm gehandicapt, versuchte den Kater samt Maus mit lautem »Ksch, ksch«-Gezische zu verjagen. Aber Riquet mit dem Schopf ließ sich weder davon noch von Matildes grimmiger Miene beirren. Er legte seine Beute mitten auf dem weißen Spitzenkopfkissen ab und setzte sich stolz und zufrieden daneben.

»Du Ungeheuer!«, sagte Matilde. Die Bettwäsche war hoffnungslos ruiniert.

»Immerhin – es soll ja Glück bringen, wenn eine Katze ihre Maus mit jemandem teilen will.« Isabell verkniff sich mit Mühe ein Grinsen.

Matilde seufzte. »Wenn es danach geht, habe ich heute wirklich mehr Glück als Verstand: die Maus, ein paar Scherben, und verbrannt habe ich mich auch.«

»Tatsächlich? Du Glückspilz!«

»Dummerweise glaube ich aber nicht an so etwas. Ich bin leider nicht abergläubisch.«

»Dass ich nicht lache«, rief Isabell aus. »Was ist denn mit der Weißen Dame, mit Freitag dem Dreizehnten und schwarzen Katzen, die von links nach rechts deinen Weg kreuzen?«

»Das ist etwas anderes«, sagte Matilde, während sie mit spitzen Fingern nach der toten Maus griff – igitt!

»Ja, weil du eben nur an die Dinge glaubst, die Unglück bringen«, meinte Isabell. »Das ist ein sehr einseitiger Aberglaube, der tief blicken lässt! Ein Psychologe würde dir nun etwas von pessimistischer Grundeinstellung, negativer ... – huch!«

Jemand hatte an die offene Tür geklopft.

»Der Schornsteinfeger ist da«, erklärte der schwarz gekleidete Mann mit Rußflecken im Gesicht überflüssigerweise. »Ich darf doch mal stören – Ihr Kamin muss nämlich gekehrt werden.«

»Kommen Sie ruhig herein!« Isabell wollte sich beinahe ausschütten vor Lachen. »Und bitte geben Sie Matilde die Hand. Sie will immer noch nicht glauben, dass dieser Tag ihr Glückstag ist.«

»Allmählich doch«, sagte Matilde und grinste immerhin. »Wenn ich noch ein Hufeisen und ein vierblättriges Kleeblatt finde, spiele ich heute sogar Lotto.«

Isabell war verblüfft, wie gut Bertrand aussah. Sie hatte sich die schrecklichsten Bilder ausgemalt, hatte ihn in Gedanken grau-bleich und eingefallen, an eine Vielzahl medizinischer Geräte angeschlossen, in einem High-Tech-Krankenbett liegen sehen, aber die Realität war ausnahmsweise einmal nicht so schlimm wie ihre Vorstellung. Bertrand war zwar an einen Monitor angeschlossen, der seine Herztöne aufzeichnete. Er hatte einen Schlauch im Handrücken und einen weiteren in der Nase, aber seine Gesichtshaut war rosig, und seine Gesichtszüge sahen eigentlich genauso aus wie immer. Isabell ließ sich auf den Besucherstuhl fallen, unendlich erleichtert darüber, dass ihre Horrorvisionen nicht Wirklichkeit waren. Sie war allein im Krankenzimmer, Florence war solange in Matildes Obhut im Aufenthaltsraum draußen vor den Glastüren der Intensivstation geblieben. Ermeline, dankbar für die Abwechslung, hatte sich begeistert auf das Baby gestürzt, das sie bisher ja kaum zu Gesicht bekommen hatte. Françoise, Ermelines und Bertrands jüngste Tochter, die an einer Grundschule in Sisteron Sport unterrichtete, war auch da gewesen, hatte aber gerade aufbrechen müssen, als Matilde und Isabell ankamen. Auch sie sah verweint und müde aus, und Isabell hatte großes Mitleid mit ihr. Es musste schrecklich sein, den eigenen, kraftstrotzenden Vater auf einmal so hilflos daliegen zu sehen.

Bertrand lag allein im Zimmer, was nicht zuletzt einer Zusatzversicherung zu verdanken war, die schon Corins Vater vor vielen Jahren für seinen treuen Mitarbeiter abgeschlossen hatte – und die er bisher niemals hatte in Anspruch nehmen müssen. Es war ein typisches Krankenhauszimmer, in einem blassen Gelb gestrichen, mit den üblichen Möbeln aus weißem Rohrmetall und Kunststoff ausgestattet, die Wände, bis auf ein gerahmtes Aquarell – eine Landschaftsskizze mit Burgruine – kahl.

»Alle machen sich Sorgen um dich«, sagte Isabell zu Bertrand. Der Besucherstuhl war an seiner linken Seite postiert, was sicher nicht ohne Zufall die Seite war, an der keinerlei Schläuche oder Kabel an seinem Körper befestigt waren. Isabell nahm die unversehrte Hand des alten Mannes in ihre und streichelte sie sanft. »Ich habe gehört, dass sogar der nichtsnutzige Rainier schon mehrmals da gewesen ist. Womöglich ist er ja gar nicht so nichtsnutzig. Auf jeden Fall scheint er dich sehr zu lieben, wie alle deine Kinder. Und nicht nur deine Kinder. Halb Volonne ruft täglich auf RINQUINQUIN an, um sich nach dir zu erkundigen. Ich bin ganz sicher auch die Allerletzte, die dich besuchen kommt. Was aber nicht heißt, dass ich nicht die ganze Zeit an dich denken würde. Ja, ehrlich gesagt habe ich deinetwegen wieder angefangen zu beten, was ich, von gelegentlichen Stoßgebeten einmal abgesehen, seit meiner Kindheit nicht mehr getan habe. Aus irgendeinem Grund bin ich ganz sicher, dass du wieder auf die Beine kommen wirst, ich sehe dich in meiner Vorstellung in einem schönen, dunklen Anzug auf meiner Hochzeitsfeier stehen, kerngesund und stark wie eine Eiche. Nein, nein, keine Sorge, du hast noch jede Menge Zeit, um gesund zu werden. Die ganze Sache liegt ja noch in weiter Ferne, und bis jetzt hat noch niemand gewagt, irgendetwas zu planen. Schließlich muss ich auch erst noch geschieden werden – und Madame Cécile hat noch nicht mal mit dem Pfarrer geklärt, ob er mich unter diesen Umständen überhaupt kirchlich trauen kann. Aber wie gesagt, wann immer diese Hochzeit stattfinden wird – du wirst dabei sein. Die arme Matilde glaubt aus irgendwelchen Gründen, dass es die Weiße Dame auf dich abgesehen hat, aber ich glaube weder an böse Omen im Allgemeinen noch an die Weiße Dame im Besonderen. Mal ehrlich, findest du es denn nicht auch merkwürdig, dass sie bisher nur diesen abergläubischen Weibsbildern wie Großtante Germaine, Ermeline oder Matilde über den Weg getapert ist? Es gibt da außerdem noch andere Ungereimtheiten – aber vielleicht sollten wir das Ganze zu unserem Vorteil nutzen und die Weiße Dame als Touristenattraktion für uns arbeiten lassen. Corin und Onkel Ludwig hatten nämlich eine großartige Idee. Sie wollen das verfallene Sommerhaus als Ferienwohnung herrichten, sobald unsere Wohnung fertig ist. Das kann allerdings noch dauern – mit jedem Hammerschlag von Corin habe ich das Gefühl, dass sich das Chaos nur noch vergrößert. Aber schließlich ist er der Fachmann und nicht ich. Das Sommerhaus soll jedenfalls so eine Art Ein-Zimmer-Apartment für Romantiker werden, eine kleine Einkommensquelle mehr. Sicher werden die Touristen herbeigeströmt kommen, wenn wir ihnen auch noch ein echtes, nach Maiglöckchen riechendes Gespenst präsentieren können. Allerdings meint Onkel Ludwig zu Recht, dass die Weiße Dame vorher dringend einen Imagewechsel benötigt. Diese Todesengelmasche ist nicht touristenfreundlich genug.« Sie machte eine kleine Pause, es war ihr nämlich, als habe die Hand in ihrer Hand sich bewegt. Aber sie musste sich getäuscht haben, Bertrand lag so ruhig da wie zuvor.

»Mein Onkel wird dir gefallen, Bertrand«, fuhr sie fort. »Er hilft im Augenblick auf RINQUINQUIN aus und versucht, so gut er kann, die Lücken zu schließen, die du hinterlassen hast. Aber natürlich ist das nicht einfach. Gestern war ich bei Céleri im Stall, und du kannst mir glauben, dass er noch trauriger dreingeschaut hat, als er ohnehin schon immer guckt. Er vermisst dich, wie wir alle dich vermissen. Wirklich, sie geben es alle nicht zu, aber jeder auf RINQUINQUIN hat deinetwegen verheulte Augen. Am schlimmsten ist es, glaube ich, für Laurent. Obwohl er mit dem neuen Kater, genannt das kleine Mistviech, und den Hühnern vollauf beschäftigt ist, macht er sich schreckliche Sorgen um dich. Er fühlt sich im Augenblick ohnehin so allein gelassen. Dummerweise hat er auch noch gemerkt, dass wir ihn an Weihnachten getäuscht haben, weil der Postbote ein paar Tage später das echte Paket von Joséphine aus Amerika gebracht hat, mit einer halbherzigen Entschuldigung wegen der Verspätung, einem Lippenstiftkuss auf dem Briefumschlag und einem überlebensgroßen Goofy aus Plüsch und Plastik. Damit die Mickey Mouse, die er im Sommer mitgebracht hat, nicht so alleine ist. Überflüssig zu sagen, dass Laurent den Goofy genauso unnütz fand wie schon die Mickey Mouse. Armer Laurent.« Wieder machte sie eine Pause. Man wisse nicht, ob Bertrand etwas hören könne, hatte der Arzt gesagt, aber es schade auf keinen Fall, mit ihm zu reden. Es seien Fälle bekannt, in denen sich Koma-Patienten an alles erinnerten, was um sie herum geschehen war. Möglicherweise war das bei Bertrand genauso. Isabell wollte sein Unterbewusstsein nicht unnötig mit Problemen belasten, und deshalb verzichtete sie darauf, ihm auch noch zu erzählen, dass Joséphine wieder mal mit der Einforderung ihres Pflichtteils gedroht hatte. Ihr gehörte immer noch ein beträchtlicher Anteil von RINQUINQUIN. Es würde vermutlich zu einem Gerichtsverfahren kommen, wenn Joséphine es wirklich auf eine Auszahlung anlegte, und Madame Cécile war außer sich, wenn sie sich vorstellte, gegen die eigene Tochter vor Gericht ziehen zu müssen. Auch Corin wäre es lieber gewesen, sie hätten Joséphine auszahlen können, um damit ein für allemal Ruhe vor ihr zu haben, aber erstens hatten sie im Augenblick keine so große Summe zur Verfügung, und zweitens besaß Joséphine ja immer noch ein wirkungsvolleres Folterinstrument: Sie verfügte immer noch über das Sorgerecht für Laurent und konnte ihn ihnen jederzeit wegnehmen.

Isabell wechselte zu einem erfreulicheren Thema über, ihrem absoluten Lieblingsthema: einem Baby mit Namen Florence.

»Sie ist so wunderbar, Bertrand, so klein und doch schon eine richtige Persönlichkeit. Ich bin in sie verliebt, ganz ehrlich, anders kann ich mir diese Euphorie gar nicht erklären. Denn streng betrachtet macht so ein Kind schon unglaublich viel Mühe. Du kannst es nicht sehen, aber ich sehe furchtbar müde aus, und genauso fühle ich mich auch. Ich habe immer gedacht, dass man mit einem Baby genauso weitermachen kann wie bisher und dass alle Mütter viel zu viel Trara um ihre Kinder machen, aber Tatsache ist, dass so ein winziges Wesen den ganzen Tag über dich bestimmt, vierundzwanzig Stunden lang. Schlaf ist absolute Mangelware, ich bin schon froh, wenn ich mal zwei Stunden am Stück schlafe. Und dann diese Stillerei. Manchmal komme ich mir vor wie eine Milchkuh. Das Schlimmste ist, dass meine Gedanken um fast nichts anderes kreisen als um das Baby. Diese plötzliche Verantwortung bringt mich beinahe um. Ist es nachts zu still, springe ich auf, um zu hören, ob sie noch atmet, und wenn sie nicht genug trinkt, denke ich sofort, dass sie verhungert. Wenn Corin mich etwas fragt, dann höre ich es oft erst beim dritten Mal, so sehr bin ich mit meinen Gedanken bei dieser Babysache. Ach, und wie ich aussehe! Meine Bauchdecke spottet jeder Beschreibung, die Haut voller Flecken, und von den Dehnungsstreifen überall will ich gar nicht erst reden. Es ist, als gehöre dieser Körper einer anderen Frau. Die Hebamme sagt, nach ein paar Wochen hat sich alles eingespielt, und ich kann nur hoffen, dass sie Recht hat. Ich bin manchmal so müde, dass ich jemanden reden höre und erst Sekunden später merke, dass ich es selber bin. Ich hab sie mitgebracht, die Kleine, natürlich, denn als Milchkuh kannst du dich niemals mehr als zwei Stunden von deinem Kälbchen entfernen. Ich würde sie dir gerne gezeigt haben, aber leider hat man nicht erlaubt, sie auf die Station zu bringen. Egal, du wirst sie sehen, wenn sie etwas größer ist und du wieder gesund bist. In drei oder vier Wochen wird sie das erste Mal lächeln, steht in einem meiner schlauen Bücher.« Isabell brach ab und horchte – hatte da draußen nicht ein Baby geschrien, genau aufs Stichwort? Es war gut möglich, dass es ihres war, denn vor einer halben Minute, als sie nur vom Stillen gesprochen hatte, war prompt die Milch eingeschossen. Es war, als stünden sie und Florence diesbezüglich in einer Art telepathischer Kommunikation – wenn das Kind Hunger bekam, schoss bei der Mutter die Milch ein. Isabell öffnete eilig ihre Handtasche und nahm eine Hand voll kleiner, runder Kieselsteine heraus.

»Vielleicht hältst du mich für albern«, sagte sie. »Zumal wir uns ja gerade eben noch über den Aberglauben der anderen lustig gemacht haben. Aber ich habe die magischen Steine mitgebracht, die du immer verteilst. Den ersten hast du mir gegeben, als ich letztes Jahr zurück nach Deutschland gegangen bin, weißt du noch? Du hast gesagt, er würde mir Glück bringen, und das hat er auch. Den zweiten hast du mir geschenkt, als ich zu der Ultraschalluntersuchung musste und Angst hatte, mit dem Baby wäre etwas nicht in Ordnung. Insgesamt habe ich vier von diesen Steinen von dir bekommen, und ich bin nicht die Einzige, der du damit Glück gewünscht hast. Laurent hatte eine ganze Sammlung, auch Madame

Cécile und Matilde hatten welche. Ich habe sie alle einkassiert, denn jetzt sollen sie *dir* Glück bringen.« Sie legte die hübschen, glatten Steine, die Bertrand wer weiß wo zu finden pflegte, auf dem fahrbaren Nachtschränkchen zu einem herzförmigen Mosaik zusammen und stand auf. »Werde wieder gesund, Bertrand, wir brauchen dich doch alle so sehr.«

Einen Augenblick schaute sie auf die ruhigen, vertrauten Gesichtszüge ihres Freundes, dann gab sie ihm einen Kuss auf die Stirn und wandte sich zum Gehen.

Sie hatte die Tür fast schon erreicht, als sie hinter sich ein Geräusch hörte. Als sie sich umdrehte, hatte Bertrand die Augen geöffnet.

Als sie von der Autobahn nach Manosque abfuhr, merkte Matilde, dass sie lauthals sang. Ja, heute war wirklich ihr Glückstag – alle Omen, vom verbrannten Finger bis hin zum Schornsteinfeger hatten sich als richtig erwiesen: Ihr allergrößter Wunsch, nämlich, dass Bertrand aus dem Koma erwachen würde, war in Erfüllung gegangen. Heute Vormittag war er zu den Lebenden zurückgekehrt.

Kein Grund zu übermäßiger Euphorie, hatte der Arzt gesagt, nachdem sich die erste Aufregung gelegt hatte. Die entsprechenden Untersuchungen standen natürlich noch aus, aber auch jetzt war schon klar, dass durch den Schlaganfall das Sprachzentrum arg in Mitleidenschaft gezogen worden war, und Bertrands ganze linke Körperseite war wie gelähmt, er konnte weder seinen linken Arm noch das linke Bein bewegen. Auch die linke Gesichtshälfte blieb seltsam starr, wenn er versuchte zu sprechen oder zu lächeln.

Aber das war vorläufig nicht so wichtig, Hauptsache, Bertrand weilte wieder unter den Lebenden. Er hatte sie alle erkannt, auch wenn er Schwierigkeiten gehabt hatte, ihre Namen auszusprechen, und das war das Wichtigste. Sein Gedächtnis hatte allem Anschein nach nicht gelitten.

Den ganzen Tag war Matilde zwischen RINQUINQUIN und dem Krankenhaus hin- und hergefahren, alle hatten sie Bertrand sehen wollen, und zeitweise war es an seinem Bett zugegangen wie auf einem Volksfest. Der Arzt hatte sie schließlich alle hinausgeworfen, der Patient brauche Ruhe, hatte er gesagt, und dass er nun bei Bewusstsein sei, bedeute nicht automatisch, dass er gesund sei. Tatsächlich würde die eigentliche Behandlung erst jetzt beginnen, und es würde, wenn überhaupt, Monate dauern, bis Bertrand wieder auf den Beinen wäre.

Nun, nachdem sie tage- und wochenlang um sein Leben gebangt hatten, konnte die Aussicht auf eine langwierige Genesungszeit niemanden mehr schrecken. Hauptsache, sie würden ihren geliebten Bertrand behalten.

Ganz kurz dachte Matilde an die Weiße Dame und daran, dass sie nun immer noch kein Opfer gefunden hatte, aber dann schob sie den Gedanken weit von sich. Vielleicht war die Weiße Dame ja nicht mit den Wundern der modernen Medizin vertraut und hatte sich einfach getäuscht. Bertrand jedenfalls war dem Tod von der Schippe gesprungen, wie man so schön sagte.

In der ganzen Aufregung hätte Matilde beinahe vergessen, zur Arbeit zu fahren, sie, die sonst immer auf die Minute pünktlich war, hatte sich beinahe um eine Dreiviertelstunde verspätet, als sie schließlich ihr Auto auf dem Parkplatz hinter dem ROYAUME abstellte. Aber was spielte das an einem Tag wie heute schon für eine Rolle? Matilde sang immer noch vor sich hin, als sie die Küche betrat. Sie war so guter Stimmung, dass sie sogar Fabien, dem kreuzdoofen Auszubildenden, ein fröhliches Lächeln schenkte und ein ebenso freundliches: »Guten Tag, Fabien. Na, wie war es gestern in der Disco?«

Fabien war achtzehn und verbrachte seine Nächte in dubiosen Techno-Schuppen, was der Grund dafür sein konnte, dass seine Augenlider tagsüber stets halb geschlossen waren und er immer erst dann zuhörte, wenn man ihn anbrüllte.

»In Streifen, hatte ich gesagt, Fabien, nicht in Stücken!! Fabien!!!«

»Du solltest doch das andere Messer nehmen, Fabien! Hallo!! Aufwachen!!!«

»Schneiden, nicht raspeln, hatte ich gesagt!«

»Bist du wirklich so doof, oder tust du nur so?!«

Matildes Kollege François behauptete, dass Fabien nachts nicht nur tanzen ging, sondern dabei auch regelmäßig Ecstasy einzuwerfen pflegte.

»Wir müssen gut darauf achten, dass er nicht in die Töpfe hustet«, sagte er immer. »Sonst heißt es am Ende noch, wir reichern unsere Speisen mit LSD an.«

Fabien war über Matildes freundliches Gebaren so verwundert – wann sah man die großartige Matilde Le Ber jemals lächeln? Und wann erkundigte sie sich nach seinem Privatleben? –, dass er vergaß, dümmlich ins Leere zu glotzen, und stattdessen stotterte: »Ganz gut, Madame, danke.«

Matilde trat immer noch lächelnd vor ihren Spind, nahm ihre Schürze heraus und platzierte die leider so wenig kleidsame Kochmütze so vorteilhaft wie möglich auf ihren straff zurückgekämmten und im Nacken zu einem Chignon zusammengesteckten Haaren. Heute war sie mit dem Bild zufrieden, dass der Spiegel in der Innenseite des Spindes ihr zuwarf. Die Erleichterung und die Freude über Bertrands Erwachen standen ihr ins Gesicht geschrieben und ließen sie deutlich weniger streng und schwermütig aussehen als sonst.

Die Mitarbeiter der Abendschicht hatten schon mit der Arbeit begonnen und grüßten Matilde freundlich wie immer, wenn auch ein wenig neugieriger und – ja, gespannt. Aus irgendeinem Grund schien eine gewisse Spannung in der Luft zu hängen. Was war denn hier los?

François, der die Mittagsschicht gehabt hatte, sah ihr besorgt entgegen. Neben ihm, einen Ellenbogen lässig auf der Edelstahlarbeitsplatte abgestützt, stand ein unbekannter Mann im Anzug.

»Bonjour, Monsieur«, grüßte Matilde in seine Richtung und küsste François auf die Wangen. »Salut. Tut mir Leid, dass ich zu spät komme. Ich hoffe, du hast keinen Termin, den du jetzt meinetwegen verpasst hast?«

»Nein, nein«, sagte François. »Ich hatte mir nur Sorgen gemacht. Du bist doch sonst immer so pünktlich.«

»Ja, ich weiß. Es ist aber nichts Schlimmes passiert, im Gegenteil. Heute ist wirklich mein Glückstag.«

»Wie schön für Sie, Madame«, mischte sich der fremde Mann im Anzug ein, in ziemlich unfreundlichem Tonfall, wie Matilde fand. Seine dunklen Augen musterten sie überdies geringschätzig. »Aber da draußen warten bereits die ersten Gäste auf Ihre hochgelobten Kochkünste. Wenn ich etwas hasse, dann ist das Unpünktlichkeit und Unzuverlässigkeit.«

»Ich auch«, erwiderte Matilde, ohne groß nachzudenken. »Aber noch mehr hasse ich es, wenn sich jemand in Dinge einmischt, die ihn nichts angehen.« Sie war ein äußerst friedliebender, umgänglicher Mensch, wie alle wussten, die sie kannten, aber die Küche war ihr Heiligtum, und hier ließ sie sich von niemandem hereinreden, schon gar nicht von einem Wildfremden. *La Reine de cuisine* wurde sie genannt, die Königin der Küche. Die Küche war der einzige Ort, an dem sie durchaus auch mal scharfzüngig und energisch werden konnte, ein Tatbestand, der ihr bei den Mitarbeitern Respekt und Autorität verlieh.

Für einen winzigen Augenblick schienen trotzdem alle im Raum den Atem anzuhalten, wie Matilde sehr wohl bemerkte. Aber als sie sich umsah, war jeder emsig mit seiner Arbeit beschäftigt, sogar Fabien. Da stimmte doch was nicht.

»Sie meinen also, ich stecke meine Nase in Angelegenheiten, die mich nichts angehen?«, fragte der Mann gedehnt.

»Allerdings«, sagte Matilde. »Und jetzt entschuldigen Sie mich bitte, ich habe zu arbeiten. François, ist der Stockfisch bereits pochiert?«

François sah betreten auf seine Schuhspitzen. »Äh«, sagte er. »Es hat da ein paar kleine Änderungen gegeben.«

»Nicht so bescheiden, Monsieur Pascal«, mischte sich der Fremde wieder ein. »Sagen Sie es doch ruhig: Wir haben die Speisekarte für heute Abend deutlich verbessert. Die war ja die reinste Katastrophe.«

»Eine Katastrophe? *Meine* Speisekarte?«, fragte Matilde ebenso überrascht wie empört, und wieder schienen alle im Raum die Luft anzuhalten. *La Reine* Matilde pflegte die Speisekarte in der Regel eine Woche im Voraus zu erstellen, damit man die Einkäufe entsprechend koordinieren konnte. Manchmal zog sie dabei François oder

Monsieur Feraud zurate, aber meistens machte sie diese Arbeit ganz allein. François war ein vorzüglicher Koch, aber es mangelte ihm ein wenig an Fantasie und Kreativität. Er nahm ihre Vorschläge daher stets dankbar an. Und auch die Gäste wussten ihre eigenwilligen, aber doch traditionellen Kompositionen zu schätzen. Warum sonst hatten sie beinahe jeden Mittag und Abend ein volles Haus?

Matilde spürte, wie die Zornesröte ihr in die Wangen stieg. Was fiel diesem dahergelaufenen Schnösel denn ein, eigenmächtig Veränderungen vorzunehmen? Was glaubte er denn, wer er sei?

Sie richtete sich zu ihrer vollen Größe auf und musterte ihn ebenso ungeniert wie er sie. Der Aussprache nach kam er aus Paris, aber der Anzug, der seine breitschultrige, hünenhafte Gestalt kleidete, war italienisch, ebenso wie seine Schuhe. Beides war teuer und zeugte durchaus von einem guten Geschmack. Der Mann mochte Mitte, Ende vierzig sein, und man hätte ihn gut aussehend nennen können, wenn er weniger grantig dreingeschaut hätte. Vermutlich war er einer von diesen arroganten Gastronomiekritikern, die von Zeit zu Zeit hier auftauchten und sich benahmen, als gehöre ihnen das Restaurant.

Nun, Monsieur Feraud und François mochten diesen Typen eines Sternes wegen die Stiefel lecken – *sie* tat es ganz gewiss nicht.

»Matilde ...«, begann François wieder, aber der fremde Mann unterbrach ihn erneut: »Stockfisch mit Lauch, gratiniertes Stockfisch-Püree – Sie haben wohl eine Vorliebe für Stockfisch, was?«

Jetzt reichte es aber!

»Allerdings«, entgegnete sie so kühl und bestimmt,

wie sie eben konnte. »Obwohl ich nicht wüsste, was Sie das überhaupt angeht: Stockfisch ist schon seit vielen Generationen ein fester Bestandteil der provenzalischen Küche und eine Delikatesse obendrein, wie jeder weiß, der sich mit diesem Thema beschäftigt, Monsieur.«

»Ich habe Monsieur de Sabran-Pontevès auch schon erklärt, dass deine Stockfischrezepte hier bei uns sehr beliebt sind«, mischte sich François hastig ein, wobei er den Namen »de Sabran-Pontevès« ungewöhnlich heftig betonte und dazu merkwürdig mit den Augen rollte. »Aber ...«

»... aber ich habe ihm erklärt, dass Sie alle hier anfangen müssen, *überregional* zu denken und zu kochen«, fiel ihm der Fremde ins Wort, während Matilde noch darüber nachgrübelte, woher sie den Namen de Sabran-Pontevès kannte und warum François derartige Gymnastikübungen mit seinen Augen veranstaltete.

»Es schadet nichts, ein wenig Ehrgeiz zu entwickeln«, fuhr der Mann fort. »Ja, das ist sogar notwendig, um den zweiten Stern zu behalten und einen dritten anzuvisieren. Dazu gehört eine weniger primitive Speiseauswahl genauso wie eine diszipliniertere Arbeitsweise, Madame. Ich möchte Sie also bitten, in Zukunft pünktlich zu sein, damit wir Engpässe wie heute vermeiden können.«

Matilde konnte die Beleidigungen gar nicht so schnell verarbeiten, wie sie ihr an den Kopf geworfen wurden. Vor allem das Wort »primitiv« blieb ihr im Gedächtnis haften. *Primitiv!* Ihre preisgekrönten Rezepte!! Wäre sie von cholerischem Temperament gewesen, hätte sie jetzt mit den Füßen aufgestampft und ihrerseits Beleidigungen zu brüllen begonnen. Oder – noch besser – diesem aufgeblasenen Typ einen Faustschlag mitten in die unverschämte Visage versetzt, um ihn anschließend an seinem teuren italienischen Anzug aus ihrer Küche zu schleifen.

Da aber heute so ein wunderbarer, glücklicher Tag gewesen war und sie, wie gesagt, von Natur aus langmütig war und nichts mehr verabscheute als laute Streitereien, starrte sie den Mann nur weiter empört an, mit Blicken, die jeden anderen in dieser Küche im Boden versinken hätten lassen. Auf ihren Wangen hatten sich zwei brennend rote Flecken gebildet, und ihr Atem ging so schnell und heftig, dass ihre Nasenflügel bebten.

Ihr Gegenüber aber lehnte, scheinbar unbeeindruckt, immer noch in lässiger Haltung an der Arbeitsplatte, und in seinem Gesicht waren außer einer gewissen Ungehaltenheit keinerlei Emotionen zu erkennen.

François, dem die ganze Szene offensichtlich schrecklich unangenehm war, stand der Schweiß auf der Stirn. »Mademoiselle Le Ber ist normalerweise immer pünktlich«, sagte er. »Und bisher hat niemand, wirklich niemand jemals eines ihrer Gerichte zu beanstanden gehabt, Monsieur *de Sabran-Pontevès.*« Wieder betonte er den Namen auffallend deutlich.

»Umso besser«, entgegnete Monsieur de Sabran-Pontevès. »Dann wird sie ja keine Probleme damit haben, statt Stockfisch Ihren gespickten Rinderbraten fertig zu braten.« Völlig überraschend streckte er Matilde seine Hand entgegen. »Na dann, auf gute Zusammenarbeit, Mademoiselle Le Ber.«

Auf gute Zusammenarbeit?

Zusammenarbeit?

Matilde dämmerte Fürchterliches: Dieser ungehobelte, eingebildete Mensch war der neue Besitzer des ROYAUME. Der Name de Sabran-Pontevès war in diesem Zusammenhang schon mehrmals gefallen – wie hatte sie das nur vergessen können? Sie ließ das vergangene Gespräch – wenn man ihren Schlagabtausch denn so nennen wollte – Revue passieren und erschauerte. Dieser Mann hatte zweifellos die größeren Unverschämtheiten geäußert, aber ihre eigene Bemerkung über Leute, die ihre Nase in Angelegenheiten steckten, die sie nichts angingen, war in Anbetracht der Tatsache, dass ihm dieses Restaurant gehörte, auch ziemlich unglücklich gewesen. Der Unterschied bestand darin, dass sie ihren neuen Chef *unwissentlich* vor den Kopf gestoßen hatte, während er sie *wissentlich* so unmöglich behandelt hatte. Unglücklicher hätte ihre Bekanntschaft gar nicht beginnen können.

Da nun aber die Fronten gleich zu Anfang festgelegt worden waren, war ihr nicht nach einem halbherzigen Rückzug zumute. Es hätte außerdem nach Feigheit ausgesehen, und wenn Matilde eines nicht war, dann feige. Es galt schließlich, ihre Position als *Reine de cuisine* zu verteidigen.

Das Kinn kämpferisch vorgereckt, griff sie nach der ausgestreckten Hand und schüttelte sie kräftig. »Ob wir gut zusammenarbeiten werden, wage ich nach diesem Gespräch verständlicherweise zu bezweifeln, Monsieur de Sabran-Pontevès«, sagte sie so freundlich sie konnte. »Sie halten nichts von Stockfisch, und ich halte nichts von Parisern, die glauben, mitten in der Provence *überregionale* Küche einführen zu müssen.«

»Es ist gut, dass ich das weiß«, erwiderte Monsieur de Sabran-Pontevès. In Matildes Ohren klang es wie eine versteckte Drohung, auch wenn er gleichzeitig ihren Händedruck auf eine Art erwiderte, die man unter anderen Umständen durchaus als herzlich hätte bezeichnen können.

Clarisse, die rothaarige Oberkellnerin des ROYAUME, stieß die Schwingflügel der Küchentür auf und warf die ersten Bestellungen in den Raum, ganz als wäre dies ein Abend wie jeder andere auch: »Zweimal Menü eins, dreimal die zwei, einen Artischockensalat, einmal die Kichererbsen, zweimal das Spinatgratin, und zweimal den Lammschmortopf.« Clarisse heftete die Zettel mit ihren unleserlichen Hieroglyphen an eine der Abzugshauben. »Ach ja, und zwei Gäste haben sich nach dem Stockfisch mit Lauch erkundigt – sie sind extra deswegen aus Pertuis gekommen. Was soll ich denen sagen?«

Die Messer und Schneebesen im Raum verharrten bei diesen Worten starr in der Luft. Alle Augen ruhten auf Monsieur de Sabran-Pontevès.

Der wiederum sah nur Matilde an. Matilde hielt seinem Blick stand, ohne sich ihren leisen Triumph anmerken zu lassen. Jetzt bloß nicht nachgeben! Sie versuchte, nicht mit den Wimpern zu zucken, obwohl das unter seinem bohrenden Blick gar nicht so einfach war. Ihre Hand lag immer noch in der seinen, und er machte keinerlei Anstalten, sie loszulassen.

Schließlich seufzte er und drehte sich zu Clarisse um. »Sagen Sie ihnen, dass sie ihren Stockfisch bekommen. Es dauert nur etwas länger als sonst.«

Trotz des kleinen Sieges, den Matilde in Sachen Stockfisch errungen hatte, blieb die Stimmung angespannt. Anders als Monsieur Feraud sah Monsieur de Sabran-Pontevès seinen Aufgabenbereich offensichtlich nicht darin, abwechselnd in der Küche und im Speisesaal gute Stimmung zu verbreiten, im Gegenteil: Wenn er sich in der Küche aufhielt, fühlten sich alle von seinen kritischen Blicken beobachtet, was wiederum eine gewisse Nervosität auslöste. Mehr als einmal fielen Gegenstände zu Boden, rutschten Messer aus und ertönten unterdrückte Flüche. Vor allem Fabien machte noch mehr falsch als sonst: Er schnitt den Chicorée nicht in Ringe, sondern in Streifen, und anstatt die Orangen in ordentliche Filets zu zerlegen, richtete er ein wahres Gemetzel unter ihnen an.

Dummerweise entdeckte Monsieur de Sabran-Pontevès das Gemetzel, bevor jemand anders es tun konnte.

»Ja, hört hier denn niemand, wie die Orangen um Hilfe schreien?«, fragte er. »Die sollen doch für den Salat sein, oder? Jetzt sehen sie aus, als könne man nur noch Püree daraus machen.«

»So machen wir das zu Hause aber immer«, stotterte Fabien, das war seine Standardausrede für alles, was schief ging.

»Verstehe. Deine Mutter vermisst deine Mithilfe sicher schmerzlich, was?« Monsieur de Sabran-Pontevès' Blick ruhte scheinbar nachdenklich auf dem Orangenberg. »Na, wenn du so weiter machst, kannst du ihr bald wieder Tag und Nacht in der Küche helfen.«

»Wie – äh«, sagte Fabien, der wie immer auf der Leitung stand, aber da war Monsieur de Sabran-Pontevès auch schon wieder in den Speisesaal geeilt.

»Das war heute schon seine zweite Kündigungsdrohung«, sagte die dicke, kurzatmige Edith, die schon seit Bestehen des ROYAUME hier arbeitete und deren wurstige Finger überaus geschickt mit Blüten und anderen essbaren Dekorationen umgehen konnten. »Die arme Giselle hat er angeschnauzt, weil ihre Fingernägel nicht ganz sauber waren. Ein Restaurant wie dieses könne sich ungewaschene Mitarbeiter nicht erlauben, hat er gesagt.«

»Da draußen sprüht er geradezu vor Charme«, versicherte Clarisse. »Die Gäste lieben ihn. Vor allem die weiblichen.«

»Das ist das Unheimliche an diesen Parisern«, sagte Edith. »Sie haben alle zwei Gesichter, wie Doktor Jekyll und Mister Hyde.«

Mister Hyde kam gleich darauf wieder in die Küche spaziert. »Noch einmal Menü eins, aber statt der Calissons nur Käse zum Dessert, außerdem zweimal geschmorten Chicorée und den karamelisierten Orangensalat. Für Tisch drei fünfmal die Honigkuchencrème.«

»Die Honigkuchencrème gab es nur gestern im Rahmen des Menüs«, sagte Matilde, ohne von der Pfanne aufzuschauen, in der sie in weiser Voraussicht bereits den Chicorée in Butter anschwitzte. »Sie steht definitiv nicht auf der Speisekarte.«

»Nun, jetzt steht sie drauf«, sagte Monsieur de Sabran-Pontevès ungerührt. Er hatte ganz offensichtlich keinen Schimmer davon, wie aufwändig es war, diese Speise zuzubereiten. Milch, Sahne und eine aufgeschnittene Vanillestange mussten langsam aufgekocht werden und eine halbe Ewigkeit ziehen. Honig, Eigelb, Anis und Zimt mit der Masse verrührt werden und auf kleiner Flamme eindicken. Dann erst kam der zerbröselte Honigkuchen hinzu, das Ganze musste zu einer glatten Crème geschlagen werden und gut drei Stunden im Kühlschrank ruhen.

»Sagen Sie den Leuten, die Honigkuchencrème gibt es in der nächsten Woche wieder, und zwar das letzte Mal in diesem Winter«, sagte Matilde. »Empfehlen Sie Ihnen den karamellisierten Orangensalat oder die heiße Apfelpanade.« Sie würzte den Chicorée in der Pfanne mit zwei Umdrehungen aus der Pfeffermühle, etwas Salz und einem Esslöffel Zucker und legte den Deckel auf.

Monsieur de Sabran-Pontevès fixierte sie verärgert mit seinen dunklen Augen. »Ich nehme an, Ihnen ist sehr wohl klar, dass man, um sich einen weiteren Stern zu verdienen, auch ein wenig Flexibilität zeigen muss und auf die individuellen Wünsche der Gäste eingehen sollte.«

Matilde erwiderte seinen Blick mindestens genauso verärgert. »Und ich nehme an, Ihnen ist klar, dass man, sollte man so *flexibel* sein und eine *crème au pain d'épice* tatsächlich innerhalb einer halben Stunde auf den Tisch bringen, den einen Stern, den man schon hat, nicht mehr verdient.«

»Nicht?«, wiederholte Monsieur de Sabran-Pontevès.

»Nein«, sagte Matilde mit Nachdruck. »Diese Crème ist nur gelungen, wenn sie mindestens drei Stunden im Kühlschrank gestanden hat. Abgesehen davon benötigt man allein eine Dreiviertelstunde lang für ihre Zubereitung. Wenn man die Zeit, die man zum Backen des Honigkuchens benötigt, nicht mitzählt. Ich verwende nur selbst gebackenen Honigkuchen, mit Wiesenhonig oder allenfalls noch Akazienhonig – kein gekaufter Kuchen ist gut genug für meine Crème au pain d'épice. Für die Zubereitung des Honigkuchens können Sie also noch einmal zweieinhalb Stunden dazurechnen.«

»Das wusste ich nicht«, sagte Monsieur de Sabran-Pontevès, sah aber kein bisschen zerknirscht aus.

»Natürlich nicht«, murmelte die dicke Edith. »Was wissen diese Pariser schon?«

»Wie war das bitte?«, fragte Monsieur de Sabran-Pontevès, der ein gutes Gehör zu besitzen schien.

»In zehn Minuten kommt ein Apfelkuchen mit Karamell und Zimt aus dem Ofen«, sagte Matilde schnell. »Vielleicht lassen sich die Gäste an Tisch fünf damit trösten.«

Monsieur de Sabran-Pontevès nickte. »Ich werde es versuchen.«

»Gut gemacht, Madame«, sagte Edith, kaum dass er durch die Tür war. »Dieser Dummkopf hat wirklich von Tuten und Blasen keine Ahnung.«

»Das sieht ganz so aus«, stimmte Matilde zu. Sie fragte sich, was Monsieur de Sabran-Pontevès wohl von Beruf sein mochte. Monsieur Feraud hatte nie ein Wort über die Profession seines Nachfolgers verloren. Möglicherweise war de Sabran-Pontevès einfach nur ein Geschäftsmann, der das ROYAUME als eine Art spekulative Geldanlage betrachtete. Zu Recht: Der Restaurantbetrieb war eine hübsche Einkommensquelle, die Immobilie als solche ebenfalls. Die drei Wohnungen oberhalb des Restaurants waren gut vermietet, die Lage war exzellent. Trotz der gesalzenen Preise hatten sie auch mittags immer ein volles Haus, was nicht viele Restaurants in dieser Gegend von sich sagen konnten. Monsieur Feraud hatte ganz sicher eine Menge Geld beim Verkauf heraushandeln können, was bedeutete, dass Monsieur de Sabran-Pontevès entweder sehr wohlhabend oder sehr hoch verschuldet war. Matilde fand, dass es durchaus von einiger Wichtigkeit sein konnte, so viel wie möglich über ihren neuen Chef herauszufinden, schon allein, um einschätzen zu können, wie lange er das ROYAUME behalten würde. Nicht zuletzt davon würde sie ihre Überlegungen abhängig machen, ob sie sich sofort oder erst später nach einem neuen Job umschauen sollte.

»Was sind Sie eigentlich von Beruf?«, erkundigte sie sich daher ziemlich unverblümt, als die letzten Gäste endlich gegangen waren und Monsieur de Sabran-Pontevès mit ein paar leeren Espresso-Tassen in der Küche erschien. Offensichtlich gut gelaunt begann er, die Tageseinnahmen zu zählen.

Es war eine halbe Stunde nach Mitternacht, und Matilde hatte alle, außer der unermüdlichen Edith, die noch die Spülmaschinen aus- und wieder einräumte, nach Hause geschickt.

»Meinen Sie mich?«, fragte Monsieur de Sabran-Pontevès.

»Wen denn sonst?« Matilde nahm ihre Mütze und ihre Schürze ab. »Also, Koch sind Sie schon mal nicht!«

Edith grinste beifällig. *La Reine* Matilde ließ sich hier als Einzige nicht von diesem Schnösel einschüchtern.

»Ich bin nicht mal ein Feinschmecker«, sagte de Sabran-Pontevès, wobei er Matilde wieder mit seinen braunen Augen fixierte. »Ich bin Betriebswirt. Und aus betriebswirtschaftlicher Sicht bin ich mit diesem Abend überaus zufrieden.«

»Ein Betriebswirt«, wiederholte Matilde. »Was hat Sie dazu bewogen, ausgerechnet ein Restaurant zu kaufen? Essen Sie so gerne?«

»Nein. Ehrlich, Essen ist für mich mehr ein notwendiges Übel. Aber dieses Restaurant ist eine Goldgrube«, erwiderte er. »Nur eine kleine, natürlich, aber pures Gold.« Matilde fiel ein, dass er tatsächlich den ganzen Abend über nichts gegessen hatte. Monsieur Feraud hatte immer gerne aus ihren Kochtöpfen genascht, und wenn etwas besonders lecker war, hatte er sich auch eine Portion reservieren lassen.

»Und Ihre anderen, äh, Geschäfte warfen nicht mehr genug Profit ab?«, fragte sie.

»Oh doch. Alles, was ich anfange, wird zu Gold. Es war nur so, ich wollte mal etwas anderes ausprobieren ...« Er machte eine kurze Pause, und Matilde hätte schwören können, Unsicherheit in seinen Augen aufflackern zu sehen und etwas wie Traurigkeit. Aber als er sie Sekunden später von neuem fixierte, war davon keine Spur mehr zu erkennen. »Sagen Sie, ich frage mich schon die ganze Zeit, ob Sie vielleicht mit den Le Bers verwandt sind, die in der Nähe von Volonne eine Pfirsichplantage haben. Rin Tin Tin oder so ähnlich.«

»RINQUINQUIN!«, verbesserte Matilde verblüfft. »Das Gut gehört meiner Familie. Woher kennen Sie es?«

»Ich kenne es ja gar nicht. Nur aus Erzählungen. Sie haben frappierende Ähnlichkeit mit jemandem aus dieser Familie, den, ähm, kennen zu lernen mir einmal, ähm, vergönnt war. Joséphine Le Ber.«

»Meine Schwester«, sagte Matilde und war versucht hinzuzufügen, dass sie einander aber eigentlich gar nicht ähnlich waren, schon gar nicht frappierend. Joséphine war eine kleine, ausgesprochen zierliche Person mit zarten Gesichtszügen, einer winzigen Nase, riesengroßen, hilflos dreinblickenden Augen und einem kleinen energischen Kinn, das aber nichts an dem zerbrechlichen Gesamteindruck änderte, den sie vermittelte. Joséphine pflegte in Männern sowohl einen Beschützer- als auch einen Jagdinstinkt zu wecken; bei Matilde hingegen schienen männliche Instinkte dieser Art überhaupt nicht angesprochen zu werden. Das mochte zum Teil an ihrer Größe liegen. Mit einem Meter sechsundsiebzig war sie größer als viele Männer in ihrer Bekanntschaft, und obwohl sie, wie Joséphine, über ausdrucksvolle grüne Augen, rabenschwarze Locken und die perfekte milchweiße Haut der Le Bers verfügte, wiesen ihre Gesichtszüge lange nicht jene Lieblichkeit auf, die die Männer bei Joséphine seit jeher in Entzücken versetzt hatten. Matildes Nase war vergleichweise lang, ihr

Mund wesentlich herber. Als junges Mädchen hatte sie wegen ihres Äußeren gerade im Vergleich mit der kleinen, niedlichen Schwester einen Haufen Komplexe entwickelt, aber im Laufe der Jahre hatte sie gelernt, sich so zu akzeptieren wie sie war. Sie war eben, wie ihre Mutter sich einmal ausgedrückt hatte, ein *Charakterkopf.*

»Woher kennen Sie meine Schwester?«

»Ich habe sie in Paris kennen gelernt«, sagte de Sabran-Pontevès.

»Was für ein Zufall.«

»Nein, eigentlich nicht. Sie war dort auf jeder Society-Party zu finden, es war geradezu unmöglich, sie *nicht* kennen zu lernen. Eine sehr attraktive Frau, die reihenweise gebrochene Herzen hinterlassen hat. Viele meiner Freunde wollten unbedingt mit ihr ins Bett, aber die wenigsten haben es geschafft. Ihre Schwester suchte in erster Linie einen Mann zum Heiraten – und der sollte vor allem Geld haben.«

Matilde errötete. Obwohl de Sabran-Pontevès Joséphine und ihre Absichten durchaus treffend geschildert hatte, waren seine Worte unverschämt und beleidigend. Schließlich war Joséphine immer noch ihre Schwester.

»Warum so bitter, Monsieur«, sagte sie sarkastisch. »Hatten Sie damals noch kein Geld?«

»Oh doch«, sagte de Sabran-Pontevès völlig ungerührt. »Wenn ich etwas hatte, dann Geld. Ihre Schwester hat sich, glaube ich, *höchstens* an der Tatsache gestört, dass ich verheiratet war.«

»Ah, Sie sind verheiratet?«

»Geschieden«, verbesserte de Sabran-Pontevès. »Mittlerweile.«

Kein Wunder. Matilde verkniff sich mit Mühe jeglichen Kommentar. Dass de Sabran-Pontevès mal etwas mit ihrer Schwester hatte, machte ihn nicht gerade sympathischer. Sie warf Schürze und Mütze in den Wäscheschacht und nahm ihren Mantel aus dem Spind.

»Und – hat sie's geschafft, Ihre Schwester?«, fragte de Sabran-Pontevès, während er hinter sie trat und ihr den Mantel aus der Hand nahm.

»Was denn?« Matilde war irritiert, bis sie merkte, dass er ihr lediglich in den Mantel helfen wollte. Wie unerwartet gentlemanlike.

»Sich einen reichen Mann zu angeln.«

»Ja«, sagte sie knapp. »Sie lebt jetzt in Florida.«

»Tatsächlich?« De Sabran-Pontevès lachte leise. »Das freut mich für sie. Ehrlich. Und Sie?«

»Mich freut es auch«, sagte Matilde. Was für ein albernes Gespräch! Es war wirklich höchste Zeit, nach Hause zu gehen.

»Nein, ich meinte, sind *Sie* verheiratet?«

»Wohl kaum – oder meinen Sie, sonst würde man mich immer noch mit Mademoiselle und meinem Mädchennamen anreden?« Gereizt knöpfte Matilde ihren Mantel zu.

»Bei euch Le Bers kann man nie wissen«, sagte de Sabran-Pontevès. »Darf ich fragen, wie alt Sie sind?«

»Nein, das dürfen Sie nicht«, sagte Matilde endgültig verärgert. »Wenn Sie es unbedingt wissen wollen, schauen Sie in meinen Personalpapieren nach. Solange sie noch in Ihrem Besitz sind. Gute Nacht, Edith. Gute Nacht, Monsieur. Ich nehme an, wir sehen uns morgen.«

»Das hoffe ich«, sagte de Sabran-Pontevès mit leicht zusammengekniffenen Augen.

4. KAPITEL

Der Februar begann in der Provence mit ein paar warmen Sonnentagen, die einen Vorgeschmack auf den Frühling gaben. Die Mandelbäume standen innerhalb weniger Tage in voller Blüte, und zum ersten Mal in ihrem Leben sah Isabell Eukalyptus blühen. Die Landschaft wirkte wie frisch gemalt: Überall sprießte junges Grün, wie rosa-weiße Wölkchen waren die Mandelbäume hier und da dazwischen getupft, und blau leuchteten die Durance und der Zipfel des Lac de l'Escale unten im Tal um die Wette.

Onkel Ludwig war begeistert, ja geradezu euphorisch.

»Riechst du das?«, fragte er jeden Morgen und schnupperte mit angekrauster Nase in der Luft herum. »Das sind Mimosen! Und wie warm es ist! Ist das nicht wunderbar? In Kiel haben wir dieser Tage minus zwei Grad.«

»Ich habe dir doch gesagt, hier ist es wie im Himmel«, erwiderte Isabell. »Nur das Paradies kann noch schöner sein.«

»Das stimmt wohl«, sagte ihr Onkel und setzte jene nachdenklich-verträumte Miene auf, die sie in letzter Zeit so oft bei ihm gesehen hatte. Vermutlich dachte er an seine geliebte Paulette. Isabell hoffte, dass ihre Tante es im Himmel mindestens genauso schön hatte wie sie hier unten auf RINQUINQUIN. Dass sie es schöner hatte, hielt sie für ausgeschlossen.

Die Stimmung aller war deutlich gehoben: Bertrand war vorgestern aus dem Krankenhaus in eine Rehabilitationsklinik nach Annecy überführt worden; sein Sprechvermögen und seine Bewegungsfähigkeit waren immer noch stark beeinträchtigt, und ein Teil seiner Gesichtsmuskeln war gelähmt, aber das alles sei therapierbar, hatte der Arzt gesagt, und die Chancen, dass Bertrand in einem halben Jahr wieder seiner Arbeit nachgehen konnte, standen gut. Ermeline, die ganz in ihrer neuen Rolle als fürsorgliche Gattin aufging, würde die ersten vier Wochen bei Bertrand in Annecy bleiben, aber im März wollte sie zurück nach RINQUINQUIN kommen.

Auf Madame Céciles Drängen hin hatten Corin und Isabell endlich einen Termin für ihre Hochzeit festgelegt, einen Samstag mitten im Juli. Bis dahin würde Isabell geschieden und Bertrand wieder so weit hergestellt sein, dass er vielleicht sogar einen Walzer tanzen konnte. Und bis Juli – hoffte Isabell – würde sie auch wieder in ein Kleid Größe 38 passen.

Bei ihrer ersten Hochzeit hatte sie ein schlichtes, elfenbeinfarbenes Kostüm getragen, sehr zu Tante Paulettes Bedauern, die von einer Hochzeit mit allem Drum und Dran geträumt hatte und Isabell gerne mit Schleier und Schleppe vor einem Altar gesehen hätte. Sie hatte das Brautkleid von Isabells Mutter verwahrt, eine schulterfreie Robe aus duftigem Tüll und weißer Seide, die genauso aussah wie das Ballkleid von Isabells Prinzessinnenbarbie. Als kleines Mädchen hatte Isabell das Kleid oft aus seiner aufwändigen Verpackung geholt und es einfach nur angeschaut. Am besten hatte ihr der Reifrock mit den vielen aufgebauschten Tülllagen darüber gefallen. Die oberen Lagen des feinen Stoffes waren am Saum in schwungvollen Bögen gerafft und mit Rosen aus weißer und blassrosafarbener Seide festgesteckt. Die gleichen Rosen bildeten am tiefen Ausschnitt eine Ranke, beinahe so, als wollten sie sich am Hals der Braut festwachsen.

Frithjof, Isabells Noch-Ehemann, wäre tot umgefallen, wenn Isabell in diesem Barbiepuppentraum vor dem Standesamt aufgetaucht wäre – Isabell hatte es damals nicht mal eine einzige Sekunde in Erwägung gezogen.

Wie schade, dass sie nun, wo sie endlich Verwendung für die weiße Rosenwolke gehabt hätte, nicht hineinpasste. Ihr Busen würde das Mieder schlicht sprengen, und gegen ihre Wampe und den anderen Speck hätten die beiden seitlich versteckten Reißverschlüsse nicht die geringste Chance.

Glücklicherweise waren es aber noch ein paar Monate hin bis Juli, und Isabell beschloss, sich vorerst nicht über ihre Garderobe den Kopf zu zerbrechen. Sie schob lieber Florence im Kinderwagen durch Madame Céciles verwunschenen Garten und schmiedete Pläne, wie sie das vernachlässigte Stück Land hinter dem ehemaligen Gästeflügel, der bald ihre neue Wohnung sein würde, in ein gepflegtes und romantisches Gärtchen verwandeln könnte.

»Auf jeden Fall werden wir Rosen haben«, sagte sie zu Florence, die auf dem Rücken im Kinderwagen lag und mit großen Augen in den leuchtenden Frühlingshimmel schaute. »Rosen in Weiß und allen Rosa-Schattierungen, Hortensien mit blauen Blütenbällen und Oleander, und dazu lauter Blumen mit klangvollen Namen: Rittersporn, Lavendel, Storchenschnabel, Eisenhut, Jungfer im Grünen, alles in Blau und Lila. Und ein Stück Rasen muss es geben, und in der alten Akazie werden wir eine Schaukel für dich aufhängen. Der Zitronenbaum darf natürlich stehen bleiben, ebenso der halb abgestorbene Olivenbaum, auch wenn er keine Oliven mehr trägt. Zwischen ihm und der Akazie werde ich eine Hängematte montieren, und auf der werde ich dann schlafen und schlafen und schlafen …« Isabell gähnte sehnsüchtig. Im Augenblick hätte es wirklich keiner Hängematte bedurft – sie hätte *überall* schlafen können, sogar gleich hier auf dem Kiesweg, wenn man sie denn nur ließe.

Ein leiser, aber sehr bestimmter »Wääh«-Laut kam aus dem Kinderwagen. Florence verzog weinerlich das Gesichtchen unter der mit gelben Enten bestickten Häkelmütze.

»Was ist nur mit dir los? Da darfst du gemütlich im Kinderwagen liegen, wirst durch die Gegend gefahren und bist trotzdem nicht zufrieden.« Isabell steuerte die verwitterte Teakbank an, die etwas außerhalb von Madame Céciles Garten stand und so platziert war, dass man von hier die Pfirsichterrassen überblicken konnte, bis hinab zu der Flussbiegung, ab der sich die Durance zum *Lac de l'Escale* verbreiterte. Dies hier war ein wunderbarer Platz, um Florence das erste Mal unter freiem Himmel zu stillen, ein Platz wie aus einem romantischen Werbespot. Während Florence trank, sah Isabell, dass auch die Pfirsichbäume schon Knospen angesetzt hatten. In ein paar Wochen stand hier alles in voller Blüte, Felder voller rosa-weißer Bäume, die die Landschaft in betörenden Duft hüllten.

Wenn die Pfirsiche blühten, war es genau ein Jahr her, dass Isabell das erste Mal ihren Fuß auf RINQUINQUIN gesetzt hatte. Ein Jahr, in dem so unendlich viel passiert war. Das Wichtigste: Sie hatte endlich erkannt, dass das Leben, das sie bis dahin geführt hatte, sie unglücklich machte, und dass niemand etwas daran ändern konnte, außer sie selbst. Eine Erkenntnis, die sehr geschmerzt hatte, zumal sie parallel mit der Erkenntnis gekommen war, dass sie ihren damaligen Mann, Frithjof Tegen, nicht liebte, ja, dass sie ihn nie richtig geliebt hatte. Frithjofs Gefühle für sie hatten mit Liebe nichts zu tun, er zählte sie lediglich zu seinem Besitz, und er wollte, dass sie entsprechend funktionierte. Diese Erkenntnis und Frithjofs despotisches Benehmen hatten dazu beigetragen, Isabells Schuldgefühle in Grenzen zu halten, aber es hatte trotzdem Mut gekostet, die Sachen zu packen und dem großen Haus in Hamburg und ihrem Leben dort Lebewohl zu sagen.

Als sie damals aufgebrochen war, hatte sie nur gewusst, dass alles, was nun kommen würde, besser war als das, was sie bis dahin gehabt hatte. Nicht einmal in ihren kühnsten Träumen hatte sie sich vorgestellt, dass sie schon eine Woche später in den Armen eines anderen Mannes liegen würde, so heftig verliebt und so glücklich wie noch nie zuvor in ihrem Leben. Es war schon schwer, nicht an die Macht des Schicksals zu glauben, denn wer oder was hätte sie sonst ausgerechnet hierhin führen können, direkt in die Arme von Corin Le Ber, dem bestaussehenden, warmherzigsten und erotischsten Mann, der ihrer Ansicht nach je auf Erden gewandelt war. Der Zufall? Wohl kaum. Es erschien Isabell immer wieder unglaublich, unfassbar, ja, vollkommen verrückt, dass zwischen dem Augenblick, in dem sie die Tür ihrer Hamburger Villa hinter sich zugezogen hatte, und dem heutigen Tag, an dem sie Corins Baby – selbstverständlich das bestaussehende, warmherzigste und knuddeligste Baby aller Zeiten – an der Brust liegen hatte, weniger als ein Jahr vergangen war. Damals war sie eine unglückliche, ziemlich verschüchterte Steuerberatersgattin gewesen, die vom Leben nichts weiter erwartet hatte, als dass es künftig *anders* würde, und heute war sie Mitbesitzerin eines Stücks vom Paradies, von RINQUINQUIN, der schönsten Pfirsichplantage der Provence. (Isabell hatte noch keine andere Pfirsichplantage besichtigt, aber sie war sich ganz sicher, dass keine andere diese herrliche Lage zwischen den Bergen und dem Flusstal und ein solch schloss-ähnliches Traumhaus aufweisen konnte, ganz zu schweigen von den wunderbaren Menschen, die hier lebten.) Wenn ihre Scheidung endlich durch war, würden sie und Corin heiraten, und sie könnte endlich den Namen Tegen, Frithjofs Nachnamen, ablegen und auch auf dem Papier eine Le Ber werden, was sie in ihrem Herzen natürlich schon längst war.

Die Verwandlung von Isabell Tegen in Isabell Le Ber in weniger als einem Jahr grenzte wirklich an ein Wunder, aber wie Onkel Ludwig immer sagte: »Nur wer an Wunder glaubt, ist ein Realist.«

Eigentlich, dachte Isabell müde, *eigentlich müsste ich jede Minute meines Lebens vor Glück singen und jauchzen, vor allem jetzt, wo es so aussieht, als würde auch Bertrand wieder ganz gesund.*

Warum sie nicht sang und jauchzte, lag nicht allein an ihrer bleiernen Müdigkeit, sondern an einer ganz und gar deprimierenden Feststellung: Alles, wirklich alles war hier vollkommen: die in das Licht der späten Wintersonne getauchte Landschaft, ihre Zukunftspläne, die Hochzeit, die neue wunderbare Wohnung und das Baby in ihrem Arm.

Alles war perfekt – nur sie nicht.

Isabell war nie besonders eitel gewesen, etwas, das übrigens viele schöne Frauen von sich behaupten. Sie hatte es Zeit ihres Lebens als selbstverständlich empfunden, eine Figur zu besitzen, an der alle Klamotten einfach nur gut aussahen. Schlank, hoch gewachsen, langgliedrig, mit den auffallend hellen, leicht welligen Haaren, den blauen Puppenaugen und dem zarten sommersprossigen Teint war sie vielleicht nicht jedermanns Geschmack, aber sie war immer zufrieden mit ihrem Äußeren gewesen.

Das hatte sich nun geändert. Als sie während der letzten Schwangerschaftswochen förmlich explodiert war, hatte sie immer noch gehofft, nach der Geburt stelle sich wie durch ein Wunder der Urzustand wieder ein, aber Florence war nun beinahe sieben Wochen alt, und sie fühlte sich von ihrem früheren Ich immer noch Lichtjahre entfernt.

Das Gesicht hatte sich noch am wenigsten verändert, da störten nur diese Flecken, von denen einer wie Australien aussah und mitten auf ihrer Stirn saß. Auf den Wangen zogen sich Flecken wie Inselgruppen bis zu den Ohren hin. Isabell hatte die großen Flecken auf der linken Seite nach den Balearen getauft, die vielen kleinen der rechten Seite waren die Malediven. Isabell glaubte mittlerweile nicht mehr daran, dass Australien, die Balearen und die Malediven »mit der Zeit« verblassen würden, wie Madame Lemmonier es immer behauptete.

Aber mit den Flecken allein hätte sie durchaus leben können.

Richtig unerträglich wurde es vom Hals abwärts. Zuerst war da dieses von blauen Adern durchzogene

Milchwerk! Das würde auch nach Ende der Stillzeit nie wieder zu dem werden, was es einmal gewesen war, nämlich ein runder, perfekt geformter Busen Körbchengröße B. Isabell bezweifelte stark, dass sie nach dem Abstillen noch eine Chance hätte, den berühmten Bleistifttest zu bestehen.

Darunter kam absolutes Katastrophengebiet: Eine weiche, schlappe Magengegend und ein vorgewölbtes, fast zerknittert wirkendes Bäuchlein, durchzogen von bläulich-roten Dehnungsstreifen. Sie hatte es sich gestern ganz sachlich und mutig vor dem Spiegel angeschaut. Der Heißluftballon von vor ein paar Wochen war zwar verschwunden, aber das, was von ihm übrig geblieben war, war schlimm genug: Selbst wenn sie noch ein paar Kilo abnahm – die glatte, gerade Bauchdecke von früher würde sie wohl nur mit Hilfe eines Schönheitschirurgen wieder hinbekommen!

»Die Gebärmutter hat sich perfekt zurückgebildet«, war das Einzige, was Madame Lemmonier zu ihrem Bauch zu sagen wusste, und sie sagte es äußerst zufrieden, als wäre das alles, worauf es ankäme.

Das Aussehen war aber noch nicht einmal das Schlimmste. Schlimmer noch war Isabells seelische Verfassung. Die Gefühle, die sie für das Baby empfand, waren so heftig, dass sie oft selber darüber erschrak. Manchmal glaubte sie, ihre Liebe für dieses winzige, hilflose und doch so mächtige Wesen grenze schon an Besessenheit. Seit einer Woche konnte Florence lachen, und jedes Mal, wenn sie das tat, war Isabell zumute wie einem Lottogewinner, der merkt, dass er sechs Richtige hat.

Aber dieser Lottogewinn hatte auch seine Schattenseiten. Wenn sie mitten in der Nacht zum dritten Mal aufgestanden und sich fröstelnd auf dem dicken Sessel wiedergefunden hatte, auf dem sie Florence zu stillen pflegte, dann wusste sie oft gar nicht, wie sie überhaupt dorthin gekommen war, so müde war sie. Die Müdigkeit war vierundzwanzig Stunden lang präsent, das bisschen Energie, das sie besaß, reichte gerade dazu, Florence optimal zu versorgen – alles andere war vollständig in den Hintergrund geraten. Sie sah sehr wohl, wie alle sich abmühten, um Bertrands und Ermelines Arbeiten zu erledigen, aber sie war einfach nicht in der Lage, sich daran zu beteiligen. Ihr Tag und ihre Nacht bestanden aus Wickeln, Stillen und Baby herumtragen, dazwischen schaffte sie es gerade mal, sich zu duschen, die Zähne zu putzen, selber etwas zu essen und vielleicht noch die Wäsche zusammenzulegen, die Madame Cécile ihr frisch gewaschen ins Zimmer hochbrachte.

Die schlimmste Zeit des Tages begann abends um sieben, da begann Florence, pünktlich wie ein Uhrwerk, zu brüllen, und sie hörte erst gegen elf Uhr wieder damit auf.

»Dreimonatskoliken«, sagte Madame Lemmonier ziemlich unbeeindruckt, »das Verdauungssystem eines so kleinen Menschen muss sich oft erst auf die Nahrung umstellen. Das tut weh, deshalb schreien sie.«

So einfach die Erklärung auch sein mochte, so schwer war es, damit zu leben: Diese vier Stunden waren entsetzlich, Folter konnte nicht schlimmer sein. Corin und Isabell pflegten Florence abwechselnd durchs Zimmer zu tragen, ihr den Bauch mit Kirschkernsäckchen zu wärmen oder mit Fenchelöl zu massieren, sie sangen ihr Lieder vor, die sie vor lauter Gebrüll unmöglich hören konnte, und wippten sie auf dem Gymnastikball herum. Zwischen Sorge und Wut hin und her gerissen, verfluchte Isabell ihre Machtlosigkeit. Es half alles nichts, das Schreien war einfach nicht abzustellen.

»Da müssen Sie eben durch«, sagte Madame Lemmonier nur, und Isabell zählte die Stunden bis zu dem Tag, an dem die Dreimonatskoliken endlich aufhören würden.

»Sie heißen zwar Drei-Monats-Koliken, aber das heißt nicht, dass sie auch nach drei Monaten aufhören«, nahm ihr Madame Lemmonier aber auch diese Hoffnung.

Corin war ein wunderbarer Vater, und er war wirklich jederzeit bereit, ihr Florence abzunehmen. Aber Isabell wusste genau, wie viel er zu tun hatte, und sie wollte keinesfalls, dass noch mehr Arbeit liegen blieb, als sowieso schon der Fall war. Deshalb verbrachten sie die wenige Zeit, die sie gemeinsam hatten, damit, abwechselnd das schreiende Baby herumzutragen und dabei stichwortartig die wichtigsten Dinge des Tages auszutauschen. Es war, wie ihr erst kürzlich bewusst geworden war, ein überaus kümmerliches Eheleben – sie hatten kaum Gelegenheit, alltägliche Probleme miteinander zu besprechen, von anderen Dingen ganz abgesehen.

Wenn Florence um elf endlich zu schreien aufhörte, wollten sie alle beide nur das eine: schlafen! Und zwar jeder für sich.

An diesem Punkt ihrer Überlegungen angekommen, gab es eine kleine Unterbrechung: Statt eines Bäuerchens spuckte Florence einen riesigen Schluck Milch auf Isabells dunkelblaues T-Shirt. Isabell seufzte. Es gab kaum ein Kleidungsstück, das nicht mit Milchflecken verziert war. Sie hatte daher stets das Gefühl, von einem Odeur saurer Milch umgeben zu sein. Auch das war nicht besonders sexy.

Durch das Spucken hatte Florence wieder etwas Platz

im Magen und wollte mehr. Isabell legte sie an die andere Brust und ließ ihre Gedanken wieder wandern.

Sie konnte sich noch sehr wohl daran erinnern, wie es war, mit Corin zu schlafen: Es war unübertroffen gewesen, leidenschaftlich und aufregend, zärtlich, vertraut und doch jedes Mal wieder wie das erste Mal. Es hatte für Isabell immer etwas Mystisches besessen, wie wunderbar ihre Körper miteinander harmonierten. Bevor sie in den letzten Schwangerschaftswochen zu einem Heißluftballonnilpferd mutiert war, war kaum eine Nacht vergangen, in der sie nicht miteinander geschlafen hatten. Isabell war insgeheim davon überzeugt gewesen, dass sie süchtig nach Corin war, denn mit ihm war es nie langweilig geworden oder auch nur weniger aufregend, es war immer und zu jeder Zeit perfekt gewesen.

Perfekt. Mittlerweile hasste sie schon allein das Wort. Wie konnte jemand, der so wenig perfekt war wie sie, in einer derart perfekten Welt überleben?

Corin hatte sich nicht verändert: Er war, wie er immer gewesen war, sein muskulöser, gut geformter Körper hatte keinerlei Schaden erlitten.

Wenn Isabell sich seine Hände auf ihrer Brust vorstellte, auf dem weichen, von Narben durchzogenen Gewebe ihres Bauches, war ihr, trotz aller Sehnsucht, nur nach Heulen zumute. Diese Vorstellung war nämlich alles andere als *perfekt.* Nur ein paarmal in den letzten Wochen hatte Corin den Versuch unternommen, sie zu streicheln, und sie hatte seine Hände jedes Mal sehr energisch von sich geschoben. Sie erinnerte sich an all die Sachen, die er ihr ins Ohr geflüstert hatte, an all die Komplimente, die er ihr gemacht hatte, wenn sie miteinander schliefen: über ihre seidige Haut, über ihren muskulösen Bauch, über ihre perfekte Brust – ja, er hatte *perfekt* gesagt.

Nichts davon war mehr existent.

Isabell wurde von der Vorstellung geradezu gefoltert, Corin könne mit ihr schlafen, obwohl sie nichts mehr von dem besaß, was er einst so geliebt hatte.

Natürlich gab es tief in ihrem Inneren eine Stimme, die ständig rief: »Aber es kommt doch nicht allein auf Äußerlichkeiten an. Wahre Liebe stört sich nicht an den paar Dehnungsstreifen«, aber Isabell bezweifelte, dass die Stimme Recht hatte.

Nur – so konnte es auf keinen Fall weitergehen: Sie wollte sich nicht fortwährend nur hässlich, nutzlos, unerotisch und müde fühlen. Es musste sich etwas ändern!

Wie machten das nur all die anderen Frauen, die nicht nur ein Baby sondern gleich drei davon innerhalb von vier Jahren bekamen? Die Mutter von Henri Jaure, Adelaide, zum Beispiel: Henri ging in Laurents Klasse und hatte noch drei kleine Brüder, der jüngste gerade mal fünf Monate alt. Adelaide versorgte nicht nur ihre vier Racker, ihren Mann und ihre alte Mutter, sie schnitt auch noch höchstselbst (und im achten Monat schwanger!) den Lavendel, und ihre Kirschmarmelade war preisgekrönt. Wie machte sie das nur? Zugegeben, Madame Adelaide Jaure war nicht ganz schlank, und sie sah mit ihren selbstbestickten Jeanslatzhosen auch nicht gerade aus, wie aus einem Modejournal entstiegen. Aber sie war ohne Zweifel eine hübsche Person mit einer ansteckend fröhlichen Ausstrahlung. Isabell konnte sich gut vorstellen, dass Monsieur Jaure ganz verrückt nach ihr war.

Warum konnte sie nicht ein bisschen sein wie Madame Jaure? Wahrscheinlich hatte die ihren Dehnungsstreifen nicht die geringste Beachtung geschenkt, wenn sie denn überhaupt welche bekommen hatte.

Florence war an ihrer Brust eingeschlafen. Isabell pflückte sie vorsichtig ab und legte sie zurück in den Kinderwagen. Heute noch würde sie mit Corin reden. Sie würde ihm schonungslos alles offenbaren, was ihr im Kopf herumging, und dann musste er ihr sagen, ob er mit all dem würde leben können: Den Malediven und den Balearen im Gesicht, dem Milchgebirge, das ihre Brust darstellte, und der zerfurchten Landschaft, die ihre Bauchdecke war.

Vielleicht würde er ja nur darüber lachen.

Corin arbeitete heute auf der Baustelle, und am besten stattete sie ihm jetzt sofort einen Besuch ab, solange ihr Entschluss noch frisch war. Wenn Florence noch ein bisschen schlief, konnten sie vielleicht mal ein paar Sätze austauschen, die nichts mit dem üblichen Alltagskram zu tun hatten.

Der ehemalige Gästeflügel war nicht mehr wiederzuerkennen: Im Erdgeschoss war kaum eine Wand stehen geblieben, und auch die Fenster, die nicht zum Hof, sondern zur Flusslandschaft hinauszeigten, waren entfernt worden. Wie große, graue Löcher gähnten Isabell die erweiterten Fensteröffnungen an: Corin hatte hier eine breite Front bodentiefer Fenster vorgesehen, natürlich ganz im Stil der alten Fenster, aus Holz, mit einem leicht gebogenen Oberlicht und einer gefälligen Sprossenunterteilung. Da die Decke im Erdgeschoss drei Meter hoch war, wirkte der Raum auch in diesem betongrauen Urzustand bereits riesig und luftig. Isabell freute sich schon darauf, die Möbel auszusuchen und sich für einen Wandanstrich zu entscheiden. Ein heiteres Gelb vielleicht oder ein kräftiger Pfirsichton, oder doch schlichtes Weiß, damit sie bei den Vorhängen in Mustern und Farben schwelgen konnte? Es würde Spaß machen, sich darüber Gedanken zu machen.

Sie parkte Florence samt Kinderwagen im Gras, da, wo demnächst die Terrasse entstehen würde, und lief die Treppe hinauf in den ersten Stock, wo Corin dabei war, das Badezimmer zu mauern. Hier oben hatte es bereits ein Badezimmer gegeben, aber es war Corin zu klein erschienen, und so hatte er die Kammer nebenan kurzerhand ebenfalls zu Badezimmergebiet erklärt. Er hatte zwei Mauern einreißen und eine weitere errichten müssen, ein neuer Eingang war entstanden, und Isabell musste zugeben, dass diese Lösung genial war. Zwei tiefe Fenster – zum jetzigen Zeitpunkt lediglich zwei zugige Öffnungen in der Wand – erhellten den Raum von der Flussseite her; in der Badewanne sitzend würde man einen herrlichen Blick genießen können.

Das Badezimmer war der einzige Raum, bei dem die Innenausstattung schon feststand. Corin hatte vor vielen Jahren in Paris bei einem Abbruchhaus handgemalte Fliesen vor dem Container retten können, die er seitdem, Stück für Stück in weiche Tücher gewickelt, in einer Kiste verwahrte und hütete wie einen Schatz.

Als Isabell sie das erste Mal gesehen hatte, war sie gleich begeistert gewesen: Wie hatte jemand je auf die Idee kommen können, diese Herrlichkeiten in einen Müllcontainer zu werfen? Corin hatte ein fast zwei Meter hohes und zirka sechzig Zentimeter breites Fliesenmosaik gerettet, das fast vollständig erhalten war: Darauf war eine Unterwasserlandschaft zu sehen, bunte Fische, Muscheln und Seepferde, die sich um eine fast lebensgroße Meerjungfrau tummelten. Viele der Details waren mit feinstem Blattgold betont, das Ganze eine

Symphonie in Blau-, Türkis- und Grüntönen. Es gab außerdem einen drei Meter langen Relieffries von etwa zehn Zentimeter Höhe, auf dem Frösche abgebildet waren, Frösche von vorne, von hinten, von der Seite, Frösche, die saßen, sprangen oder die Backen aufbliesen. Die Frösche waren ausgesprochen naturnah gemalt, aber sie hatten samt und sonders Kronen aus Blattgold auf, die deutlich machten, dass es sich hier nicht um eine Biologiestudie, sondern um eine Märchenszene handelte. Jede Krone war anders gestaltet, jede ein ganz besonderes Kleinod, dessen Betrachtung man niemals müde wurde.

»Märchenprinzen inkognito«, hatte Isabell den Fries in Gedanken getauft, und sie bedauerte ebenso wie Corin, dass es nur drei Meter davon gab. Der Fries musste sehr geschickt angebracht werden, damit er trotzdem vollständig wirkte.

Zu solchen Fliesen passte nur eine nostalgische Badewanne und ebenso nostalgische Armaturen, und bei einem Stadtbummel in Manosque hatte Isabell bereits im Oktober eine Badewanne entdeckt, die genau zu der Meerjungfrau und den Fröschen passte, so als wäre sie für dieses Bad und kein anderes bestimmt. Sie war zwar nicht antik, aber nach einem antiken Vorbild gebaut, mit vergoldeten Seepferdchen als Füßen, eine Wanne, die frei im Raum stehen musste. Allerdings war sie ungeheuer teuer gewesen, und Isabell hatte Corin deshalb nichts von ihr erzählt. Bei dem Preis hätte es für ihn keine Rolle gespielt, dass die Seepferdchenwanne für die Meerjungfrau wie gemacht war – er hätte aus puren Vernunftgründen den Kauf untersagt.

Isabell hatte die Wanne also heimlich erworben, und Bertrand hatte sie in dem alten Renault abgeholt und sie, gut eingepackt, in einem der zahllosen Kellerräume versteckt.

Eigentlich hatte Isabell das Prunkstück Corin zu Weihnachten schenken wollen, aber in der ganzen Aufregung hatte sie es an diesem Tag völlig vergessen. Und danach hatte es irgendwie nie den richtigen Augenblick gegeben ...

Als Corin sie jetzt mit den Worten begrüßte: »Hallo, Liebling, gut, dass du da bist. Der Installateur wollte gleich vorbeikommen«, schrillten bei Isabell alle Alarmglocken. Was, wenn Corin in der Zwischenzeit längst eine Badewanne ausgesucht hatte?

»Wegen der Badewanne?«, fragte sie ängstlich.

»Nein, das hat ja noch Zeit. Er kommt wegen der neuen Leitungen und ein paar grundsätzlichen Fragen«, antwortete Corin. »Monsieur Emile kennt auch einen Fliesenleger, der sich auf Mosaike spezialisiert hat und sogar die fehlenden Teile bei unserer Meerjungfrau ergänzen kann.«

»Aha«, sagte Isabell erleichtert. Vor ihrem inneren Auge erschien ein Bild: Sie sah das Badezimmer in seiner ganzen Pracht vor sich, die Meerjungfrau aalte sich an der langen Wand, und die Froschkönige zwinkerten ihr über goldgefassten Spiegeln über den Waschbecken zu. Vor den Fenstern, auf einem gefliesten Podest, das über die ganze Raumbreite ging und mit einer ebenso breiten Stufe versehen war, stand die Badewanne, das Prunkstück auf vier goldenen Seepferdchen. In der Badewanne lag sie, Isabell, natürlich nackt, aber bis zu den Schultern in weißen, duftenden Schaum gehüllt, neben sich eine Flasche Champagner im Sektkühler und zwei Gläser ... – ja, das wäre die passende Art und Weise, Corin die Badewanne zu überreichen. Isabell überlegte, ob es wohl möglich sein würde, eine solche Überraschung zu organisieren. Dafür müsste sie sich nicht nur mit dem Fliesenleger und dem Installateur verbünden, sondern Corin von weiteren Planungs- und Kontrollarbeiten, das Badezimmer betreffend, fernhalten.

»Wie wäre es denn, wenn ich das übernehme?«, sagte sie. »Ich könnte die restlichen Fliesen aussuchen, die Sanitärobjekte, die Armaturen, und ich könnte auf die Handwerker aufpassen, während du dich um andere, um wichtigere Dinge kümmerst.«

Corin sah sie erstaunt und, wie ihr schien, auch ein wenig zweifelnd an. »Na ja«, begann er. »Das würde eine Menge Herumfahrerei bedeuten, und du hast doch mit dem Baby ohnehin beide Hände voll zu tun.«

»Ja, das stimmt. Aber ich habe gerade eben beschlossen, dass sich etwas ändern muss – ihr könnt schließlich nicht die ganze Arbeit allein machen und meine noch dazu. Ich könnte Florence mit in die Baumärkte und Sanitärgeschäfte nehmen, beim Autofahren ist sie doch immer ganz friedlich.«

»Ja, beim Autofahren«, sagte Corin. »Leider kann man die Fliesen nicht während des Autofahrens aussuchen.«

»Es ist immerhin einen Versuch wert«, sagte Isabell hartnäckig. »Natürlich würde ich dir Muster mit nach Hause bringen und Prospekte, und wir würden die Endauswahl gemeinsam treffen. Aber du würdest eine Menge Zeit sparen.«

»Das stimmt wohl«, sagte Corin. »Also, wenn du dir das wirklich zutraust ...«

»Ja«, sagte Isabell zuversichtlicher als ihr zumute war. Sie trat an die Maueröffnung und schaute hinunter auf den Kinderwagen, der dort in der Sonne stand. Florence schlief immer noch friedlich. »Weißt du, Corin, ich habe nachgedacht. Im Augenblick ist nicht alles so, wie es sein sollte. Ich meine, sieh mich an: Ich bin ein Wrack!«

»Du bist kein Wrack!« Corin stellte sich neben sie und legte einen Arm um ihre Schulter. »Du bist nur furchtbar müde und geschafft. Madame Lemmonier sagt, dass eine stillende Frau körperliche Höchstleistungen erbringt, und du hast außerdem seit Ewigkeiten keine Nacht mehr durchgeschlafen. Ich meine, es ist kein Wunder, dass du dich schlecht fühlst. Aber das geht vorbei.«

»Manche Sachen werden aber nie mehr so, wie sie mal waren«, sagte Isabell und dachte dabei vor allem an ihren Bauch. »Ich denke, damit müssen wir uns abfinden.«

»Ich hab mir das ehrlich gesagt auch ein bisschen anders vorgestellt«, meinte Corin. »Ich dachte, Babys schlafen mehr und schreien weniger – aber auf der anderen Seite würde ich Florence um keinen Preis der Welt wieder hergeben. Du etwa?«

»Natürlich nicht.« Isabell seufzte. »Weißt du eigentlich, dass wir seit Monaten nicht mehr miteinander geschlafen haben?«

»Allerdings. In einem deiner schlauen Bücher steht, dass man ungefähr sechs Wochen damit warten soll.«

»Das hast du nachgelesen?«

»Hm«, machte Corin ein bisschen verlegen. »Man möchte ja schließlich informiert sein.«

Isabell sah zu ihm hoch und musste lächeln. Er war so herrlich gründlich in allem, was er tat. Und so unwahrscheinlich verständnisvoll. Letzteres allerdings stimmte sie eher misstrauisch.

Unten im Hof hörte man ein Auto vorfahren, so schwungvoll, dass der Kies unter den Rädern spritzte.

»Das wird der Installateur sein«, sagte Corin.

Aber es war nicht der Installateur. Es war ein schwarzer Porsche, der im Hof unter der alten Platane parkte, ein Porsche, der Isabell leider nur allzu bekannt vorkam, genau wie die elegante Frau, die ihm entstieg.

»Das ist ja …«, sagte Corin, und die freudige Erregung in seiner Stimme war nicht zu überhören. *»Madeleine!«*

Madeleine Clerisseau, deren Familie das Château Clerisseau auf der anderen Seite des Tales gehörte, war beinahe täglich auf RINQUINQUIN zu Gast gewesen, bis Isabell im vergangenen Frühjahr aufgetaucht war. Sie und Corin waren beste Freunde gewesen, wobei wohl alle außer Corin gemerkt hatten, dass Madeleine weit mehr gewollt hatte, als eine gute Freundin zu sein. Als Madeleine damals begriffen hatte, dass sie in Isabell ernsthafte Konkurrenz bekommen hatte, war sie nicht gerade sehr nett zu ihr gewesen. Es hatte ein paar unangenehme Szenen gegeben, die Isabell keineswegs vergessen hatte. Sie war sehr erleichtert gewesen zu hören, dass Madeleine nach New York gegangen war, und sie hätte nichts dagegen gehabt, wenn sie für immer dageblieben wäre. Corin hingegen schien seine alte Freundin wirklich vermisst zu haben, nach der Begrüßung zu schließen, die er ihr angedeihen ließ.

Er lief auf sie zu, nahm sie in seine Arme und wirbelte sie ausgelassen über den Hof. Madeleine kreischte laut auf und lachte dabei, und Isabell spürte Eifersucht in sich hochkochen wie Milch in einem Topf, den man auf dem Herd vergessen hatte. Sie blieb in der Tür stehen und beobachtete die beiden »alten Freunde« missgestimmt. Warum musste Madeleine ausgerechnet jetzt auftauchen?

Sie sah so gut aus wie immer; die Monate in New York schienen spurlos an ihr vorübergegangen zu sein.

Sie war eine eher kleine, zierliche Person mit perfekter, leicht gebräunter Haut und einem hübschen, sehr weiblichen Gesicht. In reizvollem Kontrast dazu hatte sie sich die dunklen Locken in New York zu einem Kurzhaarschnitt stutzen lassen, der sie noch jünger und mädchenhafter aussehen ließ als früher.

Auch Corin schien das zu bemerken, als er Madeleine endlich wieder auf dem Boden absetzte und sie breit grinsend betrachtete. »Der schöne Zopf ist ab«, sagte er. »Schade, ich habe immer so gerne daran gezogen! Aber es steht dir, wirklich! Du siehst aus wie siebzehn.«

»Siebenundzwanzig würde mir reichen«, sagte Madeleine kokett lachend. »Ich würde dir das Kompliment gerne zurückgeben, aber du siehst ehrlich gesagt ziemlich fertig aus.«

»Oh ja«, seufzte Corin. »Isabell und ich leiden unter verschärfter chinesischer Schlaffolter, wenn du weißt, was das ist. Wo ist Isabell überhaupt?« Er sah sich suchend um und fand sie immer noch in der Tür stehen. »Liebling, sieh doch, wer hier ist! Sieht sie nicht großartig aus?«

»Ja, wirklich«, sagte Isabell und zwang sich zu einem Lächeln. »Hallo, Madeleine.« Hätte diese *Ziege* nicht zu einem anderen Zeitpunkt auftauchen können? Sie hätte sich gewünscht, wenigstens ein sauberes T-Shirt anzuhaben. Weil es so praktisch war, kämmte sie ihre Haare jeden Morgen straff nach hinten und band sie dort mit einem Gummiband zusammen. Diese Frisur brachte Australien, die Malediven und die Balearen ganz besonders gut zur Geltung, und Isabell sah, wie Madeleines Blicke darauf verweilten, ebenso wie sie kurz und taxierend über das fleckige T-Shirt und ihre ganze Gestalt glitten.

Es war zum Mäusemelken!

»Isabell! Wie schön, dich wiederzusehen.« Madeleine drückte ihr drei Küsschen auf die Wangen. »Und meine allerherzlichsten Glückwünsche zu dem Baby! Wo ist es denn?«

»Hinter dem Haus. Es schläft.«

»Sicher nicht mehr lange«, sagte Corin. »Ich hole sie her, damit du sie dir anschauen kannst.«

»Er scheint ja ganz begeistert zu sein«, sagte Madeleine, als er im Haus verschwunden war.

»Ja, zumindest die meiste Zeit«, erwiderte Isabell. Sie zupfte das dunkelblaue T-Shirt über die labberige Schwangerschaftshose, die sie immer noch trug, weil sie in ihre alten Jeans noch nicht hineinpasste. Dabei entdeckte sie, dass sie zu ihren dreckverkrusteten Gartenclocks zwei verschiedene Socken trug.

Madeleine war ihrem Blick gefolgt, sie musterte ebenfalls Isabells Socken. Sie selber trug ein Paar Schuhe, das Isabell auf dreihundert Dollar schätzte und das vermutlich zu der Handtasche passte, die im Porsche auf dem Beifahrersitz lag.

»Besuchst du deinen Vater?«, fragte Isabell ablenkend. »Bleibst du länger?«

»Das kann man so sagen. Ich habe mein Apartment in Manhattan verkauft.«

»Oh«, machte Isabell.

»Ich hatte Heimweh nach der Provence«, fuhr Madeleine ungefragt fort. »Nach der Landschaft, nach Camelote« – das war ihre Andalusierstute, die auf RINQUINQUIN lebte – »nach meiner Familie und nach meinen Freunden.«

»Dann kannst du ja zum Essen bleiben.« Corin bog mit dem Kinderwagen um die Hausecke und strahlte dabei über das ganze Gesicht. »Matilde kocht, Maman wird außer sich vor Freude sein, dir alle Neuigkeiten zu berichten, und Isabell und ich sind über jede Abwechslung heilfroh, nicht wahr, Liebling?«

Über diese ganz sicher nicht, dachte Isabell, aber da Florence in diesem Augenblick wach wurde, war sie einer Antwort entbunden.

Es konnte keinen Zweifel darüber geben: Im ROYAUME waren neue Zeiten angebrochen.

»Apokalyptische Zeiten«, pflegte François ironisch zu seufzen, wenn Monsieur de Sabran-Pontevès wieder einmal eine seiner Neuerungen angeordnet hatte.

Er war noch keinen Monat hier und hatte bereits die Arbeitszeiten der jeweiligen Schichten geändert und verlängert (»zu uneffektiv«), er hatte die ledergebundenen Speisekarten erneuert (»altmodisches Layout«) und zu ihrer aller Entsetzen auch in Deutsch und Englisch ausdrucken lassen (»jeder zahlende Gast ist uns willkommen«). Er hatte alle altrosafarbenen Damasttischdecken und Servietten entfernen lassen (»sehen aus wie schon mal gegessen und wieder ausgekotzt«), und er hatte die Tischkapazität um acht Personen erhöht, indem er einen riesigen Schrank, der seit Urzeiten an der fensterlosen Wand des Speisesaales gestanden hatte, vom Roten Kreuz hatte abholen lassen (»abscheuliches Ungetüm, hoffentlich machen sie Brennholz draus.«). Den Schrank vermisste niemand, aber alle anderen Neuerungen Monsieur de Sabran-Pontevès' trugen nicht gerade dazu bei, ihn bei seinen Mitarbeitern beliebt zu machen. Es herrschte allgemein eine gedrückte Stimmung in der Küche, jeder hatte Angst, auf de Sabran-

Pontevès' schwarzer Liste zu landen. Er hatte bereits eine Kündigung ausgesprochen und ungefähr zehn Abmahnungen erteilt. (Wovon aber allein fünf dem stets zugedröhnten Fabien gegolten hatten.) Die Kündigung betraf die verhuschte Giselle Dubois, die als Küchenhilfe eingestellt war und der Monsieur de Sabran-Pontevès »mangelnden Hygienestandard« zugeschrieben hatte. Empörung war unter den Mitarbeitern losgebrochen, wusste doch jeder hier, dass Giselle einen kranken Ehemann zu Hause hatte und drei halbwüchsige Kinder, die auf ihr Gehalt angewiesen waren. Das alles hatte Monsieur de Sabran-Pontevès wenig beeindruckt, er hatte lediglich auf die fettigen Haare von Giselle verwiesen, die er nicht nur auf ihrem Kopf, sondern auch an anderen Stellen der Küche gefunden hatte. Tatsächlich konnte Matilde im Stillen nicht umhin, de Sabran-Pontevès Recht zu geben; die arme Giselle mochte zwar eine bedauernswerte Person sein, aber sie war auch nach den ersten Abmahnungen weiterhin ungewaschen zur Arbeit erschienen, sie roch nach Schweiß und Zigarettenqualm, und ihre Fingernägel wiesen unappetitliche Trauerränder auf. Für ein Restaurant wie dieses war sie einfach nicht tragbar.

Matilde focht mit ihrem neuen Chef indessen weiterhin Kämpfe die Speisekarte betreffend aus.

»Eiersuppe, Spinatgratin mit Sardinen, Lammschmortopf, Fenchelpüree, fettgebackene Ohrmüschelchen ...«, listete er auf. »Das lockt doch keinen hinterm Ofen hervor.«

Matilde verzichtete darauf, ihn darauf hinzuweisen, dass der Saal wieder einmal bis auf den letzten Platz besetzt war, und rührte weiter in ihrer Schüssel.

»Das ist alles so – *schwer!* Es trieft förmlich vor Fett«,

fuhr de Sabran-Pontevès fort. »Wer bei uns isst, hat sofort drei Kilo mehr auf den Hüften. Da, schauen Sie nur, wie viel Öl Sie in die Schüssel gegossen haben!«

»Das ist eine ganz gewöhnliche Vinaigrette«, erklärte Matilde freundlich, aber ein bisschen von oben herab, ein Tonfall, der ihn stets reizte. »Ich mache sie nach den Regeln, die meine Mutter schon von ihrer Mutter gelernt hat: Essig wie ein Geizhals, Pfeffer und Salz wie eine Weise, Öl wie eine Verschwenderin und rühren wie eine Verrückte. Es ist die Basis für nahezu jedes Salatdressing, nur bei Rucola nehme ich statt Essig Zitronensaft.«

»Und das Ganze hat eine Million Kalorien.«

Matilde ließ seufzend den Rührbesen sinken. »Wer sagt das, Monsieur? Ihre Freundin an Tisch fünf? Die mit der Fettphobie, die den Salat stets ohne Dressing und das Omelette ohne Fett gebraten und die Poularde ohne Haut bestellt? Sagen Sie ihr, dass Olivenöl wahnsinnig gesund ist.«

De Sabran-Pontevès sah sie verdutzt an. »Meine Freundin?«

»Ja, Mademoiselle Ambrois, ihre Freundin.« Matilde erlaubte sich ein kleines, aber feines Lächeln. »Nun schauen Sie doch nicht so! Jeder hier weiß, dass sie Ihre Freundin ist. In einer kleinen Stadt wie dieser können Sie so etwas nicht geheim halten.«

Seit de Sabran-Pontevès das Innenausstattungsgeschäft Ambrois damit beauftragt hatte, diverse Änderungen im Speisesaal vorzunehmen – man hatte dort inzwischen auch die altmodischen Tischlampen ersetzt, andere Bilder aufgehängt sowie die Vorhänge erneuert –, pflegte Mademoiselle Lilette Ambrois, die Besitzerin des Geschäftes, beinahe jeden Mittag im

ROYAUME zu essen, nicht selten mit einer ganzen Schar Freunde und Bekannter. Ihre Bestellungen waren nervenaufreibend kompliziert; selbst Clarisse, die Oberkellnerin, die über ein bemerkenswertes Gedächtnis verfügte, musste für die Sonderwünsche von Mademoiselle Ambrois einen Notizblock zücken.

Alle in der Küche kannten Mademoiselle Ambrois mittlerweile, sie nannten sie nur »die Diätziege von Tisch fünf«, allerdings nur, wenn Monsieur de Sabran-Pontevès nicht in der Nähe war. Die dicke Edith, die immer über alles informiert war, was in der Stadt vor sich ging – sie war nach eigener Auskunft mit der Hälfte der Bewohner verwandt oder verschwägert – behauptete nämlich, dass Lilette Ambrois auch Monsieur de Sabran-Pontevès' Privatwohnung in der Rue de Saint Martin eingerichtet hatte und dass die beiden sich dabei näher gekommen waren.

»Sie hat ihn sogar schon auf eine Party mitgenommen«, hatte Edith brühwarm berichtet. »Und sie nennt ihn *chéri*. Sie passen aber auch ganz hervorragend zusammen, wo sie doch alle beide ihre Nasen so hoch tragen, dass man ihre Polypen sehen kann.«

De Sabran-Pontevès' Verlegenheit war wie immer nur von kurzer Dauer. Mit arrogant gehobenen Augenbrauen sagte er: »Ich denke, der Geschmack von Mademoiselle Ambrois ist durchaus repräsentativ, sie ist eine moderne, intelligente Frau mit Geschmack und dem Finger am Puls der Zeit – wir sollten ihre Anregungen als Anlass nehmen, unsere Küche zu überdenken.«

»Aber ja«, sagte Matilde ironisch. »Vielleicht bieten wir demnächst einfach ein Diätmenü an?«

»Keine schlechte Idee«, sagte Monsieur de Sabran-Pontevès anerkennend.

»Ja, dann sollten Sie aber auch eine Diätköchin anstellen«, erwiderte Matilde. »In den Krankenhäusern gibt es sicher einige, die einen neuen Job suchen.«

Wie immer lauschte die ganze Küche ihrem Gespräch; die Wortgefechte zwischen Monsieur de Sabran-Pontevès und *La Reine* Matilde waren spannender als jede Seifenoper.

»Soll das eine Drohung sein?«, fragte de Sabran-Pontevès.

»Eine Drohung?«, wiederholte sie unschuldig.

»Drohen Sie mir mit Kündigung, Mademoiselle?«

Matilde stellte die Vinaigrette zur Seite und sah de Sabran-Pontevès direkt in die dunklen Augen. »Es ist nicht meine Art, versteckte Drohungen zu äußern, Monsieur. Allerdings wissen wir beide, dass unsere Zusammenarbeit von Anfang an nicht gerade unter einem glücklichen Stern stand, und ich gebe zu, dass mich diese Diskussionen allmählich ermüden.«

»Und was heißt das? Muss ich mich nach einer neuen Köchin umschauen?«

»Nein. Nicht, solange ich weiterkochen kann wie immer. Mademoiselle Ambrois' fettfreie Sonderwünsche werden selbstverständlich berücksichtigt. Trösten Sie sie: Wenn der Winter vorbei ist, werden die Rezepte ohnehin leichter und kalorienärmer.« Sie tat so, als bemerke sie de Sabran-Pontevès' finstere Miene gar nicht, sondern schöpfte scheinbar ungerührt mit einem Schaumlöffel Ravioli aus einem Topf mit kochendem Wasser.

»Sagen Sie mal, Mademoiselle Le Ber, haben Sie eigentlich keine Angst, ich könnte *Ihnen* kündigen?«, fragte de Sabran-Pontevès.

»Eigentlich nicht«, sagte Matilde. Sie legte die Ravioli

auf einen Teller, übergoss sie mit einem feinen Strahl Olivenöl und stellte sie vor de Sabran-Pontevès auf die Arbeitsplatte.

»Ihr Selbstvertrauen möchte ich haben«, seufzte de Sabran-Pontevès.

»Ich denke, über mangelndes Selbstvertrauen können *Sie* wirklich nicht klagen«, erwiderte Matilde. »Über schlechte Essgewohnheiten hingegen schon.« Sie zeigte auf die Ravioli. »Das ist ein neues Rezept. Handgemachte Ravioli mit einer Füllung aus Muschelfleisch, Spinat und Maispüree.«

»Es sieht nett aus, aber es klingt fürchterlich«, sagte de Sabran-Pontevès. »Muscheln und Maispüree, igitt!«

Matilde lächelte mitleidig. »Ich habe gesehen, dass Sie eben einen Schokoladenriegel gegessen haben – sollte der Ihr Mittagessen sein?«

»Hm, ja, ich sagte Ihnen doch schon mal, ich mache mir nichts aus Essen. Belegtes Brot, Kaffee, Joghurt und frisches Obst wegen der Vitamine und Spurenelemente, ab und an mal ein Stück Fleisch oder Fisch – mehr brauche ich nicht.«

Matilde schüttelte sich leicht. »Na ja, jeder hat so seine schlechten Angewohnheiten, nicht wahr? Es hilft aber nichts, Sie müssen diese Ravioli probieren. Es ist, wie gesagt, ein neues Rezept, und ich brauche einen Probeesser.«

»Ich kann Muscheln nicht ausstehen. Glibberiges Zeug.«

»Sie meinen Austern, Monsieur. Hier handelt es sich um gekochtes, festes Muschelfleisch, fein gehackt mit Spinat, einem Hauch von Knoblauch und selbst gemachtem Maispüree in feinsten Nudelteig eingeschlagen. Probieren Sie!« Sie reichte ihm eine Gabel, und von irgendwoher kam ein Glas Weißwein angeflogen, gerade richtig gekühlt.

»Danke, Fabien«, murmelte Matilde. Manchmal konnte der Junge richtig mitdenken. »Bon appétit, Monsieur.«

»Ihre Schwester konnte überhaupt nicht kochen«, sagte Monsieur de Sabran-Pontevès, die Ravioli misstrauisch beäugend.

»Ich würde eher sagen, sie wollte nicht. Aber dafür konnte sie sicher eine Menge andere Dinge, die Sie erfreut haben«, entgegnete Matilde. Umgekehrt galt das wohl auch. Joséphine hatte es selber gesagt.

Eigentlich hatte Joséphine mit Laurent sprechen wollen, als sie das letzte Mal auf RINQUINQUIN angerufen hatte. Seit sie durch ihren Anwalt hatte kundtun lassen, dass sie auf der Auszahlung ihres Pflichtteiles bestünde, wollte sie überhaupt nur noch mit Laurent sprechen.

»Hast du denn deine Mama auch noch lieb, mein Schatz?«

»Ja, Maman.«

»Sag, dass du mich lieb hast, Schatz!«

»Ich hab dich lieb, Maman.« Die Gespräche liefen immer nach dem gleichen Schema ab. Erst wenn Laurent oft genug bekundet hatte, dass er seine Mutter liebte und vermisste, war Joséphine zufrieden.

Aber beim letzten Mal hatte sie Laurent nicht erreicht – er war in der Schule gewesen, um genau zu sein –, und Matilde hatte die Gelegenheit genutzt, um sich nach Joséphines Verhältnis zu de Sabran-Pontevès zu erkundigen.

»Kennst du einen de Sabran-Pontevès, Joséphine? Robert de Sabran-Pontevès?«

»Und ob ich den kenne«, hatte Joséphine gesagt. »Er ist das größte Arschloch der westlichen Hemisphäre. Ein chauvinistischer, egoistischer und rücksichtsloser Mistkerl, der über Leichen geht. Aber er war gut im Bett. Und reicher als Krösus oder wie der hieß. Woher kennst du den denn?«

»Er ist mein neuer Chef.«

»Was? Arbeitest du nicht mehr im Restaurant?«

»Doch. Er hat es gekauft.«

»Dann muss es ein anderer de Sabran-Pontevès sein. Der de Sabran-Pontevès, den ich kannte, hätte niemals ein Restaurant gekauft. In der Provence! Er besaß einen Haufen Firmen, und sein jährlicher Gewinn entsprach ungefähr dem Bruttosozialprodukt der Einwohner einer Großstadt. Seiner Frau hat er mal eine Insel zum Geburtstag geschenkt, hat ein paar schlappe Millionen gekostet. Sie war eine geldgierige Schlampe, aber er wollte sie meinetwegen nicht verlassen. Deshalb habe ich ihn verlassen.«

»Jetzt ist er geschieden«, hatte Matilde nachdenklich erwidert. »Und irgendwie auf der Suche nach dem Sinn des Lebens, scheint mir. Vielleicht hat ihm ja seine Frau das Herz gebrochen?«

Joséphine hatte nur gelacht. »Ausgeschlossen – er hatte gar keins. Hast du ihm gesagt, dass ich jetzt verheiratet bin?«

»Ja.«

»Und auch, dass John D. stinkreich, jung, großzügig, gut aussehend und wahnsinnig sexy ist?«

»Ganz genau in der Reihenfolge. Allerdings, wenn ich ihm sage, dass du auf deinem Pflichtteil bestehst, wird er wohl gewisse Zweifel an John D.'s Großzügigkeit bekommen.«

»Das ist etwas anderes«, hatte Joséphine erwidert und den Hörer einfach aufgeknallt.

»Hm«, machte de Sabran-Pontevès, wobei man nicht wusste, ob er damit seine Erinnerung an Joséphine oder die Ravioli auf dem Teller vor sich meinte.

»Kosten Sie, Monsieur«, sagte Matilde.

Unter den Blicken der gesamten Belegschaft konnte de Sabran-Pontevès nicht anders: Er spießte ein Ravioli auf seine Gabel und schob es sich in den Mund.

Einen Augenblick herrschte völliges Schweigen im Raum, nur die Töpfe und Pfannen auf den Flammen zischten und blubberten vor sich hin.

Monsieur de Sabran-Pontevès kaute scheinbar unbeeindruckt.

»Und?«, platzte Edith schließlich heraus.

»Nicht übel«, sagte de Sabran-Pontevès. »Für Muscheln und Maispüree gar nicht schlecht. Ich denke, das können wir in unsere Speisekarte aufnehmen.«

»Fehlen noch ein paar Gewürze, was meinen Sie? Oder etwas mehr Knoblauch?«, fragte Matilde höflich, und er antwortete ebenso höflich: »Nein, es ist in Ordnung, so wie es ist.«

Matilde verkniff sich mit Mühe ein triumphierendes Lächeln, als sie sich wieder den Kochtöpfen zuwandte. Er war nicht gerade in überschwängliche Lobeshymnen ausgebrochen, aber das hatte sie auch gar nicht erwartet. Natürlich hätte sie ihrerseits keinen Pfifferling auf seine Meinung gegeben, und natürlich wusste er das auch. Trotzdem bereitete es ihr unendliche Befriedigung, dass er den ganzen Teller leer aß, bevor er sich wieder zu den Gästen begab.

Die ganze Küche begann zu johlen, als er draußen war.

Isabell schob energisch Corins Hände von ihrer Brust.

»Nicht«, sagte sie mürrisch.

»Was ist los?«, wollte er wissen.

Ich rieche nach Milch, ich bin todmüde, mein Kopf tut weh, und ich habe dir nicht verziehen, dass du Madeleine heute in einer Minute mehr Komplimente gemacht hast als mir in den letzten drei Monaten, schoss es Isabell durch den Kopf. Sie sagte aber nichts von alledem.

»Du willst das ja gar nicht wirklich«, stieß sie stattdessen hervor.

»Sonst würde ich es ja wohl kaum tun«, erwiderte Corin.

Erneut schob sie seine Hände zur Seite. »Du tust es nur, weil du das mit den sechs Wochen gelesen hast.«

»Nein, ich tue es, weil ich Lust dazu habe.« Wieder versuchte er, ihre Brust zu liebkosen. Er verstand sich darauf wie kein zweiter, Isabell war früher unter seinen Händen stets dahingeschmolzen. Aber heute fühlte sie nichts als Unbehagen. Das lag an den Gedanken, die ihr im Kopf herumschossen, ohne dass sie etwas dagegen tun konnte. Wie mochte es sich für ihn anfühlen? Zog er automatisch Vergleiche mit früher? Oder mit Madeleine?

Die wunderbare, witzige und allseits beliebte Madeleine war ohne Zweifel der Mittelpunkt des Abends gewesen. Corin, Matilde, Madame Cécile und sogar Laurent und Großtante Germaine hatten an ihren Lippen gehangen, als sie von New York erzählte, sie hatten sich über Madeleines Art und Weise, das New Yorker Gesellschaftsleben zu beschreiben, geradezu vor Lachen gekugelt.

Auch Onkel Ludwig war ihrem Charme erlegen, der alte Verräter.

»Was für eine nette Freundin ihr beiden da habt«, hatte

er zu Isabell gesagt, aber Isabell hatte ihn nur giftig angeschaut. Sie hatte die Tischrunde vorzeitig verlassen, weil Florence mit ihrer abendlichen Brüllerei loslegte.

»Soll ich mitkommen?«, hatte Corin gefragt.

»Nein danke«, hatte Isabell geantwortet. »Das mache ich schon – du amüsierst dich doch gerade so gut.« Und tatsächlich hatte sie das Kind ganz allein dreieinhalb Stunden lang im Zimmer hin und her getragen, zwischen Wut und Hilflosigkeit hin und her gerissen. Corin war erst gekommen, als Florence ihre Koliken fast überstanden hatte, immer noch bestens gelaunt.

Und ausgerechnet diesen Abend hatte er sich ausgesucht, um ihr Sexualleben wieder aufleben zu lassen! Nicht mit ihr!

Sie schubste seine Hände diesmal noch heftiger von sich und richtete sich auf.

»Das ist gelogen. Du willst mich nicht wirklich.«

»Woher willst du das wissen?« Corin setzte sich ebenfalls auf.

»Weil«, sagte Isabell, wobei sie zischte, um ihren Worten Nachdruck zu verleihen, ohne laut werden zu müssen. »Weil du das unmöglich erotisch finden kannst.« Sie zeigte auf ihre Brüste. »Sie sind riesig!«

»Je größer, desto besser«, sagte Corin grinsend, aber Isabell fuhr atemlos und bitterernst fort: »Dieser Still-BH ist nicht gerade besonders aufreizend, und kein Mensch auf der Welt kann baumwollene Stilleinlagen sexy finden.« Sie war den Tränen nahe.

»Dann ziehen wir sie eben aus.«

»Wenn wir sie ausziehen, liegen wir bald in einem Milchsee.« Isabell schluckte schwer. Das war nicht mal sehr übertrieben, dieses verdammte Milchwerk leckte vor allem nachts wie verrückt.

»Das ist doch aufregend«, sagte Corin.

»Nein, das ist es nicht«, zischte Isabell und brach endgültig in Tränen aus. »Es ist furchtbar! Alles an mir ist furchtbar. Und du bist auch furchtbar, weil du so tust, als sei es für dich nicht furchtbar!«

»Was?« Corin sah verwirrt aus. »Hör mal, Madame Furchtbar, wenn du nicht willst, dann warten wir eben noch etwas damit. Ich dachte nur, weil du es heute Nachmittag selber angesprochen hast …«

»Da dachtest du, wenn es sein muss, dann muss es eben sein«, schniefte Isabell.

»Was ist nur los mit dir?«

»Ich bin …«

… fett, schwabbelig, verunsichert, hässlich, milchig, unerotisch, eifersüchtig …

»… müde«, sagte sie und schluchzte, tief in ihre Kissen vergraben, vor sich hin.

»Tut mir Leid, Liebling.« Corin streckte sich wieder neben ihr aus und streichelte über ihr Haar. »Ich hätte nicht so drängeln sollen.«

»Hast du ja gar nicht«, schluchzte Isabell und drehte ihm wieder ihr Gesicht zu. »Das ist ja das Schlimme!«

»Wie bitte? Jetzt verstehe ich aber gar nichts mehr.«

»Ich verstehe es ja selber nicht«, schluchzte Isabell und war sich durchaus bewusst, dass sie sich ungefähr wie eine Siebenjährige aufführte. Aber es war einfach stärker als sie.

»Es braucht eben nur noch ein bisschen Zeit.« Corin beugte sich über sie. Isabell glaubte, er wolle sie küssen, aber er knipste nur die Nachttischlampe aus.

»Gute Nacht, Liebling.«

Er hat geradezu erleichtert ausgesehen, dachte Isabell.

»Ich will aber jetzt nicht schlafen«, sagte sie trotzig.

»Was willst du denn?«

»Weiß ich auch nicht«, schluchzte Isabell.

»Ich zumindest schlafe jetzt.« Jetzt klang Corin endlich gereizt, was ihr seltsamerweise eine gewisse Genugtuung bereitete. »Florence ist in spätestens drei Stunden wieder wach. Du schläfst also besser auch, wenn du nicht weißt, was du sonst tun willst.«

Isabell starrte mit offenen Augen an die Decke. Sie wusste nicht, wen sie mehr verabscheute, Corin oder sich selbst.

5. KAPITEL

Das ist ein sehr feines Stück«, sagte der Installateur anerkennend und ging einmal um die Badewanne herum.

»Danke«, sagte Isabell. Onkel Ludwig und sie hatten das »feine Stück« heute Morgen aus dem Keller geschleppt. Nur weil es so dick in Noppenfolie eingepackt war, hatte es dabei keinen Schaden genommen: Es war enorm schwer und mehrmals gegen Kellerstufen und Türrahmen gedonnert.

»Passt hier herein wie gespuckt.« Der Installateur faltete seine Hände vor dem runden Bauch, während er die fein geschwungene Badewanne mit den eleganten Seepferdchenfüßen betrachtete.

»Wirklich irre«, fand auch der Fliesenleger.

Isabell ging davon aus, dass »passt hier herein wie gespuckt« und »wirklich irre« Komplimente waren, und nickte zufrieden. »Meinen Sie, Sie können es bis heute Abend angeschlossen haben?«

»Das Anschließen ist eine Sache von einer Stunde«, sagte der Installateur. »Aber das Podest ist ja noch nicht mal verfugt.«

»Bis heute Nachmittag ist alles trocken«, sagte der Fliesenleger. »Wenn Sie mir nur Ihren Mann vom Leib halten, Madame.«

»Natürlich.« Isabell grinste. Corin wusste immer noch nichts von der Badewanne, er ging von der nächstbesten Lösung aus, von einer in ein Podest eingelassenen Acrylwanne mit altmodischen Armaturen. Ein Podest gab es nun auch, allerdings niedriger, mit nur einer Stufe versehen, und natürlich war das Podest komplett gefliest, damit die Badewanne obenauf stehen konnte. Nur unter Aufbietung aller List und Tücke hatte Isabell Corin gestern an seinem täglichen Kontrollgang über die Baustelle hindern können: Sie hatte ihm kurzerhand Florence in den Arm gedrückt und gesagt, sie wolle lieber selber nach dem Rechten sehen. Hätte er das Podest entdeckt, wäre die Überraschung zum Teufel gewesen.

»Wenn das so ist, können Sie heute Abend hier drin baden«, sagte der Installateur.

»Das ist genau, was ich vorhabe«, sagte Isabell. Florence auf ihrem Arm krähte fröhlich, und Isabell war ebenfalls nach einem triumphierenden Krähen zumute. Heute war nämlich seit langer, langer Zeit mal wieder ein wirklich guter Tag: Florence hatte die Nacht sechs Stunden am Stück geschlafen, und heute Morgen, als Isabell einigermaßen ausgeschlafen aus der Dusche gekommen war, hatte sie zum ersten Mal wieder in ihre alten Jeans gepasst. Die Knöpfe waren einer nach dem anderen problemlos zugegangen, sogar der oberste. Das mochte natürlich auch an der Miederhose liegen, die sie sich (zähneknirschend) in der vergangenen Woche gekauft hatte – ein Ungetüm aus formendem Material, mit »Bauch-weg«-Effekt, wie die Verkäuferin so schön gesagt hatte, gleich im Doppelpack. Nun, weg war der Bauch zwar nicht, aber doch deutlich plattgedrückt. Außerdem aber – und das war viel wichtiger – hatte sie zwei oder drei Kilo abgenommen. Während sie mit Florence durch die Fliesen- und Sanitärgeschäfte gezogen war, hatte sie zum Essen weniger Zeit gehabt als sonst, und ihre Spaziergänge mit Kinderwagen hatte sie mittlerweile auf richtige Wanderungen ausgedehnt: Bei schönem Wetter wanderte sie den ganzen Stausee entlang bis hinunter nach L'Escale und wieder zurück. Solange der Kinderwagen in Bewegung war, war Florence still und zufrieden, und je stärker es rumpelte und wackelte, umso besser. Daher legte Isabell die Strecke mittlerweile fast im Laufschritt zurück – auch das hatte wohl zu einer Reduzierung ihres Umfanges beigetragen. In angezogenem Zustand fühlte sich Isabell daher schon beinahe wieder wie früher. Nackt allerdings hielt sie ihren Körper nach wie vor für Katastrophengebiet – aber sie war auch die Einzige, die sich in diesem Zustand sehen konnte.

Seit dem Fiasko vor ein paar Wochen hatte Corin keinerlei Versuche mehr unternommen, mit ihr zu schlafen, und obwohl sie auch nicht mehr darüber gesprochen hatten, wusste Isabell, dass er auf ein deutliches Zeichen von ihrer Seite wartete. Sie hatte sich aber auch zu kindisch aufgeführt! Es hatte Tage gedauert, bis sie sich selbst ihr eifersüchtiges und selbstmitleidiges Verhalten verziehen hatte. Nicht, dass sie nun weniger eifersüchtig war! Im Gegenteil, jedes Mal, wenn Madeleine Clerisseau auf RINQUINQUIN auftauchte, hatte Isabell das Gefühl, vor Eifersucht ganz grün im Gesicht zu werden. Wie selbstsicher Madeleine sich bewegte, wie wunderbar schlank sie in ihren schwarzen Reithosen aussah, und wie herrlich sie reiten konnte! Aber auch, wenn Isabell das Gefühl hatte, vor Eifersucht platzen zu müssen, wenn Madeleine und

Corin zusammen ausritten oder bei Tisch über etwas lachten, hütete sie sich, sich davon etwas anmerken zu lassen. Giftige oder beleidigte Bemerkungen würden Corin doch nur mit der Nase auf Madeleines Attraktivität stoßen, und er würde anfangen, Vergleiche zu ziehen, die sie um jeden Preis vermeiden wollte.

Mittlerweile war Isabell fast so weit, Madeleine für ihre Rückkehr dankbar zu sein: Sie hatte – nach dem ersten Schreck – endlich wieder Isabells Lebensgeister geweckt, und ihren Ehrgeiz, nicht nur eine gute Mutter für Florence zu sein, sondern auch eine begehrenswerte Partnerin für Corin.

Nun – heute Abend würde sich zeigen, ob sie das immer noch war.

Isabell hatte den Champagner schon kalt gestellt und eine Flasche mit Badezusatz erworben, auf deren Etikett sie neben Worten wie »betörender Duft« und »schmeichelzarte Haut« vor allem die Sequenz »verschwenderischer, dichter Schaum« zum Kauf bewogen hatte.

Für ihr Vorhaben war ein genaues Timing angebracht, denn es galt, Florences Still-, Schlaf- und Brüllzeiten zu berücksichtigen. Es gab wohl eine einzige Stunde am Nachmittag, in der sie immer schlief, aber diese eine Stunde schien Isabell aus den verschiedensten Gründen nicht geeignet: Erstens war es da noch taghell; die Sonne würde jeden Zentimeter des Badezimmers ausleuchten – und leider auch jeden ihrer Dehnungsstreifen –, und zweitens war es eben nur eine Stunde.

Obwohl die Schuldgefühle sie beinahe zu überwältigen drohten, war Isabell nach gründlicher Überlegung zu dem Entschluss gekommen, Florence während ihrer Brüllphase am Abend der Obhut ihres Onkels anzuvertrauen.

»Es spielt doch keine Rolle, wer sie durchs Zimmer schleppt und ihr Lieder vorsingt«, hatte Onkel Ludwig gesagt. »Ich kann das genauso gut wie du.«

Nun, das klang vernünftig, auch wenn Isabells Schuldgefühle durch diese Argumentation nicht kleiner wurden.

»Rabenmutter, Rabenmutter«, zischten sie ihr unentwegt ins Ohr, aber Isabell versuchte, ihnen kein Gehör zu schenken. Es ging hier schließlich um etwas sehr Wichtiges, etwas, wovon letzten Endes auch Florence profitieren würde, denn je glücklicher die Partnerschaft der Eltern war, umso glücklicher verlief auch die Kindheit. Das jedenfalls hatte Adelaide Jaure gesagt, bei der Isabell nach einem ihrer ausschweifenden Spaziergänge um den See gerne eine heiße Schokolade trank. Die gemütlichen, anzüglichen Gespräche mit Adelaide, die weiß Gott kein Blatt vor den Mund nahm, hatten ihr vor allem eins gezeigt: Auch vier Kinder und ein Busen, unter dem man zweifellos eine ganze Schachtel Bleistifte testweise einklemmen konnte, waren noch lange kein Grund, auf ein exzessives Liebesleben zu verzichten. »Nur durchs Zimmer kann er mich leider nicht mehr tragen«, hatte Adelaide bedauernd gesagt und dabei auf ihr Gewicht und Monsieurs Jaures Rückenprobleme verwiesen.

Isabells Vorhaben war also weit mehr als nur ein gewöhnliches Bad zu zweit – es war eine Mission!

Voller Stolz sah sie sich im Badezimmer um. Es war wirklich noch viel schöner geworden, als sie es sich vorgestellt hatte. Wie schade, dass Corin schon das meiste davon gesehen hatte. Die Sanitärobjekte, die sie ausgesucht hatten, waren schlicht und weiß, aus mattierter Keramik, sehr hübsche Auslaufmodelle, die sie günstig erworben hatte. Die Armaturen waren leider umso teurer gewesen, modernste Technik im Look der Jahrhundertwende: Die Wasserhähne waren mit kleinen, weißen Porzellanschildern versehen, auf denen *froid* und *chaud* geschrieben stand. Es waren goldene Wasserhähne, die schnell kitschig wirken konnten, aber wegen des vielen Blattgoldes in den Kacheln waren Corin und sie zu dem Schluss gekommen, dass silberfarbener Edelstahl zu viel Unruhe in das Gesamtkonzept gebracht hätte. Tatsächlich wirkte es nicht kitschig, sondern einfach nur luxuriös. Auch die Fliesen, die den passenden Hintergrund zu den Froschkönigen und der Seejungfrau bilden sollten, waren nicht einfach zu finden gewesen. Die sechzig Zentimeter hohen, riesenhaften Steinfliesen, für die sie sich schließlich entschieden hatten, waren weiß-grau geädert mit goldenen Einsprengseln, und sie waren nur deshalb bezahlbar, weil der Raum nur halbhoch und an der freien Wand gar nicht gekachelt wurde. Der Boden und das Podest vor dem Fenster samt Stufe waren mit glasierten Terracottaquadraten ausgelegt, deren goldgelber Grundton sich in kleinen Details des Meerjungfrauenmosaikes wiederfand und der außerdem dafür sorgte, dass die Steinfliesen an den Wänden nicht zu kühl wirkten. Der ungeflieste Teil der Wände war bis jetzt lediglich weiß verputzt. Er sollte in einem blassen Goldton gewischt werden, der zu den Bodenfliesen passte und dem Raum den letzten Rest von kühler Atmosphäre nehmen würde. Isabell wollte das Anstreichen selber übernehmen. Sie hatte sich Zeitschriften und Bücher über kreative Wischtechniken besorgt, und war davon so begeistert, dass sie das ganze Haus in Farbe tauchen wollte. Aber bis heute Abend musste es auch die weiße Wand tun – es war auch so schon das schönste Badezimmer, das Isabell jemals gesehen hatte. Das i-Tüpfelchen war die Beleuchtung, die Corin sich ausgedacht hatte, viele beinahe unsichtbar in Wand und Decke eingelassene Hallogenspots, mit gelblichem Licht (»ganz wichtig«, hatte Corin gesagt) und dimmbar (»ganz wichtig«, hatte Isabell gedacht).

Auch der Fliesenleger war sehr stolz auf sein Werk, und das, obwohl er für gewöhnlich »für so'n Kitsch nichts übrig« hatte, wie er mehrfach gesagt hatte. Am Ende aber musste auch er zugeben, dass es gar nicht kitschig, sondern in seiner ganzen Pracht verblüffenderweise sogar schlicht wirkte.

»Ich würde dann gerne noch mal kommen und Fotos machen, wenn's Ihnen recht ist«, sagte er jetzt. »Kommt in meine Mappe.«

»Natürlich«, sagte Isabell warm. »Sie haben das alles ganz wunderbar hinbekommen.« Dank der zentimetergenauen Tüftelei des Fliesenlegers hatten sie die Froschkönige nicht nur über den Waschbecken, sondern auch an der Stufenkante des Podestes untergebracht, und der große Spiegel über den Becken war auf seinen Vorschlag hin direkt in die Wand eingelassen worden, was dem Raum noch mehr Tiefe verlieh und – ganz nebenbei – das Saubermachen erleichterte.

»Da kriegen Sie bestimmt einen Wohnpreis für«, meinte auch der Installateur und klopfte Isabell krachend auf die Schultern. Florence lachte glucksend auf.

»Wirklich beeindruckend«, sagte eine Stimme hinter ihnen. Es war Madeleine. Niemand hatte gehört, dass sie die Treppe hinaufgekommen war. »Ein Bad wie aus einem Märchen.«

Sie trug ihre Reitsachen, was Isabell zu der Bemerkung veranlasste, dass Corin heute leider nicht da sei.

Sie hoffte, es würde nicht allzu schadenfroh klingen. »Er ist heute ganz früh nach Annecy gefahren, um Ermeline abzuholen.«

»Das macht nichts, dann reite ich eben allein aus«, erwiderte Madeleine, die sich immer noch staunend umsah. »Das ist das schönste Badezimmer, das ich je gesehen habe.«

»Warte erstmal, bis die Badewanne an der richtigen Stelle steht«, sagte Isabell. »Und bis ich es geputzt habe.«

»Es ist jetzt schon – überwältigend«, sagte Madeleine. »An dir ist wirklich eine Innenarchitektin verloren gegangen. Madame Cécile sucht dich übrigens überall. Sie hat eine Truhe mit alten Ballkleidern aufgetrieben, die du anprobieren sollst. Madame Cécile meint, dass vielleicht eins davon dein Hochzeitskleid werden könnte.«

»Dieses Haus ist voller geheimnisvoller alter Truhen – ich liebe das!« Isabell lächelte. »Es war sicher toll, als Kind hier zu leben. Überall gibt es etwas zu entdecken, geheime Verstecke, echte Gespenster und Kammern voller vergessener Schätze. Und richtige Ballkleider zum Verkleiden.«

»Genau deswegen habe ich mir als Kind immer brennend gewünscht, auf RINQUINQUIN leben zu dürfen«, antwortete Madeleine.

»Aber Clerisseau ist doch noch viel größer und älter. Ein richtiges Schloss«, erwiderte Isabell erstaunt. »Dort muss es doch genauso sein, wenn nicht noch besser.«

»Oh nein.« Madeleine schüttelte den Kopf. »Auf Clerisseau gibt es nichts Geheimnisvolles. Mein Vater hat das Anwesen erst in den fünfziger Jahren geerbt. Er hat es von Grund auf völlig neu renoviert. Außerdem erhält so ein Haus nicht nur durch seine Vergangenheit diese gewisse Atmosphäre, sondern vor allem durch die Menschen, die darin leben. Bei uns ging es immer ausgesprochen nüchtern zu, auch als meine Mutter noch gelebt hat. Hier auf RINQUINQUIN dagegen war immer etwas los. Die Le Bers hatten zwar, soweit ich mich erinnern kann, immer Geldprobleme, aber sie verstanden es, das Leben zu genießen. RINQUINQUIN mit seinen Bewohnern, den spontanen Festen, den vielen Gästen, dem wunderbaren Essen, den herrlichen Möbeln, dem Spielzeug, den vielen Büchern und den fantastischen Geschichten war genauso, wie ich mir als Kind immer das Paradies vorgestellt habe.« Madeleine lächelte ein bisschen verlegen, und Isabell spürte zum ersten Mal so etwas wie Sympathie für sie. Wenigstens was RINQUINQUIN anging, dachten sie genau gleich.

»Ich konnte Joséphine nie verstehen, weil sie nur eins im Kopf hatte«, fuhr Madeleine fort, »und zwar, ihrem Zuhause so bald wie möglich den Rücken zu kehren. Sie hielt RINQUINQUIN und ihre Familie für zurückgeblieben und altmodisch, sie schämte sich für ihren Mangel an Geld, und ihre Familie war ihr schlicht peinlich. Komischerweise war sie ausgerechnet auf mich neidisch, weil ich alles das hatte, was sie sich wünschte: Kohle ohne Ende und Eltern, die in der Welt der Reichen und Schönen eine wichtige Rolle spielten. Ich habe bis heute nicht verstanden, warum das Schicksal uns nicht einfach bei der Geburt vertauscht hat – dann wären wir beide zufrieden gewesen.«

Und Madeleine wäre heute Corins Schwester, dachte Isabell. Das würde auch ihr besser gefallen – auf Schwestern musste man nicht eifersüchtig sein.

»Ja, manchmal kann man das Schicksal einfach nicht

verstehen«, sagte sie. Florence auf ihrem Arm quietschte laut. Seit ein paar Tagen erst hatte sie entdeckt, was man außer Brüllen noch alles mit den Stimmbändern anstellen konnte, und sie probierte es lustvoll aus.

»Tja, dann gehen wir jetzt mal zu deiner Großmutter und schauen uns alte Ballkleider an«, sagte Isabell und setzte nach kurzem Zögern hinzu: »Möchtest du mitkommen, Madeleine, oder willst du lieber ausreiten?«

»Das kann ich später immer noch«, sagte Madeleine. »Diese Ballkleider würde ich für mein Leben gern sehen. Oh, darf ich das Baby mal halten?«

»Natürlich«, sagte Isabell verblüfft. Mit gemischten Gefühlen betrachtete sie ihre Konkurrentin, wie sie das Baby vorsichtig und ein bisschen ungeschickt an ihre Schulter legte.

»Früher wollte ich nie Kinder haben«, sagte Madeleine. »Als ich verheiratet war, war es paradoxerweise sogar mein schlimmster Albtraum, schwanger zu werden. Aber seit ein paar Jahren – ich weiß auch nicht, vermutlich sind das die Hormone, die bei jeder Frau diesen Nestbautrieb auslösen ... Wie gut sie riecht. Nach Karamell und ...«

»Quark«, ergänzte Isabell trocken.

»Ein bisschen«, gab Madeleine lachend zu, und für einen Augenblick kam Isabell der Gedanke, dass es vielleicht doch möglich sein würde, mit ihr Freundschaft zu schließen.

»Sie ist wieder da«, sagte Clarisse, und jeder wusste, wen sie damit meinte: Die »Diätziege« von Tisch fünf, Monsieur de Sabran-Pontevès' Geliebte.

»Was will sie denn diesmal?«, fragte Edith.

»Einen grünen Salat, aber bitte nur aus Kopfsalatherzen, keinen Römersalat, ohne Zwiebeln gefälligst, und natürlich nur mit einem Dressing aus Balsamico und grobem Meersalz. Dann das Artischocken-Omelett, aber ...«

»... ohne Fett gebraten«, fielen Edith und Matilde im Chor ein.

»Richtig«, sagte Clarisse. »Und zum Nachtisch wünscht sie sich – jetzt haltet euch fest – Akazienblüten-Beignets.«

»Was, sie will *Nachtisch*?«, fragte Edith, und Matilde sagte: »Kann sie haben, wenn sie mir eine Akazie zeigt, die jetzt schon blüht.«

»Ich habe ihr gesagt, was nicht auf der Karte steht, könne ich leider auch nicht beschaffen, aber sie hat gesagt, allmählich müsse ich doch wissen, dass sie mit dem Geschäftsführer bekannt sei und daher einen gewissen Sonderstatus genieße.«

»Ja, und zwar als besonders unangenehmer Gast«, knurrte Edith dazwischen.

»Die Akazienblütenbeignets seien eine provenzalische Spezialität und dürften auf keiner Speisekarte fehlen, sagte sie. Und außerdem habe sie sie ihren Freunden fest versprochen. Die Freunde nehmen im Übrigen dreimal das Menü zwei.«

»Nun, dann dürften sie ja nach den Reisküchlein so satt sein, dass sie ohnehin kein Akazienblütenbeignet mehr herunterkriegen können«, sagte Matilde. »Sag Mademoiselle Ambrois, dass ich ihr die Reiskuchen mit extra wenig Karamell zubereiten kann und das Eigelb weglasse, dann hat es praktisch null Prozent Fett und höchstens so viele Kalorien, wie sie beim Kauen verbraucht.«

»Und die Akazienblütenbeignets?«

»Gibt es, wenn die Akazien blühen.«

»In Ordnung, das sage ich ihr«, sagte Clarisse, schnappte sich das Tablett mit Getränken, das Fabien ihr gerichtet hatte, und verschwand wieder durch die Flügeltüre.

Edith kicherte. »Das gibt wieder eine Beschwerde an unseren Marquis.« Irgendjemand hatte behauptet, de Sabran-Pontevès würde nicht nur einen Doktortitel, sondern auch einen zu seinem Namen passenden Adelstitel tragen, den er aber aus purer Bescheidenheit verschwiege. Matilde bezweifelte diese Theorie sehr, denn de Sabran-Pontevès mochte alles sein – bescheiden aber war er nicht.

Trotzdem hatte er nun seinen Spitznamen weg: Bei seinen Angestellten hieß er nur noch »der Marquis«, und im Grunde fand Matilde das durchaus passend.

Sie war gerade mit der Zubereitung der Buttercrème für einen *»gâteau nuage de Matilde Le Ber«*, ihrer berühmten »Wolkentorte«, beschäftigt, als der Marquis zur Tür hereinkam. Wie immer ließ Fabien etwas fallen, als er seines Chefs angesichtig wurde; diesmal war es eine Flasche Mineralwasser, unglücklicherweise noch ganz voll. Mit eingezogenem Kopf wartete der Junge auf seine Standpauke.

»Fabien, Fabien«, sagte de Sabran-Pontevès jedoch nur gut gelaunt, während er über den Scherben- und Mineralwassersee stieg. »Bonjour, alle zusammen. Hm, was riecht denn hier so gut?«

Diesen Scherz machte er beinahe jedes Mal – es war schwer, in einer Restaurantküche wie dieser festzustellen, was ihn denn gerade so wunderbar in die Nase stach: Das Trüffelragout, die gegrillten Würstchen aus Arles, die geschmorten Linsen oder die Ziegenkeulen mit Anchovis, die Clarisse soeben davontrug.

»Es riecht wie die Bonbons, die meine Oma immer selber gemacht hat«, sagte er, als er neben Matilde stehen blieb.

»Das ist das Karamell auf der Torte«, sagte Matilde und zeigte neben sich, wo die »Wolkentorte« bereits Gestalt angenommen hatte: Auf dem knusprig gebackenen Mürbeteigboden waren kleine Windbeutel in konzentrischen Kreisen angeordnet, die mit göttlichem, rotbraunem Karamell festgeklebt und überzogen worden waren. Jetzt fehlte nur noch die Buttercrème – eine Buttercrème ohne Butter, wohlgemerkt.

De Sabran-Pontevès blieb neben Matilde stehen und sah zu, wie sie Zucker, etwas Mehl, eine Prise Salz und Eigelb verrührte und die Masse mit heißer Milch schaumig schlug, so lange, bis sie wieder erkaltet war. Das Ganze dauerte annähernd fünfzehn Minuten, in denen keiner von ihnen ein Wort sprach, Matilde nicht, weil sie sich ganz auf die Crème konzentrierte, de Sabran-Pontevès nicht, weil er fasziniert zuschaute und dabei abwechselnd in die Schüssel, auf Matildes Hände oder in ihr Gesicht schaute.

»Ich beneide Sie, Matilde Le Ber«, sagte er schließlich, als Matilde die Crème zwischen und auf den Windbeuteln verteilt hatte.

»*Sie* beneiden *mich*?« Matilde drehte ihm den Rücken zu. »Fabien, du musst mir Sahne schlagen, bitte, einen halben Liter mit unserem hausgemachten Vanillezucker, nicht zu süß, aber so steif wie möglich. Und bitte immer nur einen Viertelliter auf einmal schlagen, sonst dauert es ewig.« Sie wandte sich wieder ihrer Torte zu und schenkte de Sabran-Pontevès einen kleinen Seitenblick. »Sie beneiden mich also, Monsieur? Vielleicht um mein Gehalt, das mit knapp einem Franc fünfzig Centime über dem von der Gewerkschaft vorgeschriebenen Mindestlohn liegt?«

»Ich beneide Sie, weil Sie Ihre Arbeit mit so viel Hingabe verrichten«, sagte de Sabran-Pontevès ernsthaft. »Es war Ihnen deutlich anzusehen, dass Sie diese Crème lieben, nicht wahr, Sie lieben sie?«

Matilde richtete sich kopfschüttelnd auf. »Aber ja, ich und diese Torte, wir werden heute Abend zusammen ins Kino gehen und wild miteinander herumknutschen.«

»Ich meine es ernst«, sagte de Sabran-Pontevès. »Sie lieben die Torte nicht nur, Sie verstehen sie, ja, Sie begreifen die Torte von Grund auf.« Hinter seinem Rücken machte Edith eine Geste, die besagte, dass der Marquis ganz dringend in eine geschlossene Anstalt gehörte. »Man kann sagen, Sie wissen alles über diese Torte.«

»Ja.« Matilde grinste. »Die Torte und ich, wir haben keinerlei Geheimnisse voreinander. Einmal, da wollte sie lieber mit François ins Kino, aber wir haben das Problem schnell wieder in den Griff bekommen ...«

»Wer nichts weiß, liebt nichts. Wer nichts tun kann, versteht nichts. Wer nichts versteht, ist nichts wert«, zitierte de Sabran-Pontevès feierlich, ohne auf ihren scherzhaften Ton einzugehen.

»Aber wer versteht, der liebt, bemerkt und sieht auch«, ergänzte Matilde leichthin, ohne zu merken, dass de Sabran-Pontevès Blick nun nahezu entsetzt wirkte. »Das ist von Paracelsus und passt tatsächlich auf alles, ganz besonders sogar aufs Kochen und aufs Essen.«

Da Monsieur de Sabran-Pontevès scheinbar sprachlos war, setzte sie hinzu: »Sie müssen selber zugeben, jetzt, wo Sie *wissen,* wie wunderbar zum Beispiel Spargel zu Trüffeln passt, können Sie es auch lieben.« Sie hatte hartnäckig fortgesetzt, was sie mit den Ravioli vor ein paar Wochen begonnen hatte: Jeden Tag, wenn die Zeit es erlaubte, bekam de Sabran-Pontevès einen kleinen Teller mit Speisen vorgesetzt, zu denen sie angeblich seine Meinung hören wollte. Mittlerweile sträubte er sich nicht mehr, sondern schien sich sogar schon darauf zu freuen. Ganz gleich, was sie ihm auch servierte – der Marquis verzehrte es anstandslos.

Jetzt aber starrte er sie nur an, als würde er sie zum ersten Mal sehen, und Matilde begann sich, wie immer unter den intensiven Blicken seiner dunklen Augen, unbehaglich zu fühlen. Sie war erleichtert, dass Clarisse in diesem Augenblick hereinkam und schrie (um den Lärm der Abzugshauben und fettzischenden Pfannen zu übertönen): »Noch zweimal Zicklein, das Trüffelragout und einen kleinen Salat. Und das Diätzicklein von Tisch fünf spuckt Gift und Galle, weil in ihrem Salat Stiele und Blattrippen gewesen sind. Sie wünscht den Verbrecher auf Knien vor ihrem Tisch zu sehen, demütig ein paar Backenstreiche entgegennehmend. Wer geht freiwillig?«

Weil niemand über ihre Bemerkungen lachte, sondern sie alle warnend anschauten, sah Clarisse sich noch einmal genauer um und entdeckte Monsieur de Sabran-Pontevès, halb verdeckt von einer der riesigen Abzugshauben.

Sie schlug sich die Hand vor den Mund. »Uuups, ich habe Sie gar nicht gesehen, Monsieur.«

»Das habe ich gemerkt«, erwiderte de Sabran-Pontevès, ohne eine Miene zu verziehen. »Wie war das mit den Blattrippen und Stielen?«

»Mademoiselle Ambrois mochte sie wohl nicht«, sagte Clarisse kleinlaut.

»Mir hat niemand gesagt, dass ich die Stiele wegmachen soll«, stotterte Fabien. »Das machen wir zu Hause auch nie.«

»Es waren junge, sehr zarte Kopfsalatherzen«, mischte sich Matilde ein. »Da kann man Stiele und Blattrippen mitessen, selbst wenn man schon die dritten Zähne hat. Das ist sogar besonders balaststoffreich und damit gut für die Figur.«

Die anderen kicherten.

»Finden Sie nicht, dass der Scherz sich allmählich abgenutzt hat?«, fragte de Sabran-Pontevès kühl. »Wir sind ein Sternerestaurant! Das bedeutet, wenn hier jemand keine Stiele mag, dann bekommt er auch keine, ganz gleich, was Sie darüber denken mögen.« Er machte eine kurze Pause, dann packte er Matilde am Arm. »Kommen Sie, Mademoiselle, wir beide gehen hinaus und entschuldigen uns höchstpersönlich für unser Versehen.«

Ein gut hörbares Raunen ging durch der Küche. Jetzt ging der Marquis aber zu weit.

»Aber es war doch mein Versehen«, sagte Fabien. »Das heißt, eigentlich war es ja gar kein Versehen, weil ja niemand was davon gesagt hat, dass ich die Stiele wegschneiden soll ...«

»Schon gut, Fabien«, sagte Matilde. »Mach du nur die Sahne und denk daran: nicht zu süß. Ich bin gleich wieder da.«

Mit der für sie typischen kerzengeraden Haltung folgte sie dem Marquis, der ihr bereits die Flügeltüre aufhielt, in den Speisesaal. Ihr Gesicht war völlig ausdruckslos, was immer ein Zeichen dafür war, dass sie innerlich kochte.

Die Zurückgebliebenen drängten sich vor den Bullaugenfenstern der Flügeltüre, um bloss nichts zu verpassen.

Vor Tisch fünf machte de Sabran-Pontevès halt. Auf dem Gesicht der Diätziege, pardon, Mademoiselle Lilette Ambrois, machte sich sogleich ein zauberhaftes Lächeln breit. Matilde musste zugeben, dass die Antiquitätenhändlerin aus der Rue Mauvaise wirklich gut aussah. Ihr goldblondes Haar war zu einer ebenso eleganten wie schlichten Frisur hochgesteckt, ihr hübsches Gesicht war dezent, aber wirkungsvoll geschminkt, und sie hatte die sehr schlanke Figur einer Frau, die seit ihrer Kindheit Diät hält. Alles an ihr, vom Make-up bis zu den Schuhen, war zweifellos ungeheuer teuer gewesen. Auch ihre Stimme klang sehr vornehm.

»Oh, Robert, chéri, wie schön. Man hat mir gesagt, dass du heute nicht anwesend bist.«

»Ich bin eben erst gekommen.«

»Willst du dich nicht zu uns setzen? Das ist Ferdinand Touillon, dessen zauberhaftes Landgut in den Alpilles einzurichten ich die Ehre habe, und das sind Véronique und ihr Assistent, die mein Werk für *Elle décoration* fotografieren wird.« Matilde registrierte, dass der Assistent offenbar keinen Namen hatte. Wahrscheinlich, weil er eben nur der Assistent war. Mademoiselle Ambrois' Stimme wurde feierlich: »Meine lieben Freunde, das ist Robert de Sabran-Pontevès, von dem ich euch schon so viel erzählt habe, und obendrein der Besitzer dieses Restaurants.«

Ein allgemeines Händeschütteln begann, und Matilde fing an, sich mit ihrer Schürze und der Kochmütze ein wenig unwohl zu fühlen. Sie überlegte, ob sie die Gunst des Augenblickes nicht einfach nutzen und wieder in der Küche verschwinden sollte.

»Wir dachten, es wäre eine nette Idee, hier im Restaurant zu essen«, schnurrte Mademoiselle Ambrois. »Ich war so enttäuscht, als du nicht da warst.«

»Waren Sie denn mit dem Essen zufrieden?«, fragte de Sabran-Pontevès.

»Aber ja, es war köstlich«, beteuerten Mademoiselle Ambrois' Freunde.

»Bis auf den Salat«, fiel Mademoiselle Ambrois ein.

»Es ist wirklich lange her, dass ich so gut gegessen habe«, sagte die Fotografin.

De Sabran-Pontevès lächelte, packte Matilde an beiden Schultern und schob sie direkt vor den Tisch. »Ich möchte Ihnen Mademoiselle Le Ber vorstellen, die hier für das hervorragende Essen verantwortlich ist.«

Jetzt fehlte nur noch, dass er sie in die Rippen stieß und aufforderte, einen Knicks zu machen, dachte Matilde. Sie schaffte es gerade noch, eine einigermaßen freundliche Miene aufzusetzen.

»Und ich dachte, die Spitzenköche seien heutzutage alles Männer«, sagte der Besitzer des »zauberhaften Landgutes in den Alpilles« und setzte mit Kennermiene hinzu: »Ihr Trüffelragout hat genauso gut geschmeckt wie Sie aussehen.« Es sollte wohl charmant klingen, kam aber einfach nur schmierig rüber.

»Vielen Dank«, sagte Matilde trocken. »Ich wollte schon immer so aussehen wie mein Trüffelragout.«

Niemand lachte, nur de Sabran-Pontevès' Händedruck auf ihren Schultern verstärkte sich merklich.

»Der Salat war allerdings ungenießbar«, sagte Lilette Ambrois. Sie unterzog Matilde einer gründlichen Musterung. Das machte sie mit jeder Frau, es war eine Art Reflex, der prüfen sollte, ob die andere ihr Konkurrenz bereiten konnte. Nun, bei dieser Köchin war wohl nichts zu befürchten. Sie war ein oder zwei Jahre älter als sie, hatte strenge Gesichtszüge und war mit ihrer komischen Kochmütze und der riesigen Schürze alles andere als attraktiv. Warum Bernard sie dennoch als gut aussehend bezeichnet hatte, war ihr ein Rätsel. Nun, Bernard machte beinahe jeder Frau Komplimente, das hatte nichts zu bedeuten. Außerdem hatte er einen fatalen Hang zum Personal, das war bekannt.

Lilette Ambrois ging nicht zuletzt so gerne in Roberts Restaurant essen, weil sie ihn hier ein wenig überwachen konnte, ohne sich verdächtig zu machen. Ihre Beziehung stand noch ganz am Anfang, und man konnte in dieser Phase gar nicht vorsichtig genug sein. Robert de Sabran-Pontevès war ohne Zweifel der attraktivste Junggeselle, der Manosque in den letzten Jahren betreten hatte, gut aussehend, reich, mit hervorragenden Kontakten und wahnsinnig sexy. Es war gut, dass sie, Lilette Ambrois, als Erste zugeschlagen hatte. In dieser Stadt gab es nämlich eine Menge schöner, heiratswilliger Frauen, und sie alle konnten hier im Restaurant ein und ausgehen, wie es ihnen gefiel. Es würde nicht lange dauern, bis sie gemerkt hatten, was für einen Schatz sie hier finden würden. Und dann – Lilette hatte ja am eigenen Leib erfahren, wie schnell es gehen konnte, dass man in Robert de Sabran-Pontevès' Schlafzimmer landete. Sie selber hatte ihm das antike Eisenbett verkauft, das sie zwei Tage später höchstselbst auf seine Tauglichkeit hin hatte testen dürfen. Eine Pariser Freundin hatte ihr gesagt, dass die Liste der Frauen, die mal was mit ihm hatten, länger war als die Schriftrollen von Mykonos und sich überdies einige illustre Namen darauf befanden. Robert de Sabran-Pontevès war ein typischer *homme à femmes,* ein *womanizer,* kurz, ein Mann, der mehr Frauen besessen hatte als gut für ihn war.

Immerhin – von seinen Angestellten hatte Lilette nichts zu befürchten. Die freche, rothaarige Oberkellnerin war zwar recht hübsch, aber ihr Hintern war breit wie der eines Brauereigaules, und was sollte ein Mann von Roberts Format und Bildung mit einer Kellnerin anfangen? Das Gleiche galt wohl auch für diese Köchin.

Mit einem leisen, perlenden Lachen setzte Lilette hinzu: »Ich meine, ich bin doch schließlich kein Kaninchen, oder?«

»Sicher nicht, Madame«, sagte Matilde ernsthaft. »Die wenigsten Kaninchen pflegen ihren Salat mit Essig und Meersalz zu essen.«

Lilette zog pikiert die perfekt in Form gezupften Augenbrauen nach oben. Etwas hatten die Angestellten von Robert in diesem Restaurant allerdings gemeinsam: Sie waren alle ziemlich unverschämt!

»Ich erwarte eine Entschuldigung«, sagte sie eisig. »In einem Sternerestaurant darf so etwas nicht passieren. Was übrigens die Akazienblütenbeignets angeht: In einem Restaurant in Orange habe ich gestern welche bekommen!«

Matilde hatte mittlerweile das Gefühl, ihre Schultern steckten in einer Art Schraubstock fest, so sehr drückte de Sabran-Pontevès zu. Sie biss sich zornig auf die Lippen. Was fiel ihm ein, sie wie ein ungezogenes kleines Mädchen vor den Tisch seiner Geliebten und ihrer arroganten Freunde zu zerren, als sei sie nichts weiter als eine Marionette? Nur aus Rücksicht auf die Gäste an den anderen Tischen riss sie sich nicht los, um ihm die Ohrfeige zu verpassen, die er verdient hatte.

»Es wird nicht mehr vorkommen, Lilette«, sagte de Sabran-Pontevès, als sie weiterhin schwieg. »Es war der Fehler unseres Lehrjungen. Und jetzt entschuldigt uns, wir haben noch zu tun.« Er nickte noch einmal höflich in die Runde. »Madame, Messieurs, Lilette.«

Mademoiselle Ambrois ließ wieder ihr perlendes Lachen hören. »Wir sehen uns ja heute Abend, chéri.«

Auf dem Weg zurück in die Küche, ließ de Sabran-Pontevès Matilde endlich los. Kaum waren die Flügel der Tür hinter ihnen zugeschlagen, drehte sie sich zu ihm um und schleuderte ihm einen wahrhaft giftigen, grünen Blick entgegen.

»Was fällt Ihnen ein, *chéri?*«, fauchte sie. »Wollten Sie mich zerquetschen?«

»Am liebsten ja«, erwiderte er. »Sie sind – unhöflich und frech! Genauso arrogant und starrköpfig wie Ihre Schwester! Immer müssen Sie das letzte Wort haben.«

»Dann werfen Sie mich halt raus«, rief Matilde. Er schaffte es doch wirklich jedes Mal, sie auf die Palme zu bringen. Wenn hier jemand unhöflich, frech und arrogant war, dann er! »Tun Sie's besser, bevor ich Ihnen kündige.«

»Und ich wollte Ihnen gerade eine Gehaltserhöhung anbieten«, sagte de Sabran-Pontevès und schaffte es, dabei gleichzeitig zerknirscht und unendlich überlegen auszusehen. »Nur ein Franc und fünfzig Centimes über dem vorgeschriebenen Mindestlohn erscheint mir wirklich zu wenig. Selbst für jemanden, der seine Arbeit so sehr liebt wie Sie es tun.«

»Oh, da liegen Sie aber völlig falsch: Ich liebe nicht meine Arbeit, ich liebe es lediglich zu kochen. Und das kann ich auch zu Hause oder in jedem anderen verdammten Restaurant.« Sie holte tief Luft. Ihre Wut hatte sich schon wieder verflüchtigt. Er mochte sich so unverschämt aufführen wie er wollte – letzten Endes war er auf sie angewiesen. Und das gab ihr ein Gefühl der Überlegenheit. Sie sah ihn herausfordernd an. »Wie viel würden Sie mir denn mehr zahlen, Monsieur?«

»Vierhundert Franc?«

»Netto?«

»Brutto natürlich.«

»Ich möchte eintausend«, sagte Matilde. »Für's Erste.«

»Eintausend?«

»Ich bin zehnmal so viel wert«, sagte Matilde. Sie hatte inzwischen auch ihren Humor wiedergefunden. »Denken Sie an Paracelsus: Wer nichts tut, versteht nichts. Wer nichts versteht, ist nichts wert. Sie haben selber gesagt, dass ich meine Torte durch und durch verstehe. Ja, man könnte sogar sagen, dass ich meine Torte bin und meine Torte ich.«

»Hm«, machte de Sabran-Pontevès und grinste.

»Fürs Erste würden mich eintausend Franc von meinen Kündigungsgedanken ablenken«, fuhr Matilde fort. »Ich könnte unter diesen Umständen vergessen, dass Sie mich vor Ihr Kaninchen gezerrt und bloßgestellt haben.«

»Das haben Sie aber gründlich missverstanden!« Diesmal war der Ausdruck der Betroffenheit auf de Sabran-Pontevès' Gesicht echt. »Es war nicht meine Absicht, Sie bloßzustellen, im Gegenteil!«, rief er aus und vergaß ganz, sie wegen des »Kaninchens« zu rügen. »Ich wollte lediglich, dass die Leute Sie kennen lernen. Und umgekehrt.«

»Tja, wenn das so ist: Es war nett von Ihnen, mich Ihrer Freundin vorzustellen«, sagte Matilde. »Und sie passt ganz hervorragend zu Ihnen – wollten Sie das hören? Die Schlagsahne muss jetzt auf die Torte. Fabien? Mach mir eine Tülle bereit, bitte. Um noch einmal auf Paracelsus zurückzukommen, Monsieur: Solange man seine Worte auf Torten anwendet, mögen sie ja stimmen, aber sobald es um Menschen geht, wird es komplizierter: Die wahre Kunst ist es doch, jemanden gut zu kennen und viel über ihn zu wissen und ihn dann *trotzdem* zu lieben. Finden Sie nicht?«

»Paracelsus sagt: Je mehr Erkenntnis einem Ding innewohnt, desto größer ist die Liebe. Ich nehme an, das gilt auch für Menschen. Aber ich muss zugeben, dass ich mit denen auch schon immer meine Schwierigkeiten hatte.«

»Nicht so bescheiden«, sagte Matilde. »Sie haben mich wegen meiner Beziehung zu der Torte beneidet, aber im Grunde sind Sie der viel bessere Mensch von uns beiden, jedenfalls im Sinne von Paracelsus: Ich glaube nicht, dass *ich* gewisse Menschen lieben könnte – schon gar nicht, wenn ich Sie so gut kennen würde, wie Sie es tun.«

Robert de Sabran-Pontevès kniff wieder mal seine Augen zusammen. »Ich denke, für heute haben Sie mich genug beleidigt. Aber damit Sie wieder einmal das letzte Wort haben, gehe ich jetzt.« Er bedachte sie mit einem seiner finstersten Blicke. »Ich bin nebenan im Büro – falls noch jemand eine Gehaltserhöhung haben möchte, weiß er ja, wo er mich finden kann.«

Es war alles perfekt organisiert. Die Fugen zwischen den Terracottafliesen auf dem Podest waren so weit angetrocknet, dass man vorsichtig darüber putzen konnte, im Rest des Badezimmers durfte Isabell sogar richtig schrubben. Es war verblüffend, wie viel der Raum in blitzsauberem Zustand noch dazu gewann. Die Badewanne war wirklich ein Traum. Auf dem Podest vor den beiden Fenstern wurde ihre Schönheit und Originalität perfekt in Szene gesetzt. Es war ein wahrhaft königliches Geschenk, und Isabell würde dem Installateur und dem Fliesenleger ewig dafür dankbar sein, ihr geholfen zu haben, diese Überraschung auch überraschend zu präsentieren.

Florence, die während der Schrubberei in ihrer Wippe gelegen und an einer Rassel herumgekaut hatte, begann freundlicherweise erst zu weinen, als auch die Spiegel und die allerletzte Armatur blitzsauber poliert waren. Isabell trug Florence samt Wippe hinüber ins Haupthaus, wo sie sie stillte und wickelte – immer die Uhr im Auge behaltend. Corin hatte seine Abfahrt von Annecy telefonisch durchgegeben, und Isabell hatte jede einzelne seiner Fahrtminuten verplant. Baby stillen und wickeln, Onkel Ludwig Anleitungen erteilen bezüglich Babys Lieblingsliedern, Wippübungen auf dem Gymnastikball, Kirschkernsäckchen und Bauchmassage, dann ins Badezimmer (ins alte Badezimmer selbstverständlich, denn das neue sollte möglichst keinen Spritzer mehr abbekommen, bis Corin eintraf), duschen, Haare waschen, Beine und Achseln rasieren, die Haare föhnen und dekorativ, aber lässig aufstecken. Um hässliche Abdrücke auf ihrem Körper zu vermeiden – die engen Jeans hatten diverse rote Druckstellen hinterlassen, die erst nach einer halben Stunde verschwunden waren –, zog Isabell nur einen Bademantel über, ein Luxusteil aus blassgoldener Seide mit einem mit winzigen Sternchen bestickten Flanellfutter, das sie neu erstanden hatte und das den Namen »Bademantel« eigentlich nicht verdient hatte. Die Verkäuferin in dem Wäschegeschäft (in dem Isabell übrigens auch die Hosen mit dem »Bauch-weg«-Effekt erstanden hatte) hatte ihn abwechselnd als »Kaminrobe«, »Hausmantel« oder »Sternenkaftan« bezeichnet, und Isabell hatte schon dieser Namen wegen nicht widerstehen können. Ihr alter Bademantel, ein geräumiger Kapuzenmantel aus elfenbeinfarbenem Frottee, mochte ja sehr bequem sein, aber sexy war er sicher nicht.

Als sie schließlich mit einem Korb, bepackt mit zwei flauschigen Handtüchern, Champagner, Gläsern und Streichhölzern hinüber in die neue Wohnung gehen wollte, war es draußen schon beinahe dunkel. Onkel Ludwig wanderte bereits mit Florence im Zimmer auf und ab.

»Wann fängt sie denn nun an zu schreien?«, wollte er wissen. Tatsächlich machte Florence noch einen überaus zufriedenen Eindruck. Aber das konnte sich von einem Moment auf den anderen ändern.

»Früh genug«, versicherte Isabell und zögerte, als Florence ihr eines ihrer strahlenden zahnlosen Lächeln schenkte. »Und du meinst, ich kann euch wirklich allein lassen?«

»Aber ja«, sagte Onkel Ludwig. »Florence und ich, wir werden uns gut amüsieren! Und ich werde Corin sofort hinüberschicken, wenn er kommt.«

Isabell sah wieder auf die Uhr. »In spätestens einer halben Stunde ist er da«, sagte sie. Das war gerade noch genug Zeit, um hinüberzugehen, durch das dunkle, im Rohbau befindliche Treppenhaus zu tapsen und das wundervolle neue Badezimmer zu betreten. Bei Nacht war es beinahe noch schöner als bei Tag – was an Corins genialer Halogenbeleuchtung lag. Die geniale Beleuchtung allerdings erschien Isabell beängstigend hell, sie dimmte sie auf das absolute Minimum hinunter. Dafür zündete sie die Kerzen in den eisernen Wandleuchtern an, die Onkel Ludwig heute Nachmittag noch angedübelt hatte. Es war ihr ein bisschen peinlich gewesen, denn obwohl sie ihm nichts Näheres über ihr Vorhaben erzählt hatte, konnte er doch zwei und zwei zusammenrechnen – Champagner plus Babysitter plus neues Badezimmer plus Kerzenlicht – und war natürlich voll und ganz über ihr Vorhaben im Bilde.

»Wie gut, dass in dieser Badewanne Platz für zwei ist«, hatte er schmunzelnd gesagt, und Isabell war ein bisschen rot geworden. »Ich wünsche euch einen schönen, romantischen Abend.«

Was Onkel Ludwig nicht wusste, war, dass dies der erste »romantische Abend« seit vielen, vielen Wochen war und daher von besonderer Wichtigkeit.

Der Badezusatz, den sie gekauft hatte, bildete wirklich genauso reichlichen und dichten Schaum, wie der Werbetext auf der Verpackung es versprochen hatte. Genau zum errechneten Zeitpunkt war das Bad eingelassen. Jeden Augenblick konnte Corins Wagen in den Hof fahren. Isabell entledigte sich ihres »Sternenkaftans« und stieg in das heiße Wasser.

Der duftende Schaum verdeckte vom Hals abwärts jeden Zentimeter ihres Körpers. Sie war nackt und dennoch optimal verpackt – perfekt.

Jetzt fehlte nur noch Corin. Er würde zur Tür hereinkommen und angemessen staunen: über das wunderbare Badezimmer, die herrliche Badewanne und Isabell, die darin saß. Und dann würde er sich seiner Klamotten entledigen und kurzerhand zu ihr ins Wasser steigen. Isabell stellte sich seine geschickten Hände vor, wie sie unter Wasser ihren Körper streichelten, und sie schloss wohlig die Augen. Diese Badewanne war groß genug, um sich darin gegenüberzusitzen, aber sie war auch groß genug, um darin übereinander liegen zu können. Bei dem Gedanken an Corins harten, muskulösen Körper, der sich auf ihren senkte, begann ihr Herz schneller zu schlagen. Ja, es könnte funktionieren. Heute würde es ihr vielleicht gelingen, all die überflüssigen Gedanken in ihrem Kopf auszuschalten und endlich wieder die alte Leidenschaft zu spüren, die sie mit Corin verband, eine Leidenschaft, die ihr Gehirn für gewöhnlich in eine watteähnliche Masse verwandelte.

Aber Corin ließ auf sich warten. Nach einer halben Stunde begriff Isabell, dass das beste Timing nichts nutzte, wenn irgendwo auf der verdammten Autobahn ein Stau war.

Der wunderbare, dichte und reichliche Schaum hatte sich zum größten Teil in Nichts aufgelöst, das Wasser war nur noch lauwarm, und ihre Haut weichte unangenehm auf. Isabell seufzte. Am besten wäre es vielleicht, mit dem Bad zu warten, bis Corin tatsächlich eintraf. So lange konnte sie – dekorativ in den »Sternenkaftan« gewickelt – auf der Stufe vor der Badewanne auf ihn warten.

Etwas hastig, immer die Tür im Blick, stieg sie aus der Wanne, trocknete sich ab und atmete erst wieder auf, als sie angezogen war. Es war ihr, als würde ihr Körper an allen möglichen und unmöglichen Stellen Falten und Rollen bilden, sobald sie sich bewegte, und sie wollte um jeden Preis vermeiden, dass Corin sie so sah. Im Augenblick war sie leider wieder Lichtjahre davon entfernt, die »Watte« in ihrem Gehirn zu spüren, die solche Gedanken ausschalten konnte.

Ihr Blick fiel auf den Champagner neben der Wanne, der nun auch nicht mehr ganz eisgekühlt war. Ob sie sich vielleicht jetzt schon mal ein halbes Gläschen genehmigen sollte? Als verantwortungsvolle stillende Mutter hatte sie bis jetzt gänzlich auf Alkohol verzichtet, aber ein Glas Champagner, hatte Madame Lemmonier gesagt, würde keinen Schaden bei Florence anrichten.

Nach einem neuerlichen Blick auf die Uhr, die sie in der Tasche ihres Bademantels versteckt hatte und die ihr verriet, dass Corin nun mittlerweile über eine Stunde »Verspätung« hatte, entschloss sie sich, den Champagner zu entkorken. Sie goss sich ein halbes Glas ein und prostete der Meerjungfrau an der Wand zu.

Hm, das tat gut. Schon die ersten beiden Schlucke stiegen ihr angenehm zu Kopf. Das war genau, was sie jetzt brauchte: Das Gegenteil von einem klaren Kopf. Sie kippte das Glas hinunter und goss sich ein weiteres ein.

»Was soll's?«, sagte sie zu der Meerjungfrau, die sie von der Wand geheimnisvoll anlächelte. »Wir haben Milchpulver für Babys im Haus, außerdem ein Fläschchen und einen Sauger. Florence wird schon keinen psychischen Schaden davontragen, wenn sie einmal auf meine Brust verzichtet, oder was meinst du?« Sie nahm einen tiefen Schluck und fühlte sich gleich besser.

Was jetzt nur noch fehlte, war Musik.

Auf der Autobahn war die Hölle los. Ein Sattelschlepper hatte bei Chambéry die Leitplanke durchbrochen und quer auf der Gegenfahrbahn gestanden, kurz hinter Grenoble waren drei Personenwagen ineinander gerasselt, und auf der Landstraße vor Gap hatten sie eine halbe Stunde in einem Stau gestanden, dessen Ursache man nicht mehr erkennen konnte, als der Verkehr endlich wieder floss.

Wahrscheinlich ist ein Ufo gelandet, dachte Corin und gähnte. Bei seinem Glück heute hätte ihn das nicht weiter verwundert. Es war eine elende Fahrerei gewesen:

Am frühen Morgen – so früh, dass selbst seine Tochter noch tief und fest geschlafen hatte – war er aufgebrochen, am späten Vormittag war er in der Kurklinik in Annecy angekommen, nur um sich ein paar Stunden später wieder auf den Rückweg zu machen. Immerhin, die Zeit dazwischen war einigermaßen erfreulich verlaufen. Bertrand hatte große Fortschritte gemacht: Er konnte selbstständig gehen, und er bewegte sich fast wie früher, mit einer fast unmerklichen Rechtslastigkeit. Sein Lächeln war breit und strahlend wie eh und je – nur ein wenig schief. Aber sein Sprechvermögen war immer noch stark eingeschränkt. Die Worte kamen langsam und schleppend, es gab Pausen, in denen er nach der richtigen Vokabel suchte und sie oft nicht fand. Ihm zuzuhören hatte Corin wehgetan, seine Sprachprobleme verliehen Bertrand, der ein Bär von einem Mann war, etwas Hilfloses, beinahe Kindliches, das Corin traurig machte. Sein alter Freund würde wohl nie wieder ganz der alte werden.

Bertrand allerdings war da ganz optimistisch.

»Auf W-w-iedersehen, mein Junge«, hatte er zum Abschied gesagt. »W-wir sehen uns – spätestens auf d-deiner Hochzeit. Bis d-d-dahin bin ich w-w-wieder v-vollständig hergestellt.«

»Das musst du auch sein, denn Isabell möchte, dass du ihr Trauzeuge bist«, hatte Corin erwidert, und da hatte Bertrand vor Rührung beinahe geweint.

Die Rückfahrt war nicht nur der vielen Staus wegen ermüdend, sondern vor allem wegen Ermeline, die unentwegt vom Beifahrersitz auf ihn einredete. Nach drei Stunden war er über sämtliche andere Patienten der Klinik und ihre Krankengeschichte im Bilde, und als er gerade dachte, jetzt habe er es überstanden, fing sie einfach wieder von vorne an, nur dass jetzt von jedem Patienten die Familiengeschichte erzählt wurde. Zwischen Annecy und Volonne machte Ermeline genau genommen nur eine einzige Gesprächspause, und das war, als sie ein belegtes Baguette verzehrte.

»Ich bin froh, wieder zu Hause zu sein«, seufzte sie, als sie endlich in die Einfahrt zwischen den beiden Steinlöwen bogen. »Gleich morgen Früh werde ich mich an die Arbeit machen – ich kann mir schon vorstellen, dass da drinnen alles vor Dreck starrt.«

»Ganz so schlimm ist es nicht«, sagte Corin.

»Oh doch!«, sagte Ermeline bestimmt. »Und meine armen Hühner! Wahrscheinlich haben sie kein einziges Ei gelegt, während ich fort war.«

»Ja, so war's, Ermeline«, seufzte Corin. »Die Erde hat während Ihrer Abwesenheit aufgehört, sich zu drehen.« Bevor er den Motor ausstellte, sah er auf die Uhr im Armaturenbrett. Halb elf! Das war ja mitten in der Nacht! Herr im Himmel, er hatte am frühen Abend da sein wollen! Jetzt würde er gerade rechtzeitig kommen, um die müde und hungrig gebrüllte Florence beim letzten Stillen begrüßen zu können und ins Bettchen zu legen.

»Gute Nacht, Ermeline«, sagte er. »Es ist schön, Sie wieder bei uns zu haben.« Ermeline erwiderte, ohne sich für's Abholen zu bedanken: »Schönen Abend noch.«

Ein schöner Abend würde das wohl kaum werden, dachte er, während er leise die Treppe hinaufging. Zumal vom Abend auch nichts mehr übrig war. Isabell würde entnervt und erschöpft in ihrem Sessel sitzen – Florence an der Brust – und ihn mit einem matten Lächeln begrüßen.

Mehr als ein mattes Lächeln hatte sie für ihn selten übrig. Das war allerdings immer noch besser als die Tränenausbrüche von neulich, die ihn zusammen mit ihrem zusammenhanglosen Geplapper völlig verwirrt hatten. Das arme Mädchen – sie war einfach völlig übermüdet! Und er war es kaum weniger – vor allem heute nicht, nach diesem Autobahnmarathon.

Er seufzte, als er die Tür zum Schlafzimmer öffnete. Es waren eben einfach schwierige Zeiten. Irgendwann, hoffte er, würde sich alles wieder normalisieren.

»Ich bin da, Liebling«, rief er leise in den Raum hinein.

»Ich auch, Schnuckelchen«, flötete eine Stimme zurück, aber es war nicht die von Isabell. Auf dem Gymnastikball in der Mitte des Raumes trohnte Onkel Ludwig und wippte, das Baby im Arm, gekonnt auf und ab. »Wenn ich aufhöre, schreit sie«, sagte er entschuldigend. »Ich fürchte, es wird allmählich Zeit für ihre nächste Mahlzeit.«

»Wo ist denn Isabell?« Corin sah sich suchend um.

»Wahrscheinlich in der Badewanne ertrunken«, sagte Onkel Ludwig. »Sie wartet in eurem neuen Badezimmer auf dich. Seit Stunden.«

Corin stöhnte. »Ausgerechnet! Es war Stau auf der Autobahn.«

»So was habe ich mir schon gedacht.« Onkel Ludwig wippte heftiger, als Florence leise zu wimmern begann. Er hob automatisch seine Stimme. »Wenn du nur schnell hinüberläufst – ich denke, es bleiben euch noch etwa zehn Minuten für einen wirklich romantischen Abend!« Florences Gewimmer wurde lauter. »Oder auch nur sieben! Isabell hatte Champagner dabei. Ich glaube, sie wollte etwas mit dir feiern: Der Scheidungstermin kam heute mit der Post. Im April ist sie wieder eine freie Frau.«

»Verdammter Mist«, fluchte Corin und war schon aus der Tür.

In der neuen Wohnung brannte kein Licht, aber aus dem obersten Stockwerk drang ohrenbetäubend laute Musik.

Unter der provisorisch eingehängten Badezimmertüre drang ein breiter goldfarbener Lichtstreifen durch. *»J'ai couru pour venir me jeter contre toi«*, sang Patricia Kaas mit ihrer wunderbaren, rauchigen Stimme, und jemand anders grölte ein wenig falsch mit: *»Je retiens mon souffle, aaah!«*

»Isabell?« Vorsichtig steckte Corin den Kopf zur Tür hinein. Was er sah, verschlug ihm dem Atem. Durch leichte Dampfschwaden sah er sein neues Badezimmer in seiner ganzen Pracht – es war tatsächlich schon fertig: Die goldfarbenen Armaturen blinkten ihn an, und das geflieste Podest mit der breiten Stufe fiel im sofort ins Auge: Darauf stand eine einmalig schöne Badewanne mit goldfarbenen Seepferdchenstufen, wie er sie sich schöner nicht hätte ausdenken können. Auf der Stufe lag eine umgefallene Flasche Champagner – offensichtlich leer –, und mitten in all dieser Herrlichkeit tanzte Isabell in einem goldfarbenen Seidenteil, das halb von ihrer Schulter rutschte.

Die Musik zu ihrem Gesang kam aus einem verdreckten Kofferradio, das unten im Wohnzimmer gestanden hatte. Die Handwerker hatten es mitgebracht, sie konnten ohne ständige Beschallung aus dem Radio nicht arbeiten.

Die Luft war warm und feucht, es roch nach Parfüm, nach Lavendel und Orange – und es roch ein wenig verbrannt. Letzteres musste von den Kerzen kommen, die in hübschen Wandhaltern steckten und bis auf zwei komplett heruntergebrannt waren. Die Fliesen unter den Kerzenhaltern waren mit Wachsstalakmiten verunziert.

»*J'ai une envie folle de te revoir*«, sang Isabell. Sie hatte ihn noch nicht bemerkt, obwohl die verbliebenen zwei Kerzenflammen wegen der offenen Tür wie wild flackerten.

»Isabell!«, rief Corin halblaut, aber sie hörte ihn nicht, kein Wunder, bei dem Lärm. Sie war völlig vertieft in eine Art meditativen Tanz, bei dem sie mit geschlossenen Augen abwechselnd wilde Drehungen vollführte oder sich hin und herwiegte. Wenn er einfach auf sie zugehen und sie berühren würde, erlitte sie wahrscheinlich vor Schreck einen Herzstillstand. Also tastete er nach den Lichtschaltern und drehte das gedimmte Licht voll auf.

Isabell öffnete die Augen, nur um sie gleich wieder geblendet zusammenzukneifen. »Hilfe, ich bin blind!«

»Und taub!« Corin schritt an ihr vorbei und zog den Stecker aus dem Radio. »Und singen kannst du auch nicht.«

»Mistkerl«, sagte Isabell mit geschlossenen Augen.

Corin nickte zustimmend. »Leider komme ich wohl ein bisschen zu spät zu dieser wunderbaren Orgie«, sagte er zerknirscht.

»War auch ohne dich ganz schön, die meisten Gäste sin' schon gegang'n«, sagte Isabell. Ihre Aussprache war ziemlich verwaschen. »Aber das macht nichts. In der Badewanne is' immer noch Wasser drin. Wills'e mal drin baden? Oh, bitte mach doch das Lich' wieder aus. Das is' ja furch'bar.«

»Aber dann seh ich ja gar nichts«, sagte Corin, während er feierlichen Schrittes auf die Badewanne zuging. »Wow! Das ist ... das ist wirklich ... fantastisch! Wo hast du die her?«

»Hab ich heute Morgen aus'm Keller geholt«, sagte Isabell. »Und vorher hab ich sie natürlich gekauft. In ei'm Geschäft, weissu.«

»Aber die muss ein Vermögen gekostet haben.« Ehrfürchtig fuhr er mit den Fingern die Linien der Seepferdchen nach. »Der absolute Wahnsinn!« Er sah zu ihr hoch. Ob sie wusste, dass sie Wimperntusche auf der Wange hatte? Es machte nichts, sie sah trotzdem entzückend aus, nur ein bisschen unglücklich. »Mein armer Liebling, es tut mir so Leid für deine schöne Überraschung, aber ich hab mit Ermeline im Stau festgesteckt.«

Isabell schluckte. »Eigen'lich wollte ich da drin sitzen, wenn du komms', aber meine Haut wurde ganz schrumpelig, und der Schaum war immer so schnell wieder weg, und das Wasser wurde immer so schnell wieder kalt, und je länger man da im Dunkeln sitzt, desto besser sieht man alles. Ganz genau. Wuss'est du, dass auf mei'm Bauch Haare wachsen? Die sind zwar blond, aber früher waren die nich' da. Und da hab ich gedach', komm besser raus da, sons' vertrinkste noch. Oder so. Mit Musik is' die Zeit aber dann doch schneller vergangen als ich dachte.«

Corin hob die umgestürzte Flasche Champagner auf. »Isabell – hast du den ganzen Champagner allein getrunken?«

»Hm? Der war sehr lecker. Und so viel is' in so 'ner Flasche auch gar nich' drin, ehrlich. Is' schneller leer gewesen als ich dachte. Wie viel Uhr isses denn?«

»Viel zu spät. Isabell, Liebling – das ist alles meine Schuld, aber wie hätte ich denn auch ahnen können, dass du ausgerechnet heute ... – hey, stehen bleiben, Süße!« Isabell war ins Taumeln geraten, und Corin konnte sie gerade noch auffangen. Sie ließ ein zartes »Hicks« hören und lehnte ihren Kopf an seine Schulter.

»Oh verdammt, wieso zur Hölle hast du so viel getrunken?«

»Weil ich Durst hatte?«, schlug sie vor.

»Ach, Isabell! Du weißt doch, dass du nichts trinken darfst, wegen Florence. Die schreit sich übrigens nebenan die Seele aus dem Leib.« Er überlegte. »Wie war das noch gleich? Nach wie viel Stunden ist der Alkohol in der Muttermilch angekommen?«

»Hab ich noch nich' ausprobiert«, sagte Isabell. »Aber in mei'm Kopf isser schon angekommen, das mal klar.«

»Und in deinen Beinen auch.« Corin pustete die beiden Kerzen aus und hakte seine schwankende Frau unter. »Wir gehen jetzt – versuch bitte, nicht die Treppe hinunter zu fallen, wenn's irgend möglich ist. Himmel, verdammt, du bist doch überhaupt keinen Alkohol mehr gewöhnt. Ein Glas hätte es auch getan.«

»Du bis' sauer auf mich«, sagte Isabell.

»Nein, bin ich nicht. Es ist ja alles meine Schuld. Und natürlich der viele Verkehr ...« Mühsam lotste er Isabell durch das dunkle Treppenhaus. »Ich hätte nur zu gern deinen bevorstehenden Scheidungstermin mit dir gefeiert. Wann ist es denn soweit?«

Isabell antwortete nicht. »Du magst mich nicht mehr«, sagte sie stattdessen. »Du hältst mich für eine besoffene Schlampe. Gib's zu. Mit Balearen, Malediven und Australien. Und Streifen und Haaren. Und Rollen. Und Flecken. Du magst wahrscheinlich nich' mal die Badewanne!«

»Blödsinn! Es ist wirklich die schönste Badewanne, die ich jemals gesehen habe«, widersprach Corin, ohne recht zu begreifen, was sie von Inseln, Erdteilen, Streifen und Rollen daherfaselte.

»Mis'kerl! Die Badewanne mags' du, aber mich nich'.«

»Vorsicht, Isabell! Das ist die letzte Stufe, gleich haben wir's geschafft.«

»Ich mag dich aber auch nich' mehr«, sagte Isabell. »Das is' die traurige Bilanz dieses Abends.«

»Liebling, ich werde mir die Badewanne morgen Früh in aller Ruhe anschauen.«

»Aber dann lieg' ich nich' mehr drin.«

»Ja, und das ist wirklich schade.« Corin öffnete die Haustür. »Aber leider nicht mehr zu ändern.«

»Du findest das doch gar nicht wirklich schade«, sagte Isabell und hob ruckartig den Kopf. Die frische, kühle Luft hatte sie wie ein Keulenschlag getroffen. »Oh, puh, ist das kalt! Wo sind wir? In Sibirien?«

Corin blieb abrupt stehen. »Schsch«, machte er. »Da ist jemand.«

»Wo?«, fragte Isabell, aber dann sah sie es auch: Im Schatten der Platane stand eine reglose Gestalt. Es war zu dunkel, um zu erkennen, wer es war.

»Zu spät, die Party is' schon vorbei!«, rief sie.

»Gott sei Dank, ihr seid das!«, sagte die Gestalt. Es war Matilde, und ihre Stimme zitterte, als sie zu ihnen trat. »Habt ihr sie auch gesehen?«

»Wen?«

»Die Weiße Dame. Sie war gerade eben noch hier. Als ich aus dem Wagen gestiegen bin, stand sie keine zehn Meter von mir entfernt.«

»Wo denn?«, fragte Isabell fröstelnd.

Matilde zeigte auf das kleine Rasenstück, wo Madame Céciles Wäsche auf der Leine hing, die zwischen einem Pflaumen- und einem Olivenbaum gespannt war. »Genau dort hat sie gestanden und zu mir herübergesehen. Eine Ewigkeit. Dann hat sie sich umgedreht und ist gegangen.«

»Wohin denn?«, fragte Isabell und kicherte. Nicht mal in betrunkenem Zustand glaubte sie an Geister. »Doch nicht etwa ins Haus?«

»Nein. Sie ist einfach verschwunden. Aber riecht ihr das nicht?« Matilde war den Tränen nahe. »In der Luft hängt immer noch ihr Parfüm. Maiglöckchen und Bergamotte.«

»Ja«, flüsterte Isabell. »Ich rieche es auch. Aber vielleich' bin ich das auch selber. Ich habe heute schließlich mehr Badezusatz verwendet als andere in einem ganzen Jahr. Wie sah sie denn aus, die Weiße Dame? Bin ich froh, dass sie mich nicht im Badezimmer besucht hat.«

»Sie sah – unerbittlich aus«, sagte Matilde, und ihre Zähne klapperten unkontrolliert aufeinander. »Oh, ich hatte so gehofft, dass ich mich beim ersten Mal vielleicht doch getäuscht habe ...«

»Auf wen sie es wohl abgesehen hat?«, fragte Isabell. »Vielleicht auf dich, Corin?«

»Frauen!« Corin seufzte. Dieser Tag war wirklich eine einzige Katastrophe. »Ihr habt entweder zu viel Fantasie oder zu viel getrunken.«

»Oder beides.«

»Ich habe Angst«, sagte Matilde. »Diesmal habe ich nämlich keinen Tropfen getrunken.«

»Verdammt noch mal! Du wirst eines von Mamans Nachthemden im Wind flattern gesehen haben«, sagte Corin energisch und legte einen Arm um Matildes, den anderen um Isabells Schulter. »Wahrscheinlich bekommst du auch viel zu wenig Schlaf! Kommt, Mädels, wir gehen jetzt rein und machen uns einen starken Kaffee.«

6. KAPITEL

Du siehst müde aus«, sagte Madeleine.

Corin warf ihr einen gereizten Blick zu. »Das sagst du jedes Mal. Und jedes Mal sage ich, ja, ich bin auch müde, liebe Madeleine.« Mit einem Schnalzen brachte er Sombre in einen leichten Galopp, und Madeleine hatte Mühe, mit Camelote hinterherzukommen.

»Nun sei doch nicht sauer! Es tut mir Leid«, keuchte sie, als sie wieder auf einer Höhe waren. »Ich mache mir nur Sorgen. Früher hattest du nie so dunkle Schatten unter den Augen. Und auch noch keine grauen Haare.«

Verdammt, sie hatte es also auch gesehen! Corin fuhr mit der Hand durch seine Locken. Hier und da gab es tatsächlich ein paar graue Haare, die in der schwarzen Fülle wie Silberfäden aussahen. Er dachte, er wäre bisher der Einzige, der sie bemerkt hatte.

»Früher hatte ich ja auch noch keinen Säugling, der nachts schreit. Und keinen Besuch von Gespenstern und Todesfeen.« Er atmete tief durch, während er mit Sombre einen schmalen Weg entlangpreschte. Madeleine konnte sagen, was sie wollte: Er mochte zwar dunkle Schatten unter den Augen haben, aber er fühlte sich trotzdem gut, lebendig und stark. Es war ein wunderbarer Frühlingstag, die Pfirsiche standen in voller Blüte, und über dem Land hing jener unbeschreiblich süße Duft, den er schon als Kind geliebt hatte. Was spielte es da für eine Rolle, dass sein Haar hier und da zu ergrauen begann? Das war außerdem immer noch besser als der Haarausfall, mit dem sich die meisten seiner Geschlechtsgenossen herumschlagen mussten.

»Wie wär es denn mit getrennten Schlafzimmern?«, fragte Madeleine, als der Weg wieder breiter wurde und sie nebeneinander reiten konnten. »Dann hättest wenigstens du deine Ruhe.«

Der Blick, den Corin ihr zuwarf, besagte, dass ihr Vorschlag völlig abwegig war. Sie biss sich auf die Lippen. »Na ja, es müssen ja nicht gleich beide Elternteile vor die Hunde gehen«, sagte sie.

»Hier geht niemand vor die Hunde«, entgegnete Corin scharf. »Wir haben nur einfach ein gewisses Schlafdefizit. Aber das gibt sich. In ein paar Monaten schläft Florence durch, und in ein paar Jahren kriegen wir sie dann gar nicht mehr raus aus dem Bett.«

»Ja, aber da habt ihr dann längst ein zweites und ein drittes Kind, das euch wach hält!« *Und vorzeitig altern lässt,* setzte sie in Gedanken hinzu, obwohl sie nicht umhin konnte, sich einzugestehen, dass Corin sogar die dunklen Schatten unter den Augen gut standen. Dadurch wirkten seine grünen Augen nur umso intensiver. Und auch die winzige weiße Strähne, die sie in seinen Locken entdeckt hatte, war irgendwie sexy.

»Nein, das glaube ich nicht.« Corin seufzte. »Keiner von uns denkt derzeit an ein zweites Kind! Wie auch? Ich meine, ich habe Isabell seit Ewigkeiten nicht mehr nackt gesehen. Meine eigene Frau!«

Noch ist sie nicht deine Frau, dachte Madeleine, war

sich aber darüber im Klaren, dass es für ihn keinen Unterschied machte, ob er nun tatsächlich mit Isabell vor dem Altar stehen würde oder nicht. Die beiden gehörten wohl einfach zusammen. Immerhin – ihr Sexualleben schien lausig zu sein.

»Du hast sie seit Ewigkeiten nicht mehr nackt gesehen?«, wiederholte sie sensationslüstern. »Macht ihr es etwa nur im Dunkeln?«

»Nein«, sagte Corin trocken. »Wir machen es, ehrlich gesagt, überhaupt nicht.«

Ihr Sexualleben war nicht lausig, korrigierte Madeleine in Gedanken, es war schlicht nicht vorhanden! Sie fuhr sich mit der Zungenspitze über die Lippen. »Na ja, das ist wohl völlig normal.«

»Normal?« Corin sah sie entgeistert an.

Madeleine nickte. »Völlig normal. Keine meiner Freundinnen mit kleinen Kindern hat noch Lust auf Sex. Sie sind einfach zu sehr mit ihrer Mutterrolle beschäftigt. Und den Speckrollen.«

»Meinst du wirklich?«

»Ich habe keine Ahnung – aber ich habe ja auch kein Kind. Ich weiß nur, dass meine Freundinnen alle schrecklich genervt sind, von ihren rücksichtslosen, aufdringlichen Männern, die nicht verstehen, dass mit so einem Kind die Libido erst mal Pause macht.« Madeleine machte auch eine Pause.

»Und wie lange macht sie Pause, die Libido?«

Madeleine triumphierte innerlich. Er hatte tatsächlich angebissen. »Das ist verschieden. Ein Jahr, zwei, drei – auf jeden Fall eine Ewigkeit. Na ja, und danach ist es eben immer noch nicht so wie früher. Eine von meinen Freundinnen sagt, nach der Geburt ihres Babys war der Sex einfach nicht mehr so gut wie früher – es fühlt sich auch rein körperlich betrachtet nicht mehr so gut an, sagt sie. Stimmt das? Für die Frau, meine ich.«

»Woher soll ich das wissen?« Corin hob die Schultern. »Immer, wenn wir es versuchen wollen – oder vielmehr, wenn ich es versuchen will, kommt etwas dazwischen: Das Baby schreit, oder Isabell schläft einfach ein, oder wir streiten uns.«

»Auch das ist normal«, sagte Madeleine. »Ich habe da einen Artikel in *She* gelesen, in dem stand, dass Männer ihre Frauen nicht unter Druck setzen sollen. Sie haben eben einfach keine Lust!«

»Ich weiß nicht. Ich glaube, bei uns stimmt nur das Timing nicht. Neulich Abend hat Isabell in der Badewanne auf mich gewartet, aber ich steckte im Stau auf der Autobahn fest. Das war der Abend, an dem Matilde wieder einmal die Weiße Dame gesehen hat.«

»Das ist wirklich gruselig«, sagte Madeleine schaudernd, ohne genau zu wissen, auf welche seiner Aussagen sie sich bezog.

»Das ist es nicht«, widersprach Corin. »Matilde ist sonst so vernünftig. Ich weiß auch nicht, was mit ihr los ist. Vielleicht arbeitet sie nur zu viel, aber vielleicht sind es auch schon vorgezogene Wechseljahre oder so was!«

»Unsinn! Matilde ist noch keine vierzig. Und die Weiße Dame hat es schon lange vor euch gegeben. Ach, ich wünschte, *ich* hätte sie gesehen.« Madeleine hatte sie immer schon um ihr Familiengespenst beneidet. Die Weiße Dame verlieh RINQUINQUIN noch einen zusätzlichen Reiz, machte es gewissermaßen noch geheimnisvoller und abenteuerlicher. Auf Clerisseau gab es angeblich auch einen Geist, den Kopflosen Grafen, einen Adeligen, der während der Revolution seinen Kopf verloren hatte. Aber die traurige Wahrheit war, dass nie jemand diesen Geist zu Gesicht bekommen hatte, auch wenn es ein paar hübsche gruselige Geschichten über ihn gab. Die Weiße Dame hingegen war ein zuverlässiges Gespenst.

»Ich bin gespannt, auf wen sie es diesmal abgesehen hat«, sagte Madeleine nachdenklich. Das war eine ziemlich pietätslose Bemerkung, denn schließlich hatte die Weiße Dame beim letzten Mal Corins Vater ins Reich der Toten geholt.

Aber Corin lachte nur.

»Ihr seid doch alle gleich«, sagte er, und Madeleine fragte sich, was und wen er damit wohl meinte.

Es war so warm, dass sie das Mittagessen auf der Terrasse zu sich hatten nehmen können, und wie immer war es köstlich gewesen. Corin musste wieder hinaus auf die Felder, aber den anderen servierte Matilde eine *Carthagène* als krönenden Abschluss. Die Carthagène pflegte Matilde selbst herzustellen, indem sie eine Mischung aus frischem Most von weißen Trauben und Branntwein ansetzte, gären ließ und für mehrere Jahre im Keller lagerte. Man musste die schwere bernsteinfarbene Flüssigkeit nur anschauen, um betrunken zu werden. Daher bekam jeder nur ein winziges Gläschen.

Auch Isabell nippte daran, obwohl ihr ihre Champagnerorgie von letzter Woche noch peinlich genau im Gedächtnis war.

»Ich reise ab«, sagte Onkel Ludwig in das genießerische Schweigen hinein. »Und zwar schon morgen.«

»Was?«, riefen Madame Cécile, Matilde und Isabell im Chor aus, und Großtante Germaine in ihrem Rollstuhl hob interessiert den Kopf. Dieser nette, glatzköpfige Mensch – Schwester Carolines Vater, wenn sie richtig unterrichtet war – verstand sich vortrefflich darauf, ihre schmerzenden Beine mit Arnikatinktur zu massieren, und sie mochte auch die fremdländischen Lieder, die er sang, wenn er mit ihr im Garten spazieren fuhr. Es wäre wirklich schade, wenn er schon abreiste.

»Morgen schon?«, fragte Madame Cécile und setzte hinzu: »Aber Sie haben gesagt, Sie bleiben, bis Sie hier nicht mehr gebraucht werden.«

»Und *dass* Sie hier gebraucht werden, steht mal fest«, murmelte Matilde mit einem Seitenblick auf ihre Mutter. War das zu fassen? Offenbar wurde Isabells Onkel sogar mehr gebraucht, als sie gedacht hatte. In dem hübschen Gesicht ihrer Maman hatte sich eine mädchenhafte Röte breit gemacht. Was war los mit ihr? Sie hatte sich doch nicht etwa in den liebenswürdigen kleinen Glatzkopf aus Deutschland verliebt?

»Ist denn etwas passiert?«, fragte Isabell, die wusste, dass Onkel Ludwig am Vorabend mit dem Nachbarn telefoniert hatte, der in Kiel sein Haus hütete.

Onkel Ludwig lächelte ihr beruhigend zu. »Nein, es ist alles in Ordnung.«

»Aber Sie haben versprochen ...«, begann Madame Cécile wieder und verstummte, als Onkel Ludwig auch ihr zulächelte.

»Es freut mich, dass ich mich hier so nützlich machen konnte, dass ich Ihnen fehlen werde. Aber ich bin ohnehin viel länger geblieben als ich wollte, und mein Garten in Kiel wird trostlos aussehen.«

»Natürlich«, murmelte Madame Cécile und schaffte es nicht, ihm in die Augen zu sehen.

Matilde beobachtete sie immer noch voller Verwunderung. Na, so was! Ihre souveräne Maman hatte tatsächlich romantische Gefühle für Isabells Onkel entwickelt! Nun, warum nicht? Die beiden passten eigentlich ganz gut zusammen. Und sie waren beide allein.

»Warum willst du denn ausgerechnet jetzt fahren?«, fragte Isabell.

»Nun, ich dachte, jetzt wo Ermeline wieder da ist, wäre ein guter Zeitpunkt«, sagte Onkel Ludwig. »Außerdem wollte ich durchaus wieder kommen.«

Madame Cécile hob den Kopf.

»Wenn ich darf«, fügte Onkel Ludwig hinzu.

»Was ist denn das für eine Frage, Sie dummer Mann«, rief Madame Cécile aus. »Sie wissen genauso gut wie ich, dass Sie hier nicht mehr wegzudenken sind.«

»Das freut mich zu hören. Sagen Sie, Cécile, kennen Sie das Haus am Marktplatz, zwischen der Apotheke und dem Friseur? Es soll anno siebzehnhundertirgendwas erbaut worden sein.«

»Ja, und so sieht es auch aus. Es steht schon seit Ewigkeiten zum Verkauf.«

»Jetzt nicht mehr.«

»Das wundert mich aber. Wer will schon so eine Ruine kaufen?«

»Ich«, sagte Onkel Ludwig und freute sich über die verblüfften Mienen. »Ich habe mit dem Makler einen sensationellen Preis herausgehandelt! Corin sagt, das ist beinahe geschenkt.«

»*Corin* sagt das?«, rief Isabell.

»Dein zukünftiger Mann ist Architekt«, belehrte Onkel Ludwig sie überflüssigerweise. »Ich habe ihn mitgenommen, weil ich einen Fachmann brauchte, der die Bausubstanz begutachtet und die Renovierungskosten im Kopf überschlagen kann.«

»Aber was willst du mit einem Haus in Volonne, Onkel Ludwig?«

»Du hast selber gesagt, es gibt keinen schöneren Platz zum Leben, mein Mädchen.«

»Herrje«, sagte Isabell.

»Ich weiß, dass es eine gute Entscheidung ist. Ich fahre nach Kiel, um unser Haus zu verkaufen, und mit dem Geld werde ich mir ein neues Zuhause schaffen. Neben der Vorstellung, nie mehr verregnete Sommer erleben zu müssen, ist es mir ein sehr tröstlicher Gedanke, in deiner und Florences Nähe zu leben.«

»Aber ... das können Sie doch leichter haben«, sagte Madame Cécile und setzte errötend hinzu. »Warum wohnen Sie nicht einfach hier? Hier auf RINQUINQUIN?«

»Ja«, stimmte Matilde zu. »Hier ist wirklich Platz genug! Und Sie gehören doch ohnehin bald zur Familie.«

»Das ist ein freundliches Angebot. Und ich würde es auch gerne für eine Zeit lang annehmen. Das Haus ist eine Ruine, sagt Corin. Es muss wirklich alles neu gemacht werden. Das wird einen Haufen Geld und einen Haufen Arbeit kosten. Und natürlich Zeit. Aber die habe ich ja jetzt.«

»Das sind verblüffende Neuigkeiten«, sagte Isabell. »Warum hast du mir nichts davon gesagt, dass du so schwer wiegende Entscheidungen triffst.« Insgeheim war sie eifersüchtig, weil Onkel Ludwig sie nicht ins Vertrauen gezogen hatte, Corin aber sehr wohl.

»Es sollte eine Überraschung sein.«

»Die ist dir auch gelungen.« Isabell kaute nachdenklich auf ihrer Unterlippe. »Und du fährst also morgen schon nach Kiel zurück, hm?« In ihrem Kopf überschlugen sich die Gedanken.

Heute war unbestritten ein seltsamer Tag. Er hatte mit

einem Telefongespräch begonnen, das sie zufällig entgegengenommen hatte.

»Hallo?«

»Jo Kennedy, ich hätte gerne meinen Sohn gesprochen.«

Jo Kennedy? Jo? Isabell hatte einige Zeit gebraucht, bis bei ihr der Groschen gefallen war. »Oh, hallo Joséphine!« Offensichtlich hatte Corins Schwester sich eine Abkürzung zugelegt, die besser zu ihrem amerikanischen Nachnamen passte. »Hier ist Isabell. Wie geht es denn?« Da Isabell Joséphine bisher nur einmal begegnet war, kannten sie einander kaum. Isabell wusste nie, ob sie sie nun duzen durfte oder siezen musste. Daher vermied sie die direkte Anrede, wo es eben ging. Joséphine hingegen siezte sie hemmungslos, obwohl sie wusste, dass es nur noch eine Frage der Zeit war, bis sie miteinander verwandt waren.

»Ganz hervorragend. Und wenn Sie jetzt so nett wären, mir Laurent ans Telefon zu holen, ginge es mir gleich noch besser.«

»Laurent ist in der Schule.« Isabell fand, dass Joséphine allmählich das Geheimnis der Zeitverschiebung begriffen haben musste.

»Oh! Na, dann rufe ich später noch mal an.«

Um ein Haar hätte sie aufgelegt, aber dann war zu Isabells Verblüffung noch einmal Joséphines Stimme durch den Hörer gekommen: »Ach, sagen Sie, Isabell, Sie kommen doch aus Hamburg, nicht wahr? John D. möchte, dass ich ihn nächste Woche auf einen Kongress dorthin begleite – aber ich weiß nicht, ob ich schon wieder wochenlang in einer fremden Stadt herumhängen will, den ganzen Tag allein. Kann man in Hamburg denn wenigstens gut einkaufen?«

»Aber ja«, hatte Isabell gesagt. »Wenn man weiß wo, kann man eine Menge Geld beim Shopping lassen. Das weiß ich aus eigener Erfahrung.« Als sie noch mit Frithjof zusammengelebt hatte, war Einkaufen eines ihrer Hobbys gewesen. Vor allem Schuhe hatten es ihr angetan. Bei der Erinnerung daran überkamen sie nostalgische Gefühle. »Und es gibt ein paar zauberhafte Cafés. Und natürlich jede Menge Sehenswürdigkeiten.«

»Oh, Sie sind nicht zufällig in Hamburg nächste Woche?«, hatte Joséphine unsinnigerweise ausgerufen. »Wir könnten uns zum Shopping verabreden, und Sie könnten den Fremdenführer für mich spielen!«

Aus irgendeinem Grund hatte das in Isabells Ohren ganz verlockend geklungen. Einen Stadtbummel durch Hamburg – wie lange hatte sie das nicht mehr gemacht? Ein Besuch in ein paar Boutiquen, beim Friseur und bei der Maniküre – das würde einen völlig neuen Menschen aus ihr machen. Aber ihr Scheidungstermin, zu dem sie nach Hamburg reisen musste, war erst in vier Wochen, und bis dahin war Joséphine längst wieder irgendwo anders auf dem Erdball.

»Es wird leider nicht gehen«, hatte sie mit leisem Bedauern erwidert. »Da ist ja auch noch das Baby, und von hier aus ist es doch ziemlich weit bis nach Hamburg. Aber ich könnte ein paar gute Einkaufstipps rüberfaxen und die Adresse von meinem Lieblingsbistro ...«

»Von mir aus«, hatte Joséphine gnädig erwidert und war dann wieder in ihren üblichen arroganten Tonfall zurückgefallen: »Sagen Sie dem Rest der Familie Grüße von mir, und sagen Sie ihnen, dass ich immer noch auf mein Geld warte. Aber nicht mehr lange.«

Sie hatte aufgelegt, bevor Isabell eine Antwort eingefallen war. Joséphine und ihr blöder Pflichtanteil! Warum nur weigerten sich die anderen, ihr das Geld einfach auszuzahlen? Ohne Zweifel würde sie vor Gericht Recht bekommen – es stand ihr nun mal zu.

»Aber sie schneidet sich doch ins eigene Fleisch«, war Madame Céciles Argument. »Ihr Pflichtteil ist doch viel, viel weniger wert als ihre Beteiligung an diesem Gut. Und es geht ihr jegliches Erbe verloren.«

»Das kann ihr doch egal sein, sie ist jetzt reicher als Onassis«, pflegte Isabell entgegenzuhalten, und gerade das war es, was Matilde und Corin zu der Überzeugung brachte, Joséphine solle auf ihren Pflichtteil gänzlich verzichten.

»*Sie* ist reicher als Krösus, und *wir* sind über beide Ohren verschuldet«, meinte Matilde immer. »Wenn sie nur ein wenig Familiensinn besäße, würde sie uns unter die Arme greifen, anstatt versuchen, uns zu ruinieren.«

Aber Joséphine hatte nicht das geringste Interesse daran, ihr Zuhause zu erhalten. Im Gegenteil: Ihr war durchaus bewusst, dass sie das Gut durch ihre Forderung gefährdete, vor allem, wenn die GmbH, die die Familie gegründet hatte, am Ende auch noch die Gerichts- und Anwaltskosten übernehmen musste. Isabell wusste, dass Joséphine aus irgendeinem Grund eine tiefe Befriedigung empfände, müsste das Gut versteigert werden. So weit würde es aber in keinem Fall mehr kommen müssen. Als Isabell Corin kennen gelernt hatte, hatte RINQUINQUIN wirklich kurz vor dem Ruin gestanden. Inzwischen aber war das Gut durch einen Umschuldungsplan und eine einmalige Finanzspritze aus der Lebensversicherungssumme, die Isabell im letzten Jahr von ihrer Tante geerbt hatte, aus seinem Wirtschaftstief gelangt. Für Joséphines Pflichtteil hätte Corin lediglich einen neuen Kredit aufnehmen müssen, aber das wollte er auf keinen Fall.

»Nicht, solange ich noch die Hoffnung habe, dass sie zur Vernunft kommt«, sagte er. Ein neuer Kredit würde das derzeitige Gleichgewicht empfindlich stören und das Erreichen von schwarzen Zahlen um einige Jahre aufschieben. »Außerdem – wenn Joséphine das Geld hat und merkt, dass sie uns damit nicht wirklich getroffen hat, wird sie zu härteren Mitteln greifen, um uns wehzutun: Sie wird uns Laurent wegnehmen!«

Dieser Gedankengang war zwar abwegig, aber Corin kannte seine Schwester besser als Isabell. Es ging Joséphine offensichtlich wirklich nur darum, ihrer Familie wehzutun. Es war eine Art perverse Rache dafür, dass sie sich als das Schwarze Schaf der Le Bers fühlte. Sie hatte keine nennenswerte Berufsausbildung vorzuweisen, nur ein abgebrochenes Studium und eine drei Monate währende Ehe mit einem zwielichtigen Pariser Geschäftsmann, der sich aus dem Staub gemacht hatte, als Laurent unterwegs war. Um den Jungen hatte sie sich kaum je gekümmert, sie hatte ihn gleich nach seiner Geburt nach RINQUINQUIN gebracht. Ihre Familie hatte dem Kind die Liebe und die Geborgenheit gegeben, die selber zu geben sie nicht imstande gewesen war.

»Aber gerade deshalb hasst sie uns. Und weil wir sie nicht dafür bewundern, dass sie sich mit John D. den reichsten Junggesellen der nördlichen Halbkugel geangelt hat«, hatte Corin Isabell erläutert.

»Jetzt, wo sie im Geld nur so schwimmt, könnte sie eine Therapie machen, anstatt darüber nachzudenken, wie sie uns ärgern kann«, hatte Matilde ergänzt, und Isabell war zu dem Schluss gekommen, dass Joséphine wirklich eine massive psychische Störung aufwies.

Trotzdem oder gerade deshalb empfand sie Mitleid für ihre künftige Schwägerin. Es musste schrecklich sein, sich als Versager auf der ganzen Linie zu fühlen und ein so wunderbares Kind wie Laurent nicht immer um sich zu haben. Nach dem Telefongespräch mit Joséphine war Isabell mit Florence auf dem Arm im Salon auf und ab gelaufen und hatte sich überlegt, wie nützlich es sein könnte, Joséphine einmal unter vier Augen zu treffen. Wenn die Scheidung durch war, würde sie über eine weitere ansehnliche Summe verfügen, die allemal ausreichen würde, um Joséphine auszuzahlen ...

Florence hatte mitten in ihre Gedankengänge hinein geplärrt: Sie hatte Hunger. Während Isabell sich neben Großtante Germaine in einen Sessel fallen gelassen hatte, um sie zu stillen, hatte sie sich schaudernd an ihre Alkoholorgie von letzter Woche erinnert: Sie hatte am nächsten Tag nicht nur einen fürchterlichen Kater gehabt, sondern zum ersten Mal Erfahrungen mit einer elektrischen Milchpumpe aus der Apotheke gemacht. Weil die Milch von ihrem Champagner für Florence sozusagen vergiftet war, musste sie abgepumpt werden, auch um den Milchfluss zu erhalten. Wenn sie sich vorher schon wie eine Milchkuh vorgekommen war: Mit der surrenden und schmatzenden Melkmaschine an der Brust war es noch viel authentischer gewesen. Und erniedrigend obendrein. Sie hatte fürchterliche Kopfschmerzen gehabt, und ihr war übel gewesen, aber Corin hatte ausschließlich Mitleid mit Florence gehabt, die von ihrer Flaschennahrung alles andere als begeistert gewesen war.

»Ein Glas hätte gereicht«, hatte er so oft gesagt, dass Isabell sich schließlich die Ohren zugehalten hatte. Da hatte sie nun wochenlang geplant, gearbeitet und investiert, um den leidenschaftlichsten und liebevollsten Abend aller Zeiten zu erleben, und was hatte sie stattdessen bekommen? Kopfschmerzen und eine Foltermaschine, die ihre Brustwarzen auf die Länge von Bleistiften zog!

An diesem Punkt ihrer Überlegungen angelangt, hatte sie einen gut vernehmlichen Seufzer ausgestoßen.

»Was ist los, Schwester Caroline?«, hatte Großtante Germaine wissen wollen. »Wieder Ärger mit dem General?«

»Ja, der Mistkerl macht nur Ärger«, hatte Isabell erwidert und Florence an ihre andere Brust gelegt. Das Baby beherrschte das Trinken viel besser als die blöde Milchpumpe.

»Oh, störe ich?« Das war Madeleine gewesen, die in ihren schwarzen Reithosen in der Tür gestanden und wie immer umwerfend ausgesehen hatte.

»Nein«, hatte Isabell gelogen. »Komm ruhig rein.«

»Sind Sie die Wahrsagerin?«, hatte Großtante Germaine gefragt.

»Nein«, hatte Madeleine bedauernd erwidert. »Leider nicht.«

»Sie sehen aber genauso aus«, hatte Großtante Germaine gesagt und misstrauisch die Augen zusammengekniffen.

»Das wird das Zigeunerblut in meinen Adern sein«, hatte Madeleine gelacht, während sie sich einen Stuhl herangezogen und interessiert auf Florence hinuntergesehen hatte. »Wie lange willst du sie noch stillen?«

Isabell hatte verblüfft aufgeschaut. Dieses freundschaftliche Interesse, das Madeleine neuerdings an den Tag legte, verwirrte sie. »Keine Ahnung, ehrlich gesagt. Madame Lemmonier sagt, so lange wie möglich. Ich dachte, ich fange im Juni an, zuzufüttern, dann ist sie ein halbes Jahr alt. Aber stillen wollte ich sie noch ein bisschen länger. Ein Jahr oder so.«

»Ein ganzes Jahr?«

»Manche stillen ihre Kinder drei oder vier Jahre lang.«

»Ist ja widerlich«, hatte Madeleine ausgerufen.

»Findest du? Madame Lemmonier sagt, es sei das Natürlichste von der Welt.«

»Vielleicht wenn sie so klein sind wie Florence jetzt«, hatte Madeleine gemeint. »Aber doch nicht, wenn sie schon Zähne haben und herumlaufen! Stell dir doch so ein großes Kind mal vor, wie es angelaufen kommt und deinen Pullover hochschiebt und sagt: Mama, ich hab Durst!« Sie hatte sich regelrecht vor Ekel geschüttelt.

»Hm.« Isabell hatte nachdenklich auf ihre hingebungsvoll trinkende Tochter hinuntergesehen.

»Aber wahrscheinlich kann ich das überhaupt nicht beurteilen«, hatte Madeleine abschwächend hinzugefügt. »Diese Symbiose zwischen Mutter und Kind – kein Wunder, dass der Mann da keine Rolle mehr spielt.«

»Hm«, hatte Isabell wieder gemacht. Florence war satt gewesen und hatte sich schläfrig auf ihrer Schulter platzieren lassen. Unter Madeleines Blicken hatte Isabell die Stilleinlage zurück an ihren Platz in dem geräumigen Still-Bh gestopft und ihre Bluse geschlossen.

»Ich weiß, das ist nicht besonders sexy«, hatte sie auf Madeleines anhaltendes Schweigen gesagt.

»Stimmt«, hatte Madeleine erwidert. »Ich meine, ich bin kein Mann, aber ich kann die Männer verstehen, die Probleme haben.«

»Probleme womit?«

»Damit, plötzlich ein Muttertier im Bett zu haben. Aber das ist ja wissenschaftlich erwiesen und geht auch wieder vorbei. Wenn man Glück hat.«

»Was?«

»Na ja, es gibt doch Dutzende von Untersuchungen, die besagen, dass Männer, die bei der Geburt dabei waren, danach Schwierigkeiten haben, ihre Frau – hm, wie soll ich sagen ...?«

»Erotisch zu finden?«, hatte Isabell vorgeschlagen, und ihr Herz hatte dabei wie verrückt geschlagen. Florence hatte einen zufriedenen Rülpser von sich gegeben, ausnahmsweise ohne dabei zu spucken. Aber Isabell war zu abgelenkt gewesen, um sich darüber zu freuen. Ihr war ein schrecklicher Gedanke gekommen. »Du und Corin – habt ihr etwa *darüber* geredet?«

Madeleine hatte ein etwas betretenes Gesicht gezogen. »Na ja, wir sind gute Freunde, wir reden eigentlich über alles.«

Oh mein Gott!

»Und was hat er gesagt?« Es war erniedrigend, aber die Frage war Isabell entschlüpft, bevor sie nachdenken konnte.

Madeleine hatte ihre Schultern gehoben. »Tut mir Leid, Isabell, aber das musst du ihn schon selber fragen.«

»Verstehe«, hatte Isabell schamrot erwidert. Oh, mein Gott, diese Frau wusste alles über ihre Dehnungsstreifen und ihre aufgepumpten Milchbrüste, sie wusste, dass sie seit Ewigkeiten nicht mehr zusammen geschlafen hatten und dass jeder Versuch, es zu tun, bisher in einem Fiasko geendet war. Wie sollte sie ihr jemals wieder in die Augen schauen? Mühsam hatte sie um Fassung gerungen.

»Also, ehrlich, ihr seid doch keine Ausnahme«, hatte Madeleine mit mitfühlender Stimme gesagt. »Keine meiner Freundinnen hat nach der Geburt der Kinder ein sensationelles Sexleben vorzuweisen. Die meisten beklagen sich darüber, dass ihre Männer nur noch die Mutti in ihnen sehen ...« Sie hatte gelacht. »Eigentlich müsste es *das* Mutti heißen.«

»Haha«, hatte Isabell matt gesagt, aber innerlich kochte sie. So war das also: Für Corin war sie nur noch ein *Neutrum*. Er begehrte sie nicht mehr, das war die traurige Wahrheit. Und schlimmer noch als diese kränkende Erkenntnis war die Tatsache, dass er ausgerechnet mit Madeleine darüber geredet hatte!

»Alles Humbug«, hatte Großtante Germaine gesagt, die für ein paar Minuten weggedämmert war. »Völliger Blödsinn.«

Aber niemand hatte auf sie gehört.

Das Gespräch mit Madeleine hatte am Vormittag stattgefunden, und beim Mittagessen hatte Isabell Corin mehrfach wütend von der Seite angesehen.

Dieser indiskrete Mistkerl!

Aber es war nicht zu übersehen gewesen, wie gut er aussah! Seine Haare hatten dringend einen Schnitt nötig, eine schwarze Locke kringelte sich bis über seine Augen. Er schob sie ständig mit der Hand zur Seite, eine wahnsinnig erotische Geste. Isabell hatte seine nackten, braun gebrannnten Unterarme betrachtet und wieder einmal gedacht, dass er kein bisschen wie ein Obstbauer aussah, sondern vielmehr wie ein verwegener Pirat aus einem vergangenen Jahrhundert. Sie konnte ihn sich wunderbar auf einem mit Sand bestreuten Schiffsdeck vorstellen, einen Säbel in der Hand, den nackten, muskulösen Oberkörper schweißglänzend, die Locken mit einem roten Schal zurückgebunden ... Etwas hatte sich in ihrem Unterleib zusammen gezogen, weil sie spürte, dass sie ihn immer noch begehrte, ganz genau wie früher.

Zugegeben, sie hatte ihn davon in letzter Zeit reichlich wenig merken lassen, aber das lag daran, dass sie nur ihre Dehnungsstreifen und vermeintlichen Speckröllchen im Kopf gehabt hatte. Wie mochte es aber wohl im umgekehrten Fall sein? Ob sie ihn auch noch lieben und begehren würde, wenn er sich ein kleines Bäuchlein anfräße? Oder wenn seine Haare schütter würden?

Die Antwort war ein schlichtes Ja.

Es waren ja nicht seine Lockenmähne oder sein Waschbrettbauch, die ihn für sie so sexy machten, es war einfach jenes gewisse *»je ne sais pas«*, das er besaß.

Warum nur war es ungekehrt nicht genauso?

»Wir müssen reden«, hatte sie ihm über der Quiche Lorraine zugezischt, die Matilde ihnen serviert hatte, und er hatte den Nerv zu fragen: »Worüber denn?«

Und als sie nicht geantwortet, sondern ihn nur wütend angestarrt hatte, hatte er seufzend hinzugesetzt: »In Ordnung. Führen wir also eines unserer *ergiebigen* Gespräche, wenn ich heute Nachmittag vom Feld komme, bevor ich auf die Baustelle gehe, wo ich dann arbeiten werde, bis ich unsere schreiende Tochter herumschleppen darf, um danach wie tot ins Bett zu fallen.«

Er hatte eine Pause gemacht, in der Isabell ihn nur sprachlos angeschaut hatte. »Ist dir auch schon aufgefallen, dass ich graue Haare bekommen habe, Liebling? Siehst du – hier!«

Geschieht dir recht, du Mistkerl. Isabell hatte sich auf ihre Lippen gebissen. Aber vielleicht hatte er Recht: Ein Gespräch würde wahrscheinlich alles andere als ergiebig sein. Sie konnte sagen, was sie wollte – er verstand sie einfach nicht.

Um ihre Beziehung zu retten, waren drastischere Maßnahmen erforderlich.

»Wenn das Haus dann soweit fertig ist, müssen Sie mir bei der Einrichtung helfen, Cécile«, sagte Onkel Ludwig und nippte an seiner Carthagène. Die bernsteinfarbene Flüssigkeit schimmerte im Sonnenlicht.

»Natürlich macht Maman das gerne«, sagte Matilde. »Wenn Sie nur recht bald wiederkommen.«

»Das hängt davon ab, wie schnell ich das Haus in Kiel verkauft bekomme«, sagte Onkel Ludwig. »Und dann muss der Haushalt ja noch aufgelöst und irgendwo zwischengelagert werden. Ich denke, drei Monate werde ich schon weg sein. Aber vielleicht geht es ja schneller. Im Augenblick gehen Einfamilienhäuser in Norddeutschland weg wie warme Semmeln, sagt mein Freund Walter. Wenn du zu deinem Scheidungstermin kommst, musst du vielleicht schon im Hotel wohnen, Isabell.«

»Was sagst du?« Isabell setzte sich mit einem Ruck auf. Da war sie, die Lösung, direkt vor ihren Augen.

»Ich sagte, wenn du zu deinem Scheidungstermin kommst ...«, begann Onkel Ludwig, aber Isabell unterbrach ihn: »Florence und ich werden mit dir nach Deutschland fahren. Morgen.«

Alle am Tisch hätten nicht schockierter sein können, wenn sie eine Handgranate in ihrer Mitte hätte explodieren lassen.

Isabell kümmerte sich nicht darum. »Ich gehe dann mal hinauf, um zu packen«, sagte sie.

»Wir haben ein Problem«, sagte Edith, kaum dass Matilde die Küche des ROYAUME betreten hatte.

»Da seid ihr nicht die Einzigen«, erwiderte sie. Sie hatte wieder eine Nacht voller Albträume hinter sich, in denen die Weiße Dame herumgegeistert war und Duftmarken von Bergamotte und Maiglöckchen hinterlassen hatte.

Seit die Weiße Dame zum zweiten Mal aufgetaucht war, war Matilde das reinste Nervenbündel. Es war ganz einfach: Entweder stand RINQUINQUIN ein Todesfall bevor – möglicherweise ihr eigener –, oder aber sie litt unter Wahnvorstellungen und gehörte somit in eine geschlossene Anstalt. Beide Versionen trugen nicht gerade zu ihrem Wohlbefinden bei: Wer hatte schon gerne die Wahl, entweder verrückt zu sein oder bald tot?

Der Vormittag war auch nicht gerade erbaulich gewesen: Isabell war tatsächlich samt Baby mit ihrem Onkel Ludwig von RINQUINQUIN abgereist, und zurück waren eine bekümmerte Madame Cécile, ein verwirrter Laurent und ein völlig am Boden zerstörter Corin geblieben.

Matilde hatte nicht gewusst, wen sie als Ersten trösten sollte.

»Ich verstehe das einfach nicht«, hatte Corin gesagt. »Ihre Scheidung ist erst in ein paar Wochen, aber sie meint tatsächlich, eine Trennung würde uns *gut tun!* Sie sagte, ich solle mich mal so richtig ausschlafen! Als ob ich mich darüber beschwert hätte!«

»Habt ihr euch gestritten?«, hatte Matilde gefragt, denn auch ihr war Isabells Verhalten ein absolutes Rätsel.

»Wenn ja, dann habe ich nichts davon mitbekommen«, hatte Corin gesagt, aber dann mit gesenktem Kopf hinzugefügt: »Wahrscheinlich war ich in letzter Zeit nicht so besonders nett zu ihr. Aber ich verstehe sie einfach nicht.«

»Männer!«, hatte Matilde gemurmelt.

Ihr Bruder hatte sie waidwund angeschaut. »Hältst du mich für unsensibel?«

»Eigentlich nicht«, hatte Matilde zugegeben. »Aber irgendetwas wirst du wohl falsch gemacht haben.«

Corin hatte ihr nicht widersprochen.

Das Mittagessen war äußerst schweigsam verlaufen. Onkel Ludwigs, Isabells und Florences Abwesenheit tat ihnen allen einfach weh. Selbst Matilde vermisste das fröhliche Krähen ihrer kleinen Nichte, Onkel Ludwigs lustigen Akzent und Isabells sanfte Stimme. Und die Vorstellung, dass die Beziehung ihres Bruders mit Isabell vielleicht zerbrechen würde, machte sie ganz krank. Sie hatte die Liebe der beiden bisher für unantastbar gehalten.

»Wenn ich sage, dass wir ein Problem haben, dann meine ich damit, dass Sie auch eins haben«, sagte Edith und holte sie damit in die Gegenwart zurück.

Matilde setzte sich missmutig die Kochmütze auf. »Okay, dann mal her mit den schlechten Nachrichten.«

»Also«, begann Edith. »Zuerst eine gute Nachricht: Jeder einzelne Platz im Saal ist für heute Abend vorbestellt!«

»Sehr schön! Das bedeutet, dass wieder ein Haufen Leute vorne an der Bar sitzen und auf einen freien Tisch warten wird. Weiter.«

»Das Cassoulet muss entfallen, weil wir keine Entenkeule haben. Es ist nämlich so, Monsieur Pascal hat die Grippe. Er hat auf dem Markt nur geniest, sagt er, und er hat weder die Ente mitgebracht noch den Heilbutt. Und wir haben auch keinen wilden Spargel. Monsieur Pascal hatte neununddreißig Fieber, als er zurückkam. Er sagte, er sei nicht mehr ganz zurechnungsfähig, und er hatte leider Recht: Ich habe ihn nach Hause geschickt, nachdem ich seine Einkäufe begutachtet hatte.«

Der arme François. Wenn er krank wurde, was etwa

einmal im Jahr der Fall war, dann erwischte es ihn immer heftig. Allerdings war das noch lange kein Grund, ihr die komplette Speisekarte durcheinander zu bringen. Sie liebte es nicht zu improvisieren. »Was haben wir stattdessen?«

Edith zuckte mit den Schultern. »Jede Menge Putenfleisch, Hähnchen, Limetten und ungefähr zwei Kilo Kerbel! Keine Ahnung, was er sich dabei gedacht hat, der Monsieur Pascal. Er muss schon im Delirium gewesen sein!«

»Basilikum?«

»Nur das, was in den Töpfen ist.«

»Auberginen?«

»Noch eine von gestern.«

»Artischocken?«

»Fehlanzeige. Aber jede Menge grüner Salat. Und natürlich Kartoffeln.«

»Eier?«

»Ja, die sind da. Und Pilze. Und Staudensellerie wie für eine Armee! Und Tomaten.«

»Na, wunderbar«, sagte Matilde und band sich die Schürze im Nacken zu. »Clarisse soll die Tageskarten einsammeln, bevor die ersten Gäste nach der Ente schreien. Und dann soll sie herkommen, sie muss sich die Menüfolge für heute Abend in ihr Superhirn einprägen. Was sagt denn Monsieur de Sabran-Pontevès zu dieser Katastrophe?«

»Der Marquis weiß es noch gar nicht«, sagte Edith. »Er war heute noch nicht hier, genauso wenig wie gestern.«

»Was denn? Er ist noch nicht hier gewesen? Und gestern auch nicht?«

Edith schüttelte den Kopf. »Man munkelt, er war zu einem Liebeswochenende mit Mademoiselle Diätziege unterwegs, in der Nähe von Nizza, wo sie nämlich eine Villa mit Meerblick hat. Die Leute reden schon von Hochzeit. Es ist doch immer das Gleiche: Geld heiratet Geld!«

»Aha«, sagte Matilde. Aus irgendeinem Grund trugen die Nachrichten aus Ediths Gerüchteküche nicht dazu bei, ihre Laune zu heben.

»Wenn der Marquis herausfindet, dass Monsieur Pascal den Einkauf vermasselt hat, erteilt er ihm bestimmt eine Verwarnung«, mutmaßte Edith.

»Das ist gut möglich«, knurrte Matilde. »Aber er braucht es ja nicht zu erfahren. Fabien? Du musst mir Walnusskerne grob hacken, Schalotten und Knoblauch würfeln, Letzteres sehr fein. Ich nehme an, da François im Delirium war, hat auch niemand mein Whiskey-Eis vorbereitet?«

Betretenes Kopfschütteln in der Runde.

»Nun ja, macht nichts«, sagte Matilde mit einem Blick auf die Uhr. »Wir haben noch Berge von tiefgefrorenen Himbeeren, und eine Zabaione hatten wir auch schon lange nicht mehr.«

Erleichtert, dass La Reine Matilde wieder einmal alles unter Kontrolle zu haben schien, machten sich ihre Mitarbeiter an die Arbeit.

Als der Marquis eine halbe Stunde später eintraf, unterbreitete Clarisse bereits den ersten Gästen die neue Speisekarte. »Menü eins: Pikante Weinschaumsuppe mit Käse-Croutons, grüner Gartensalat mit Räucherfisch, Hähnchenkeulenschnitzel mit Petersilienpesto und Kartoffelsalat mit Kerbel und Kapern. Zum Nachtisch eine Zabaione.« Clarisse hatte die Gabe, so über Essen zu sprechen, dass den Leuten vom bloßen Zuhören das Wasser im Mund zusammenlief.

»Guten Abend, alle zusammen«, sagte de Sabran-Pontevès, als er in die Küche trat. »Ich hoffe, Sie hatten ein wunderschönes Wochenende!«

Höfliches Gemurmel scholl ihm entgegen, in dem Ediths freche Bemerkung unterging.

»Sicher nicht so schön wie Ihres«, murmelte sie anzüglich. Der Marquis hörte es nicht.

»Ah, Mademoiselle Le Ber, Sie sind auch wieder da«, sagte er gut gelaunt. »Wie war Ihr Wochenende?«

»Zu kurz.« Matilde vermischte die gehackten Walnusskerne mit einem kräftig riechenden Edelpilzkäse.

»Was ist denn das, äh, Exotisches?«

»Das ist die Füllung für den Putenrollbraten.«

»Putenrollbraten – klingt interessant. Wo ist die Speisekarte? Ich muss hinaus und Mademoiselle Clarisse unterstützen: Es scheint heute hervorragend vorbestellt zu sein.«

»In der Tat«, sagte Matilde. »Aber da es einige kurzfristige Änderungen in der Speisekarte gab, müssen Sie sich die Menüfolge für heute Abend so merken.«

»Was denn? Es gab *kurzfristige* Änderungen? In Ihrer Speisekarte?« Er sah sie amüsiert an. »Nun, das kommt aber auch nicht oft vor, nicht wahr? Ich habe Sie bisher nicht gerade als spontan kennen gelernt, Mademoiselle.«

»Das Menü zwei besteht aus einer klaren Hühnersuppe mit frischen Fädle, frittierten Hähnchenbrustwürfeln mit Orangensalsa, einem Putenrollbraten mit Edelpilzkäse-Walnussfüllung an Schmorgemüse, und zum Nachtisch Himbeersorbet«, listete Matilde auf, ohne sich um seinen ironischen Einwand zu kümmern. »Und das Menü eins ...«

»Halt, halt«, rief de Sabran-Pontevès aus, »wer soll sich das merken?«

»Machen Sie sich halt Notizen«, sagte Matilde ungehalten.

Zu ihrem Erstaunen nahm de Sabran-Pontevès sie beim Wort. Wie ein Schuljunge schrieb er alles mit, was sie ihm diktierte.

»Ich kann mir nicht helfen – das klingt, als hätten wir heute Tag des Geflügels oder so«, sagte er zum Schluss allerdings gar nicht mehr schuljungenmäßig. »Was ist mit Fisch und Gemüse? Unsere Speisekarte ist doch sonst viel abwechslungsreicher.«

Matilde sah ihn griesgrämig an. »Fisch ist im Gartensalat, Gemüse beim Putenrollbraten. Das muss reichen.«

»Ich sehe, Ihre Laune ist heute nicht die beste«, sagte de Sabran-Pontevès mit aufmerksam hochgezogenen Augenbrauen. »Was ist los mit Ihnen?«

Das geht Sie gar nichts an, hätte Matilde beinahe gesagt, aber sie konnte sich gerade noch einmal zusammenreißen. »Wie Sie schon sagten, ich habe schlechte Laune. Das ist eben nicht allein Ihr Vorrecht, Monsieur.«

»Jetzt tun Sie mir aber Unrecht«, sagte de Sabran-Pontevès. »Gerade heute bin ich nämlich bestens gelaunt. Was haben Sie denn nur? Ärger zu Hause?«

Da er damit so ziemlich ins Schwarze getroffen hatte, biss Matilde sich auf die Lippen.

»Ach, nein, ich habe vergessen, dass Sie solo sind«, sagte de Sabran-Pontevès. »Sie wohnen ja auf Rin Tin Tin. Also keinen Ärger mit einem Typ! Mit wem denn, mit Mama und Papa?«

»RINQUINQUIN«, verbesserte Matilde. Sie mochte es nicht, wenn man den Namen veralberte. RINQUINQUIN war der Name eines bekannten Drinks auf Pfirsichbasis mit Vanille und Karamelllikör, den sie im Sommer den Gästen gerne eisgekühlt als Aperitif servieren ließ. Warum das Gut so hieß wie der Drink hatte bisher noch niemand herausgefunden. »Und Ärger mit meinen Eltern habe ich auch nicht.«

»Joséphine hat Ihre Eltern immer als ziemlich verschroben beschrieben«, fuhr de Sabran-Pontevès fort, ohne ihre Gereiztheit zu berücksichtigen. »Sie sagte, RINQUINQUINQUINQUIN sei das reinste Irrenhaus.«

»Nur zweimal quin«, verbesserte Matilde. »Wie der Drink.«

»Wie bitte?«

»Sie sagten RINQUINQUINQUINQUIN! Das ist falsch! Und es ist auch kein Irrenhaus, und meine Eltern sind nicht verschroben. Was immer Ihnen Joséphine über sie erzählt haben mag, sie hat gelogen: Meine Eltern sind die warmherzigsten, liebevollsten Menschen, die man sich vorstellen kann. Das heißt – mein Vater lebt nicht mehr.«

»Oh«, sagte de Sabran-Pontevès. Matilde spürte seine neugierigen Blicke auf sich ruhen und fühlte sich unbehaglich.

»Fabien?«, rief sie über ihre Schulter. »Ich brauche die Speckwürfel. Und dann hätte ich gerne zehn Scheiben getoastetes Vollkornbrot in exakte Würfel geschnitten.«

»Mach ich sofort, Madame«, sagte Fabien. In letzter Zeit gab er sich viel mehr Mühe. François hatte die Vermutung geäußert, das läge daran, dass einer seiner Stammdiskotheken nach einer Drogenrazzia geschlossen worden war und Fabien jetzt öfter zum Schlafen nach Hause ging.

»Ihre Schwester sagte, Ihr Vater habe das Gut in den Ruin gewirtschaftet«, fuhr de Sabran-Pontevès fort, auf dem Thema herumzuhacken. Anscheinend fand er es brennend interessant. »Sie sagte, er würde rücksichtslos Ihrer aller Erbe verpulvern!«

»Was?« Matilde drehte sich zum ersten Mal heute Abend vollständig zu ihm um. »Das sieht Joséphine ähnlich! Mein Vater hat nichts dergleichen getan. Es gab gewisse Schwierigkeiten, als ein Bruder meiner Mutter auftauchte und seinen Teil vom Erbe forderte. Mein Vater musste einen Kredit aufnehmen, es war nicht seine Schuld. Die Zinsen waren damals verdammt hoch, und der Landwirtschaft ging es allgemein nicht gut. Aber Joséphine musste niemals auf irgendetwas verzichten, das kann ich Ihnen versichern.«

»Oh«, sagte de Sabran-Pontevès. »Ich glaube, das sieht sie aber anders. Sie hat oft genug ihre entbehrungsreiche Jugend beklagt. Genau genommen immer dann, wenn es darum ging, wieder einmal einen Kaufrausch ihrerseits zu erklären. Meine Güte, was konnte diese Frau Geld ausgeben! Sie mit einer Kreditkarte losziehen zu lassen konnte richtig gefährlich werden.«

»Entbehrungsreiche Jugend! Also wirklich!« Matilde war zu empört, um weiterarbeiten zu können. Sie verschränkte die Arme vor ihrer Brust und sah de Sabran-Pontevès direkt in die dunklen Augen. Wie immer irritierte es sie, wie weit sie dafür zu ihm aufschauen musste. Er war wirklich ein Schrank von einem Mann. Wie immer war er von Kopf bis Fuß in italienische Designerware gekleidet, die wahrscheinlich per Maßanfertigung an seine breiten Schultern und die langen Beine angepasst worden war.

»Ein düsteres, immer schlecht beheiztes Gemäuer mit modrig riechenden Zimmern voller altmodischem Plunder und ebensolchen Bewohnern«, sagte er, und Matilde gewann allmählich den Eindruck, dass es ihm Spaß machte, sie wütend zu machen. Da war so ein amüsiertes Zwinkern in seinen Augen, das ihn verriet. »Und ihr

Kinder musstet euch die Finger wundarbeiten, weil kein Geld für Personal da war.«

»Wie genau Sie noch jedes Wort meiner Schwester in Erinnerung haben«, erwiderte sie, fest entschlossen, sein Spiel nicht weiter mitzuspielen. »Sie muss Sie ja wirklich nachhaltig beeindruckt haben.«

»Aber ja, und ich hatte immer schon ein blendendes Gedächtnis«, erwiderte er.

Matilde sah vielsagend auf den Schreibblock in seiner Hand, auf den er die Menüfolge notiert hatte. »Das lässt im Alter ja bekanntlich nach.«

De Sabran-Pontevès grinste. »Im Ernst, ich habe Joséphines Erzählungen über ihre Kindheit geliebt. Sie kam mir immer vor wie eine Art weiblicher Oliver Twist. Mit dieser Geschichte von der entbehrungsreichen Kindheit habe ich all ihre Charakterfehler, vor allem ihre enorme Gier nach Luxus, entschuldigt. Und jetzt sagen Sie mir, das sei alles erfunden?«

»Definitiv«, sagte Matilde. »Ich kenne keinen schöneren Platz zum Leben.«

De Sabran-Pontevès bedachte sie mit einem seiner seltsamen, intensiven Blicke. »Sie lieben es, nicht wahr? So wie sie die Speisen lieben, die Sie zubereiten!«

Jetzt wurde er doch hoffentlich nicht wieder philosophisch? Aber er hatte Recht. Sie liebte RINQUINQUIN. Sie liebte es wirklich. Ihre Stimme wurde weich, als sie träumerisch antwortete: »Meine Großtante Germaine sagt, RINQUINQUIN ist wie das Paradies, aus dem Adam und Eva vertrieben wurden. Und ich glaube, sie hat Recht.« Für einen Augenblick hatte sie völlig vergessen, dass ihr Zuhause zur Zeit von einem bösen Geist heimgesucht wurde, der ihr den Schlaf raubte, dass ihr Bruder gerade eine handfeste Ehekrise durchmachte und dass ihre

Mutter sich in einen deutschen Zahntechniker verliebt hatte – das war alles andere als paradiesisch.

»Hm«, machte de Sabran-Pontevès. »Dann war Joséphine vielleicht so etwas wie die Schlange?«

Matilde kam nicht dazu, ihm zu antworten, denn Clarisse kam in diesem Augenblick zur Tür hereingefegt wie ein Hurricane.

»Katastrophenalarm«, rief sie mit hochroten Wangen. »Der Typ an Tisch acht ist von *Cuisine et vins de France!* Da bin ich mir ganz sicher. Es ist der gleiche Kerl, der vor ein paar Jahren hier war und diesen gemeinen Verriss über François' Frühlingseintopf geschrieben hat!«

Ihre Mitteilung schlug ein wie eine Bombe. Aller außer de Sabran-Pontevès machten ein entsetztes Gesicht.

»Monsieur Leonard die-Moccacreme-ist-ein-schlechter-Witz Baique«, murmelte Matilde. Sie konnte sich noch gut an jenen schwarzen Tag erinnern, an dem François wegen Monsieur Baiques harter Worte geweint hatte. Und nicht nur François hatte geweint, auch Monsieur Feraud war den Tränen nahe gewesen. Das ROYAUME hatte damals Monate gebraucht, um sich von diesem harten Schlag zu erholen.

»Ausgerechnet heute«, jammerte Edith. »Wenn er wieder einen Verriss schreibt, können wir uns unsere schöne Sterne abschminken!«

»Nur keine Panik. Hat dieser Typ denn überhaupt gesagt, dass er von Cuisine Dingsda kommt?«, fragte de Sabran-Pontevès, als Einziger immer noch völlig unbeeindruckt.

»Das braucht er nicht. Ich habe seine unsympathische Visage hundertprozentig wieder erkannt«, sagte Clarisse, und Edith setzte hinzu: »*Cuisine et vins de France* ist *die* Gastronomiezeitschrift überhaupt, Mar- äh Monsieur de

Sabran-Pontevès. Als Restaurantbesitzer müssen Sie sie einfach kennen.«

»Ich lese doch keine Hausfrauenblätter, nur weil ich jetzt ein Restaurant besitze«, verwahrte sich de Sabran-Pontevès, und Matilde musste grinsen. In seiner Ignoranz war de Sabran-Pontevès geradezu wohltuend gelassen.

Aber die anderen flatterten so aufgeregt durcheinander wie aufgescheuchte Vögel.

»Oh, mein Gott«, rief Edith. »Hoffentlich habt ihr beim Tischdecken auch keinen Fehler gemacht. Schon ein winziger Fingerabdruck auf einem Weinglas, und für Monsieur Baique steht fest, dass das ROYAUME nichts weiter als eine miese Spelunke ist.«

»Was hat er denn bestellt?«, fragte Matilde sachlich. Wenn sie nicht bald Ruhe in den Laden brächte, würde Monsieur Baique am Ende noch den Angstschweiß schmecken, den sie alle ausdünsteten.

»Das Menü eins«, antwortete Clarisse. »Und Château-Neuf-du-Pape. Eine Flasche fünfundneunziger. Ich würde am liebsten hineinspucken! Was er dem armen François damals angetan hat – das schreit nach Rache!«

»Monsieur Baique ist ein snobistischer Pedant«, sagte Matilde. »Aber niemand wird in sein Essen spucken, verstanden? Wir rächen uns, indem wir ihm das beste Essen servieren, das er jemals bekommen hat.«

»Und danach erteilen wir ihm Hausverbot, damit er sich sein Leben lang nach uns verzehrt«, sagte de Sabran-Pontevès, der immer noch nicht den Ernst der Lage begriffen hatte.

Keiner lachte. Alle erwarteten Matildes Befehle.

»Didier, du übernimmst die Meerretich-Soße, aber du lässt mich abschmecken, verstanden? Fabien? Für die

Weinschaumsuppe brauche ich den Knoblauch so fein, dass er aussieht wie gepresst. Aber wenn Monsieur Baique ihn sich unter dem Mikroskop anschauen sollte, muss er trotzdem exakte Würfel sehen. Meinst du, das kriegst du hin?«

»Ja, Madame«, sagte Fabien, der keine Sekunde daran zweifelte, dass der gefürchtete Herr von Tisch acht eine Lupe dabei hatte.

»Herrje«, sagte de Sabran-Pontevès. »Das klingt ja so, als ob dieser Mensch über Leben und Tod zu entscheiden hätte.«

»Genau so ist es«, sagte Edith ernst. »Wenn Monsieur Baique etwas an Mademoiselle Le Bers Süppchen auszusetzen hat, sind wir geliefert!«

»Das soll er aber mal wagen«, sagte de Sabran-Pontevès empört. »An dieser Suppe ist nichts auszusetzen.«

»Sie haben Sie doch noch gar nicht probiert, Sie Feinschmecker«, sagte Matilde und verkniff sich mit Mühe ein Grinsen. »Aber danke für Ihre Solidarität. Fabien, den Knoblauch bitte! Und Edith? Du viertelst mir die Tomaten. Los, Leute, an die Arbeit. Monsieur Baique stoppt da draußen schon die Zeit!«

»Und was soll ich tun?«, fragte de Sabran-Pontevès.

»Was Sie sonst auch immer tun«, sagte Matilde, und Clarisse war so nervös, dass sie ganz vergaß zu flüstern, als sie ergänzte: »Die Bestellungen aufnehmen und mit den weiblichen Gästen flirten.«

Zweieinhalb Stunden später verlangte Monsieur Baique die Rechnung. Clarisse begab sich mit weichen Knien zu seinem Tisch, und die halbe Küchenbesatzung klebte hinter den Bullaugenfenstern und spähte ihr nach. In den letzten nervenzerfetzenden Stunden hatte jeder einmal versucht, von diesem Beobachtungsposten aus den Gesichtsausdruck von Monsieur Baique zu deuten, aber der hatte ein berufsbedingtes Pokerface aufgesetzt.

»Immerhin hat er beinahe alles aufgegessen«, hatte Clarisse hoffnungsvoll gesagt, aber Edith war der Ansicht, dass Matildes Portionen schlicht zu klein gewesen waren. »Am Ende schreibt er noch, wir würden *Kinderteller* servieren«, hatte sie ängstlich gesagt, aber Matilde hatte sich nicht beirren lassen. Sie hatte die Teller für Monsieur Baique höchstpersönlich angerichtet.

»Wo ist der Marquis?«, fragte Edith jetzt, die Nase am Bullauge der Flügeltüre plattgequetscht. »Ah, da draußen steht er arglos in der Gegend herum und flirtet mit der Ehefrau von unserem Bürgermeister! Wie kann er nur – in so einem wichtigen Moment, wenn das Überleben seines Restaurants auf dem Spiel steht! Oh, nein! Jetzt stellt sich Clarisse mit ihrem Hinterteil direkt vor Monsieur Baique. Ich kann leider nicht sehen, ob er ihr Trinkgeld gibt! Mein Gott, was reden die denn da so lange miteinander? Hoffentlich platzt Clarisse nicht der Kragen, wenn er eine unhöfliche Bemerkung macht! Sie bringt es fertig und spuckt ihm mitten ins Gesicht! Oh, Achtung Leute, sie kommt zurück.«

Kryptische Stille schlug Clarisse entgegen, als sie die Küche betrat. Die Spannung in der Luft konnte man förmlich mit den Händen greifen.

»Und – was hat er gesagt?«, platzte Edith schließlich heraus.

»Er hat gesagt«, begann Clarisse gedehnt, aber dann überschlugen sich ihre Worte, und sie schrie beinahe, als sie weitersprach: »Kompliment an die Köchin, hat er gesagt! Diese Weinschaumsuppe sei das Göttlichste, das ihm in der letzten Zeit den Gaumen gekitzelt hat. Er will unbedingt das Rezept haben. Und der Putenrollbraten sei ein Gedicht! Mademoiselle Le Ber sei tatsächlich noch besser als ihr Ruf, hat er gesagt!«

Ohrenbetäubender Jubel brach los. Die Anspannung der letzten Stunden verlor sich in einer Stimmung, wie Fußballfans sie nach einem gewonnenen Spiel ihrer Mannschaft erleben mögen. Alle fielen sich gegenseitig in die Arme, und ausgerechnet Fabien stimmte eine Art Sprechchor an: »Ein Hoch auf *La Reine de cuisine*. Mademoiselle Le Ber! Sie lebe hoch!«

Matilde konnte nicht anders, sie strahlte über das ganze Gesicht, während sie anerkennende Klapse nach links und rechts verteilte.

»Ruhe!« Clarisse versuchte wieder, sich Gehör zu verschaffen. »Das Beste habt ihr ja noch gar nicht gehört! Er hat dann tatsächlich gesagt, dass er Leonard Baique von *Cuisine et vins de France* sei, und normalerweise habe niemand den Nerv, ihm etwas so wenig Originelles wie eine Zabaione vorzusetzen. Ich sagte, es täte mir sehr Leid, dass wir ihn nicht erkannt hätten und wie war noch gleich der Name, Monsieur, und da sagte er, nein, Madame, entschuldigen Sie sich nicht, diese Zabaione war das Beste, was mir seit langem passiert ist.«

Brüllendes Gelächter mischte sich in erneuten Jubel.

»Was ist denn hier los?«, rief de Sabran-Pontevès, der den Lärm bis in den Speisesaal gehört hatte.

Edith fiel auch ihm um den Hals. »Mademoiselle Le Bers Weinschaumsuppe hat Monsieur Baiques verwöhnten Gaumen gekitzelt, und ihre Zabaione war das Beste, was ihm je passiert ist! Wenn er das auch in seinem Artikel schreibt, sind wir für die nächsten zwei Jahre im Voraus ausgebucht.«

»Das ist ja in der Tat hoch erfreulich«, sagte de Sabran-Pontevès und schaute über Ediths Kochmütze hinweg zu Matilde hinüber. Noch nie hatte er sie so glücklich und gelöst lachen sehen. »Ich habe zwar nichts anderes erwartet, aber ich denke, das bedeutet eine Gehaltserhöhung – für alle! Und Champagner! Fabien? Wir brauchen ein paar Flaschen von unserem besten!«

7. KAPITEL

Es wurde noch ein ziemlich chaotischer Abend, und daran war vor allem Monsieur de Sabran-Pontevès' Champagner schuld. Er hatte so viele Flaschen spendiert, dass am Ende alle, außer Matilde, die es bei einem Glas belassen hatte, vollkommen beschwipst waren.

Das gesamte Personal des ROYAUME, de Sabran-Pontevès eingeschlossen, machte sich einen Mordsspaß daraus, die Speisen, die nach Monsieur Baiques Abgang noch serviert wurden, zu lustigen Bildern zu arrangieren. Aus dem Salat grinsten den Gästen Gesichter aus Räucherfisch und Croutons entgegen, und wer genau hinsah, konnte recht obszöne Arrangements aus Hähnchenkeulen, Tomaten und Kartoffeln auf seinem Teller entdecken.

Clarisse behauptete, die Trinkgelder seien niemals höher ausgefallen, und schlug vor, doch jeden Abend ein Champagnerbesäufnis zu veranstalten, um die Laune der Belegschaft zu heben.

Obwohl Matilde als Heldin des Abends gefeiert wurde, fühlte sie sich ein wenig außen vor, je weiter der Alkoholpegel ihrer Kollegen stieg. Das lag daran, dass sie als Einzige nüchtern geblieben war und man als nüchterner Mensch die Späße von Betrunkenen bestenfalls albern findet.

»Ich möchte auch eine Schale von der Suppe«, verlangte de Sabran-Pontevès, als der letzte Hauptgang serviert war. »Mal sehen, ob es auch das Köstlichste ist, das jemals *meinen* Gaumen gekitzelt hat.«

»Was denn, köstlicher als Mademoiselle Ambrois' Zunge?«, grölte Clarisse, die jegliche Hemmungen vor dem Marquis abgelegt zu haben schien.

Matilde nutzte den Tumult, um unauffällig zu ihrem Spind zu schleichen. Sie hätte gern mehr Champagner getrunken, aber das letzte Mal war ihr noch zu gut in Erinnerung. Noch einmal würde sie sich nicht angetrunken hinters Steuer setzen, auch nicht an so einem Tag. Sie warf Schürze und Mütze in den Wäscheschacht und nahm ihre Jacke aus dem Spind. Im Spiegel sah sie, dass sich die dunklen Schatten unter den Augen, die die schlaflose Nacht ihr beschert hatte, vertieft hatten. Kein Wunder, nach diesem Tag! Aber am Ende war er ja doch noch gut geworden. Wenn der Artikel in *Cuisine et vins de France* nur halb so schmeichelhaft war wie Monsieur Baiques Worte und wenn er auch noch die Freundlichkeit hatte, neben dem Namen des Restaurants auch ihren, Matildes, zu erwähnen, war ihre Zukunft wahrlich gesichert. Jedes Restaurant in Frankreich würde sie liebend gern einstellen wollen.

Leise zog sie die Tür hinter sich zu. Die anderen würden auch ohne sie weiterfeiern. Sie gehörte ins Bett, und die Fahrt von Manosque nach Hause dauerte schließlich noch lange genug.

Vor dem Restaurant empfing sie ein heftiger Platzregen – »ein vorübergehendes Tief, das sich örtlich mit Gewittern und Niederschlägen bemerkbar macht«, hatte es im Wetterbericht geheißen. Warum nur schien »örtlich« immer genau da zu sein, wo sie sich aufhielt? Ärgerlich wartete sie eine Minute unter dem Vordach darauf, dass der Regen nachließ, dann gab sie es auf und sprintete die fünfzig Meter zu ihrem Auto, das wie immer am Straßenrand parkte.

Sie hatte das Auto fast erreicht, als jemand nach ihrem Arm griff und sie festhielt.

Matilde erlitt vor Schreck einen Herzstillstand. Sie stieß einen schrillen Schrei aus.

»Ich bin's nur, Mademoiselle«, sagte eine vertraute Stimme, und Matilde sah, dass es de Sabran-Pontevès war, der da vor ihr im Regen stand. »Keine Angst, ich habe es nicht auf Ihre Handtasche abgesehen.«

»Sind Sie verrückt, Monsieur, mir so einen Schrecken einzujagen?«, keuchte sie. Der Regen wurde, wenn überhaupt möglich, noch stärker. Ungefähr so musste es sich anfühlen, unter den Niagarafällen zu duschen.

De Sabran-Pontevès hielt dessen ungeachtet immer noch ihren Arm gepackt. Seine riesigen Pranken konnten ihren Oberarm bequem umfassen. »Ich wollte nur verhindern, dass Sie in Ihr Auto steigen und davonfahren, bevor ich ... – bevor ich mich bei Ihnen entschuldigt habe.«

»Wofür denn? Dafür, dass Sie mich hier im Regen festhalten, damit auch meine Unterwäsche nass wird?«

»Nein, für meine beleidigenden Äußerungen vorhin.«

Matilde strich sich eine nasse Haarsträhne aus der Stirn. Ihr Herz klopfte immer noch wie verrückt, als sie de Sabran-Pontevès in die dunklen Augen sah, aber ihre Stimme war ganz ruhig. »Monsieur de Sabran-Pontevès, es vergeht bestimmt kein Tag, an dem Sie keine Beleidigungen aussprechen, aber heute waren Sie doch eigentlich ganz nett, oder hat der Regen vielleicht schon mein Gehirn durchweicht?«

»Ich hätte nicht so über Ihre Eltern reden sollen«, sagte de Sabran-Pontevès. »Aber Sie waren so niedergeschlagen, da wollte ich Sie etwas ablenken ... – Was war denn nun wirklich los?«

»Ich hatte etwas Ärger mit ...« Matilde verstummte. Es war wahrscheinlich nicht besonders klug, de Sabran-Pontevès von der Weißen Dame zu erzählen. Er war der Letzte, dem sie zugetraut hätte, an Gespenster zu glauben.

Er runzelte die Stirn und ließ endlich ihren Arm los. »Ich hatte doch Recht – Sie hatten Ärger mit Ihrem Kerl! Sie sind nämlich gar nicht solo, wie Edith mir erzählt hat, stimmt's?«

»Was? Nein, es ist eine Sie«, sagte Matilde. Meine Güte, mittlerweile war sie wirklich nass bis auf die Unterhose. Sie würde sich vermutlich einen dicken Schnupfen holen.

»Eine *Sie*?«, wiederholte de Sabran-Pontevès. Er sah völlig entgeistert aus. »Aber das ist ausgeschlossen!«

»Wie bitte? Wie kommen Sie denn jetzt darauf?«

»Sie sagten ...«

»Ich sagte lediglich, dass ich Ärger mit einer *Sie* hätte, nichts weiter!« Glaubte er etwa, sie sei lesbisch? Empört starrte sie de Sabran-Pontevès an. Der Regen hatte ihm die Haare an den Kopf geklatscht, und sein italienischer Anzug sah in nassem Zustand lange nicht mehr so elegant aus wie vorher. Und trotzdem: Während der Regen sie selbst vermutlich aussehen ließ wie das aufgeweichte Etwas, das Riquet mit dem Schopf ihr gestern auf's Kopfkissen gelegt hatte, verlieh er de Sabran-Pontevès etwas Verwegenes, ja, dieser Ganzkörper-Wet-Look machte ihn verflucht sexy. Für den Bruchteil einer Sekunde drängte sich ihr eine Vision auf, in der de Sabran-Pontevès und sie von ihren nassen Kleidern befreit auf der Motorhaube ihres Wagens lagen und ... Sie schüttelte den Kopf, um dieses zutiefst unanständige, verwirrende Bild von ihrer Netzhaut zu vertreiben, und schlug einen mütterlichen Ton an. »Monsieur de Sabran-Pontevès, ich sag es wirklich ungern, aber Sie sind stockbesoffen. Sonst würden Sie merken, dass wir hier im strömenden Regen stehen und nur Unsinn reden. Vor allem Sie.«

»Ich versichere Ihnen, dass es mehr braucht als drei Gläser Dom Perignon, um mich betrunken zu machen«, sagte de Sabran-Pontevès. »Aber ich bin sicher, *Sie* wären nach drei Gläsern deutlich weniger spröde und störrisch. Ich hatte heimlich gehofft, dass Sie zur Feier des Tages mal über die Stränge schlagen würden. Aber nein, Mademoiselle zieht es vor, nüchtern zu bleiben und die Party frühzeitig zu verlassen!«

»Richtig. Weil ich noch fast fünfzig Kilometer fahren muss.« Sie hielt die Luft an, als er sich plötzlich so nah zu ihr hinunterbeugte, dass sie seinen Atem riechen konnte.

»Immer vernünftig, nicht wahr?«, sagte er, und seine Stimme war kaum mehr als ein Raunen. »Tun Sie eigentlich niemals etwas Verrücktes, Matilde?«

Ohne Vorwarnung verwandelten sich Matildes Knie in etwas, das die Konsistenz von Zabaione hatte. Es mochte an seiner Stimme liegen, daran, wie er ihren Vornamen ausgesprochen hatte, oder einfach an der Tatsache, dass er plötzlich den Sicherheitsabstand zwischen ihnen durchbrochen hatte. Sie stolperte ein paar Schritte rückwärts, bis sie gnädigerweise von ihrem eigenen Auto aufgefangen wurde. Ihr Herz klopfte wieder wie nach einem Hundert-Meter-Sprint.

De Sabran-Pontevès machte angesichts ihres überstürzten Rückzuges ein amüsiertes Gesicht, und Matilde versuchte beschämt, wenigstens ihren fliegenden Atem unter Kontrolle zu bekommen.

»D-doch«, stotterte sie, weil de Sabran-Pontevès offenbar noch auf eine Antwort wartete. »Zum Beispiel gerade in diesem Augenblick. Da führe ich mitten im Platzregen des Jahrhunderts absurde Gespräche mit meinem Chef.« *Und benehme mich wie eine verschreckte alte Jungfer,* setzte sie in Gedanken hinzu. Sie hätte alles für etwas mehr Coolness gegeben.

Mit einer einzigen geschmeidigen Bewegung glitt de Sabran-Pontevès wieder näher, so schnell, wie das sonst nur Vampire in Gruselfilmen konnten. Er stützte seine Arme rechts und links von Matildes Kopf auf dem Autodach ab und grinste sie sardonisch an. »Das finden Sie also verrückt, ja?«

Matilde registrierte, wie sich beim Klang seiner tiefen Stimme noch mehr an ihr in Zabaione verwandelte. Wenn ihr Herz nicht sofort aufhörte, so heftig zu klopfen, würde es ihr vermutlich die Rippen brechen. Sein Gesicht war so nah, dass ihre Lippen sich beinahe berührten. Nicht einmal der Regen passte mehr dazwischen.

Es war klar, dass er sie jeden Augenblick küssen würde, und Matilde fühlte sich wie eine Ertrinkende, über deren Kopf das Wasser zusammenschlug.

Seine Lippen waren kühl und fest, und zuerst fühlte es sich an, als ob ihr jemand einen unreifen Pfirsich gegen den Mund pressen würde. Aber dann wurden seine Lippen auf einmal so weich und zärtlich, dass sie unwillkürlich die Augen schließen musste. Er knabberte an ihrer Unterlippe herum, als ob auch diese sich in Zabaione verwandelt hätte.

Ein paar Sekunden lang genoss Matilde diesen Kuss mit halb geöffneten Lippen, dann wurde ihr blitzartig klar, was sie da eigentlich tat.

Nach Atem ringend fuhr sie zurück. Oh mein Gott!

De Sabran-Pontevès lachte leise, und eben dieses Lachen sorgte dafür, dass Matildes Kopf wieder klar wurde.

Wut stieg in ihr auf, als er mit derselben tiefen Stimme wie vorhin raunte: »*Das* war verrückt, wenn auch nach meinem Geschmack noch nicht verrückt genug. Aber Sie sehen aus, als ob Sie mir gleich eine scheuern wollten.«

In der Tat! Was wollte er ihr mit diesem Überfall im Regen beweisen? Dass jede verdammte Frau in seinen Händen zu Wachs beziehungsweise zu Zabaione wurde, wenn er es wollte? Dass er auch die – wie hatte er sie genannt? – sprödeste und störrischste Frau herumkriegen konnte?

Nur weil er ein paar Gläser Champagner getrunken hatte, würde sie ihm ganz sicher nicht den Triumph gönnen, ein weiterer Name auf der unendlichen Liste seiner Eroberungen zu werden!

»Ich bin viel zu vernünftig, um Ihnen eine runterzuhauen«, sagte sie. »Sie sind schließlich immer noch mein Chef. Oh, ist das da hinten etwas Mademoiselle Ambrois' Wagen?« Sie zeigte über seine Schulter die Straße hinunter. »Vielleicht möchte sie die Sache mit den Ohrfeigen ja übernehmen!«

De Sabran-Pontevès zuckte nicht mal mit der Wimper. »Guter Versuch«, sagte er. »Aber Lilette ist in Nizza geblieben.«

»Oh, verstehe. Und da dachten Sie, Sie knutschen

während ihrer Abwesenheit zur Abwechslung mal mit Ihrer Köchin herum?«

»Rumknutschen würde ich das nicht nennen. Eigentlich wollte ich nur etwas ausprobieren.«

Matilde spürte wieder die zwei brennend roten Flecken auf ihrer Wange, die sich immer dann bildeten, wenn sie wirklich wütend war. *Ausprobieren!* Als ob sie ein lustiges Spielzeug wäre! Aber sie hätte sich lieber die Zunge abgebissen, als ihn merken zu lassen, wie gekränkt sie war.

»Hätten Sie sich für Ihr Experiment nicht anderes Wetter aussuchen können?«, fragte sie und wich seinem Blick geschickt aus, indem sie in ihrer Handtasche nach dem Autoschlüssel suchte.

»Nein«, sagte de Sabran-Pontevès einfach. »Manche Dinge können nicht warten.«

»Nun, dann hoffe ich, Ihr Experiment ist hiermit abgeschlossen«, sagte Matilde und schlüpfte unter seinen Armen hindurch zur Fahrertüre. »Eine zweite Gelegenheit werden Sie nämlich nicht bekommen.«

»Das werden wir ja sehen«, sagte de Sabran-Pontevès.

Ohne ihn einer Antwort zu würdigen, ließ Matilde sich ins Auto fallen und startete den Motor.

Auch an ihrem dritten Tag in Deutschland war Onkel Ludwig immer noch sauer auf Isabell. Beim Frühstück richtete er das Wort nur an Florence, die in ihrer Wippe saß.

»Wir beide gehen heute mal an der Strandpromenade spazieren, ja?«, sagte er. »Dann kann deine Mama mal ganz allein zu Hause sitzen und über ihre Dummheiten nachdenken.«

Isabell seufzte. »Wie oft soll ich dir noch sagen dass ich meine Gründe hatte, RINQUINQUIN für eine Weile zu verlassen, Onkel Ludwig!«

»Papperlapapp!«, rief Onkel Ludwig, immer noch an Florence gewandt. »Es gibt keinen Grund, so einem kleinen Wurm wie dir den Papa vorzuenthalten, sag das deiner Mama. Es hätte völlig gereicht, wenn sie zur Scheidung hergefahren wäre. Das wäre eine Sache von zwei Tagen gewesen.«

»Ich weiß«, sagte Isabell. »Aber ich dachte, ich gebe Corin mal die Gelegenheit, sich von uns zu erholen.«

»Das ist das Dümmste, was ich je gehört habe!«

»Du hast ja keine Ahnung, was er getan hat.«

»Solange er dich nicht geschlagen oder betrogen hat, gibt es keinen Grund, ihn so mir nichts dir nichts zu verlassen!«

»Also wirklich, Onkel Ludwig. Erstens habe ich Corin nicht verlassen, und zweitens hat Frithjof mich auch weder geschlagen noch betrogen, und trotzdem hat es zwischen uns nicht funktioniert.«

»Weil Frithjof ein dämlicher, unsensibler und eitler Trottel war«, sagte Onkel Ludwig. »Aber Corin ist nichts von alledem.«

Er hat mit Madeleine über meine Dehnungsstreifen geredet und darüber, dass er mich nicht mehr attraktiv findet, hätte Isabell gerne gesagt, aber mit Onkel Ludwig hatte sie noch nie gut über Sex reden können. Für ihn war und blieb sie immer sein kleines Mädchen.

»Er ist am Boden zerstört, weil er einfach nicht versteht, was so plötzlich über dich gekommen ist«, sagte er. Er hatte gestern Abend ein langes Telefongespräch mit Corin geführt, von Mann zu Mann, und er war nun noch parteiischer als zuvor. Was immer Corin ihm auch gesagt haben mochte, Onkel Ludwig war fest davon überzeugt, dass er über jeden Zweifel erhaben war. Wenn es nach ihm gegangen wäre, hätte er Isabell samt Baby in den nächsten Zug gesetzt und zurück in die Provence geschickt.

»Lass es einfach gut sein, Onkel Ludwig«, seufzte Isabell. »Du kannst sagen, was du willst: Ich werde hier bleiben, dir beim Verkauf des Hauses helfen und Corin ein paar Wochen Zeit geben, um uns zu vermissen. Ich will mich in Hamburg mit Joséphine treffen und mir für die Scheidung ein neues Kostüm kaufen.«

Außerdem will ich noch vier Kilo abnehmen, jeden Tag joggen, meine Bauchmuskeln trainieren und zum Friseur gehen, setzte sie in Gedanken hinzu. Sie würde die Zeit bis zu ihrer Scheidung bis in die allerletzte freie Sekunde ausnützen, und egal, wie viel Asche Onkel Ludwig auch über ihrem Haupt verstreute: Sie hatte nicht die geringsten Gewissensbisse wegen Corin. Und da sie in letzter Zeit nun wirklich keine Hilfe auf RINQUINQUIN gewesen war, war ihr Gewissen auch Madame Cécile und Matilde gegenüber völlig rein.

Nur wegen Laurent tat es ihr Leid. Der arme Junge hatte beinahe zu weinen begonnen, als sie ihre Sachen gepackt hatte. Es sah schrecklich aus, wenn sich seine großen Augen mit Tränen füllten und er sich auf die Lippen biss, um sie zurückzuhalten. Sie kannte das schon, fand es aber jedes Mal wieder von neuem herzzerreißend, wenn sein Gesicht ganz blass von dieser Anstrengung wurde.

»Aber Schätzchen, ich bin doch bald wieder hier!« Voller Mitleid hatte sie ihn an sich gedrückt und daher kaum verstanden, was er in den Stoff ihrer Bluse gemurmelt hatte: »Das sagt meine Maman auch immer.«

Erschüttert hatte sie sich vor ihn gekniet: »Du vermisst deine Maman, nicht wahr, Laurent?«

Er hatte es fertig gebracht, gleichzeitig zu nicken und den Kopf zu schütteln. »Würdest *du* Florence hier lassen und ohne sie weggehen?«

»Nein«, hatte Isabell nach einigem Zögern wahrheitsgemäß gesagt. »Aber wenn ich sie aus irgendeinem Grund allein lassen müsste, dann könnte ich mir keinen besseren Platz für sie vorstellen als RINQUINQUIN.«

»Meine Maman hasst es«, hatte Laurent gesagt. »Sie hasst auch Großmutter. Und Onkel Corin und Tante Matilde. Und dich auch.«

»Vielleicht. Aber dich liebt sie«, hatte Isabell mit Nachdruck erwidert. »Das weiß ich ganz genau.«

»Aber sie will mich nicht bei sich haben.«

»Willst du denn bei ihr sein?«

Wieder diese Mischung aus Nicken und Kopfschütteln. Isabell hatte in diesem Augenblick die ganze Kompliziertheit der Situation erfasst und deshalb beinahe vor einer Antwort kapituliert. Man sollte Kindern schließlich immer die Wahrheit sagen, und in diesem Fall war es sehr schwer, die Wahrheit überhaupt zu erkennen. Wahr war, dass Isabell sich schon oft den Kopf über Joséphines Motive zerbrochen hatte, aber sie einfach nicht verstand. Trotzdem hatte sie an diesem Nachmittag Laurent ihre Theorie unterbreitet, ganz so, als handele es sich um Tatsachen.

»Es klingt vielleicht komisch, aber deine Maman schämt sich vor dir.«

Laurents Augen waren kreisrund geworden, als Isabell fortgefahren war: »Sie weiß, dass sie dich viel zu viel allein gelassen hat und dass sie schon unglaublich viel von deinem Leben verpasst hat. Sie schämt sich so sehr, dass sie weit weg von dir versucht, ein Leben ohne dich zu führen. Aber sie ist schrecklich unglücklich, weil sie dich so vermisst und weil sie sich mit jedem Tag, den sie ohne dich verbringt, nur noch mehr schämt. Und im Grunde ist sie nur so böse auf uns alle, weil wir das Glück haben, dich jeden Tag sehen zu dürfen.«

Es war eine verworrene Rede gewesen, und Isabell zweifelte daran, dass es für Laurent hilfreich war, seine Mutter als hoffnungslose Psychopathin dargestellt zu bekommen, die unsinnigerweise das genaue Gegenteil von dem tat, was sie eigentlich wollte. Aber der Junge schien trotzdem ein bisschen getröstet gewesen zu sein. Noch mehr, als sie ihm gesagt hatte, dass sie ihm eine Freundin für seine Schildkröte mitbringen würde, aus demselben Zoogeschäft, in dem sie schon Frère Jacques erworben hatte.

Es war seltsam, wieder in Kiel zu sein, in dem Haus, in dem sie großgeworden war. Ohne Tante Paulette war es einfach nicht mehr dassselbe wie früher, und Isabell stand daher voll und ganz hinter Onkel Ludwigs Entschluss, es zu verkaufen. Tante Paulette würde es gefallen, dass ihr geliebter Ludwig den Mut hatte, alle Brücken hinter sich einzureißen und irgendwo anders ein neues Leben anzufangen.

»Es sind nicht teure Crèmes, die uns jung halten, sondern die kleinen und großen Abenteuer des Lebens«, hatte sie immer gesagt. Das »Abenteuer Provence« würde ihre volle Billigung finden.

Und auch Madame Cécile wäre ihr sicher sympathisch gewesen. Isabell hegte insgeheim die Hoffnung, zwischen ihrem Onkel und Corins Mutter könne sich eine zarte Romanze entwickeln. Dass die beiden einander mochten, war nicht zu übersehen. Auf der Autofahrt von Volonne nach Kiel, als Onkel Ludwig einmal eine Pause in seiner unendlichen Gardinenpredigt über Isabells Flucht aus RINQUINQUIN eingelegt hatte, hatte Isabell ihn nach seinen Gefühlen für Madame Cécile gefragt.

»Sie ist die netteste Frau, die ich jemals getroffen habe«, hatte er geantwortet. »Und sie ist ohne Zweifel eine wunderschöne, kluge und warmherzige Person.«

»Aber?«

»Aber ... ich weiß auch nicht, Schätzchen, es ist nur so, dass deine Tante mir immer noch ganz tief in den Knochen sitzt. Außerdem geht es hier nicht um mich, sondern darum, dass du so mir nichts, dir nichts deinen Mann im Stich gelassen hast ...« Und schon hatte er wieder angefangen zu predigen.

Isabell konnte ihn verstehen: Paulettes Begräbnis war noch kein Jahr her, und der Schmerz über ihren Verlust saß sicher tiefer, als man es ihm anmerkte. Es war in Ordnung, dass er sich noch nicht zutraute, Gefühle für eine andere Frau zu entwickeln. Es würde schließlich noch genügend Zeit für neue Erfahrungen geben, wenn er das Haus in Volonne wirklich bezog.

Zeit schien Isabell überhaupt *die* Zauberformel schlechthin zu sein, mit der man alle Probleme früher oder später würde beseitigen können – auch ihre eigenen.

»Wie schnell kann man ein Kind eigentlich abstillen?«, fragte sie.

Onkel Ludwig hob erstaunt den Kopf. »Also, da fragst du wirklich den Falschen, Rabenmutter.«

Matilde Le Ber war in ihrem Leben noch nicht oft verliebt gewesen. Genau genommen nur fünfmal. Das erste Mal mit zwölf Jahren in ihren Erdkundelehrer, den sie aus der dritten Bankreihe anhimmelte, dann mit vierzehn in einen Jungen aus ihrer Klasse, der ihr das Herz brach, weil er sie eine hässliche Bohnenstange nannte und den Liebesbrief, den sie ihm in einem Anfall von Leichtsinn geschrieben hatte, seinen Freunden vorlas. Es dauerte vier Jahre, bis sie es wieder wagte, sich zu verlieben, diesmal in einen kanadischen Studenten, der während der Erntezeit auf RINQUINQUIN wohnte, Scott Hamilton. Von Scott hatte sie nicht nur ihren ersten Kuss bekommen, sondern auch ihren ersten Heiratsantrag. Er machte ihn ihr mitten in einem Pfirsichhain, nach einer wunderbaren, verwunschenen Nacht unter den Sternen, und er war durchaus ernst gemeint. Leider nur war der Brief, den er einen Tag später erhielt, auch ernst gemeint: Seine Exfreundin schrieb, dass sie von ihm schwanger war, und er reiste noch am selben Tag zurück nach Montreal. Matilde hatte ihn nie wieder gesehen, aber noch jahrelang die blonde Locke, die er ihr anstatt eines Ringes unter den Pfirsichbäumen überreicht hatte, in einem Medallion um ihren Hals getragen. Nummer vier auf ihrer traurigen kleinen Liste war ein junger Koch gewesen, der zusammen mit ihr die Ausbildung gemacht hatte, Romain Irgendwie, sein Nachname war längst in Vergessenheit geraten. Zuerst war sie nur mit ihm ausgegangen, weil sie Scott endlich vergessen wollte und weil Romain auf eine schüchterne Weise nett und romantisch war. Aber als sie nach ein paar Monaten tatsächlich so weit war, ihm ihre Liebe zu gestehen, war seine Verliebtheit schon längst wieder abgekühlt. Sie hatten es trotzdem miteinander versucht, aber zwei Monate später verließ er sie wegen einer rundlichen Blondine aus seiner Berufsschulklasse.

Und seither hatte Matilde sich einfach nicht mehr verliebt.

Bis heute. Bis sie sich Jahre, ja Jahrzehnte später ausgerechnet in ihren Chef verlieben musste! In de Sabran-Pontevès, den größten Frauenhelden aller Zeiten.

Matilde war so aus der Übung gewesen, dass sie alle Anzeichen zuvor übersehen hatte, ja, sie war sogar so dumm gewesen zu glauben, dass sie ihn nicht ausstehen konnte! Zugegeben, da war ein gewisses Kribbeln in ihrer Magengegend gewesen, wenn sie mit ihm zusammen war, aber das hatte sie ausschließlich seiner körperlichen Attraktivität zugeschrieben. Es war ihr keineswegs unnormal vorgekommen. Es war ja bekannt, dass er ein *womanizer* war, ein Mann, den jede Frau sexy fand. Es wäre wahrscheinlich unnormal gewesen, *kein* Kribbeln zu verspüren.

Erst dieser unselige Kuss im Regen hatte ihr gezeigt, dass sie mehr für ihn empfand als ein unbestimmtes Gefühl in der Magengrube. Viel mehr.

Er war ein unerträglicher Mensch, abwechselnd Zyniker und Charmeur, arrogant, unverschämt und überheblich, aber er konnte auch überraschend großzügig sein, aufmerksam und sensibel. Sie mochte seinen Humor, und sie mochte das große Geheimnis, das um seine Person schwebte. Und tief in ihrem Inneren war sie davon überzeugt, dass sie *wusste,* was ihm fehlte. Denn dass ihm etwas fehlte, war unübersehbar. Ihre ständigen Reibereien hatten ihr rückblickend geradezu Spaß gemacht, denn im Grunde waren sie sich dabei jedes Mal ein Stückchen näher gekommen.

Aber mit diesem Kuss war er zu weit gegangen, es

war, als habe er damit eine unsichtbare Schallmauer in ihrem Kopf durchbrochen. Matilde konnte ihre Gefühle nun nicht länger ignorieren, sie musste sich darüber Gedanken machen, wie es weitergehen sollte, ob sie wollte oder nicht.

Eine vernünftige Stimme in ihr sagte, dass ihre Liebesgeschichte auch diesmal kein Happy End haben würde. Ganz Manosque hörte schon die Hochzeitsglocken für Lilette Ambrois und de Sabran-Pontevès läuten, und er würde seine schöne, reiche und elegante Braut wohl kaum für eine verhärmte Köchin stehen lassen.

Nein, verhärmt war sie nun nicht gerade, korrigierte sie sich gnädig. Aber verglichen mit Lilette Ambrois musste sie auf jemanden wie de Sabran-Pontevès wie ein Provinztrampel wirken, möglicherweise reizvoll für ein vorübergehendes Geplänkel, niemals aber für eine dauerhafte Beziehung. Erschwerend kam hinzu, dass er mal was mit ihrer kleinen Schwester gehabt hatte und nicht gerade die besten Erinnerungen damit verband. Es war sogar durchaus möglich, dass sein Interesse für Matilde auf eine Rechnung zurückzuführen war, die sein Unterbewusstsein noch mit Joséphine offen stehen hatte.

Dem Abend, an dem er sie geküsst hatte, war eine weitere ziemlich schlaflose Nacht mit eben genau diesen und ähnlichen Überlegungen gefolgt, und wenn Matilde doch einmal eingeschlafen war, hatte sie sofort von *ihm* geträumt. In der Morgendämmerung, als das Zimmer plötzlich nach Bergamotte und Maiglöckchen roch, war ein ganz neuer Gedanke gekommen: Was, wenn die Weiße Dame es nun ausgerechnet auf *sie* abgesehen hatte? Wenn ihre Besuche nichts anderes bedeuteten, als dass sie bald das Zeitliche segnen sollte?

Der Gedanke hatte, so pervers es klang, durchaus seine Reize. In diesem Fall nämlich könnte sie sich de Sabran-Pontevès bedenkenlos an den Hals werfen. Noch bevor sie Zeit hätte, danach vor Scham im Boden zu versinken, würde die Weiße Dame sie gnädigerweise ins Reich der Toten holen.

Sie hatte die vage Hoffnung gehabt, dass de Sabran-Pontevès, wenn er wieder nüchtern war, diese unselige Szene im Regen vergessen haben könnte, aber als sie ihn am nächsten Tag wiedertraf, wusste sie, dass das nicht der Fall war. Sie erkannte es an dieser Mischung aus Amüsiertheit und Nachdenklichkeit, die sich in seinem Gesicht abzeichnete, wenn er sie ansah.

Immerhin besaß er aber den Anstand, kein Wort über ihren Kuss zu verlieren. Seine Haltung war die ganze Woche über so lässig wie eh und je, nur die Blicke, mit denen er sie bedachte, waren noch intensiver als sonst.

Leider war sie selber alles andere als lässig. Seine Blicke trieben ihr jedes Mal das Blut in die Wangen, und es war ihr, als wäre in jedem Satz, den er an sie richtete, eine zweideutige Bemerkung versteckt. Sie hatte zum ersten Mal in ihrer Zeit als Köchin Schwierigkeiten, sich auf die Arbeit zu konzentrieren. Sie wich seinen Blicken aus, so gut es ging, und sie vermied es nach Kräften, in seine Nähe zu kommen, denn wenn er unvermittelt neben ihr auftauchte, war sie jedes Mal einer Ohnmacht nahe.

Die anderen merkten nichts von der Spannung, die zwischen ihnen beiden herrschte. Seit dem Abend mit dem Gastronomiekritiker, hatten sie de Sabran-Pontevès endgültig in ihrer Mitte aufgenommen. Vergessen waren alle Antipathien, die sie ihm am Anfang entgegengebracht hatten. Die allgemeine Meinung war nun, dass der Marquis völlig in Ordnung war – jedenfalls für einen Pariser.

»Nur schade, dass er diese Diätziege heiraten wird«, sagte Edith. »Ich halte das ja für völlig übereilt. Die kennen sich doch erst ein paar Monate, da muss man doch schließlich nicht gleich heiraten, oder?«

»Nein«, stimmte Matilde matt zu. Eine Hitzewelle war über das Land hereingebrochen. Obwohl erst April war, herrschten seit zwei Tagen geradezu hochsommerliche Temperaturen. In der Küche mit den vielen Geräten und Gasflammen war die Hitze kaum auszuhalten. Unter ihrer Schürze trug Matilde daher nur ein ärmelloses Sommerkleid, das leichteste, das sie hatte. Auch die anderen, Monsieur de Sabran-Pontevès eingeschlossen, waren mit kurzen Ärmeln zur Arbeit erschienen. Nur im klimatisierten Speisesaal mussten sie in formeller Kleidung auftreten.

»Aber diese Mademoiselle Ambrois, die verstehe ich, die hat nämlich keine Zeit zu verlieren«, sinnierte Edith, während sie Tomaten in gleichmäßige Scheiben schnitt. »Sie ist ja nicht mehr die Jüngste, und so einen dicken Fisch wie unseren Marquis hatte die noch nie an der Angel. Nur, was der Marquis an der dürren Ziege findet, ist mir völlig schleierhaft.«

»Sie sieht gut aus, jedenfalls nach männlichen Maßstäben, sie kommt aus einer guten Familie, sie verdient ein Schweinegeld, und wahrscheinlich ist sie lange nicht so dumm, wie sie aussieht«, listete Matilde auf. Und wahrscheinlich war sie auch ganz fantastisch im Bett.

»Ach was«, brummte Edith. »Das sind doch alles keine Gründe. Unser Marquis ist so reich, da könnte es ihm völlig egal sein, wenn seine Zukünftige keinen einzigen Franc besäße. Und er sieht so gut aus, dass er Dutzende von Mademoiselle Ambrois' Kaliber haben könnte. An jeder Hand!«

Matilde musste lächeln. Wenn man den Gerüchten Glauben schenken konnte, dann hatte er bereits Dutzende von Mademoiselle Ambrois' Kaliber gehabt, an jeder Hand, nein, an jedem Finger.

»Vielleicht will er ja einfach mal irgendwo *ankommen*«, murmelte sie nachdenklich. »Eine Frau, Kinder, ein Zuhause – vielleicht sehnt er sich danach ...« Aber dann fiel ihr ein, dass de Sabran-Pontevès ja schon einmal verheiratet gewesen war und alles das hätte haben können, wenn er nur gewollt hätte.

»Auf jeden Fall hat er gerade so eine Art Midlife-Crisis hinter sich«, sagte Edith und berief sich auf überaus zuverlässige Quellen: Ein Schwager ihrer Schwägerin kannte einen guten Freund eines guten Freundes von Monsieur de Sabran-Pontevès, und der hatte eine Menge über den Marquis verraten. »Dieses Restaurant hat er nur gekauft, um dem hektischen Pariser Geschäftsleben den Rücken zu kehren. Das ROYAUME ist für ihn so eine Art Aussteigerprojekt, wie für andere die Fischerhütte auf den Fidschi-Inseln oder so.«

»So ist es«, sagte de Sabran-Pontevès, der sich unbemerkt angeschlichen hatte. Wie immer fiel Matilde beinahe in Ohnmacht, als sie die Wärme spürte, die von seinem Körper ausging.

Edith war nur mäßig verlegen. Seit de Sabran-Pontevès »einer von ihnen« geworden war, ließ sie ihm das angedeihen, was sie »schonungslose Ehrlichkeit« nannte, aber meist nur schonungslose Taktlosigkeit war. »Ich habe aber auch gehört, dass Sie uns wieder verkaufen wollen, wenn Sie erst verheiratet sind«, sagte sie.

De Sabran-Pontevès lachte. »Also, *Sie* würde ich ganz

sicher nicht verkaufen, Edith! Wo Sie immer Ihre Informationen herhaben, ist mir schleierhaft. Wissen Sie's, Mademoiselle?« Letzteres war an Matilde gerichtet.

»Meine Crème brûlée muss aus dem Ofen«, sagte sie. »In dieser Fischerhütte warten nämlich eine Menge hungrige Gäste.« Da er keine Anstalten machte, zur Seite zu gehen, musste sie sich an ihm vorbeizwängen, und dabei war es unmöglich, Körperkontakt zu vermeiden. Sie hörte, wie er scharf die Luft einsog, und sah, dass sich die Härchen auf seinem Arm aufgerichtet hatten.

Meinetwegen, dachte sie, und es erfüllte sie mit wildem, unsinnigen Stolz, dass eine harmlose Berührung von ihr so eine Reaktion bei ihm ausgelöst hatte. Beinahe beschwingt lief sie zu ihrer Crème brûlée, aber er hatte sie eingeholt, bevor sie die Backofentüre öffnen konnte.

»Verdammt noch mal«, sagte er. »So geht das aber nicht weiter. Kommen Sie mit mir nach nebenan in mein Büro, Mademoiselle. Ich möchte mit Ihnen unter vier Augen sprechen.«

»Wie bitte?«, fragte sie mit einem Seitenblick auf Fabien, der gleich neben ihnen stand und sie neugierig beobachtete.

»Sie haben schon verstanden. Kommen Sie.« Sein Tonfall duldete keine Widerrede.

»Aber ...«

»Um Ihre Crème brûlée wird sich Fabien kümmern.« Er machte Anstalten, nach ihrem Arm zu greifen, und da sie ungern vor aller Augen von ihm durch die Küche gezerrt werden wollte, blieb ihr gar nichts anderes übrig, als ihm hinaus in den Flur und von da in das kleine Büro zu folgen.

Als er die Tür hinter ihr schloss, sah sie sich staunend

um. Sie war schon eine halbe Ewigkeit nicht mehr hier drin gewesen, und seitdem hatte der Raum sich gründlich verändert. Zu Monsieur Ferauds Zeiten hatte es hier deckenhohe Regale gegeben, voll gestopft mit unzähligen Ordnern und Zeitschriften. Es hatte gemütliche Clubsessel gegeben, auf dem Schreibtisch hatten gerahmte Familienfotos gestanden, und es hatte intensiv nach Pfeifentabak gerochen.

Von alledem war nichts übrig geblieben, nicht mal die geblümten Vorhänge, die Madame Feraud für die beiden hohen Fenster genäht hatte. Die Wände waren weiß gestrichen, es gab keine Bilder, und das einzige Mobiliar waren zwei schwarze Ledersessel, ein Schreibtisch, der bis auf einen Computerbildschirm völlig leer war, und einen Schreibtischstuhl, auf den sich de Sabran-Pontevès fallen ließ.

Mit einer Handbewegung gab er Matilde zu verstehen, dass sie auf einem der beiden Sessel Platz nehmen sollte.

»Nimm die Mütze ab«, sagte er barsch, und Matilde war so baff, dass sie ihm gehorchte. Mit zittrigen Knien ließ sie sich auf den Sessel nieder und wartete darauf, was er als Nächstes sagen würde.

Aber er sagte nichts mehr, auch nicht, als sie ihn herausfordernd ansah. Etwa eine Minute lang herrschte Schweigen zwischen ihnen, dann hielt es Matilde nicht mehr aus und sagte: »Was genau wollten Sie mit mir besprechen, Monsieur?« Durch die Anrede hoffte sie, die notwendige Distanz zwischen ihnen herzustellen, aber de Sabran-Pontevès ignorierte diesen Versuch einfach.

Er räusperte sich. »Wir haben da neulich etwas angefangen, dass wir unbedingt zu Ende führen sollten. Ich für meinen Teil werde jedenfalls sonst wahnsinnig.«

»Was soll das heißen: zu Ende führen?« Matilde konnte sich gerade noch beherrschen, unruhig auf dem Sessel hin- und herzurutschen.

»Das soll heißen, dass ich dich ...« Wieder räusperte er sich. »Wir sollten miteinander schlafen. Ich denke Tag und Nacht an nichts anderes mehr.«

Das geht mir leider genauso, dachte Matilde, aber dann ging ihr die ganze Unverschämtheit seiner Worte auf, und die Schamröte stieg ihr ins Gesicht. Wenn dies die letzte Nacht ihres Lebens wäre, würde sie sich trotzdem auf der Stelle in seine Arme werfen und sich die ganze Nacht von ihm lieben lassen. Aber da es sehr wahrscheinlich war, dass sie morgen Früh noch unter den Lebenden weilte, war es leider unmöglich. Sie würde sich eine solche Eskapade niemals verzeihen.

»Ich habe Sie wohl nicht richtig verstanden«, sagte sie.

»Was gibt es da nicht zu verstehen?«

»Warum genau möchten Sie mit mir schlafen, Monsieur?«

»Weil ich ungern etwas anfange, ohne es zu Ende zu führen. Und weil ich glaube, dass es für uns beide eine einmalige Erfahrung wird, die wir, sollten wir darauf verzichten, unser Leben lang bereuen würden.«

»Meinen Sie *einmalig* im Sinne von einmalig gut oder im Sinne von *einmalig*?«, fragte Matilde. Sie war verblüfft, dass ihre Stimme ihr überhaupt noch gehorchte.

»Beides«, sagte de Sabran-Pontevès. »Wenn du willst.«

Matilde starrte ein paar Sekunden schweigend in seine dunklen Augen. Er erwiderte ihren Blick, ohne mit der Wimper zu zucken, und sie fand, dass er geradezu gefährlich aussah. Sie war froh, dass der breite Schreibtisch zwischen ihnen war und sie so ihren Verstand halbwegs zusammenhalten konnte.

»Nein danke«, sagte sie schließlich und war plötzlich den Tränen nah.

De Sabran-Pontevès erhob sich und begann, hinter seinem Schreibtisch auf und ab zu gehen. »Ich verstehe dich nicht: Ich biete dir völlig unverbindlichen, großartigen und diskreten Sex an – was hindert dich daran, einfach Ja zu sagen?«

Seine Fragen waren so dumm und kränkend, dass er eigentlich keine Antwort verdient hatte. Aber sie konnte einfach nicht anders, sie musste sprechen: »Es gibt tatsächlich Menschen, die keinen Wert auf *unverbindlichen, großartigen* und *diskreten* Sex legen, Monsieur. Ich gehöre zu einer altmodischen Spezies von Frauen, denen man mehr als das bieten muss, um sie ins Bett zu bekommen. Und damit meine ich keine Gehaltserhöhung!« Matilde merkte, wie sich vor lauter Empörung die zwei bekannten roten Flecken auf ihren Wangen bildeten. »Im Übrigen wäre es mir recht, wenn Sie mich wieder siezten – denn noch waren wir ja schließlich nicht miteinander im Bett!«

»Und was genau müsste ich dir bieten, um dich ins Bett zu bekommen?«, fragte er, während er weiter auf und ab lief.

Er war einfach unglaublich ignorant!

»Meine Schwester hat Recht, Sie sind wirklich ein berechnender, chauvinistischer und egoistischer Mistkerl, der über Leichen geht«, brach es aus ihr heraus.

»*Das* hat sie gesagt?«

»Unter anderem.« Matilde stand auf.

De Sabran-Pontevès seufzte. »Inzwischen kennen Sie mich aber doch selber schon eine ganze Weile, lange genug, um zu wissen, dass Ihre Schwester vielleicht nicht unbedingt Recht hat.«

Daran, dass er plötzlich zum »Sie« zurückgekehrt war, erkannte Matilde, dass er betroffen war. »Sie haben mir gerade angeboten, völlig unverbindlich mit Ihnen ins Bett zu gehen«, sagte sie. »Ist das vielleicht nicht chauvinistisch?«

De Sabran-Pontevès schwieg. Dann sagte er leise: »Was muss ich tun, damit Sie Ihre Meinung ändern, Matilde?«

Matilde öffnete die Tür, wobei ihr die Türklinke beinahe durch die Finger geglitten wäre, so feucht waren ihre Hände während der Unterhaltung geworden.

»Ich fürchte, da können Sie gar nichts tun, Monsieur«, sagte sie, und es war ihr egal, dass es genau so bedauernd klang, wie sie es meinte.

Isabell fasste es immer noch nicht ganz: Da saß sie also tatsächlich in ihrem alten Lieblingscafé in Hamburg, vor einer Tasse Kaffee und einem Stück Käsesahnetorte, und ihr gegenüber saß Joséphine, Corins Schwester, vor der gleichen Torte.

Sie zögerte allerdings, ihre Kuchengabel überhaupt zu benutzen, und beäugte die Torte misstrauisch.

»Nur zu«, ermunterte sie Isabell. »Sie schmeckt nirgendwo so gut wie hier.«

»Aber sie hat vermutlich eintausend Kalorien«, bemerkte Joséphine.

»Ja«, seufzte Isabell. »Aber manchmal muss man eben Ausnahmen machen. Ich bin gerade dabei, mir die letzten vier Kilo hinunterzuhungern, aber auf diese Torte will ich auf keinen Fall verzichten.«

»Aber du siehst fantastisch aus – überhaupt nicht so, als hättest du gerade ein Baby bekommen. Sogar der

Bauch ist flach. Ich hatte mindestens noch ein Jahr nach Laurents Geburt eine Wampe wie eine Mastsau.«

Isabell musste lachen. »Kann man sich gar nicht vorstellen«, sagte sie mit einem Blick auf Joséphines überaus zierliche Figur. »Abgesehen davon habe ich jetzt bald mein altes Gewicht wieder, aber nackt immer noch Ähnlichkeit mit einer Mastsau. Der Bauch sieht nur in diesem Liebestöter so flach aus, es ist so eine Art Zwangsjacke für Bäuche.« Wieder lachte sie. Der Zustand ihrer Bauchdecke machte ihr heute erstaunlich wenig aus. Das mochte auch daran liegen, dass Florence seit ein paar Nächten durchschlief und auch ihre abendliche Brüllerei deutlich weniger geworden war. »Laurent hat die ganze Zeit wenig schmeichelhafte Vergleiche mit Monsieur Richauds Mutterkuh gezogen, er war am Anfang fest davon überzeugt, dass ich noch ein paar Junge in meinem Bauch versteckt hätte.«

Joséphine lachte auch, während sie einen Bissen von der Käsesahnetorte nahm. »Hm, das ist wirklich göttlich«, sagte sie.

Isabell konnte ihr nur zustimmen. Sie lehnte sich zufrieden in ihren Korbstuhl zurück. Es war ein wunderbarer, wenn auch ziemlich verrückter Tag gewesen. Sie hatte Florence in Kiel bei Onkel Ludwig gelassen, mit einem Fläschchen abgepumpter Milch und drei Fläschchen mit Ersatz-Muttermilch.

»Und wenn sie die nicht nimmt?«, hatte Onkel Ludwig gefragt.

»Die nimmt sie, aber wenn nicht, kannst du mich auf dem Handy erreichen, und ich setze mich sofort ins Auto und komme zurück.«

»Rabenmutter«, hatte Onkel Ludwig gesagt, aber er hatte dabei gelächelt. Als sie gefahren war, hatte Florence gut gelaunt auf seinem Arm herumgegluckst, das hatte Isabell den Abschied leicht gemacht.

Sie hatte Joséphine in ihrem Hotel abgeholt, und dann waren sie den ganzen Vormittag lang durch Hamburg gezogen. Irgendwo zwischen Prada und Jil Sander hatte Isabell in Kiel angerufen, und Onkel Ludwig hatte gesagt, dass Florence die künstliche Milch genauso gerne tränke wie die gute Rabenmuttermilch. Vor lauter Freude darüber hatte Isabell sich anschließend ein hinreißendes Abendkleid gekauft, und Joséphine hatte mit Anerkennung in der Stimme gesagt: »Ich habe mich wirklich in dir getäuscht. Es kommt nicht oft vor, dass jemand beim Einkaufen mehr Geld ausgibt als ich.« Und dieser Tatbestand hatte offenbar bewirkt, dass sie ihre distanzierte Hochnäsigkeit ablegte und Isabell endlich duzte.

Isabell war in der Tat in eine Art Kaufrausch geraten: ein neues Kostüm für den Scheidungstermin, das Abendkleid, zwei Paar neue Schuhe, von denen das eine perfekt zum Kostüm und das andere zum Abendkleid passte, Seidenstrümpfe, ein neues Parfüm, sündhaft teures Make-up – ein deckendes, das die Inseln auf ihrer Gesichtshaut kaschieren sollte – und eine komplette Sommergarderobe für Florence. Auch Joséphine hatte kräftig zugeschlagen, vor allem in den Schuhgeschäften. Ihre Kaffeepause hatten sie sich beide verdient.

»Als ich mit Laurent schwanger war, hatte ich ständig Heißhunger auf Süßes. Hoffentlich wird das diesmal anders«, sagte Joséphine, als sie den letzten Bissen Torte verschlungen hatte.

»Du bist schwanger?«, rief Isabell aus.

»Noch nicht«, sagte Joséphine. »Aber ich hoffe, bald.

Ich versuche es jetzt seit vier Monaten. Ich habe sogar das Rauchen aufgegeben.«

»Aber«, begann Isabell, verstummte aber, als ihr klar wurde, was sie hatte sagen wollen: *Aber du hast doch schon ein Kind.*

»Ich will unbedingt noch eins«, sagte Joséphine trotzdem. »Ich bin jetzt fünfunddreißig Jahre alt, und ich habe nicht vor, den Rest meines Lebens mit meinem Mann durch die Welt zu jetten und meine Tage damit zu verbringen, Schuhe zu kaufen.«

»Na ja, ich denke, du wirst ab und an auch mal etwas anderes tun«, sagte Isabell.

»Aber nichts Sinnvolles«, sagte Joséphine.

»Verstehe«, sagte Isabell, aber in Wirklichkeit verstand sie überhaupt nichts. Wenn Joséphine nach einer sinnvollen Aufgabe suchte, brauchte sie nur anzufangen, sich endlich um Laurent zu kümmern.

Wieder schien es, als hätte Joséphine ihre Gedanken erraten: »Für Laurent und mich ist es zu spät. Ich bin Perfektionistin, ich möchte es noch einmal ganz von vorne versuchen.« Sie fand wohl selber, dass es eigenartig klang, und setzte hinzu: »Außerdem ist er bei meiner Mutter viel besser aufgehoben. Er hat sie schon immer mehr geliebt als mich.«

»Ich glaube aber, niemand kann ihm die Mutter ersetzen«, sagte Isabell.

»Du meinst, besser eine schlechte Mutter als gar keine? Das sehe ich anders. Ich weiß, dass ich bei Laurent auf der ganzen Linie versagt habe. Ich dachte, ich könnte ihn wenigstens in finanzieller Hinsicht absichern, indem ich einen reichen Mann für uns beide finde, aber das war ja auch nichts. Bei meiner Eheschließung musste ich unterschreiben, dass im Falle meines Todes John

D's gesamtes Vermögen an seine Familie zurückfällt, vorausgesetzt, er stirbt überhaupt vor mir.«

»Aber du kannst doch bis dahin genug auf die Seite legen«, sagte Isabell, und die praktisch denkende Steuerfachgehilfin in ihr kam wieder zum Vorschein. »Aus ein paar hundert Franc jeden Monat kann in ein paar Jahren für Laurent ein hübsches Sümmchen werden. Es gibt da Sparverträge und Aktienfondsparpläne ...«

»Das ist nicht dasselbe. Es wäre trotzdem John D's Geld und nicht meins. Nein, ich will endlich meinen Anteil vom Erbe meines Vaters. Ich verstehe nicht, warum sich meine Familie so sehr dagegen sträubt. Vor Gericht werde ich sowieso gewinnen.«

»Ja, aber der Pflichtanteil, den du ausbezahlt bekommen wirst, ist nur ein Bruchteil von deinem jetzigen Anteil von RINQUINQUIN wert, ganz zu schweigen von dem, was er in ein paar Jahren wert ist.«

»Pah«, machte Joséphine. »In ein paar Jahren ist vielleicht gar nichts mehr übrig. Diese verdammte marode Plantage hat schon mehr als einmal kurz vor dem Ruin gestanden, und wenn ich jetzt nicht auf dem Geld bestehe, bleibt am Ende nur ein Franc aus der Konkursmasse für Laurent übrig.«

»Ich verstehe«, sagte Isabell, und diesmal verstand sie wirklich. »Du willst es also nicht für dich, sondern für Laurent?«

Joséphine nickte.

»Aber warum hast du das denn niemals gesagt?«

Joséphine zuckte mit den Schultern. »Was macht das denn für einen Unterschied? Sie hassen mich so oder so, weil ich ihrem geliebten RINQUINQUIN an den Kragen will.«

»Es macht einen riesigen Unterschied«, rief Isabell,

und plötzlich kam ihr eine wunderbare Idee. »Und wie wäre es, wenn du deine Anteile an RINQUINQUIN auf deinen Sohn überschreibst? Damit würde ihm viel mehr als der mickrige Pflichtanteil gehören, nämlich ein Viertel des Gutes, er würde an deiner Stelle in die Erbfolge rücken, und du wärst RINQUINQUIN für immer los.«

»Hm«, machte Joséphine. »Aber ...«

»Das ist vielleicht kein großes Erbe für jemanden wie John D«, fiel Isabell ihr eifrig ins Wort. »Aber es ist ein verdammt großes Erbe für jemanden, der RINQUINQUIN so sehr liebt wie Laurent. Bis er volljährig ist, haben wir das Gut so hinaufgewirtschaftet, dass es das Zehnfache seines heutigen Preises wert ist, Laurent wird ein reicher Mann sein!«

»Hinaufgewirtschaftet? Ich weiß aus Erfahrung, dass dieses Gut immer schon mehr geschluckt als abgeworfen hat. Warum sollte das auf einmal anders sein?«

»Es lag nur an den dämlichen Krediten«, sagte Isabell. »Ich habe es am Anfang selber nicht geglaubt: Aber mit Pfirsichen ist wirklich Geld zu verdienen!«

»Und du bist nicht einfach nur verblendet, weil du in meinen Bruder verknallt bist?«

»Oh nein«, sagte Isabell. »Mit Zahlen kenne ich mich wirklich aus. Du kannst mir glauben: Dieses Gut ist eine Goldgrube.«

»Ich könnte mich mit diesem Gedanken anfreunden«, sagte Joséphine.

Isabell beugte sich eifrig nach vorne. »Wie lange bist du noch hier?«

»Zwei Tage.«

»Das reicht. Ich werde meinen Anwalt fragen, ob er ein gültiges provisorisches Dokument aufsetzen kann.« Sie war ganz aufgeregt. Das hier war die Lösung so vieler Probleme! So würde vielleicht endlich dieser jahrelange Familienkrieg beendet werden.

»In Ordnung«, sagte Joséphine. »Wenn dein Anwalt so etwas aufsetzen kann, werde ich es unterschreiben.«

»Ich habe heute die Schildkröte für Laurent gekauft«, sagte Isabell.

»Heißt das, dass du bald zurückkommst?«, fragte Corin, und wie immer, wenn sie miteinander telefonierten, klang er zugleich niedergeschlagen und gereizt. »Oder wolltest du sie auch mit der Post schicken, wie die Fotos von Florence?«

»Ich weiß nicht, wieso du darauf so herumhackst! Ich habe die Fotos gemacht, weil du dich beschwert hast, dass du gar nicht wüsstest, wie sich Florence inzwischen verändert hat. Ich dachte, ich mache dir eine Freude damit!«

»Na klar! Ich freue mich riesig darüber, dass ich meine Tochter fünf Wochen nicht sehen muss! Warum hast du nicht gleich auch ein paar Fotos von dir mitgeschickt?«

»Ja, das wäre gar nicht mal so schlecht gewesen: Ich habe mich nämlich auch ganz schön verändert.« Isabell konnte nicht anders, sie musste sich bei diesen Worten selber anerkennend im Spiegel anschauen. Fünf Wochen ausreichenden Schlaf, eine Diät, jeden Tag Jogging, ein hartes Gymnastiktraining und jede Menge Bürstenmassagen hatten durchaus ihre Wirkung gezeigt. Und auch ihre wiederholten Besuche bei der Hautärztin und einer Kosmetikerin hatten sich gelohnt. »Kannst du dich noch an die Balearen erinnern, Corin?«

»Die Balearen? Wovon redest du?«

»Sie sind vollkommen verschwunden«, sagte Isabell.

»Im Mittelmeer versunken, nehme ich an?«

»Australien ist schon merklich blasser, und von den Malediven sind nur noch ein paar übrig«, fuhr Isabell fort. »Wenn ich mich gut schminke, sieht man sie kaum noch. Außerdem habe ich vier Kilo abgenommen. Allerdings sieht mein Bauch immer noch schrecklich aus – er wird einfach nie mehr so werden, wie er mal war.«

»Isabell, was faselst du da? Jedes Mal, wenn wir telefonieren, bringst du mich auf die Palme, indem du mich mit so unwichtigem Zeug vollquatschst! Ich möchte wissen, wann du endlich nach Hause kommst.«

»Unwichtiges Zeug? Wegen genau diesem unwichtigem Zeug bin ich ja überhaupt erst abgehauen.«

»Wegen deiner *Pigmentflecken*?«

»Unter anderem«, sagte Isabell.

»Ich kann nicht glauben, dass du wirklich so *oberflächlich* bist!«

»Ich nicht – *du*!«

»Ich? Als ob mich ein paar Sommersprossen gestört hätten. Oder ein paar Kilo mehr oder weniger!« Corin schnaubte wütend ins Telefon.

»Es hat dich aber davon abgehalten, mit mir zu schlafen!«

»Wie bitte? Das Einzige, was mich davon abgehalten hat, mit dir zu schlafen, warst du selber! Du hast mir sehr deutlich zu verstehen gegeben, dass du das nicht willst!«

»Aber nur, weil du's nicht wolltest«, sagte Isabell.

Corin am anderen Ende der Leitung seufzte. »Das ist mir zu blöd, Isabell. Derartige Gespräche am Telefon zu führen macht überhaupt keinen Sinn. Wenn du hier bei mir wärst, gäbe es nur eine einzige Möglichkeit, diese Diskussion ein für alle Mal zu beenden.«

Isabell spürte ein altbekanntes Ziehen, das sich von der Magengrube bis in die Zehenspitzen ausbreitete. »Ja«, sagte sie sehnsüchtig. »Aber wir diskutieren es im Dunkeln aus, einverstanden? Und du darfst dabei auf keinen Fall meinen Bauch berühren. Jedenfalls nicht mit den Händen.«

»Das werden wir ja sehen«, sagte Corin.

»Eben nicht! Es wird stockdunkel sein«, sagte Isabell.

Corin zog es vor, darauf nicht einzugehen. »Wann kommst du?«

»Ich wollte morgen Früh losfahren. Das heißt, natürlich nur, wenn ich rechtzeitig zu meiner Scheidung erscheine. Und die ist in genau drei Stunden.«

»Dann beeil dich in Gottes Namen! Ich kann es es gar nicht erwarten, unsere Diskussion unter vier Augen fortzusetzen.«

8. KAPITEL

Onkel Ludwig begleitete sie mit dem Kinderwagen bis direkt vor das Gerichtsgebäude.

»Ich fahre so lange mit Florence um den Block, bis du wieder herauskommst«, sagte er aufgeregt. Isabell wusste, dass er am liebsten mit hineingegangen wäre, um ihre Hand zu halten. Aus irgendeinem Grund fürchtete er, dass ihr Noch-Ehemann Frithjof ihr gegenüber unverschämt werden könnte. »Und wenn du nicht kommst, dann hole ich dich. Und schlage diesem Kretin eins in die selbstgefällige Fr ... Visage.«

»Das brauchst du nicht«, beruhigte ihn Isabell. »Unsere Anwälte sind doch dabei, und selbst wenn er unverschämt wird: Ich kann mich inzwischen ganz gut selber verteidigen.«

»Also gut«, sagte Onkel Ludwig. »Dann hinein mit dir! Und dass du mir nur ja als geschiedene, stinkreiche Frau wieder hier herauskommst!«

»Es wird ganz schnell gehen«, sagte Isabell. »Reine Formsache.« Das hatte jedenfalls ihr Anwalt gesagt, Onkel Walter. Onkel Walter war ein Nennonkel, ein alter Freund von Onkel Ludwig, den sie noch aus Kindertagen kannte, weil er und seine Frau immer zum Doppelkopfspielen zu ihnen nach Hause gekommen waren. Isabell hatte ursprünglich viel Wert auf eine so genannte »harmonische Scheidung« gelegt. Da sie diejenige gewesen war, die ihre Ehe für beendet erklärt hatte, wollte sie Frithjof nicht noch zusätzlich wehtun, indem sie den üblichen Scheidungskrieg mit ihm anzettelte. Aber Onkel Walter hatte sie belehrt, dass es einfach keine harmonische Scheidung gäbe und dass er sie nur vertreten würde, wenn er zugleich dafür sorgen dürfe, dass sie jeden Pfennig bekäme, der ihr nach dem Gesetz zustand.

Genau das hatte Frithjof um jeden Preis verhindern wollen, und sein Anwalt hatte im Laufe des Trennungsjahres zu allen möglichen fiesen Tricks gegriffen, um Isabell zu übervorteilen. Aber nicht mit Onkel Walter! Es waren unzählige giftige Schreiben hin und her gegangen, dutzendweise Anträge gestellt worden, und Frithjof war sicher mehr als einmal vor Wut geplatzt, da war sich Isabell ganz sicher. Sie selbst hatte die ganze Sache bis auf ein paar Telefongespräche mit Onkel Walters Büro und diverse Unterschriften, die sie unter seine Anträge gesetzt hatte, nicht berührt. Sie hatte nichts getan, als auf RINQUINQUIN ihr neues Leben zu genießen. Es war schon ein unerhörter Luxus, jemanden anderen für sich Gift und Galle spucken lassen zu können.

Frithjof allerdings ist ein Mensch, der es sich nicht nehmen lassen will, selber Gift und Galle zu spucken, dachte Isabell, als sie mit ihrem neuen Kostüm und den hochhackigen Schuhen von Prada den Gang im zweiten Stock des Gebäudes entlangtrippelte, links und rechts nach der Zimmernummer 234 Ausschau haltend. Sie war ein wenig aufgeregt, aber lange nicht so sehr, wie es vielleicht angemessen gewesen wäre. Seit sie Frithjof verlassen hatte war so unendlich viel passiert, dass die

Zeit mit ihm ihr vorkam wie eine unbedeutende Sequenz aus einem früheren Leben. Sie war einfach nicht mehr dieselbe Person wie damals. Ihr Besuch in Deutschland hatte ihr gezeigt, dass sie hier gar keine Wurzeln mehr besaß. Es gab noch ein paar alte Schulfreunde in Kiel, mit denen sie Kontakt hielt, aber ihre Freunde in Hamburg hatte sie zusammen mit ihrer Ehe aufgegeben. Es waren ohnehin fast nur Frithjofs »Freunde« gewesen oder besser Menschen, mit denen Umgang zu haben er für angemessen hielt, Menschen mit Geld, Bildung oder guten Kontakten. Während ihrer gemeinsamen Jahre hatte er alles daran gesetzt, Isabells Selbstbewusstsein zu untergraben, er hatte sie bevormundet und über ihr ganzes Leben bestimmt. Ständig hatte er ihr zu verstehen gegeben, dass sie sich gewaltig anstrengen musste, um seinen Ansprüchen zu genügen. Auch dass sie nicht auf Knopfdruck schwanger wurde, als er es wollte, hatte er auf ihr persönliches Versagen zurückgeführt.

Isabell hingegen konnte ihrem Schöpfer gar nicht genug dafür dankbar sein, dass er verhindert hatte, dass sie von Frithjof schwanger wurde. Das hätte es ihr viel schwerer, wenn nicht sogar unmöglich gemacht, ihn zu verlassen.

Als sie ihn verlassen hatte, hatte sein Ego einen gewaltigen Knick bekommen. Die Umkehrung der Verhältnisse hatte ihm überhaupt nicht gefallen. Plötzlich war er es gewesen, der ihren Ansprüchen nicht mehr genügt hatte! Er, Frithjof Tegen, sollte den Ansprüchen einer kleinen, schüchternen und unfruchtbaren Steuerfachgehilfin nicht genügen? Lächerlich!

Er hatte keine Zeit verloren und sofort ein Verhältnis mit ihrer damals besten Freundin Moni angefangen, und er wusste bis heute nicht, wie wenig sie dieser Vertrauensbruch getroffen hatte. Im Gegenteil: Im Grunde war sie froh gewesen, dass er sich so schnell getröstet hatte. Und für Moni war es auch genau das Richtige: Sie hatte immer nach einem Mann mit viel Geld gesucht.

Isabell hatte es nicht für nötig gefunden, die beiden über Corin und ihre Schwangerschaft aufzuklären – es hätte Monis Triumph und Frithjofs Häme geschmälert, aber ihr keinerlei Nutzen eingebracht. Warum auch – sie gönnte ihrem Exehemann und ihrer Exfreundin ihre neue Liebe von ganzem Herzen, und sie konnte nur hoffen, dass es sich auch wirklich um Liebe handelte.

»Isabell, Mädchen, hier bin ich!« Onkel Walters hundertdreißig Kilo, verteilt auf einem Meter vierundachtzig, waren nicht zu übersehen. In seiner Anwaltsrobe sah er überaus beeindruckend aus.

»Du siehst großartig aus.« Isabell küsste ihn auf beide Wangen.

»Du aber auch«, sagte er. »Meine Güte, wie elegant!«

»*Zu* elegant? Meinst du, der Richter wird mir weniger Geld zusprechen, wenn er sieht, dass meine Schuhe von Prada sind?«

»Es ist eine Richterin«, lachte Walter. »Und niemand wird dir auch nur einen Pfennig weniger zusprechen als dir zusteht. Gesetz ist Gesetz! Komm, die Tür ist auf, wir können schon hineingehen. Die gegnerische Partei ist schon da.«

Die »gegnerische Partei« hatte bereits Platz genommen. Isabell fand, dass Frithjof unverändert aussah: ein großer schlanker Mann mit dichten blonden Haaren und einem hübschen Jungengesicht, das ihn deutlich harmloser erscheinen ließ als er in Wirklichkeit war. Wie immer war er tadellos angezogen, frisiert, rasiert und manikürt, stellte Isabell mit einem einzigen taxierenden Blick fest. Auch er musterte sie von Kopf bis Fuß, und sie zog unter seinen Blicken unwillkürlich den Bauch ein. Dabei hatte sie das wirklich nicht nötig. Sie wusste, dass sie großartig aussah.

Sie lächelte Frithjof spontan zu, bevor sie sich setzte. Frithjof lächelte natürlich nicht zurück, sondern wandte sich flüsternd an seinen Anwalt.

Nun, dann eben nicht.

Erst als die Richterin und der Protokollant Platz genommen hatten, entdeckte Isabell auf den Zuschauerstühlen ihre Freundin Moni. Aha, offensichtlich waren die beiden immer noch zusammen. Wie schön für sie. Warum Moni allerdings so giftig dreinschaute, war ihr ein Rätsel. Sie musste sich doch freuen, dass ihr Liebster nun bald ein freier Mann sein würde – wenn auch um ein paar Mark ärmer.

Die Verhandlung begann, und Isabell merkte bald, dass zwischen ihren Vorstellungen von »ganz schnell« und »reine Formsache« und Onkel Walters Vorstellungen von »ganz schnell« und »reine Formsache« eine ziemlich große Differenz klaffte. Jeder Antrag der Parteien wurde einzeln diskutiert, und Isabell schien es, als würde über jeden einzelnen Pfennig des ihr zustehenden Geldes verhandelt werden. Als die Richterin ihre Ehe endlich für geschieden erklärte, waren fast zwei Stunden vergangen.

»Herzlichen Glückwunsch«, sagte Onkel Walter.

»Du warst großartig«, sagte Isabell, die selber beinahe eingeschlafen war, während er sich tapfer durch den Paragrafen- und Antragsdschungel gekämpft hatte. »Vielen Dank!«

»Ich sagte doch, das ist reine Formsache.« Onkel Walter packte seine Sachen zusammen. »Es war mir ein Vergnügen.«

Vom Gang war das Gejammere eines Babys zu hören, und Isabell erkannte eindeutig Florences Stimme, und ihr Körper erkannte sie auch: Prompt schoss ihr die Milch ein. Mit dem Abstillen ging es lange nicht so schnell wie sie gehofft hatte.

»Meine herzlichsten Glückwünsche«, sagte Monis Stimme hinter ihr.

»Danke«, erwiderte Isabell freudig überrascht. Im ersten Moment glaubte sie tatsächlich, Moni gratuliere ihr zu ihrer Tochter. Aber dann fiel ihr ein, dass sie ja gar nichts davon wissen konnte.

»Wie fühlt man sich, wenn man seinen Exmann soeben an den Rand des Ruins gebracht hat?«, fragte Moni. Von nahem sah sie ein wenig müde aus, die Falten um ihre Augen waren tiefer geworden, und die Haut unter ihrem Make-up machte einen fahlen und unreinen Eindruck.

Da bin ich mit meinen Inseln und Erdteilen ja noch ganz gut bedient, dachte Isabell. Laut sagte sie: »Liebste Moni, wir beide wissen doch, dass Frithjof sich immer noch ganz hervorragend steht.« Es stimmte, denn das gesamte Erbe von Frithjofs Vater war von ihrem Zugewinn per Vertrag ausgeschlossen gewesen.

»Ich an deiner Stelle würde mich schämen«, sagte Moni dennoch. »Na ja, ein Gefühl für Anstand und Moral ist eben nicht jedem gegeben.«

Vor allem dir nicht, war Isabell versucht zu sagen, denn schließlich war es auch nicht gerade die feine Art, sich an den Hals des Mannes der besten Freundin zu werfen, noch bevor deren Bettseite kalt geworden war. »Das hat doch alles auch seine guten Seiten: Jetzt ist

Frithjof auf jeden Fall frei, um dich zu heiraten«, sagte sie aber freundlich. Florence draußen auf dem Flur stimmte jetzt ein forderndes Gebrüll an.

»Du glaubst doch nicht, dass er noch einmal so blauäugig ist, ohne vernünftigen Ehevertrag zu heiraten«, schnappte Moni, aber dann fügte sie versöhnlicher hinzu: »Wir heiraten wirklich noch in diesem Sommer!«

Ihr auch?, hätte Isabell beinahe gefragt, aber Moni ließ sie nicht dazu kommen.

»Ich bin nämlich schwanger!«, trompetete sie triumphierend.

»Oh!«, rief Isabell aus. »Aber das ist ja wunderbar. Herzlichen Glückwunsch. Ich freue mich für euch.«

»Das nehme ich dir nicht ab.« Moni sah sie mit schiefgelegtem Kopf an, und ihre Augen glitzerten vor lauter Boshaftigkeit. »Für dich muss es doch schrecklich sein, dass Frithjof mit mir das Kind bekommt, was du ihm nicht schenken konntest.«

»Wäääääh«, brüllte Florence vom Flur und verhinderte, dass ihre Mutter Moni eine entsprechende Antwort erteilen konnte. Isabell hob lediglich bedauernd die Schultern. »Entschuldige mich, Moni, ich muss ...«

Die boshaften Blicke im Rücken schlängelte sie sich an den anderen vorbei, durch die Tür hinaus in den Flur.

»Schönes Leben noch«, rief Moni ihr nach.

Jetzt glaubt sie vermutlich, dass ich ihren schwangeren Anblick einfach nicht ertragen kann, dachte Isabell amüsiert. Es war offensichtlich, dass Moni nur mitgekommen war, um ihr das mit ihrer Schwangerschaft mitzuteilen und den schockierten Ausdruck auf dem Gesicht der armen, unfruchtbaren Isabell zu sehen!

»Da bist du ja endlich«, rief Onkel Ludwig und drückte

der armen, unfruchtbaren Isabell die schreiende Florence in den Arm.

»Ja, es hat Ewigkeiten gedauert!« Isabell gab ihm das Baby einfach zurück, ließ sich auf einen Stuhl fallen und knöpfte ihre Kostümjacke auf.

Florence war vor Wut und Hunger bereits puterrot im Gesicht.

»Mit Fencheltee war sie einfach nicht mehr abzuspeisen«, erklärte Onkel Ludwig. »Wo ist denn Walter?«

»Er ist noch da drinnen auf einen Schnack mit seinem Kollegen und der Richterin. Wenn eine Verhandlung gelaufen ist, sind wohl alle die besten Freunde.« Isabell hatte Mühe, den BH zu öffnen, es war kein Still-Bh, sondern ein sexy Modell, das sie zusammen mit Joséphine ausgesucht hatte. »Nur Moni und Frithjof sind immer noch stinkesauer.«

»Woraus ich entnehme, dass du auf der ganzen Linie gesiegt hast?«

»Ich bin eine geschiedene Frau«, sagte Isabell und nahm die ungeduldig zappelnde Florence entgegen. Das nervtötende Brüllen verstummte urplötzlich. Gierig begann sie zu trinken. »Das ist alles, worauf es ankommt.«

»Na ja, nun tu mal nicht so! Das Geld könnt ihr schließlich auch gut gebrauchen«, sagte Onkel Ludwig. »Ich weiß, dass euer Haus Unsummen verschlingt.«

»Das stimmt«, sagte Isabell. Florence schmatzte genüsslich, und Isabell musste lachen. »Ich werde ohne das geringste schlechte Gewissen das wunderbare Sofa erstehen können, dass ich in diesem Geschäft in Manosque gesehen habe.«

Die Tür von Zimmer 234 öffnete sich erneut, und Onkel Walter, der gegnerische Anwalt und die Richterin kamen heraus. Hinter ihnen Frithjof und Moni.

Während Frithjofs Blick beinahe sofort auf Isabell fiel und sich seine Pupillen bei ihrem Anblick vor Verblüffung weiteten, dauerte es bei Moni ein paar Sekunden länger. Als sie endlich begriff, was sie da eigentlich sah, war sie schon gegen einen Papierkorb gerannt.

Isabell hätte beinahe hell aufgelacht. Die beiden glotzten die schmatzende Florence völlig entgeistert an.

»Ist das deins?«, fragten sie schließlich wie aus einem Mund, und Isabell konnte sich angesichts einer so dämlichen Frage ein schadenfrohes Lächeln nicht verkneifen.

»Nein, natürlich nicht«, sagte sie. »Fremde Babys zu stillen ist mein neuestes Hobby.«

Kaum war François wieder gesund, streckte sein Grippevirus beinahe alle anderen Angestellten des ROYAUME nieder. Zu Matildes samstäglicher Mittagsschicht war nur die Hälfte erschienen, und im Laufe des Nachmittags bekamen auch Edith und Clarisse Fieber. Als François zur Arbeit kam und mit ihm de Sabran-Pontevès, erwartete sie Matilde in einer fast menschenleeren Küche.

»Was ist denn hier passiert?«, rief François aus, und de Sabran-Pontevès, wie immer in einem eleganten Anzug von Armani, fragte: »Haben die anderen etwa alle gekündigt?«

»Nein, aber wir müssen wohl für heute Abend schließen. Wegen akutem Personalmangel«, sagte Matilde. »Didier, Edith und Clarisse sind krank, ebenso Monique und Brigitte. Von Lisa und Albert habe ich noch nichts gehört, aber weil sie längst hier sein sollten, nehme ich an, dass es sie auch erwischt hat.«

»Ausgerechnet heute«, stöhnte François. »Wir haben eine zehnköpfige Hochzeitsgesellschaft da und mindestens zehn Vorbestellungen.«

»Zwölf«, sagte de Sabran-Pontevès.

Matilde hob die Schultern. »Das ist eben höhere Gewalt. Ihr beide allein werdet das wohl kaum auf die Reihe kriegen. Und Fabien und ich haben jetzt Feierabend.«

In diesem Augenblick kam die kleine blonde Lisa, die zusammen mit Fabien ihre Ausbildung im ROYAUME absolvierte, zur Tür hinein. »Entschuldigung, ich bin zu spät – was ist denn hier los?«

»Grippe«, sagte Matilde trocken.

»Ich kenne das Brautpaar persönlich«, jammerte François. »Wir können die unmöglich vor verschlossenen Türen stehen lassen.«

»Das stimmt«, sagte de Sabran-Pontevès. »Wir sind doch jetzt zu dritt, können wir das nicht schaffen, wenn wir nur für die Hochzeitsleute und die Vorbestellten öffnen?«

»Unmöglich«, sagte François. »Es sei denn ...« Er sah zu Matilde hinüber, das freundliche Krötengesicht zu einer flehenden Miene verzogen. »Matilde ...«

»Ich hab zu Hause noch eine Menge zu tun«, sagte Matilde. »Außerdem bin ich todmüde, und es würde mich nicht wundern, wenn ich auch diese Grippe bekäme.«

François sagte nichts, er sah sie nur bittend an.

»Also gut«, knurrte Matilde. »Ich werde noch ein bisschen bleiben.«

»Du bist ein Schatz«, sagte François, und de Sabran-Pontevès nickte zustimmend.

»Ich bleibe auch, wenn Sie wollen«, sagte Fabien. Die

Blicke, die ihn trafen, hätten nicht erstaunter sein können, wenn er sich mitten in der Küche nackt ausgezogen hätte. Der Junge hatte sich wirklich gemacht!

Nur de Sabran-Pontevès schien das alles ganz selbstverständlich zu finden. »Dann können wir ja auch ganz normal öffnen«, sagte er zufrieden.

Der Abend wurde genauso katastrophal, wie Matilde es mit dieser Besetzung vermutet hatte: In der Küche herrschte Chaos, und im Speisesaal war Monsieur de Sabran-Pontevès ohne die Hilfe der patenten Clarisse völlig aufgeschmissen. Damit die Speisen richtig temperiert zu den Gästen kamen, blieb Matilde nichts anderes übrig, als immer wieder als Kellnerin einzuspringen. Und dabei hatte sie die Torte – eine Wolkentorte mit einem Herz aus glasierten Rosenblütenblättern – für die Hochzeitsgesellschaft und das gesamte Menü eins übernommen.

»Ich würde ja auch hinausgehen«, sagte François, dessen Krötengesicht vor Anstrengung schweißnass war. »Aber mir passt Clarisses Uniform leider nicht. Dir hingegen steht sie hervorragend.«

»Das ist wirklich das letzte Mal, dass ich mich hier zum gutmütigen Trottel mache«, knurrte Matilde. »Ich weiß nicht, wieso ich immer so blöd bin und für andere die Kastanien aus dem Feuer hole.« Ihre Laune war schrecklich und verbesserte sich auch nicht gerade, als sie Lilette Ambrois an Tisch fünf entdeckte. De Sabran-Pontevès hatte den Laden vermutlich nur ihretwegen unbedingt aufmachen wollen!

Seit ihrem Gespräch neulich behandelte er Matilde mit ausgesuchter Höflichkeit, er hatte tatsächlich keinerlei Andeutungen oder Anspielungen mehr von sich gegeben. Es war verrückt: Obwohl sich an Matildes Gefühlen für ihn nichts geändert hatte, war es ihm gelungen, die Stimmung zwischen ihnen völlig zu entkrampfen, so als habe er ihr niemals unmoralische Angebote unterbreitet. Irgendwann in diesen Tagen hatte sie sich sogar dabei ertappt, dass sie mit ihm zusammen über etwas gelacht hatte. Er war so nett, dass sie sogar anfing, ihre alten Streitereien und seine unverschämten Anmaßungen zu vermissen.

Selbst den anderen fiel auf, dass de Sabran-Pontevès sich verändert hatte. Edith hatte die Vermutung geäußert, dass das an Mademoiselle Ambrois läge und daran, dass sie in der letzten Woche in dem Babybekleidungsgeschäft der Schwester einer Freundin von Ediths Schwägerin aufgetaucht war und den halben Laden leergekauft hatte.

»Es ist ganz klar, dass sie guter Hoffnung ist«, hatte Edith gesagt. »Und der Marquis überglücklich.«

Es war natürlich nur ein unbewiesenes Gerücht, aber wann immer Matilde daran dachte, bekam sie Magenschmerzen.

Mademoiselle Ambrois sah großartig aus, wenn auch kein bisschen schwanger. Sie steckte in irgendeinem atemberaubenden Designerfummel, und das Collier in ihrem Ausschnitt wog schätzungsweise ein Kilo und war dennoch sehr geschmackvoll. Sie war in Begleitung mehrerer Männer, und als Matilde ihnen das Essen an den Tisch brachte, erkannte sie den einen davon als diesen Ferdinand Sowieso, der schon einmal hier gewesen war und ein Landgut in den Alpilles besaß. Aus irgendeinem Grund war er ihr in Erinnerung geblieben, vielleicht weil er so eine fatale Ähnlichkeit mit einer Ratte hatte.

Leider erkannte er sie auch wieder.

»Oh la la«, rief er erfreut. »Das ist ja die schöne Köchin mit den grünen Katzenaugen! Erinnern Sie sich an mich?«

Als sie nichts erwiderte, hob er seinen Hintern um zwei Zentimeter vom Stuhl, deutete eine Verbeugung an und sagte: »Ferdinand Touillon, ihr alter Bewunderer! Seit wann tragen Sie denn diesen schicken Frack?«

»Bon appétit«, sagte Matilde so ungerührt, als wäre sie taubstumm, stellte einen Teller mit Auberginenkeulen vor ihm ab und machte sich eilig auf den Rückweg in die Küche. Leider war sie nicht schnell genug. Touillon schaffte es gerade noch, seine Hand auf ihren Hintern zu legen.

Aaaargh! Wie sie solche Typen hasste! Anders als Clarisse, die mit solch schmierigen Anmachen ganz souverän umgehen konnte und immer eine freche Bemerkung parat hatte, mit denen sie solchen Kerlen den Mund stopfen konnte, war Matilde einfach nur angeekelt. Besonders heute.

»Bei der Diätziege sitzt ein Lustmolch am Tisch«, sagte sie zu François. »Sorg also dafür, dass de Sabran-Pontevès die nächsten Gänge dort serviert. Ich kippe dem Typ sonst seinen *Salat Joséphine* über den Kopf.«

»In Ordnung, aber sei so gut und bring die *Pissaladiera* an Tisch sechs. Und dann – könntest du dich vielleicht um den Mangoldkuchen kümmern? Ich komme hier vorne und hinten nicht klar ...«

»Schon gut«, sagte Matilde. »Aber ab morgen fange ich ein völlig neues Leben an. Eins, in dem so flehende Blicke wie deine einfach an mir abprallen!«

Gegen halb elf wurde es endlich ruhiger, und Matilde konnte François die Küche mit gutem Gewissen allein überlassen. Seine Dankesbeteuerungen – »ich werde dir das nie vergessen; ohne dich wäre ich verloren gewesen; du bist eine echte Freundin« – folgten ihr bis hinaus vor die Tür. Sie hatte sich nicht von de Sabran-Pontevès verabschiedet, aber als sie gehen wollte, hatte er an Mademoiselle Ambrois' Tisch gesessen und sich so blendend unterhalten, dass sie ihn nicht stören wollte. Wenn er allerdings zufällig zu ihr hinübersah ... Aber nur der schmierige Hinterngrabscher Ferdinand hatte zu ihr geschaut und gesehen, wie sie »in Zivil« in der Küchentüre stand, und als ein Lächeln über sein Rattengesicht glitt, hatte Matilde schleunigst den Rückzug angetreten. Es war auch keinesfalls notwendig, de Sabran-Pontevès um Erlaubnis zu fragen, schließlich war ihre Schicht schon seit Stunden beendet. Sie war hundemüde und sehnte sich nach ihrem Bett. Wenn dieser blöde Grippevirus nicht gewesen wäre, würde sie bereits seit Stunden schlafen.

Aber vor der Tür traf sie auf ein weiteres Hindernis: die Ratte Ferdinand, der Hinterngrabscher. Von seinem Sprint von Tisch fünf bis hierher war er ganz außer Atem.

»Als ich dich mit dieser niedlichen Bluse in der Tür stehen sah, habe ich mir gleich gedacht, dass du jetzt Feierabend machst«, sagte er keuchend, und Matilde zuckte vor seinem weinschwangeren Atem zurück.

»Das war wirklich sehr clever von Ihnen«, sagte sie und ging einfach an ihm vorbei auf ihr Auto zu.

»Ja, aber jetzt zeigt sich, ob du auch so clever bist«, sagte Ferdinand. »Nämlich zuzugreifen, wenn sich dir eine Chance bietet.«

»Und die wäre?«, fragte Matilde, obwohl sie die Antwort schon ahnte.

»Mit mir noch einen schönen Abend zu verbringen.«

»Oh, diese Art Chance meinen Sie«, sagte Matilde. »Nun ja, da muss ich Sie wohl enttäuschen. Ich gehe jetzt nach Hause.«

»Was stellst du dich denn so an? Es gibt keine schöne Frau, die es jemals bereut hätte, sich mit Ferdinand Touillon einzulassen!«

»Vielleicht weil sich noch keine schöne Frau mit Ihnen eingelassen hat, Monsieur?« Matilde suchte in ihrer Handtasche nach ihrem Schlüssel, und die Umarmung des Mannes kam daher völlig überraschend. Sie hatte einfach nicht damit gerechnet, dass er handgreiflich werden würde: Er war einen Kopf kleiner als sie und bis auf einen kugeligen Bierbauch ziemlich schmächtig. Aber jetzt hatte er sie eindeutig überrumpelt.

Vor Schreck und Ärger stieß sie einen kleinen Schrei aus, als er sie gegen ihr Auto drängte und mit seinem Gesicht ganz nah vor ihrem keuchte: »Sei bloß nicht so hochnäsig! Du hast ja keine Ahnung, wie viele schöne Frauen mir zu Füßen liegen, viel schönere und jüngere als du! Was glaubst du denn, wer du bist?«

»Auf jeden Fall ist sie, verdammt noch mal, viel zu schade für einen wie dich«, sagte jemand hinter ihm, und im gleichen Augenblick wurde Ferdinand am Kragen seines Jacketts hochgehoben und unsanft auf den Bürgersteig geschubst.

»Aber de Sabran-Pontevès«, stotterte Ferdinand völlig verdattert. »Robert, mein Freund, ich wollte doch nur ...«

»Was denn? Meine Köchin belästigen? Das habe ich gesehen.« De Sabran-Pontevès schüttelte Ferdinand noch einmal heftig, bevor er ihn endgültig losließ und rücklings auf den Bürgersteig fallen ließ.

Matilde schüttelte den Kopf. Ferdinand hatte sich unmöglich benommen, aber es war nicht nötig, ihn deswegen gleich aus seinem Anzug zu boxen. Aber de Sabran-Pontevès, der sich wie ein Kleiderschrank vor Ferdinand aufbaute, schien das anders zu sehen.

»Verschwinden Sie, Monsieur, und lassen Sie sich hier niemals wieder blicken«, sagte er mit eisiger Stimme. »Wenn Sie mein Lokal noch einmal betreten sollten, rufe ich die Polizei.«

Das Rattengesicht wutverzerrt, trat Ferdinand den Rückzug an. »Das kann man mit einem Touillon nicht machen«, schnaubte er zwar noch, verschwand aber verdächtig schnell in einer Seitengasse.

»Er hat doch sicher noch seine Sachen im Restaurant«, sagte Matilde beinahe ein wenig mitleidig.

»Die können seine Freunde ihm mitbringen«, sagte de Sabran-Pontevès. »Ist alles in Ordnung, Matilde?«

»Natürlich«, sagte sie, und plötzlich fand sie die ganze Situation urkomisch. Wie de Sabran-Pontevès diese arme zappelnde Ratte einfach hochgehoben hatte! Und wie grimmig er immer noch guckte. Ganz offensichtlich fühlte er sich nun als der Retter ihrer Ehre und wartete auf ein Lob.

»Tut mir Leid, wenn der Kerl dir Angst gemacht hat«, sagte er, und da war es um Matildes Selbstbeherrschung geschehen. Sie lachte laut los. Das Lachen gluckste in ihr hoch und trieb ihr die Tränen in die Augen. Es war Jahre her, dass sie so herzhaft gelacht hatte.

De Sabran-Pontevès war ehrlich befremdet. »Matilde? Matilde! Oh mein Gott. Du bist völlig mit den Nerven fertig.«

»Nein«, prustete Matilde. »Wirklich nicht. Es war nur so komisch, wie Sie diese kleine Ratte am Kragen gepackt haben ...« Sie bemühte sich um eine ernste Miene. »Doch, ich bin Ihnen wirklich dankbar, dass Sie mich gerettet haben. Wenn Sie nicht rechtzeitig gekommen wären, hätte ich dem armen Kerl am Ende noch richtig wehgetan.« Wieder kicherte sie unbeherrscht.

De Sabran-Pontevès Gesicht verlor ein wenig von seiner Grimmigkeit. »Mit anderen Worten: Wenn ich nicht gekommen wäre, hätten Sie Schaschlik aus dem Mann gemacht?«

»Er ist mindestens einen Kopf kleiner als ich«, sagte Matilde. »Und meine Laune war wirklich übel ...«

»Wie schön, dass ich dazu beigetragen habe, sie wieder zu heben«, sagte de Sabran-Pontevès, musterte sie aber weiterhin besorgt. »Und es ist wirklich alles in Ordnung?«

Matilde nickte. Ihr Heiterkeitsanfall hatte sich gelegt. »Ich weiß auch nicht, in letzter Zeit muss ich etwas an mir haben, dass die Männer animiert, mich zu überfallen.«

De Sabran-Pontevès sah zerknirscht aus. Aber dann sagte er ziemlich ernst: »Wann haben Sie eigentlich das letzte Mal in den Spiegel geschaut?«

»Oh, das mache ich täglich, und ich versichere Ihnen, im Spiegel ist die Antwort jedenfalls nicht zu finden.« Sie fischte ihren Autoschlüssel aus der Tasche. »Vielen Dank für Ihre Hilfe, Monsieur. Ich weiß Ihre Solidarität wirklich zu schätzen. Auch wenn ich die Ratte vielleicht selber aus ihrem Anzug geprügelt hätte – Lokalverbot hätte ich ihr nicht erteilen können. Und dass Sie das getan haben, finde ich sehr mutig. Schließlich ist dieser Touillon ein Freund von Mademoiselle Ambrois.«

»Das finden Sie also mutig?«, fragte de Sabran-Pontevès. »Also wirklich, da will ich Sie mit meinen Muskeln beeindrucken ...«

Matilde grinste. »Keine Angst, diese beeindruckende

Bizepsleistung hätte ich Ihnen auf keinen Fall nachmachen können. Ich hätte eher getreten und gekratzt.« Sie ließ sich auf den Fahrersitz fallen. »Gute Nacht, Monsieur.«

»Warten Sie, Matilde. Ich muss Ihnen noch etwas sagen.«

Matilde sah erwartungsvoll zu ihm hinauf. Was in aller Herrgotts Namen würde er ihr diesmal eröffnen?

»Wissen Sie noch neulich, als Edith sagte, das ROYAUME sei für mich so eine Art Aussteigerprojekt, so wie für andere die Fischerhütte auf der einsamen Insel?«

Matilde nickte.

»So ist es wirklich, obwohl der Vergleich natürlich schwer hinkt. Anfangs habe ich mit diesem Restaurant dasselbe veranstaltet wie mit allen anderen Betrieben, die ich übernommen und hochgepäppelt habe. Derselbe Leistungsanspruch, dieselbe Art, an die Dinge heranzugehen, exakt dasselbe, nur sozusagen in Miniatur. Ich war gerade wieder dabei, die ganze Sache als blödsinnigen Versuch abzutun, Sie wissen schon, diese ganze Sinn-des-Lebens-Sache, als sich doch etwas geändert hat.« Plötzlich lachte er. »Und wissen Sie was? Sie und Ihre Kochkünste, Ihr weißer Spargel mit Trüffeln, Ihre Muschel-Ravioli und Ihre göttliche Wolkentorte sind daran nicht ganz unschuldig.« Für einen Augenblick schien er beinahe verlegen zu sein. Er räusperte sich. »Das war es, was ich Ihnen sagen wollte.«

Unvermittelt wallte Zärtlichkeit in Matilde auf, und sie konnte sich gerade noch einmal beherrschen, sich nach oben zu recken und de Sabran-Pontevès mit der Hand durch das dunkle Haar zu fahren.

Aber in diesem Augenblick rief die glockenhelle Stimme von Mademoiselle Ambrois seinen Namen und holte

Matilde auf den Boden der Tatsachen zurück: »Robert! Chéri, wo steckst du denn?«

Matilde startete den Motor. »Es war nett von Ihnen, mir das zu sagen, Monsieur de Sabran-Pontevès«, sagte sie hastig. »Ich meine, dass meine Spargelsoße dazu beiträgt, Sie dem Sinn des Lebens näher zu bringen, ist so ziemlich das Netteste, was man über Spargelsoße überhaupt sagen kann.«

Er lächelte. Nicht das hinterhältige, sardonische Lächeln, das er meistens aufsetzte, sondern ein breites, freundliches Jungenlächeln, das sie beinahe umwarf. Nervös trat sie mit dem Fuß auf das Gaspedal und ließ den Motor aufheulen. Aber sie schaffte es einfach nicht, sich vom Anblick von de Sabran-Pontevès wunderbarem Lächeln loszureißen.

»Robert, chéri!« Mademoiselle Ambrois' Stimme kam näher, und de Sabran-Pontevès Gesicht wurde wieder ernst. Da endlich hatte Matilde die Kraft loszufahren.

De Sabran-Pontevès hatte gerade noch Zeit, die Tür ins Schloss zu werfen und ihr »Fahren Sie vorsichtig, Matilde« hinterher zu rufen.

Als Isabell ihren Mietwagen auf die kiesbestreute Einfahrt zwischen den beiden Löwen lenkte, begann Florence zu brüllen.

Isabell seufzte. Sie hatte sich einen spektakulären Auftritt ausgemalt, in dem sie wunderschön, grazil und beinahe fleckenfrei in Gesicht und auf der Kleidung mit einem strahlenden Baby aus dem Auto stiege und Corin, der von ihrem Anblick natürlich ganz überwältigt war, in die Arme fiele. Aber dank Florences einmaligem Gefühl für Timing würde daraus wohl nichts werden. Sie würde in aller Eile an den Herd stürzen und ein Fläschchen kochen müssen.

Die Fahrt war weniger anstrengend gewesen, als sie gedacht hatte. Florence hatte den Großteil davon verschlafen, sie war – bis jetzt – ausgesprochen reisefreundlich gewesen. Der Mietwagen, den sie am nächsten Tag in der Mietwagenzentrale in Sisteron abgeben musste, war ein PS-starker Mercedeskombi, und ihre Reisegeschwindigkeit war entsprechend hoch gewesen. Alles in allem hatte sie für die Strecke kaum länger gebraucht als sonst, wenn sie ohne Kind unterwegs gewesen war.

Sie parkte den Wagen im Schatten der großen Platane und stellte den Motor ab.

»Wir sind *zu Hause*«, sagte sie zu Florence, und ob der feierlichen Bedeutung dieser zwei Worte stiegen ihr wieder einmal die Tränen der Rührung in die Augen. Florence aber schien ihre Sentimentalität nicht geerbt zu haben, sie schrie völlig unfeierlich nach ihrem Fläschchen.

Seufzend stieg Isabell aus dem Wagen und befreite ihr schreiendes Kind samt Autositz von den Gurten. Florence blinzelte unwillig ins Sonnenlicht, aber Isabell streckte sich unwillkürlich.

Ah, wie das duftete! Und wie unbeschreiblich schön hier alles war. Die Bourgainvillea an der Hauswand hatte bereits die ersten farbigen Blatttriebe entwickelt, und unzählige Bienen summten in den leuchtend pinkfarbenen Blüten der Mittagsblumen, die die kleinen Mäuerchen der formalen Beetumrandung überwucherten.

Die Eingangstür des Haupthauses flog auf, und heraus stürmten ein Seidenhuhn mit Namen Javotte, Riquet mit dem Schopf, beinahe schon so groß wie ein ausgewachsener Kater, dahinter Laurent, Madame Cécile und Ermeline, genau in dieser Reihenfolge.

Während Javotte und der Kater sich überhaupt nicht um Isabell scherten, sondern laut gackernd beziehungsweise mit gesträubten Schnurrhaaren an ihr vorbeirannten, war die Freude der anderen um so größer.

»Endlich!«, rief Madame Cécile und umarmte abwechselnd Isabell und den Kindersitz mit ihrer brüllenden Enkeltochter. »Mein kleiner Engel. Weißt du denn, wie sehr die Oma dich vermisst hat?«

»Sie hat dich auch vermisst«, behauptete Isabell. »Sie hat nur Hunger.«

»Wir haben Erdbeertorte gebacken«, sagte Ermeline. »Das wird dem kleinen Engelchen schmecken.«

Isabell musste lachen. »Demnächst sicher. Aber noch nimmt sie lieber Haferflocken mit Milch und allenfalls ein paar Löffelchen pürierte Karotten zu sich.«

Ermeline war schockiert. »In dem Alter haben wir sogar schon auf Pfefferwürsten herumgekaut. So ein großes Mädchen braucht doch was Anständiges zwischen die Zähne.«

»Welche Zähne denn?«, fragte Isabell amüsiert, aber es war klar, dass Ermeline es nicht normal fand, dass Florence erst zwei Zähne hatte, die wie zwei Reiskörner an ihrem Oberkiefer prangten.

»Tante Isabell? Hast du nicht vielleicht etwas in deinem Kofferraum vergessen?«

»Oh ja, natürlich!«, rief Isabell. »Ich habe ja ein Geschenk für dich von deiner Mutter.«

»Von *Maman*?«

»Ganz richtig. Ich habe sie in Hamburg getroffen, und sie hat mir das Geschenk für dich mitgegeben.«

»Und was ist es?«, fragte Laurent wenig hoffnungsvoll.

Vermutlich rechnete er wieder mit einer Disney-Figur aus Plüsch.

»Es ist ein Stall für Frère Jacques«, sagte Isabell, während sie den Kofferraum öffnete. Joséphines Geschenk nahm hier mit Abstand den meisten Platz ein, mehr noch als Florences Kinderwagen. Wie immer hatte es Joséphine gründlich übertrieben. Das Ding als Stall zu bezeichnen war der reine Hohn. Es war vielmehr eine mehrstöckige Schildkrötenvilla mit Garten und Pool.

Laurent sperrte zutiefst beeindruckt die Augen auf. »Und das hat wirklich meine Maman ausgesucht?«

»Na ja, sie dachte wohl, jetzt wo Frère Jacques nicht mehr alleine ist, braucht er ein etwas repräsentableres Zuhause.« Isabell überreichte Laurent den Pappkarton mit der neuen Schildkröte. »Hier, das ist von mir und Florence. Wie ich dir versprochen habe.«

»Wow«, machte Laurent überwältigt. »Und dabei habe ich doch erst in zwei Monaten Geburtstag! Onkel Corin, hast du das gesehen? Ich habe eine Schildkröte bekommen und ein richtiges Schildkrötenschloss!«

Isabell fuhr herum. Da stand tatsächlich Corin auf dem Kies, die Arme vor der Brust verschränkt, das Gesicht ernst, ja geradezu finster. Bei seinem Anblick wurde ihr vor Sehnsucht ganz flau im Magen. Aber umgekehrt schien das nicht zu gelten. Er war wohl immer noch böse auf sie.

Automatisch richtete sie sich auf und straffte ihre Schultern. Das himmelblaue Sommerkleid, das sie trug, war zwar etwas verknittert, aber sie hatte es vor allem deshalb angezogen, weil es ihre schmal gewordene Taille und den deutlich kleineren Busen überaus vorteilhaft betonte.

Aber Corin schien dafür überhaupt keinen Blick zu

haben. Nachdem er sich endlich entschlossen hatte, näher zu kommen, galt seine Aufmerksamkeit ausschließlich Florence und nicht Isabells blendendem Aussehen. Er nahm seine Tochter aus dem Autositz, hielt sie mit ausgestreckten Armen vor sich und sagte mit weicher, zärtlicher Stimme: »Hallo, mein kleines Mädchen.«

Und da geschah ein Wunder: Florence hörte auf zu weinen. Sie schaute ihren Vater mit ihren großen blauen Augen unverwandt an.

»Sie erkennt dich wieder«, sagte Isabell überrascht, und Corin warf ihr einen zutiefst gekränkten Blick zu.

»Das will ich doch hoffen.« Er drückte das Baby an sich, und als Isabell die Tränen in seinen Augen sah, begriff sie plötzlich, wie weh sie ihm damit getan hatte, ihm sein Kind so lange vorzuenthalten.

»Sie hat Hunger«, sagte sie, nur um überhaupt etwas zu sagen.

»Ich mache euch einen Vorschlag«, sagte Madame Cécile aufgeräumt. »Ich nehme sie mit hinein und mache ihr ein schönes Fläschchen, und ihr beiden Turteltäubchen geht solange hinüber in den Gästeflügel und schaut euch an, wie viel Fortschritte Corin dort in der Zwischenzeit gemacht hat.«

»Gute Idee«, sagte Isabell, obwohl der Vergleich mit den Turteltäubchen fürchterlich hinkte.

Aber Corin sagte: »Kommt gar nicht infrage. Ich will ihr selber das Fläschchen geben.«

Keiner wagte, ihm zu widersprechen.

»Und wie geht es deinem Onkel«, fragte Madame Cécile, als sie alle in der Küche standen und Corin zusahen, wie er höchstpersönlich Florences Fläschchen zusammenrührte. Auch Großtante Germaine wurde samt Rollstuhl hereingeschoben, um Isabell zu begrüßen.

»Onkel Ludwig geht es gut. Er ist damit beschäftigt, allen seinen Freunden, Bekannten und Verwandten Lebewohl zu sagen. Und allen Orten, an die er irgendwelche sentimentalen Erinnerungen knüpft. Es ist ein sehr zeitraubendes Unternehmen«, sagte Isabell. »Aber wenigstens muss er das Haus vor dem Auszug nicht renovieren. Der Käufer ist aus der Nachbarschaft, und er will es ohnehin komplett umbauen. Er hat Onkel Ludwig einen ziemlich guten Preis geboten.«

»Dann wird er ja sicher nicht so bald wiederkommen«, sagte Madame Cécile.

»Er wird pünktlich zu unserer Hochzeit hier sein. Oder etwas früher.« Isabell warf einen Seitenblick auf Corin. Vorausgesetzt, Corin wollte sie überhaupt noch heiraten.

»Du wirst eure Wohnung nicht mehr wiedererkennen«, sagte Madame Cécile. »Die Wände sind verputzt, im ganzen Erdgeschoss liegen bereits die Fliesen, und die neuen Fenster sind wirklich wunderschön. Aber das Beste ist der Kachelofen. Du wirst begeistert sein. Corin hat das alles fantastisch hinbekommen.«

»Ich hätte auch schon die Terrasse gemacht«, sagte Corin, während er die Milch vom Topf in Florences Fläschchen umfüllte. »Ich hätte günstig einen Posten Bruchsteine haben können, fast geschenkt, aber ich wollte erst dich fragen, was du davon hältst.«

Erleichtert, dass er das Wort endlich einmal an sie richtete, überschlugen sich Isabells Worte beinahe, als sie eifrig antwortete: »Bruchsteine gefallen mir. Wenn man sie in einem großen Halbkreis verlegt ...«

»... mit einer kleinen Mauer in Sitzhöhe als Einfassung ...«, fiel Corin ein, und sie ergänzte: »... und zwei großen Stufen zum Garten hinunter.«

Sie lächelten einander an.

»Immerhin – wir haben wohl immer noch den gleichen Geschmack.« Corin ließ sich mit Florence auf der Eckbank nieder und betrachtete ganz verzückt, wie selbstverständlich sie den Sauger in den Mund nahm und gierig zu schmatzen begann. »Warum haben wir das nicht von Anfang an gemacht?«, fragte er. »Dann hätte ich sie genauso füttern können wie du.«

»Ja, aber deswegen hätte sie auch nicht mehr geschlafen und weniger geschrien.« Isabell setzte sich neben ihn. »Du wirst dich wundern, was sie in der Zwischenzeit alles gelernt hat.«

»Ich wäre gerne dabei gewesen«, knurrte er, offensichtlich immer noch nicht versöhnt, und Isabell beeilte sich, das Thema zu wechseln.

»Was gibt's Neues von der Weißen Dame?«

»Oh, frag nicht!«, stöhnte Corin sofort abgelenkt. »Die Lady wird allmählich wirklich lästig. Ermeline hat sie jetzt nämlich auch gesehen. Sie hat angeblich durchs Fenster geguckt, als Ermeline in der Badewanne saß.«

»Aber Ermelines Badezimmer ist im zweiten Stock«, sagte Isabell.

Corin hob seine Schultern. »Als ob das die Weiße Dame abhalten könnte, ihren voyeuristischen Neigungen nachzukommen!«

»Ich hab gesehen, was ich gesehen hab«, sagte Ermeline beleidigt. »Und das war das Gesicht der Weißen Dame an meinem Fenster.« Sie senkte ihre Stimme zu einem Flüstern herab. »Ganz leer waren ihre Augen, sehr, sehr unheimlich. Ich dachte, ich müsse vor lauter Schreck in der Badewanne ertrinken. Und das Badewasser war auf einmal kalt wie Eis.«

»Aber es ist ja noch mal gut gegangen«, sagte Corin. Ermeline ist weder ertrunken noch erfroren.«

Isabell kicherte.

»Ungläubige«, brummte Ermeline.

»Und was gibt es sonst noch Neues?«, fragte Isabell, als hätte sie nicht beinahe täglich mit RINQUINQUIN telefoniert. Sie hörte sich noch einmal alles an, was in ihrer Abwesenheit passiert war: dass ein Habicht sechs von Ermelines Hühnern erlegt hatte, dass Laurent als Einziger in seiner Klasse eine Eins im Diktat hatte, dass Adelaide Jaure wieder schwanger war, dass Bertrand ein Wochenende hier gewesen war und unendlich viele Fortschritte gemacht hatte und dass Riquet mit dem Schopf einen von Monsieur Sumeires riesigen Stallhasen herangeschleppt hatte, und zwar lebend. Der kapitale Bursche hatte zwei Tage unter dem Wohnzimmerschrank gehaust, bis sie ihn endlich hervorlocken und den Sumeires zurückgeben konnten. Die Geschichte hatte etwas Unheimliches an sich, denn Monsieur Sumeire behauptete steif und fest, der Stall wäre sowohl vor dem Diebstahl als auch danach verriegelt gewesen, und er war daher nicht geneigt zu glauben, dass es ein Kater gewesen war, der den Hasen entwendet hatte. Vielmehr witterte er einen gemeinen Hasenkomplott hinter der ganzen Sache, und nun war es fraglich, ob sie dieses Jahr mit seiner selbstlosen Hilfe zur Erntezeit rechnen konnten.

Isabell hörte dem vertrauten Stimmengewirr zu und war einfach froh, wieder zu Hause zu sein. Sie erzählte ihrerseits von ihrer Scheidung und brachte alle mit der Schilderung zum Lachen, wie Moni gegen den Papierkorb gelaufen war. Aber das wichtigste Ereignis ihres Deutschlandbesuches, nämlich das Ergebnis ihres Treffens mit Joséphine, behielt sie noch für sich.

Sie wollte es ihnen allen beim Abendessen sagen, wenn auch Matilde daheim war.

Und ihre Nachricht schlug dann auch ein wie eine Bombe. Zuerst wollte ihr keiner so recht glauben, aber als Isabell die Vereinbarung auf den Tisch legte, die Joséphine unterschrieben hatte, begriffen sie, dass der nervende Kleinkrieg, den sie jahrelang mit Joséphine geführt hatten, endlich vorbei war. Es wurde dann noch ein wunderbar ausgelassener Abend, zu dessen Ausklang Madame Cécile eine Schallplatte auflegte, weil Großtante Germaine darauf bestand, mit dem General zu tanzen. In Ermangelung eines Generals tanzte jeder einmal mit der alten Dame, die man mehr tragen als führen musste, aber die Stimmung war so gut und die Musik so ansteckend, dass sie auch noch weitertanzten, als Großtante Germaine längst wieder in ihrem Rollstuhl saß und, ungeachtet des Lärms, ein Schläfchen hielt.

Auch Isabell und Corin tanzten miteinander, und an der Art und Weise, wie er sie an sich drückte, merkte Isabell, dass er ihr allmählich verziehen hatte. Glücklich schmiegte sie sich an ihn und gab sich ganz dem Rhythmus von Frank Sinatras *»I did it my way«* hin. Einer spontanen Eingebung folgend hatte sie das Jil-Sander-Kleid angezogen, das sie zusammen mit Joséphine in Hamburg erworben hatte. Sie war vielleicht ein klein wenig overdressed für ein gewöhnliches Abendessen auf RINQUINQUIN, aber man musste die Feste feiern wie sie fielen. Außerdem wusste sie, dass niemand sie deswegen schief anschauen würde: Madame Cécile und Großtante Germaine pflegten sich jeden Abend herauszuputzen wie für eine Party, das war eines von Madame Céciles wenigen Prinzipien. Sie trugen ihre schönsten Kleider, ihren besten Schmuck, waren elegant frisiert und hatten Make-up aufgelegt. Isabell rührte der Anblick der beiden schönen Frauen jeden Abend auf's Neue. Ihre Aufmachung war einer der Gründe, warum die Abendessen auf RINQUINQUIN immer etwas Besonderes hatten – von Matildes Kochkünsten natürlich abgesehen.

Alle hatten Isabell Komplimente wegen ihres Aussehens gemacht. Madame Cécile hatte den Schnitt des Kleides gelobt, und Großtante Germaine hatte gesagt: »Sie sehen aus wie das blühende Leben, Schwester Caroline.«

Nur Corin hatte sich zurückgehalten. Mitten in ihren Tanz hinein krähte es aus dem Babyfon, das den Salon mit ihrem Schlafzimmer im ersten Stock verband.

»Lass uns hochgehen«, sagte Corin dicht an ihrem Ohr. »Florence hat Hunger, und wir beide haben noch ... etwas auszudiskutieren.«

Oben im Schlafzimmer erwartete sie Florence wach in ihrem Bettchen.

»Sie schreit ja gar nicht«, sagte Corin misstrauisch und wedelte mit dem Fläschchen vor Florences Gesicht herum.

»Tja, daran wirst du dich gewöhnen müssen«, sagte Isabell. »Sie schreit jetzt viel weniger als früher.« Sie nahm Florence aus dem Bett, aber Corin nahm sie ihr ab.

»Lass mich«, sagte er. »Ich habe sie solange nicht gehabt.«

»Schon gut«, sagte Isabell, während sie durchs Zimmer wanderte und alle Lampen ausschaltete, bis auf eine kleine altmodische Funzel, die in der hintersten Zimmerecke stand und mickriges, gelbliches Licht von sich gab.

Dann ließ sie sich zufrieden rücklings aufs Bett fallen.

»Jetzt können wir von mir aus mit unserer Diskussion beginnen«, sagte sie.

Aber Corin schien sie gar nicht zu hören. »Sie ist ganz heiß! Sie fühlt sich an, als ob sie Fieber hätte.«

»Sie hat nur geschwitzt«, beruhigte ihn Isabell. Sie stützte sich auf ihre Ellenbogen. »Ist dir überhaupt aufgefallen, dass ich abgenommen habe?«

Corin hob kurz den Blick. »Ja, natürlich, es ist ja nicht zu übersehen. Du siehst toll aus.«

»Das war auch harte Arbeit«, sagte Isabell. »Aber der Bauch wird trotzdem nie mehr, was er mal war. Ich werde es nie fertig bringen, dir bei Tageslicht unter die Augen zu treten. Nackt, meine ich.«

»Isabell, dieses Aufheben um dein Aussehen ist einfach lächerlich. Menschliche Körper sind nun mal gewissen Veränderungen unterzogen. Das ist Naturgesetz! Ich sehe weiß Gott auch nicht mehr so aus wie mit zwanzig.«

»Aber du hattest zwischenzeitlich keinen Bauch wie ein Fesselballon«, sagte Isabell.

»Florence trinkt gar nichts. Sie ist krank.«

»Hm? Sie ist wahrscheinlich nur müde vom vielen Autofahren und von der Klimaumstellung und so.« Sie warf Corin einen beleidigten Blick zu. »Ich hätte niemals gedacht, dass ich mal auf meine eigene Tochter eifersüchtig sein würde! Aber du hast nur Augen für sie. Und dabei passe ich sogar in das Brautkleid meiner Mutter! Ich hab's mitgebracht.«

»Heißt das, dass du mich immer noch heiraten willst?«

»Natürlich«, sagte Isabell. »Was hast du denn gedacht?«

»Na ja. Ehrlich gesagt habe ich alles Mögliche gedacht. Du hast mich ja schließlich lange genug allein gelassen.

Aber mit Florence ist etwas nicht in Ordnung. Sie trinkt immer noch nichts, dafür stinkt sie entsetzlich.«

Seufzend erhob sich Isabell und legte Florence die Hand auf die Stirn.

»Mist«, sagte sie. »Sie hat wirklich Fieber.«

»Und Durchfall«, sagte Corin schnüffelnd.

Isabell suchte hektisch in der Wickeltasche nach dem Fieberthermometer. »Das wird wohl heute Nacht nichts werden mit unserer *Diskussion*«, sagte sie. »Statt exsessiven Versöhnungssex gibt es Wadenwickel. Bist du immer noch froh, dass wir wieder da sind?«

»Unbedingt«, sagte Corin. »Zumal heute Vollmond ist, da hätte ich sowieso nicht schlafen können.«

Matilde träumte von einer gigantischen Crème brûlée, so groß, dass sie hineinfiel, als sie sich über die Form beugte. Wie dünnes Eis brach die braune Kruste unter ihrem Gewicht zusammen, und Matilde steckte bis zum Hals in der heißen Crème fest.

»Ich beneide Sie«, sagte de Sabran-Pontevès. »Sie sind eins mit Ihrer Crème brûlée.«

»Aber ich ertrinke«, rief Matilde.

»Das geschieht Ihnen ganz recht«, sagte Lilette Ambrois, die auf dem Rand der Form saß und mit den makellosen Beinen schlenkerte. »Diese Schüssel hat schätzungsweise eine Millionen Kalorien.«

»Ein schöner Tod«, sagte François, der merkwürdigerweise die Soutane eines Pfarrers trug. »Hast du noch einen letzten Wunsch, mein Kind?«

»Ja«, rief Matilde. »Ich möchte mit Ihnen schlafen, de Sabran-Pontevès!«

De Sabran-Pontevès lächelte traurig. »Zu spät. Leben

Sie wohl, Matilde. Ich werde Ihren Spargel mit Trüffeln niemals vergessen.«

Und dann roch es plötzlich intensiv nach Bergamotte und Maiglöckchen, und die Crème brûlée schwappte über ihr zusammen und ließ sie in völliger Dunkelheit ertrinken.

Mit einem leisen Aufschrei schoss Matilde hoch. Was für ein entsetzlicher Albtraum! Ihr Herz schlug ihr bis in den Hals. Es war noch mitten in der Nacht, aber der Vollmond schien durch die Leinenvorhänge und tauchte den Raum in spärliches, silbriges Licht.

Und plötzlich richteten sich alle Härchen auf Matildes Unterarm auf. Den Geruch von Bergamotte und Maiglöckchen hatte sie nicht geträumt! Das ganze Zimmer roch danach.

Oh mein Gott.

Mit zitternden Händen tastete sie nach dem Schalter ihrer Nachttischlampe, aber als sie ihn niederdrückte, gab es nur ein leises Knacken, und es blieb dunkel wie zuvor. Panik stieg in Matilde hoch, als sie sah, dass ihre Zimmertüre einen Spalt offen stand. In genau diesem Spalt sah sie eine Gestalt stehen, silbrig weiß wie das Licht des Vollmonds.

Als Matilde blinzelte, war sie verschwunden.

Obwohl irgendwo tief in ihrem Inneren eine vernünftige Stimme sagte, dass sie sich das alles nur einbildete, dass eine kaputte Glühbirne in ihrer Nachttischlampe nichts mit übersinnlichen Vorkommnissen zu tun hatte und dass es das Klügste war, sich wieder hinzulegen und noch ein paar Stunden zu schlafen, stand sie auf, um der weißen Erscheinung zu folgen.

Als sie in den Flur trat, meinte sie am anderen Ende des Ganges eine Bewegung wahrzunehmen. Sie drehte entschlossen den Lichtschalter an. Diesmal waren die Glühbirnen nicht kaputt. Sie tauchten den langen Flur in warmes, gelbes Licht. Von der Weißen Dame war keine Spur mehr zu sehen. Aber nach wie vor hing ein durchdringender Geruch von Bergamotte und Maiglöckchen in der Luft.

Plötzlich öffnete sich die Tür von Isabells und Corins Schlafzimmer am anderen Ende des Ganges, und Isabell kam im Nachthemd herausgelaufen und stürmte die Treppe hinunter, ohne Matilde überhaupt zu bemerken.

Hinter ihr kam Corin aus dem Zimmer. Er war nur halb angezogen, und er hielt Florence an seine Brust gedrückt, während er hinter Isabell die Treppe hinunterrannte.

»Es dauert zu lange, bis der Krankenwagen hier ist, Isabell«, rief er. »Wir fahren selber hin, das geht schneller.«

Statt einer Antwort kam von Isabell nur ein lautes Schluchzen.

Matilde, die vor Schreck wie gelähmt war, setzte sich endlich in Bewegung. »Was ist denn los?«, rief sie, als sie unten angekommen war.

»Mit Florence stimmt was nicht«, sagte Corin kurz angebunden, während er in seine Schuhe schlüpfte.

»Sie hatte entsetzliche Krämpfe«, brachte Isabell schluchzend hervor. »Vielleicht vom Fieber. Es sah furchtbar aus. Das Gesicht war eine einzige Grimasse. Sie sah überhaupt nicht mehr aus wie ein Baby, eher wie ein Totenschädel ...«

Matilde schlug sich entsetzt die Hände vor das Gesicht. Deshalb war die Weiße Dame also hier gewesen.

»Red keinen Blödsinn, Isabell«, sagte Corin barsch. »Zieh deinen Mantel an, wir müssen uns beeilen. Matilde, du rufst in der Klinik an und sagst, dass wir gleich in der Notaufnahme ankommen. Mit einem fiebrigen Säugling, mit Krämpfen und Durchfall.«

»In Ordnung«, brachte Matilde hervor. Sie wartete, bis das Auto ihres Bruders aus dem Hof gefahren war, dann wählte sie, immer noch am ganzen Leib zitternd, die Nummer der Notaufnahme in Sisteron.

Während der ganzen Zeit hatte es nicht aufgehört, nach Bergamotte und Maiglöckchen zu riechen.

9. KAPITEL

Matilde war unfähig, die Windbeutel auf ihrer Wolkentorte zu arrangieren, ihre Hände zitterten einfach zu sehr, und selbst ihre Zähne klapperten unkontrolliert aufeinander. Sich auf die Lippen beißend, lehnte sie sich gegen die Arbeitsplatte und versuchte, ihre Hände zu Fäusten zu ballen.

»Madame?« Fabien starrte sie befremdet an. »Stimmt etwas nicht?«

»Meine Hände zittern«, sagte Matilde und zeigte ihm ihre geballten Fäuste.

»Ich sehe es«, sagte Fabien und sah sich Hilfe suchend um.

Matilde ärgerte sich über sich selbst. Sie hätte nicht zur Arbeit kommen dürfen, nicht an diesem Tag. Sie war nicht in der Lage, die einfachsten Dinge zu verrichten, und Fabien hielt sie jetzt vermutlich obendrein für eine Alkoholikerin im Delirium tremens. Aber sie hatte es zu Hause einfach nicht ausgehalten. Von Isabell und Corin aus der Klinik war nur ein Anruf im frühen Morgengrauen gekommen, in dem sie mitgeteilt hatten, dass Florence auf der Intensivstation behandelt wurde. Seither hatten sie nichts mehr von sich hören lassen. Ganz mechanisch, wie ein Roboter, hatte Matilde sich geduscht und angezogen und war zur Arbeit gefahren, wie an jedem anderen Tag auch. Aber sie war einfach nicht in der Lage, ihrer Arbeit auch nachzugehen, der Duft von Maiglöckchen und Bergamotte stand immer noch in ihrer Nase und verursachte ihr heftige Übelkeit.

»Ich mache das mit der Torte«, sagte Fabien. »Ich habe Ihnen schon ein paarmal dabei zugeguckt. Sie können das Salatdressing für Tisch fünf anrühren, dazu brauchen Sie nicht so ruhige Hände.«

Matilde schaffte es, ihm dankbar zuzulächeln. Wahrscheinlich fühlte er sich ihr verbunden, weil er sicher auch schon mal auf Drogenentzug war. Aber er hatte Recht: Sie schaffte es, eine Vinaigrette anzurühren, ohne etwas zu verschütten.

»Und jetzt vielleicht die *tapenade?*«, schlug Fabien schüchtern vor, als Clarisse den Salatteller für Tisch fünf hinausgebracht hatte. »Da können Sie sich nicht bei verbrennen, und es ist auch nicht wichtig, ob Sie die Sachen in exakte Würfel schneiden oder nicht ...«

Matilde wusste seine Fürsorge wirklich zu schätzen. Die anderen hatten von ihrem Zustand noch gar nichts gemerkt, und es wunderte sich auch niemand, dass ausgerechnet Fabien sich an die berühmte Wolkentorte a la Matilde Le Ber machte, während *La Reine de cuisine* sich damit abmühte, schwarze Oliven und Knoblauch zu zerkleinern.

Trotzdem überkam Matilde nicht wie gewöhnlich diese gewisse, fast meditative Ruhe, die sie sonst bei solchen Tätigkeiten empfand, im Gegenteil, je mehr Zeit verging, desto größer wurde ihre Angst. Die Weiße Dame – sie hatte genau dort am Ende des Ganges gestanden, wo Corins und Isabells Zimmer war. Wie damals,

als sie Großtante Germaine das Kinderbett ihres Sohnes gezeigt hatte ... Und dieser durchdringende Geruch von Bergamotte und Maiglöckchen – so etwas konnte man sich nicht einbilden. Wenn Florence sterben würde, dann bedeutete das auch den Tod von RINQUINQUIN. Niemand würde diesen Kummer überstehen, am allerwenigsten Isabell und Corin. Wieder biss sich Matilde auf die Lippen. Der Gedanke, ihren Bruder noch einmal so leiden zu sehen wie damals nach dem Tod seiner ersten Frau, machte sie krank. Auf einmal war sie blind vor Tränen. In ihren Ohren rauschte es seltsam, wie ein Wasserfall. Sie hatte seit gestern Abend weder etwas gegessen noch getrunken, und vermutlich war das, was sie gerade erlebte, eine Mischung aus Kreislauf- und Nervenzusammenbruch.

»... ich habe ihr gesagt, es sei ein Versehen, aber sie tobt wie eine Wahnsinnige«, drang Clarisses aufgeregte Stimme an ihr Ohr. »Als ob wir sie vergiften wollten.«

Sie berührte Matildes Schulter, und Matilde fuhr zusammen. »Was?«

»Schon gut«, sagte Clarisse. »Es war einen Versuch wert.«

»Wovon sprichst du?« Matilde versuchte sich mühsam, aber vergeblich in der Wirklichkeit zu orientieren und dabei den Wasserfall in ihrem Kopf zu ignorieren.

Clarisse runzelte die Stirn. »Ich spreche von Mademoiselle Ambrois' Diätziegendressing! Du hast ihr *Olivenöl* unterjubeln wollen, und jetzt spuckt sie Gift und Galle. Oh weh, und da kommt sie auch schon hereingerauscht wie die Rächerin der Enterbten.«

Tatsächlich war es Lilette Ambrois, die die Flügel der Küchentür aufstieß und mit energischen Schritten auf Matilde und Clarisse zukam.

»Das Betreten der Küche ist Unbefugten strengstens untersagt«, rief Clarisse lebhaft aus.

»Mit Ihnen spreche ich ja gar nicht«, sagte Lilette Ambrois. »Sondern mit Mademoiselle hier. Was haben Sie sich dabei gedacht? Ich hätte allergisch sein können oder sonst irgendetwas.«

»Allergisch auf Olivenöl?«, fragte Matilde, die sich in einem völlig surrealen Traum wähnte. Gleich würde wieder diese Riesenschüssel Crème brûlée auftauchen und sie verschlingen.

»Zum Beispiel!« Lilette Ambrois schnaubte wie ein wütendes kleines Pferd. »Ich bin hier seit Monaten Stammgast, und seit Monaten bestelle ich mein Dressing ausdrücklich ohne Öl. Da muss man sich doch einen tieferen Sinn denken, selbst wenn man einen so beschränkten IQ hat wie Sie.«

»Also, wir dachten immer, Sie machten das, um Kalorien zu sparen«, sagte Clarisse. »Niemand konnte ahnen, dass Sie allergisch sind! Was passiert jetzt? Ersticken Sie oder bekommen Sie nur rote Pusteln?«

»Mit Ihnen spricht hier niemand«, sagte Lilette Ambrois eisig. »Sie sind hier nur die Kellnerin!«

»Es war meine Schuld«, mischte sich Fabien ein. »Ich habe das Dressing gemacht.«

»Was?« Fabiens selbstlose Opferbereitschaft rüttelte Matilde vorübergehend auf. »Blödsinn! Ich habe das Dressing gemacht. Ich habe wohl nur nicht mitbekommen, dass es ...« Das Wasserfallgeräusch in ihrem Ohr schwoll bedrohlich an. Es war, als würde sie von innen heraus überschwemmt. »... dass es für Sie war«, vollendete sie den Satz flüsternd.

»Madame!« Fabien griff nach ihrem Arm, als sie taumelte. Er sah sich wieder Hilfe suchend um und entdeckte diesmal zu seiner großen Erleichterung Monsieur de Sabran-Pontevès, der gerade zur Hintertür hereinkam. Gott sei Dank! Endlich ein Mann, der ihm helfen würde, mit diesen völlig außer Kontrolle geratenen Weibsbildern fertig zu werden.

»Sie sind wirklich die unverschämteste Person, die mir je untergekommen ist«, sagte Lilette Ambrois zu Matilde. »Und hinterhältig obendrein. Was sollte denn diese alberne Geschichte, von wegen mein Freund Ferdinand habe Sie in unsittlicher Art und Weise bedrängt? Wer soll Ihnen das glauben? Das ist doch das reinste Wunschdenken von Ihnen. Monsieur Touillon ist ein vermögender, angesehener und gebildeter Mann. Was sollte er mit einer abgehalfterten Köchin wie Ihnen wollen?«

»Jetzt reicht es aber«, sagte Clarisse zutiefst empört. »Sehen Sie denn nicht, dass es Mademoiselle Le Ber nicht gut geht. Matilde! Was hast du denn? Du brauchst dich von dieser *Ziege* doch nicht beleidigen zu lassen.«

»Es sieht aus, als habe sie ein bisschen zu tief ins Glas geschaut«, sagte Lilette Ambrois angesichts von Matildes Blässe und ihrem offensichtlichen Gleichgewichtsproblem. »Und Ihnen ist hoffentlich klar, dass Sie soeben Ihre Kündigung herbeigeführt haben? Mich nennt niemand ungestraft eine Ziege.«

»Ich glaube, in Ihrem Fall kann man da eine Ausnahme machen«, giftete Clarisse. »Ah, Monsieur de Sabran-Pontevès! Gut, dass Sie endlich da sind. Ihre Freundin hat widerrechtlich diese Küche betreten und verhindert, dass wir unserer Arbeit nachgehen.«

»Das ist nicht wahr, Robert. Man hat mir Olivenöl ins Essen gekippt und mich auf das Unverschämteste beleidigt. Du kennst mich, chéri, ich bin die Sanftmut in Person, aber wenn man mich derart beleidigt ...«

»Halt den Mund, Lilette«, sagte de Sabran-Pontevès, der nur Augen für Matilde hatte. »Was ist mit ihr los?«

»Ich weiß es auch nicht«, sagte Fabien voller Angst. »Sie ist schon die ganze Zeit so komisch, aber es wird immer schlimmer.«

»Matilde!« De Sabran-Pontevès rüttelte an ihrem Arm, und sie wandte ihm ihren seltsam glasigen Blick zu.

»Was wollen Sie?«, flüsterte sie.

»Sie ist betrunken, chéri, das sieht man doch«, sagte Lilette Ambrois. »Am hellichten Tag. Ich muss schon sagen ...«

De Sabran-Pontevès drehte sich zu ihr um. »Hatte ich nicht gesagt, dass du den Mund halten sollst, Lilette? Was hast du überhaupt hier zu suchen? Die Küche ist für Unbefugte nicht zugänglich.«

»Ich habe doch gesagt, dass man mich vergiften wollte«, rief Lilette Ambrois, aber da wurde sie schon unsanft von Clarisse zur Tür geschoben.

»Sie haben gehört, was Monsieur de Sabran-Pontevès gesagt hat. Sie haben hier nichts zu suchen.«

De Sabran-Pontevès hatte Matilde inzwischen an beiden Schultern gepackt und sanft geschüttelt. »Matilde! Was ist los mit Ihnen?«

»Die Weiße Dame«, flüsterte Matilde. »Ich habe sie gesehen. Und gleich darauf kamen sie heraus, das Kind in den Armen. Und alles roch nach Maiglöckchen und Bergamotte. Genau wie Großtante Germaine gesagt hat.«

»Herrje, weiß irgendjemand hier, wovon sie da redet?« De Sabran-Pontevès sah ringsum nur in ratlose Gesichter.

»Mir ging es mal ähnlich«, stotterte Fabien. »Da hatte ich irgendwie das falsche Zeug erwischt. Ich kam überhaupt nicht mehr runter von dem Trip. Ich – äh, es war, als wäre ich auf einmal in einem von diesen Horrorcomputerspielen, und den ganzen Tag lang bin ich aufgeschlitzt oder enthauptet worden, man hat mir die Augen ausgestochen oder die Füße abgeschnitten ...«

»Das genügt, Fabien«, sagte de Sabran-Pontevès. »Nett von dir, uns an deinen Erfahrungen teilhaben zu lassen. Aber ich kann mir nicht vorstellen, dass Mademoiselle Le Ber LSD geschluckt hat.«

»Sie wird sterben«, wisperte Matilde. »Und niemand kann etwas dagegen tun. Auch Sie nicht, Monsieur de Sabran-Pontevès.«

»Ich kann Sie aber hier wegbringen«, sagte de Sabran-Pontevès. Er drehte sich entschlossen zu den anderen um. »Clarisse, sorgen Sie dafür, dass jemand François anruft. Wenn es ihm irgend möglich ist, soll er sofort kommen. Wenn nicht, schließen Sie das Restaurant bis heute Abend.«

»Wie ...?« Clarisse glaubte sich verhört zu haben, aber der Marquis machte sich nicht die Mühe, seine Worte zu wiederholen. Er führte die offensichtlich willenlose Matilde zu ihrem Spind, dem er ihre Jacke und die Handtasche entnahm, und von dort weiter zur Tür hinaus.

»Wo bringt er sie denn hin?«, fragte Fabien. »Ins Krankenhaus?«

»Das glaube ich weniger«, sagte Clarisse.

»Trink das«, sagte de Sabran-Pontevès und hielt ihr einen viel zu vollen Cognacschwenker hin.

Ohne nachzudenken, gehorchte sie und kippte den gesamten Inhalt hinunter.

»Sehr gut«, sagte de Sabran-Pontevès, nahm ihn ihr

aus der Hand und schenkte ihn wieder voll. »Und gleich noch einmal.«

Als sie zögerte, setzte er hinzu: »Das ist Medizin.«

»Mir geht es schon besser«, sagte Matilde, was gelogen war. Zwar hatte das Rauschen in ihrem Ohr aufgehört, aber dafür war ihr, als hätte jemand einen eisernen Ring um ihre Brust gelegt, der immer enger wurde. Um Orientierung bemüht sah sie sich um. Sie saß auf einem schwarzen Ledersofa, einem dieser Designerstücke, die nicht nur gut aussahen, sondern auch noch bequem waren. Das mindestens dreißigtausend Franc teure Stück stand in de Sabran-Pontevès Wohnung, in einem Wohnzimmer mit den Ausmaßen eines Fußballfeldes. Durch die bodentiefen Fenster sah man über die sonnenbestrahlten Dächer der Altstadt hinweg bis hinunter an den Fluss. De Sabran-Pontevès hatte sie zuerst bis zu seinem Auto geschleppt und nach einer kurzen Fahrt ungefähr fünf Treppen bis hier hinaufgelotst. Sie wusste nicht, wie sie das überhaupt geschafft hatte, aber eins stand fest: Getragen hatte er sie nicht.

Seufzend nippte sie an ihrem Cognac.

»Wann hast du zuletzt etwas gegessen?«, fragte de Sabran-Pontevès.

»Gestern Abend«, sagte Matilde wahrheitsgemäß, und de Sabran-Pontevès verschwand, um gleich darauf mit einem Stück trockenen Baguette wiederzukommen.

»Hier. Kau ganz langsam darauf herum. Du machst doch nicht irgendeine dumme Art von Diät, oder?«

»Nein«, sagte Matilde und riss sich ein Stückchen von dem Brot ab. »Natürlich nicht.« Im gleichen Augenblick hätte sie sich fast übergeben. Das Brot schmeckte nicht nach Brot, sondern nach Bergamotte und Maiglöckchen. Sie würgte entsetzt.

»Schon gut«, sagte de Sabran-Pontevès erschrocken. »Schon gut.«

»Sie wird sterben«, flüsterte Matilde. »Sie wird sterben!«

»Wer, Matilde? Von wem, zum Teufel redest du da?«

»Florence. Meine kleine Nichte. Sie ist gerade mal fünf Monate alt. Sie haben sie heute Morgen ins Krankenhaus gebracht.«

»Ich verstehe«, sagte de Sabran-Pontevès, ganz erleichtert, endlich eine plausible Erklärung für ihr Verhalten zu haben. »Aber warum bist du dann überhaupt zur Arbeit gekommen?«

»Ich habe es zu Hause nicht ausgehalten. Überall roch es nach Bergamotte und Maiglöckchen. Das ist ihr Parfüm, wissen Sie.«

»Das Parfüm deiner Nichte?«, fragte de Sabran-Pontevès verwirrt.

»Oh nein«, sagte Matilde, und ihre Stimme war kaum mehr als ein Wispern. »Es ist das Parfüm der Weißen Dame.«

»Und wer ist bitteschön die Weiße Dame?«

»Sie ist der Todesengel der Le Bers. Seit Monaten erscheint sie mir. Nicht im Traum – in *Wirklichkeit!* In den Vollmondnächten sehe ich sie, wie sie auf RINQUINQUIN herumstreift.«

»Oh mein Gott«, sagte de Sabran-Pontevès.

»Das erste Mal kam sie in der Nacht, in der Florence geboren wurde. Zuerst dachte ich, sie sei wegen Bertrand gekommen, aber jetzt weiß ich, dass ich am Anfang doch Recht hatte: Es ist Florence, die sterben soll.« Matilde begann zu weinen. »Sie werden es nicht überleben, wenn sie stirbt. Sie werden es nicht überleben.«

De Sabran-Pontevès hielt ihr von neuem den Cognacschwenker unter die Nase. »Nicht weinen, Matilde. Trink das. Bitte, trink einfach.«

Seine Stimme war so flehentlich, dass Matilde ihm wieder gehorchte. Warm und scharf brannte sich der Alkohol ihre Kehle hinunter. Das erste Glas hatte bereits seine Wirkung entfaltet: In ihren Gliedern breitete sich eine angenehme Schwere aus, das Zittern ihrer Hände hatte nachgelassen. Nur die Gedanken in ihrem Kopf waren immer noch da, sie drehten sich unaufhörlich wie ein Karussell und ließen ihre Tränen fließen.

»Sehr gut«, sagte de Sabran-Pontevès und nahm ihr das leere Glas aus der Hand. »Und jetzt sag mir die Telefonnummer von RINQUINQUIN.«

»Wie bitte?«

»Deine Telefonnummer! Die wirst du ja wohl noch wissen.«

»Es hat keinen Zweck, dort anzurufen. Wenn es etwas Neues gäbe, hätte meine Mutter sich längst gemeldet.«

De Sabran-Pontevès schüttelte ärgerlich den Kopf, während er das schnurlose Telefon vom Couchtisch nahm. »Wie sollte sie das denn tun können? Im ROYAUME habe ich den ganzen Vormittag telefoniert, und nun bist du hier, wo sie dich auch nicht erreichen kann. Sag mir die Nummer.«

Er wählte nach ihrem Diktat, und Matilde hörte vor lauter Spannung auf zu weinen, während er auf das Freizeichen lauschte.

»Mein Name ist Robert de Sabran-Pontevès, guten Tag, Madame Le Ber?« De Sabran-Pontevès begann, das Wohnzimmer mit langen Schritten von einer Wand zur anderen zu durchmessen, während er sprach. »Ich bin ein Freund von Matilde, und ich wollte mich in ihrem Namen nach dem Zustand ihrer kleinen Nichte erkundigen ... Sie ist ziemlich besorgt, ganz aufgelöst ... Was? ... Ich verstehe ... Ja. ... Oh, mein Gott. Wann? ... Ja, das ist gut möglich, die Leitung im ROYAUME war ständig besetzt ... Ich verstehe, ja ... Natürlich, ich sage es ihr. Nein, ich kümmere mich darum. Machen Sie sich keine Sorgen. Auf Wiedersehen, Madame Le Ber.«

Während des ganzen Telefongespräches hatte Matilde sozusagen die Luft angehalten. Jetzt ließ sie sie geräuschlos aus ihren Lungen und sank wie ein Häufchen Elend auf dem schwarzen Sofa zusammen. Das hatte gar nicht gut geklungen.

»Matilde.« Allein der mitfühlende Tonfall, in dem de Sabran-Pontevès ihren Namen aussprach, ließ ihre Tränen erneut fließen. Er ließ sich neben ihr auf dem Sofa nieder und nahm sie in die Arme.

»Sie ist tot, nicht wahr?«, schluchzte sie gegen sein Armanijackett.

»Matilde, hör mir zu: Deine Nichte ist außer Gefahr. Sie war lediglich völlig dehydriert, das geht bei Säuglingen schnell, wenn sie Durchfall haben und eine Zeit lang nichts trinken. Sie hatte einen im Grunde harmlosen Infekt, die Fieberkrämpfe haben nichts Schlimmes angerichtet ... Sie haben sie an einen Tropf angeschlossen, und spätestens morgen kann sie wieder nach Hause.«

Seine Worte drangen kaum zu Matilde durch. »Aber die Weiße Dame«, murmelte sie.

»Deine Weiße Dame ...«, begann de Sabran-Pontevès. »Die Weiße Dame war nicht wegen deiner Nichte da. Sondern wegen deiner Großtante. Sie ist heute Mittag gestorben.«

»Was?«

»Deine Großtante Germaine ist tot. Deine Mutter sagt,

sie ist in ihrem Stuhl eingeschlafen und einfach nicht mehr aufgewacht. Das ist doch ein schöner Tod, oder? Sicher war sie nicht mehr die Jüngste.«

»Hundert«, schluchzte Matilde. »Sie ist hundert. Ungefähr jedenfalls.«

»Na ja, dann war es vielleicht einfach an der Zeit, oder was meinst du?«

Matilde löste sich schniefend aus seinen Armen. Ganz allmählich schien sie seine Worte zu begreifen. »Großtante Germaine ist tot?«, wiederholte sie. »Und Florence wird wieder gesund?«

»So ist es.«

»Gott sei Dank«, schluchzte sie auf und warf sich wieder an seine Brust. Er hielt sie an sich gepresst, bis das Zucken ihres Oberkörpers nachließ und sie sich in seinen Armen entspannte.

Es dauerte eine Ewigkeit, Minuten, vielleicht sogar Stunden, bis ihr bewusst wurde, was sie da eigentlich tat. Aber sie war zu erleichtert und zu betrunken, um verlegen zu werden. An seine breite Armani-Brust geschmiegt, versuchte sie einen klaren Kopf zu bekommen. Die Anspannung der letzten Stunden, Wochen und Monate wich nicht so schnell von ihr, wie sie es sich gewünscht hätte, und die Nachricht vom Tod ihrer Großtante machte sie natürlich trotz der großen Erleichterung sehr traurig.

Sie empfand diese ungeheure Erleichterung zum einen, weil Florence außer Gefahr war, und zum anderen, weil sie nun wusste, dass sie nicht verrückt war: Die Weiße Dame hatte tatsächlich ihre Gründe gehabt, RINQUINQUIN heimzusuchen, und es war gut möglich, dass Matilde sie heute Nacht nicht vor Corins Schlafzimmer gesehen hatte, sondern vor Großtante Germaines, das zwei Türen davor lag. Es war alles andere als angenehm zu erfahren, dass es Gespenster wie die Weiße Dame wirklich gab, aber es war immer noch besser, als am eigenen Verstand zu zweifeln. Mit etwas Glück würde sie sie nie wieder sehen, die Weiße Dame, und ihre Erinnerungen an die Vollmondnächte der letzten fünf Monate wären nichts weiter als Gruselgeschichten, die sie ihren Nichten und Neffen erzählen würde.

Robert de Sabran-Pontevès' Hand auf ihrem Haar riss sie aus ihren Gedanken. Richtig, sie saß ja immer noch auf seinem Sofa, an seinen breiten Oberkörper geschmiegt! Die Nachmittagssonne schien durch die Fenster, so als gäbe es auf der ganzen Welt keinen Kummer und keine Sorgen.

Sie schluckte. Sie würde sich ein Taxi rufen und nach Hause bringen lassen. Ihre Mutter würde schon auf sie warten. Wenn sie wieder nüchtern war, konnte sie dann diese Situation in ihrer ganzen Peinlichkeit noch einmal Revue passieren lassen – wenn es ihr denn, nüchtern betrachtet, überhaupt peinlich sein musste. De Sabran-Pontevès hatte sich wie ein guter Freund verhalten.

»Weißt du, dass deine Haare nach Kirschkuchen riechen?«, fragte er genau in dem Augenblick, in dem sie sich von ihm lösen wollte. »Und deine Haut wie Sahnekaramell?«

»Hm«, machte sie unschlüssig. Mittlerweile war auch das zweite Riesenglas Cognac in ihrem Gehirn angekommen, und sie konnte mit Fug und Recht von sich behaupten, betrunken zu sein. Trotzdem funktionierte ihr Verstand noch gut genug um zu merken, dass sich die Situation auf einmal grundlegend geändert hatte. Plötzlich war de Sabran-Pontevès nicht mehr der väterliche Freund, der ihr seine breite Schulter – oder in seinem Fall die breite Brust – zum Anlehnen bot, sondern wieder der de Sabran-Pontevès, der sie in jener Regennacht geküsst hatte. Wild, unberechenbar, gefährlich.

Augenblicklich schienen sich alle Nerven von Matilde in ihrer Magengrube zu treffen, und in ihren Knien breitete sich das altbekannte Zabaione-Feeling aus.

Er grub seine Nase in die Kuhle zwischen Hals und Schulter, was sie nach Atem ringen ließ. »Besonders hier. Nein, hier riecht es wie Crème brûlée. Crème brûlée, die frisch aus dem Ofen kommt.«

Vorsichtig tastete er sich mit seinen Lippen an ihrem Hals entlang, bis er seinen Mund schließlich auf ihren presste. Matilde stöhnte ganz leise auf, als sie seine Zungenspitze an ihrer fühlte.

Sie mochte wohl gerade haarscharf einem Nervenzusammenbruch entgangen sein und obendrein betrunken, aber sie war immer noch nüchtern genug, um zu wissen, dass sie jetzt aufstehen und gehen musste. Wenn sie auch nur noch eine einzige Minute bliebe, wäre es um ihre Selbstbeherrschung geschehen. Wie ein Mantra wiederholte sie in Gedanken, dass er eine andere Frau heiraten würde, dass er ein chauvinistischer Mistkerl war und dass sie auf keinen Fall eine weitere Nummer auf seiner langen Liste von Eroberungen werden durfte, wenn sie nur einen Hauch von Selbstachtung besaß.

Während er sie küsste und ihre Gedanken rotierten, hielten seine Hände sie umschlungen, wanderten ihren schlanken Rücken hinab und wieder hinauf, und schließlich begannen sie, ihre Blusenknöpfe zu öffnen.

Sein Mund hörte auf, ihren Mund zu erkunden und wanderte wieder tiefer. Das war der Augenblick, in dem

Matilde beschloss, ihre Selbstachtung über Bord zu werfen.

»Du bist ein chauvinistischer Mistkerl«, sagte sie, einen letzten armseligen Versuch startend, die Katastrophe noch aufzuhalten. »Ich kann nicht mit dir schlafen.«

»Oh doch, das kannst du«, sagte de Sabran-Pontevès. »Und wie du das kannst. Vertrau mir.«

Als Matilde erwachte, war es taghell.

»Die Frage ist nur, ob es noch heute ist oder schon morgen«, sagte sie zu sich selber, während sie sich aufsetzte und umsah. Sie befand sich in de Sabran-Pontevès' Schlafzimmer, einem Raum, nicht ganz so groß wie ein Fußballfeld, aber immer noch geräumiger als jedes andere Schlafzimmer, das sie bisher gesehen hatte. Es war ausgesprochen karg möbliert, es gab nur eine Kommode mit gläsernen Schubladen, wie man sie manchmal noch in altmodischen Herrenbekleidungsgeschäften fand, und dieses ausladende Bett, auf dem sie saß.

Sie war nackt, und ihr Körper fühlte sich so gut an wie niemals zuvor in ihrem Leben. Es war ihrer Erinnerung keineswegs entfallen, wie es dazu gekommen war. Nichts war ihr entfallen, nichts von all den wunderbaren, aufregenden Dingen, die sie in diesem Bett getan hatten, bevor Matilde schließlich, von Müdigkeit und Erschöpfung übermannt, in seinen Armen eingeschlafen war.

Sie hatte erwartet, beim Aufwachen voller Reue und Selbstvorwürfe zu sein, aber sie empfand nichts dergleichen. Im Gegenteil, sie fühlte sich einfach nur gut. Nach der Farbe des Lichts zu schließen, das in den Raum fiel, war es später Nachmittag, und da sie es für ausgeschlossen hielt, mehr als vierundzwanzig Stunden geschlafen zu haben, nahm sie an, dass es immer noch derselbe Tag war. Der Tag, an dem Großtante Germaine gestorben war.

Ein Geräusch von nebenan ließ sie zusammenzucken. De Sabran-Pontevès stand offenbar im Badezimmer unter der Dusche. Und auch er schien sich ziemlich gut zu fühlen, nach dem Gesang zu urteilen, den er anstimmte. Es war ausgerechnet Edith Piafs Chanson »Je ne regrette rien«, und seine Stimme war nicht mal schlecht.

Matilde erhob sich. Jetzt war ein günstiger Moment, aus seinem Leben zu verschwinden. Ohne die ganze Sache noch einmal zu zerreden, ohne nach Entschuldigungen zu suchen und ohne verlegene, klärende Worte die Zukunft betreffend aussprechen zu müssen.

Sie würde einfach gehen und ihn niemals wiedersehen.

»Non, je ne regrette rien.« Matilde summte die Melodie leise mit, während sie ihre Sachen zusammensuchte, die überall im Zimmer verstreut lagen. Was für ein glücklicher Zufall, dass sie heute die vergleichweise hübsche Unterwäsche mit den weißen Spitzen getragen hatte – sie hatte nämlich auch weit weniger präsentable Stücke in ihrem Wäscheschrank, und bei dieser hier passten BH und Höschen sogar zusammen.

Im Wohnzimmer fand Matilde auch ihre Handtasche in einem Sessel liegend. De Sabran-Pontevès musste sie aus ihrem Spind im ROYAUME mitgenommen haben.

Aus dem Badezimmer rauschte immer noch die Dusche.

»Leb wohl«, sagte Matilde in den Raum hinein, dann

öffnete sie die Wohnungstür und ließ sie lautlos hinter sich ins Schloss schnappen.

Die sechs Treppen bis hinunter zur Haustüre nahm sie so schnell es ihre immer noch wackeligen Beine erlaubten, und in der Haustüre wäre sie dann beinahe gegen Lilette Ambrois geprallt.

»Pardon«, sagte sie.

Das Gesicht der Blondine wurde vor Ärger und Fassungslosigkeit ganz rot.

»Jetzt verstehe ich«, sagte sie giftig. »Sie kleine *Schlampe!* Verglichen mit Robert de Sabran-Pontevès ist der arme Ferdinand natürlich Dreck.«

»Das stimmt allerdings«, sagte Matilde und schob sich an ihr vorbei ins Sonnenlicht. Mademoiselle Ambrois mochte Robert zwar heiraten, aber diesen Nachmittag mit ihm würde sie ihr nicht mehr wegnehmen können. Er gehörte ihr für alle Zeiten.

Der nächste Taxistand war gleich um die Ecke, nur zwei Minuten von hier. Sie legte den Weg im Laufschritt zurück, als befürchte sie, jemand könne sie verfolgen.

Aber niemand hielt sie auf.

Isabell und Florence hatten die Nacht im Krankenhaus verbracht, und weder Mutter noch Tochter hatten besonders gut geschlafen. Der Arzt hatte gesagt, dass Florence nach der Visite gegen Mittag entlassen werden könne, und Corin hatte versprochen, sie beide dann abzuholen. Aber nun hatte die Visite schon um neun Uhr stattgefunden, und Isabell hatte keine Lust, noch bis zum Mittag zu warten. Sie entschied sich, ein Vermögen in ein Taxi zu investieren, das sie und Florence nach Hause bringen würde. Jetzt sofort.

Madame Cécile empfing sie mit einer tränenreichen Umarmung, und es war nicht ersichtlich, ob sie wegen Großtante Germaines Tod weinte oder vor Rührung darüber, dass Florence wieder gesund und munter war.

»Wo ist Corin?«, fragte Isabell sehnsüchtig.

»Oh, er ist ausgeritten. Mit Madeleine«, sagte Madame Cécile, und Isabell spürte den altbekannten Stich der Eifersucht. Unwillkürlich drückte sie Florence enger an sich.

»Bitte gib sie mir mal«, bat Madame Cécile, und auch sie drückte das Baby eng an sich. »Es gibt nichts Tröstlicheres, als so einen lebendigen Babykörper in den Armen zu halten, findest du nicht auch?«

Isabell nickte.

»Möchtest du Großtante Germaine noch einmal sehen? Sie liegt oben in ihrem Bett. Gleich kommt der Bestattungsunternehmer, und dann ist es zu spät.« Als Madame Cécile sah, dass Isabell zögerte, lächelte sie. »Keine Angst, Liebes, sie sieht sehr schön aus. Ganz friedlich und würdevoll. Ich würde dich nicht hochschicken, wenn es anders wäre.«

Sie hatte Recht. Die alte Dame sah wunderschön aus, wie sie da angetan mit ihrem besten Kleid und ihren schönsten Ohrringen auf dem Bett lag, die Augen geschlossen, das Gesicht ganz entspannt. Isabell setzte sich ein paar Minuten auf einen Stuhl und schaute die Tote einfach nur an. Schließlich griff sie nach der kalten Hand und sagte: »Danke, dass ich dich kennen lernen durfte, Großtante Germaine.«

Zurück in der Küche fand sie ihre Tochter schlafend in Madame Céciles Armen vor.

»Sie hat eine Menge Schlaf nachzuholen«, sagte Isabell. »In der Klinik haben sie sie zwar gesund gemacht, aber schlafen haben sie ihr leider nicht beigebracht. Legen wir sie in den Kinderwagen, dann kann ich sie mit hinüber zum Stall nehmen. Ich warte dort auf Corin.«

Auf halbem Weg zu den Ställen traf sie auf Matilde, die einen ganzen Korb voller Rosen gepflückt hatte, deren Duft Isabell beinahe betäubte.

Zu ihrem Entsetzen brach Matilde beim Anblick der schlafenden Florence in Tränen aus.

»Aber Matilde, sie ist doch wieder ganz gesund. Im Grunde war es nicht mal wirklich gefährlich, was sie hatte.«

»Ich weiß«, sagte Matilde. »Aber ich wäre gestern vor Angst fast wahnsinnig geworden.« Weil Isabell die Weiße Dame für ein albernes Schauermärchen hielt, sparte Matilde sich nähere Erklärungen. Sie begnügte sich damit, Florences rosiges Gesichtchen zu betrachten und sich die Tränen von den Wangen zu wischen.

»Warum bist du nicht im Restaurant?«, erkundigte sich Isabell. »Hast du dir Urlaub genommen wegen Großtante Germaine?«

»So etwas Ähnliches«, sagte Matilde ausweichend. »Ich werde wohl eine Zeit lang nicht hingehen.« Wenn sie gedacht hatte, Isabell ließe sich mit dieser Antwort abspeisen, hatte sie sich getäuscht.

»Wieso denn nicht? Ist etwas passiert.«

»Hm, ja«, sagte Matilde, die nicht lügen konnte. »Etwas sehr ... *Privates.*«

Damit hatte sie Isabells Neugier erst recht geweckt. »Etwas sehr Privates? Was denn genau?«

»Isabell, du stellst ziemlich neugierige Fragen, weißt du das? Das geht niemanden etwas an außer mir und ...«

»Und *wem?*« Isabell platzte beinahe vor Neugier. »Was genau ist jetzt passiert?«

»Nichts«, sagte Matilde und platzte dann zu ihrem eigenen Erstaunen heraus: »Außer, dass ich mit Robert de Sabran-Pontevès geschlafen habe.«

»Was? Du warst mit deinem Chef im Bett?«, rief Isabell aus. »Diesem eingebildeten Typ, der von nichts eine Ahnung hat und ständig unverschämte Bemerkungen macht?«

»Genau mit dem«, sagte Matilde matt.

Über Isabells Gesicht huschte ein Lächeln, was sie aber sofort wieder hinter einer ernsten Miene zu verbergen wusste. »Und – wie war's?«

»Jetzt gehst du aber wirklich zu weit«, sagte Matilde streng und setzte atemlos hinzu: »Es war wunderbar! Das Beste, was ich jemals erlebt habe.« Sie schlug sich die Hand vor den Mund. »Oh mein Gott! Warum erzähle ich dir das?«

Jetzt lächelte Isabell ganz offen. »Offensichtlich gibt es doch etwas, wovon dieser de Sabran-Pontevès eine Ahnung hat.«

»Ja«, seufzte Matilde. »Aber ich hätte es trotzdem nicht tun sollen. Es war mir von Anfang an klar, dass wir beide nicht füreinander geschaffen sind.«

»Wär ja auch noch schöner, wenn du etwas Ernsthaftes mit so einem unsympathischen und eingebildeten Menschen anfingst«, sagte Isabell immer noch lächelnd.

»Das ist er nicht«, fuhr Matilde auf. »Er ist wunderbar, sensibel und großzügig. Und er hat Humor.«

Isabells Lächeln war nun beinahe unerträglich breit. »Das klingt ganz so, als hättest du dich verliebt.«

»Und wenn schon – es beruht leider nicht auf Gegenseitigkeit.«

»Hat er das gesagt?«

»Nein«, sagte Matilde. »Das braucht er nicht zu sagen.

Ich weiß es auch so. Er ist mit Lilette Ambrois zusammen.«

»Dieser Antiquitätenhändlerin, von der ich die Badewanne habe?«, rief Isabell aus. »In deren Laden dieses fantastische Sofa steht, das ich besitzen will?«

Matilde nickte. »Sie werden bald heiraten.«

»Oh, das ist ja schrecklich!« Das breite Grinsen in Isabells Gesicht war einer mitleidigen, empörten Miene gewichen. »Und das hat er dir erst eröffnet, nachdem ihr miteinander geschlafen habt? Dieser Mistkerl!«

Matilde schüttelte den Kopf. »Nein, so war das nicht. Ich wusste ganz genau, worauf ich mich einlasse.«

»Hm, hm«, machte Isabell, ganz so, als verstünde sie, wie kompliziert die Lage war. »Und er? Wusste er auch, worauf er sich einlässt?«

Matilde sah sie erstaunt an. »Wie meinst du das?«

»Ach, nur so«, sagte Isabell. »Ich habe mich nur gefragt, ob dieser de Sabran-Pontevès auch wusste, was passiert, wenn ihr zusammen schlaft. Dass du nicht mehr zur Arbeit kommen würdest, beispielsweise.«

Matilde warf einen Blick auf ihre Armbanduhr. »Nun ja, *jetzt* weiß er es auf jeden Fall.«

Ein schwarzer Kombi fuhr soeben in den Hof. Es war der Bestattungsunternehmer, und Isabell und Matilde betrachteten den glänzenden Wagen und den kleinen Mann, der ihm entstieg, mit gemischten Gefühlen.

»Ich gehe und helfe Maman«, sagte Matilde schließlich. »Die Rosen wollte ich Großtante Germaine mit ins Grab geben. Es sind ihre Lieblingsrosen. Sie heißt ...«

»... *Mrs John Laing*«, ergänzte Isabell lächelnd. »Sie hat sie mir gezeigt. Sie sagte, der einzige Fehler dieser Rose sei, dass sie ganz offensichtlich einen Engländern geheiratet habe.«

Bei den Ställen war von Corin und Madeleine und ihren Pferden weit und breit keine Spur zu sehen. Isabell setzte sich auf eine schattige Bank an der Stirnseite des einstöckigen Natursteingebäudes und wartete. Seit Bertrand nicht mehr da war, um sich um den Garten zu kümmern, war dieser Teil des Grundstückes völlig verwildert. Die Hortensienhecke neben dem Weg war von Gras, Farnen und Springkraut überwachsen, das kleine Stück Rasen vor der Bank hatte sich in eine Wildwiese verwandelt, auf der vor allem Disteln blühten. Immerhin, dachte Isabell schläfrig, den Schmetterlingen gefällt's. Während ihr allmählich die Augen zufielen, ließ sie die vergangenen Tage noch einmal Revue passieren: ihre Ankunft auf RINQUINQUIN, das Abendessen, bei dem sie Großtante Germaine zuliebe Tanzmusik aufgelegt hatten, und die Stunden in ihrem Schlafzimmer, die eigentlich dazu hätten dienen sollen, jegliches Missverständnis zwischen ihr und Corin zu beseitigen. Stattdessen hatten sie sich besorgt um die fiebernde Florence gekümmert, ihr die Windeln gewechselt, Umschläge aus nassen Socken gemacht und alle fünf Minuten Fieber gemessen. Und gerade als das Fieber endlich sank, hatte sich der kleine Körper zusammengekrampft und das Gesicht sich zu einer schrecklichen Grimasse verzogen, bei der das ganze Zahnfleisch bloßgelegen hatte. Niemals im Leben würde Isabell diesen Anblick vergessen. Wie gut, dass Corin seine Nerven behalten hatte. Ohne ihn und seine ruhigen, vernünftigen Anweisungen wäre sie in hoffnungsloser Hysterie versunken.

Im Krankenhaus war es dann umgekehrt gewesen: Als der Arzt ihnen gesagt hatte, dass Florence wieder gesund werden würde, hatte Isabell aufgehört zu weinen, während Corin vor Erleichterung damit angefangen hatte. Er hatte sich auf einen der Stühle im Krankenhausflur fallen lassen, das Gesicht in seinen Händen versteckt. Seine Schultern hatten vor Schluchzen gezuckt.

Mein Gott, wie sehr sie ihn in diesem Augenblick geliebt hatte.

»Was muss ich da hören?« Madeleines lachende Stimme schreckte Isabell aus ihrem Halbschlaf. »Der moraltriefende Corin schnüffelt in den Privatsachen seiner Frau herum?«

Isabell setzte sich mit einem Ruck auf und spähte um die Hausecke auf den kleinen Vorplatz, auf dem Madeleine und Corin ihre Pferde absattelten.

»Ich habe nicht geschnüffelt«, verteidigte sich Corin. »Sie brauchte ein paar Sachen aus ihrem Koffer für's Krankenhaus, und da habe ich es halt gefunden.«

Isabell fragte sich, was er wohl meinen konnte. Sie war sich keiner verfänglichen Gegenstände in ihrem Koffer bewusst.

»Es hatte so ein merkwürdiges Cover, weißt du?«

Madeleine kicherte. »Ich kann es mir vorstellen.«

»Nein, nicht was du denkst. Ein nackter Mann, ein Gemälde, nichts Unanständiges.«

Isabell war froh, dass die beiden sie nicht sehen konnten, wie sie auf der Bank saß und sich den Kopf darüber zerbrach, wovon Corin wohl redete. Wäre sie in einem Comic gewesen, hätte man jetzt lauter Fragezeichen um ihren Kopf tanzen sehen.

»Na ja, jedenfalls habe ich mir ein Lexikon geholt und es übersetzt«, sagte Corin.

»Wie, das ganze Buch?«, kicherte Madeleine.

»Natürlich nur den Titel. Es ist ein Ratgeber, und es heißt übersetzt: Warum nur davon träumen?«

»Oh la la«, sagte Madeleine, und Isabell in ihrem Versteck zuckte zusammen. Stimmt, das Buch hatte sie ganz vergessen. Sie hatte es sich in Deutschland gekauft, und sie hatte es auch gelesen, jedenfalls teilweise. Sie hatte sich in erster Linie Tipps erhofft, wie man Sex auch mit Dehnungsstreifen und Babybäuchlein genießen könne ... Ihre Wangen wurden schamrot.

»Was soll ich nun davon halten, Madeleine?«, fragte Corin. »Bin ich ihr nicht gut genug im Bett? Bin ich vielleicht nicht sexy genug?«

Nein, nein, nein, hätte Isabell am liebsten geschrien, aber es wäre zu peinlich gewesen, jetzt noch aus ihrem Versteck hervorzukommen. Als sie vorsichtig um die Ecke lugte, sah sie, dass Madeleine sich vor Corin hingestellt hatte und ganz ernsthaft zu ihm hinaufschaute.

»Eins kannst du mir glauben«, sagte sie mit ihrer warmen, tiefen Stimme. »Du bist der erotischste Mann, den ich kenne. Alles an dir ist wahnsinnig sexy: Deine Stimme, deine Gesten, dein Lachen ...«

Stimmt, dachte Isabell in ihrem Versteck. *Stimmt genau.*

»Das ist genau das, was ich hören wollte.« Corins leises Lachen fuhr Isabell direkt in die Magengrube. Dieses Gespräch durfte gar nicht stattfinden, nicht zwischen diesen beiden.

»Ich war noch nicht fertig«, sagte Madeleine. »Wie gesagt, du bist wahnsinnig sexy, aber nichts ist abtörnender als ein Mann, der nur eine andere im Kopf hat.«

Was sollte das heißen? Glaubte Madeleine, dass Isabell Corin nicht mehr erotisch fand, weil er nur an sie, Madeleine, dachte? Wieder schaute Isabell vorsichtig um die Ecke. Wenn die beiden sich jetzt küssten, würde sie nach der nächstbesten Mistgabel greifen und sie aufspießen.

Corin lachte. »Du bist die Beste, Madeleine.« Sein Gesichtsausdruck wurde für einen Augenblick so weich und zärtlich, dass Isabell um ein Haar aufgesprungen wäre.

»Willst du«, sagte er, und Isabells Herz setzte einen Schlag aus. »Willst du meine *Trauzeugin* werden?«

»Ja, ich will«, sagte Madeleine und lachte wieder, während Isabell auf ihrer Bank vor Erleichterung beinahe laut aufgestöhnt hätte.

»Es ist schon komisch, aber in den letzten Wochen habe ich mich irgendwie damit abgefunden, dass nicht ich, sondern Isabell die Glückliche ist, die mit dir alt werden darf«, hörte sie Madeleines Stimme sagen. »Und ich habe kapiert, dass sie mehr ist als eine hübsche Blondine, die zur richtigen Zeit am richtigen Ort war. Wahrscheinlich werdet ihr euch einreihen können zwischen den großen Liebespaaren der Geschichte: Romeo und Julia, Cleopatra und Marc Anton …«

»Fallen dir keine ein, die ein weniger tragisches Ende erlebt haben?« Isabell wagte wieder einen Blick um die Ecke und sah Corin, wie er Sombre über die Nüstern streichelte. »Du meinst also, ich müsste mir keine Sorgen machen wegen dieses Ratgebers?«

»Im Gegenteil«, sagte Madeleine. »Ich würde es als Kompliment auffassen. Vergiss alles, was ich dir über die mangelnde Libido von jungen Müttern erzählt habe. Offensichtlich ist Isabell an einer Revolution eures Sexuallebens interessiert.«

»Das bin ich auch«, versicherte Corin. »Allerdings dachte ich, dass ich das ohne Bücher auf die Reihe kriegte. Ich glaube nämlich, ich habe das Problem jetzt endlich kapiert.«

Ich auch, dachte Isabell und wollte sich leise wie ein

Mäuschen davon schleichen. Es wäre ihr unendlich peinlich gewesen, von den beiden entdeckt zu werden.

Aber als sie den Kinderwagen so leise wie möglich anschob, wachte Florence auf und gab ein lautstarkes Krähen von sich.

Isabell erstarrte. »Du kleines Miststück«, flüsterte sie.

»Hallo?« Corin kam um die Hausecke gelaufen, gefolgt von Madeleine und Sombre, der seinen großen Kopf um die Mauerkante schob. Alle drei sahen sie verblüfft an.

»Isabell! Warum bist du schon hier? Ich wollte gerade losfahren, um dich abzuholen.«

»Ähm, ja, ich bin schon mit dem Taxi gekommen«, stotterte Isabell und konnte nicht verhindern, dass sie ganz rot im Gesicht wurde. Wie peinlich! Er würde denken, dass sie sie heimlich belauscht hatte, und im Grunde war ja auch genau das der Fall gewesen. »Ich, äh, ach, hallo, Madeleine, schön dich zu sehen. Ja, die Visite war viel früher als sie gesagt hatten, und ich hatte die ganze Nacht nicht geschlafen, und eine Dusche brauchte ich auch, und äh, da bin ich nun.«

Corin sah sie stirnrunzelnd an. »Da bist du nun? Schon länger?«

»Ja, aber deshalb bin ich auch gleich wieder weg«, sagte Isabell schnell. »Ich wollte Florence zu dir bringen und in aller Ruhe ein Bad nehmen. Im neuen Badezimmer. Ja, dann gehe ich jetzt auch mal. Bis später, Madeleine. Und äh, ja, ich fände es auch eine prima Idee, wenn du unsere Trauzeugin werden würdest.«

Der Schönheit des Badezimmers tat das helle Sonnenlicht keinen Abbruch, im Gegenteil. Die Sonne brachte die vielen goldenen Einsprengsel in den Kacheln erst so richtig zur Geltung. Aber Isabell hatte für diese Feinheiten heute keinen Sinn. Sie schaufelte literweise kaltes Wasser in ihr vor Scham brennendes Gesicht.

Meine Güte, hatte sie sich dämlich benommen! Wann endlich würde sie in der Lage sein, peinliche Situationen mit Humor und Coolness zu meistern? Ihr fielen zwei Dutzend schlagfertige Sätze ein, die sie statt ihres haltlosen Gestammels hätte sagen können. Schließlich war es ja nicht ihre Schuld, dass Corin mit Madeleine stets derart intime Gespräche führte, dass jeder, der zufällig vorbeikam, einfach Zeuge davon werden *musste!*

Die Badezimmertür flog auf, und Corin kam herein. »Du bist ja wirklich hier.«

»Ja. Wo sonst?«

»Na ja, zum Beispiel irgendwo, wo du Leute belauschen kannst!« Corin grinste.

»Nein, davon habe ich für heute genug«, sagte Isabell. »Wo ist Florence?«

»Bei Madeleine. Sie macht einen Spaziergang mit ihr. Und sie füttert sie auch, wenn sie Hunger bekommt. Wir haben mindestens zwei Stunden für uns.«

»Bei *Madeleine?*« Ausgerechnet! Isabell schluckte. »Wie schön, dann kann ich ja jetzt in aller Ruhe ein Bad nehmen. Wenn du so nett wärst und mich allein ließest!«

»Nein, so nett bin ich nicht. Zieh dich aus.«

»Wie bitte?«

Er gab keine Antwort, sondern verriegelte die Tür.

»Das ist nicht komisch«, sagte Isabell und konnte nicht verhindern, dass ihre Stimme zitterte.

»Das finde ich auch nicht. Los, zieh dich aus.«

»Das werde ich nicht tun.«

»Dann tu ich es.« Er machte einen Schritt auf sie zu.

»Rühr mich nicht an, oder ich schreie.«

»Schrei ruhig. Es wird dir keiner zu Hilfe kommen, das garantiere ich. Also los, zieh dich aus. Stell dir einfach vor, ich wäre nicht im Raum.«

Gerade das war ja das Unmögliche. Isabell versuchte, an Corins Vernunft zu appellieren: »Ich möchte nicht, dass du mich nackt siehst. In diesem Licht.«

»Ich weiß. Aber es ist mir egal, was du möchtest. Fang mit der Bluse an.«

»Ich versichere dir, dass ich davon *nicht* träume«, sagte Isabell. »Das ist es nicht, was in diesem Buch steht, was du unverschämterweise aus meinem Koffer genommen hast. Im Übrigen kannst du dir vielleicht vorstellen, wie kränkend es ist, dass du unentwegt mit Madeleine über Sex sprichst.«

»Ich finde das immer noch besser, als sich heimlich Sex-Ratgeber zu kaufen. Solange wir nur darüber sprechen, hast du wirklich keinen Grund, dich zu beschweren«, sagte Corin. »Worauf wartest du noch? Ich habe diese albernen Spielchen wirklich satt. Ich sagte, zieh die Bluse aus.«

Isabell kapitulierte. Aus irgendeinem Grund begann sie die Sache aufregend zu finden. Lächerlich, ja, aber auch aufregend.

»*Das* hier ist ein albernes Spielchen«, sagte sie, während sie ihre Bluse öffnete.

Corin verschränkte die Arme über seiner Brust, während er ihrem Striptease zusah. »Ja, so ist es es richtig, immer schön Knopf für Knopf. Jetzt den Rock. Zieh den Reißverschluss auf und lass ihn einfach auf den Boden fallen. Sehr gut. Und jetzt mach einen Schritt vorwärts, gut so, jetzt stehst du mitten in einem Sonnenstrahl.«

Isabell kam sich vor, wie auf einer Bühne, von einem Spotlicht ausgeleuchtet.

»Und jetzt?«, fragte sie beinahe schüchtern, als sie die Bluse über ihre Schultern hatte gleiten lassen.

»Jetzt den BH«, sagte Corin. »Übrigens ein sehr hübsches Modell. Ist der neu?«

»Hm, ja«, sagte Isabell, während sie den BH auf den Boden zu den anderen Sachen warf.

»Oh, nein, nein, nimm die Hände da weg. Leg sie hinter deinen Kopf, damit ich mir das alles ganz in Ruhe ansehen kann.«

Es war albern, aber Isabell gehorchte ihm und beobachtete dabei ängstlich seine Miene. Im goldenen Licht der Nachmittagssonne würde ihm nicht die geringste Kleinigkeit entgehen.

»Und jetzt das Höschen. Nein, warte, nicht so. Geh da hinüber zur Badewanne. Dreh mir den Rücken zu. Ja. Und jetzt runter mit dem Höschen.«

Isabell wusste nicht, ob sie lachen oder weinen sollte. Das hier war ja so lächerlich, wie in einem schlechten Film – und doch konnte sie sich nicht erinnern, jemals erregter gewesen zu sein.

»Das machst du wirklich gut«, sagte Corin. »Jetzt dreh den Wasserhahn auf und lass das Wasser in die Wanne. Das war doch gar nicht schwer, oder?«

Isabell schüttelte den Kopf. »Darf ich jetzt in die Wanne steigen?«

»Nein, noch nicht. Zuerst musst du dich umdrehen.«

Isabell zögerte. Sie war vollkommen nackt.

»Los mach schon. Dreh dich um. So ist es gut. Und jetzt komm her.«

Wieder musste sie durch den Sonnenstrahl, der im Raum stand wie ein goldener Scheinwerferkegel, und diesmal blieb sie ganz bewusst darin stehen. Keine Geheimnisse mehr – er hatte es so gewollt. Tief durchatmend sah sie an sich hinab. An den steil aufgerichteten Brustwarzen vorbei auf ihren Bauch. Wie zarte, weiße Kreidestriche sahen die Dehnungsstreifen aus, wie ein Muster, das jemand liebevoll auf die goldfarbene Bauchdecke gepinselt hatte.

»Wie schön du bist«, sagte Corin leise. »Als ob du für die Meerjungfrau an der Wand Modell gestanden hättest.«

Und auf einmal wusste sie, dass es für ihn keine Rolle spielte, ob sie ein paar Kilo mehr oder weniger wog, ob ihr Busen ein wenig tiefer hing oder ihr Bauch von Dehnungsstreifen gezeichnet war. Er liebte sie so wie sie war, das war die ebenso profane wie wundervolle Erkenntnis, die sie in diesem Augenblick überkam. Nie wieder würde sie auch nur einen einzigen Gedanken an derartige Äußerlichkeiten verschwenden.

Mit einem großen Schritt war sie bei ihm und warf sich in seine Arme.

Beinahe hätte Robert de Sabran-Pontevès die Einfahrt zwischen den beiden Pfosten verpasst, auf denen zwei gewaltige Steinlöwen saßen und warnend ihre Pranken hoben. Er war viel zu schnell gefahren, und er musste seinen schwarzen Morgan beinahe zu einer Vollbremsung zwingen, um die Kurve zu bekommen. Der Kies knirschte unter den Reifen, als er langsam weiterfuhr. Die Einfahrt war von Hortensienbüschen gesäumt und von stattlichen Kirschbäumen beschattet, in denen er die ersten reifen Früchte leuchten sah. Er hatte den Blick so fasziniert nach oben gerichtet, dass er beinahe einen kleinen Jungen überfahren hätte, der plötzlich wie aus dem Nichts vor ihm auf dem Weg aufgetaucht war.

»Das ist aber ein schönes Auto«, sagte der kleine Junge, als de Sabran-Pontevès haarscharf vor ihm zum Stehen gekommen war.

»Vielen Dank«, sagte de Sabran-Pontevès, der selber stolz auf seinen englischen Oldtimer war. Es war ein unbezahlbares Liebhabermodell, ein Cabrio mit gerader Frontscheibe und Speichenrädern. »Glücklicherweise funktionieren die Bremsen tadellos. Sag mal, wohnt hier eine Matilde Le Ber?«

»Ja, das tut sie«, sagte der kleine Junge. »Sie ist meine Tante. Wussten Sie, dass es hier spukt?«

»Ja, das wusste ich.«

»Aber es ist nicht wirklich gruselig«, sagte der kleine Junge mit einem gewissen Bedauern in der Stimme. »Unser Gespenst kommt immer nur, wenn jemand stirbt. Und eigentlich läuft sie dann nur durch die Gegend und stinkt. Nach Parfüm.«

»Also, ich finde das gruselig genug«, sagte de Sabran-Pontevès.

»Ich nicht«, erwiderte der kleine Junge. »Aber den Kindern in meiner Klasse habe ich erzählt, dass die Weiße Dame sich über alle hermacht, die einem Le Ber nicht gut gesinnt sind. Sie hätten mal das Gesicht vom fürchterlichen Fabien sehen sollen. Er hat sich vor Angst beinahe in die Hose gepinkelt.«

De Sabran-Pontevès lachte. »Weißt du, wo deine Tante jetzt ist?«

»Welche meinen Sie?«

»Matilde.«

»Ach so, die. In der Küche vielleicht.«

Natürlich. In der Küche. De Sabran-Pontevès sah sie vor sich, wie sie sich dort über eine Pfanne beugte und mit einer Gabel probierte, ob das, was sie da zusammenschmorte, auch so köstlich schmeckte wie es roch.

Er liebte es, ihr beim Kochen zuzuschauen. So hatte überhaupt alles angefangen. Er hatte sie dabei beobachtet, wie sie mit einem Löffel ganz konzentriert die Kruste einer Crème brûlée durchstoßen hatte, und plötzlich war in ihm der völlig verrückte Wunsch aufgekommen, an der Stelle dieser Crème brûlée sein zu dürfen, die sie mit so viel Liebe und Aufmerksamkeit behandelte.

Niemals in seinem Leben hatte ihm etwas mehr Lust und Vergnügen bereitet, als von diesem milchweißen Körper Besitz zu ergreifen, der unter seinen Händen dahinzuschmelzen schien. Niemals in seinem Leben hatte er den Akt der Liebe intensiver empfunden als mit Matilde.

Als es vorbei war, hatte sie sich an ihn geklammert und leise geschluchzt.

Er hatte immer noch schwer geatmet. »Es tut mir so Leid, ich wollte das nicht ... Oh Gott, doch, ich wollte es, mehr als alles andere auf der Welt. Seit ich dich das erste Mal gesehen habe.« Mit seinem Finger hatte er die Tränen von ihrer Wange gewischt und dabei fasziniert ihr wunderschönes Gesicht betrachtet. »Aber es war noch viel besser als ich es mir vorgestellt habe.«

Matilde hatte längst aufgehört zu weinen, sie hatte ihn schläfrig angelächelt, und die langen schwarzen Wimpern hatten sich unter seinem Blick bebend geschlossen.

»Deine Wimperntusche ist wirklich unglaublich gut«, hatte er gesagt. »Das wollte ich dir neulich im Regen schon gesagt haben. Sie verwischt überhaupt nicht, ganz egal wie sehr du auch nass wirst oder heulst oder dir die Augen reibst ... ich habe den Verdacht, es ist gar keine Wimperntusche, stimmt's?«

Aber Matilde hatte keine Antwort gegeben. Sie war eingeschlafen. Eine ziemlich lange Zeit hatte er sich damit begnügt, sie im Schlaf zu beobachten, und als er schließlich nach nebenan unter die Dusche gegangen war, war ihm so leicht ums Herz gewesen, dass er sogar gesungen hatte.

Als er zurückkam, war sie verschwunden und mit ihr alle ihre Sachen. Nur zwischen den Laken hatte noch ihr Duft gehangen, nach Karamell und Vanille.

Die Küche im ROYAUME war nicht mehr dieselbe, seit Matilde nicht mehr da war.

Am ersten Tag war er nicht weiter verwundert gewesen, als sie nicht erschienen war. Schließlich war ihre Großtante am Vortag gestorben, und er wollte ihr ein wenig Zeit lassen, die Ereignis, *alle* Ereignisse zu verdauen.

Aber als sie auch am zweiten Tag nicht kam, war er unruhig geworden.

»Hat Mademoiselle Le Ber sich gemeldet?«, hatte er François gefragt, und François hatte erwidert: »Sie kommt heute nicht, Monsieur.«

»Und morgen?«

»Auch nicht«, hatte François gesagt und dabei verlegen auf den Boden geschaut. »Ich fürchte, sie kommt überhaupt nicht mehr. Aber das wird sie Ihnen sicher noch schriftlich geben.«

»Was? Sie will kündigen?« De Sabran-Pontevès hatte ihn völlig konsterniert angesehen. »Aber warum das denn?«

»Ehrlich gesagt, ich weiß es auch nicht«, sagte François. »Ich war genauso überrascht wie Sie. Ich dachte, in letzter Zeit würden Sie sich besser verstehen.«

»Das dachte ich auch«, hatte er erwidert. Oh mein Gott. Plötzlich war ihm eiskalt geworden.

»Können Sie nicht irgendetwas unternehmen, um sie zurückzuholen?«, hatte die kleine, dicke Edith ihn gefragt.

»Ich meine, Ihnen ist es vielleicht egal, aber für uns ist es schrecklich. Mademoiselle Le Ber ist das ROYAUME, wissen Sie?«

»Warum sollte mir das egal sein?«, hatte er Edith angefahren.

»Weil jeder hier weiß, dass Sie das ROYAUME verkaufen werden, wenn Sie erst einmal verheiratet sind«, hatte Edith gesagt. »Aber wir werden schließlich hier bleiben.«

»Wenn ich erst mal verheiratet bin?«, hatte de Sabran-Pontevès wiederholt. »Und mit wem, wenn ich fragen darf?«

Edith hatte ihn angesehen, als habe er den Verstand verloren. »Mit Mademoiselle Ambrois natürlich.«

»Und ich dachte immer, dieses Gerede von Ihnen allen darüber sei so etwas wie typisch provenzalischer Humor! Wieso sollte ich Mademoiselle Ambrois heiraten? Wer sagt denn so etwas?«

»Nun, der Freund der Freundin meiner Schwägerin sagte, dass Sie sich entschieden hätten, in der Kathedrale von Aix zu heiraten, und die Schwägerin der Freundin der Frau meines Bruders ...«, hatte Edith gesagt, war aber unter seinen entgeisterten Blicken verstummt.

»Das ist ja wohl ...«, hatte er gesagt und war in dröhnendes Gelächter ausgebrochen. »Gibt es noch mehr solcher Gerüchte?«

»Ähm, ja«, hatte Edith etwas verlegen gesagt. »Wir wissen, dass Mademoiselle Ambrois schwanger ist ...«

»Was?«, hatte er ausgerufen, und das Lachen war ihm plötzlich vergangen. »Glaubt Mademoiselle Le Ber diesen ganzen Blödsinn etwa auch?«

»Das ist kein Blödsinn«, hatte Edith widersprochen. »Diese Quellen sind wirklich verlässlich ...« In diesem Augenblick schien ihr aufgegangen zu sein, dass sie in de Sabran-Pontevès möglicherweise eine verlässlichere Quelle vor sich hatte, und sie war errötet. »Das stimmt also gar nicht?«

»Natürlich stimmt es nicht«, hatte er ausgerufen. »Mein Gott, was ist das denn hier für ein rückständiges Kaff, wenn man nicht mal mit jemandem ins Bett gehen kann, ohne dass die Leute gleich die Hochzeitsglocken läuten hören!«

»Ihre Adresse«, hatte er François angefahren. »Ich brauche ihre Adresse.«

»Meine Adresse?«

»Nein, nicht *Ihre* Adresse, Sie Dummkopf, die von Matilde!«

François hatte ihm die Adresse genannt und eine komplette Wegbeschreibung mitgeliefert. Und hier war er nun. Er stellte den Morgan unter einer gigantischen Plantane ab und sah sich voller Bewunderung um. Es war wirklich wunderschön, und es war nichts von der bedrückenden Enge zu merken, von der Joséphine immer erzählt hatte. Aber Joséphine hatte ohnehin nicht viel von der Wahrheit gehalten. Wie hatte sie ihn genannt? Einen chauvinistischen, rücksichtslosen Mistkerl? Das entsprach beinahe wortwörtlich dem, was Lilette ihm vorgestern Abend an den Kopf geworfen hatte. Offensichtlich hatte nämlich nicht nur der Freund der Freundin von Ediths Schwägerin die Hochzeitsglocken läuten hören, sondern auch Lilette selber.

Sie war alles andere als erfreut gewesen, dass er ihre Pläne die Zukunft betreffend nicht teilte. Er war sich keiner Schuld bewusst gewesen, schließlich hatte er ihr niemals irgendwelche Versprechungen gemacht oder sie mit Lügen über seine Gefühle in die Irre geführt.

»Ich habe dir nie gesagt, dass ich dich liebe«, hatte er gesagt, und sie hatte geheult: »Aber du hast auch nie gesagt, dass du mich nicht liebst!«

Nun, das stimmte wohl. Es mochte also durchaus wahr sein, dass er ein chauvinistischer, rücksichtsloser Mistkerl war.

Ein Huhn rannte gackernd über den Hof, gefolgt von einer getigerten Katze.

»Verfluchtes Mistvieh«, rief eine Frauenstimme, und Robert sah eine dicke Person um die Hausecke watscheln.

»Meinen Sie mich?«, fragte er belustigt.

»Natürlich nicht«, sagte die Frau. »Was wollen Sie?«

»Ich suche Matilde Le Ber.«

»Die ist in der Küche. Sie macht Crème brûlée für meinen Mann. Er kommt heute Abend wegen der Beerdigung der alten Dame aus Annecy, und er liebt Mademoiselle Matildes Crème brûlée.«

»Ich auch«, sagte de Sabran-Pontevès und machte Anstalten, den Türklopfer aus Messing zu betätigen, der die Form eines Löwenkopfes hatte.

»Das können Sie sich schenken«, sagte die dicke Frau. »Das Ding hört eh niemand. Gehen Sie einfach rein. Die Küche ist gleich rechts vom Korridor.«

Die Küche war ein sonnendurchfluteter Raum, ausgestattet wie eine Profiküche im Restaurant, nur mit viel mehr persönlichem Flair. Robert registrierte die farbenfrohen, altmodischen Kacheln an den Wänden, die dicken Zöpfe mit Knoblauch, Peperoni und Zwiebeln, die neben duftenden Kräutersträußen von der Decke hingen, die ausladende, von einer Eckbank eingefasste Holztafel, den blank gescheuerten Fußboden, den Blick hinaus in den Garten und die weite Landschaft – das war ohne Zweifel der Raum, in dem Matilde Le Ber ihre Liebe zum Kochen entdeckt hatte.

Auf der Eckbank saß eine junge Frau mit einem Baby auf dem Arm, die ihn verblüfft anschaute. Matilde stand mit dem Rücken zu ihm vor der Spüle und bemerkte ihn nicht sofort.

Als er leise »hallo« sagte, wirbelte sie herum. »Robert!«

»Robert?«, wiederholte die junge Frau. »Robert de Sabran-Pontevès? *Der* Robert?«

»Genau der«, sagte de Sabran-Pontevès und fürchtete, dass er auch hier bereits seinen Ruf als Mistkerl weg hatte. »Der chauvinistische, rücksichtslose de Sabran-Pontevès, von dem Sie zweifellos schon gehört haben. Ich war bis vor kurzem Matildes Chef.«

Die junge Frau erhob sich. »Ich weiß. Sie sind der wunderbare, sensible und großzügige Mensch, der dummerweise demnächst diese Antiquitätenhändlerin heiraten wird!«

»Aber nein!«, rief de Sabran-Pontevès aus, zur gleichen Zeit, wie Matilde ein peinlich berührtes »Isabell!« hervorstieß.

»Ich glaube, ich lasse euch besser mal allein«, sagte die junge Frau augenzwinkernd.

Matilde starrte ihn mit großen Augen an. »Was soll das heißen, du wirst Lilette Ambrois nicht heiraten?«

»Ich hatte es niemals vor. Sie hat diese Gerüchte ganz und gar ohne mein Einverständnis in die Welt gesetzt!«

»Aber sie ist *schwanger*!«

»Blödsinn!«

»Vielleicht hat sie es dir nur noch nicht gesagt?«

»Glaub mir, Lilette ist nicht der Typ Frau, die mit so einer Information hinter dem Berg halten würde«, sagte Robert. »Sie ist definitiv *nicht* schwanger.«

Er schnaubte empört, als er ihren zweifelnden Blick sah. »Hältst du mich wirklich für zu blöde, Verhütungsmittel zu benutzen?«, fragte er, aber dann fiel ihm unglücklicherweise ein, dass er vorgestern Nachmittag an Verhütungsmittel nicht einmal *gedacht* hatte.

Matilde grinste schwach. Offensichtlich dachte sie an genau dasselbe.

»Das war eine Ausnahme«, sagte de Sabran-Pontevès schnell. »Das war das erste Mal, dass mir so etwas passiert ist. Ehrlich. Und es beweist nur, wie äh ...«

»... wie sehr deine Sinne vernebelt waren?«, schlug Matilde vor. »Dann frag mich mal, wie ich mich gefühlt habe!«

»Bei dir war es etwas anderes. Du standest unter Schock und warst außerdem betrunken«, sagte Robert. »Wenn jemand eine Ausrede hat, dann du.«

»Jetzt bin ich aber nüchtern und völlig ruhig«, sagte Matilde, ungeachtet der Tatsache, dass ihr Herz wie verrückt klopfte und ihr seine Nähe beinahe die Luft abschnürte. »Und ich kann dir versichern, dass ich nichts bereue.«

»Nicht mal, dass du die Wohnung einfach verlassen hast, während ich ahnungslos unter der Dusche stand? Was meinst du, wie blöd ich geguckt habe, als du dich plötzlich in Lilette verwandelt hattest, die mir eine schreckliche Szene gemacht hat.«

Matilde schüttelte den Kopf. »Nicht mal das tut mir Leid.«

»Ich verspreche dir, dass du auch in Zukunft nichts bereuen musst, was mich angeht.« Robert war mit ein paar großen Schritten bei ihr.

»Matilde«, sagte er feierlich. »Willst du meine Crème brûlée werden?«

EPILOG

Unmengen von Reiskörnern prasselten auf sie nieder, verfingen sich in ihrem Haar und rutschten unaufhaltsam in ihren Ausschnitt. Isabell lachte. Sie würden in ihrer Hochzeitsnacht sicher jede Menge Reis in der Unterwäsche finden.

Glücklich blinzelte sie in die Sonne. Halb Volonne war zu ihrer Hochzeit erschienen, und alle Gesichter waren ihr zugewandt. Madame Cécile sah wunderschön aus in ihrem eleganten schwarz-weiß getupften Kleid und einem noch eleganteren Hut. Sie strahlte über das ganze Gesicht, während Onkel Ludwig neben ihr offensichtlich wieder einmal mit den Tränen der Rührung kämpfte. Guter, alter, sentimentaler Onkel Ludwig. Er war ein ausgesprochen repräsentabler Brautführer gewesen, in seinem Frack, und Isabell hatte es nicht weiter gestört, dass er aufgeregter war als sie selber. Neben den beiden standen Joséphine und Laurent, die beide ausgelassen mit Reis um sich warfen. John D. hatte Joséphine wegen eines dringenden Geschäftstermines nicht begleiten können, aber er hatte fest versprochen, zu Laurents Geburtstag zu kommen, der in zwei Tagen war. Laurent wusste es noch nicht, aber John D. und Joséphine wollten ihm dieses Mal etwas ganz Besonderes schenken: Einen Swimmingpool für RINQUINQUIN.

»Damit ich auch im Hochsommer immer herkommen kann«, hatte Joséphine gesagt. Es war allen klar gewesen, dass der Pool nicht nur ein Geburtstagsgeschenk für Laurent war: Er war ein Versöhnungsgeschenk für die ganze Familie.

Adelaide Jaure winkte ihr zu, sie trug etwas, das sie offensichtlich selbst genäht hatte, und hatte ihren Jüngsten auf dem Arm. Die anderen Lausejungs hatten Laurent geholfen, Blumen zu streuen, und jetzt bewarfen sie sich gegenseitig mit Reis. Neben Adelaide stand Madeleine Clérisseau mit Florence auf dem Arm. Madeleine trug ein rotes Kleid und sah umwerfend aus wie immer. Noch verunzierte auch nicht der geringste Milchfleck ihr Outfit, aber Isabell war guter Hoffnung, dass das nicht mehr lange der Fall sein würde. Auf Florence war diesbezüglich Verlass. Sie hatten sie zur Feier des Tages mit einem weißen Kleidchen und einem Sonnenhut herausgeputzt, in dem sie einfach zum Knuddeln aussah.

Einen beinahe noch schöneren Anblick als ihre Tochter bot Bertrand, der in seinem besten schwarzen Anzug im Sonnenschein stand und so gesund und bärenstark aussah wie eh und je. Ermeline an seiner Seite war furchtbar stolz, weil er als Trauzeuge eine so gute Figur gemacht hatte.

Neben den beiden stand Matilde in einem wahrhaft königlichen smaragdgrünen Kleid, das ihre grünen Augen betonte und ihre makellose Haut wunderbar zur Geltung brachte. Aber es war nicht das Kleid, das sie so schön aussehen ließ wie nie zuvor, sondern die hünenhafte Gestalt von Monsieur de Sabran-Pontevès, der besitzergreifend einen Arm um ihre Schulter gelegt hatte und genauso glücklich aussah wie sie. Isabell war sich sicher, dass es nicht lange dauern würde, bis die Hochzeitsglocken auch für die beiden läuten würden.

Sie drückte Corins Hand. Wie feierlich er eben in der Kirche versprochen hatte, sie zu lieben und zu ehren, in guten wie in schlechten Tagen ...

»Ab jetzt kommen nur noch gute Tage«, sagte sie zu ihm, aber er konnte sie nicht verstehen, weil die ganze Meute in diesem Augenblick anfing zu brüllen: »Ein Kuss! Ein Kuss für die Braut.«

Als sie sich küssten, fingen die vielen Gesichter an, sich um Isabell zu drehen, bis sie ganz schwindelig war.

Sie sah zwei Gesichter in der Menge, die sie eigentlich gar nicht hätte sehen dürfen: Tante Paulette warf ihr Kusshände zu und bewunderte ihre schmale Taille in dem Hochzeitskleid ihrer Mutter. *Ich liebe dich,* schienen ihre Augen zu sagen.

Und da war auch Großtante Germaine, angetan mit ihren allerschönsten Ohrringen, die ihr zulächelte.

Es war Isabell, als hörte sie zwischen all den Jubeltönen und dem Geschrei die weise Stimme der alten Dame sagen: »Ich hab's ja immer gewusst, Schwester Caroline: Sie sind eine von uns.«

Und Isabell war klar, dass sie tatsächlich vom Himmel ins Paradies gekommen war. Und niemand würde sie je wieder von hier vertreiben können.

Als der jähzornige Lord von Glengarth, Vater von Rory und Lindsay, im indischen Dschungel einen Einheimischen fast zu Tode prügelt, belegt ein Yogi das Schloß der schottischen Familie mit einem Fluch.
Dieser Fluch legt sich wie ein schwarzer Schatten auf das Leben der ungleichen Brüder. Zurück in der nebligen, kühlen Heimat, zieht sich der menschenscheue Lindsay, Erbe des Lordtitels, auf das Schloß zurück. Rory dagegen, heißblütig und allergisch gegen jede Bevormundung, ist als Unternehmer erfolgreich.
Eines Tages taucht die schöne Annie auf, und beide Brüder entbrennen in heißer Leidenschaft für die junge Frau. Die Familienbande drohen nun endgültig auseinanderzubrechen, es sei denn, Annie gelingt es, Schloß Glengarth von dem elenden Fluch zu befreien ...

»Eine bewegende Geschichte, geschrieben mit Leidenschaft und Scharfblick.« MANCHESTER EVENING NEWS

»Ein Klasse-Schmöker!« BRIGITTE

ISBN 3-404-14329-9

BASTEI LÜBBE

Auf einem romantischen Landgut der Familie Le Ber am Ufer der Durance, umgeben von Lavendelfeldern, glaubt die junge Isabell endlich ein neues Zuhause gefunden zu haben. Doch der Landsitz des wortkargen Corin Le Ber ist hochverschuldet. Ein skrupelloser Hotellier wittert seine Chance, den Besitz in eine Luxushotelanlage zu verwandeln. Die Familie teilt sich in zwei feindliche Lager, und die ahnungslose Isabell findet sich urplötzlich in einem aufregenden Intrigenspiel wieder – und der Liebesgeschichte ihres Lebens ...

Ein mitreißender Provence–Roman

ISBN 3-404-14615-8

BASTEI
LÜBBE

Sommer 1899: Nach dem Tod ihres Vaters verlässt Juliana ihre Heimat Wales, um von nun an bei ihrer Tante in Malaysia zu leben. Doch dort empfängt man sie eher kühl. Auf der Weiterreise tauchen überraschend Piraten auf. Eine hoch gewachsene, vermummte Gestalt erregt Julianas Aufmerksamkeit. Goldbraune Augen funkeln sie an – in denen sich der Dschungel widerspiegelt. Diese Begegnung wird ihr Leben für immer verändern …

ISBN 3-404-14672-7

BASTEI LÜBBE